es 1581
edition suhrkamp
Neue Folge Band 581

Mit *Okonkwo oder Das Alte stürzt* (es 1138) wurde der Nigerianer Chinua Achebe zu einem modernen Klassiker in der englischsprachigen Welt. Während *Okonkwo* die Zerstörung der afrikanischen Gesellschaft durch das Eindringen der weißen Kolonisation schildert, ist der neue Roman in der Gegenwart angesiedelt: Zwei Jahre nach einem Staatsstreich durch das Militär, der einen brillanten, jungen, in England ausgebildeten Offizier an die Macht brachte, herrscht in dem afrikanischen Staat Kangan eine außergewöhnliche Ruhe. Das Scheitern des Referendums, durch das er sich zum Präsidenten auf Lebzeiten ernennen lassen wollte, hat »Seine Exzellenz« nervös gemacht. Dadurch wird die Situation jener Männer, die ihm zur Macht verhalfen, seiner ältesten Freunde, gefährlich und unsicher. Chris Oriko, der Informationsminister, weiß, daß seine Tage gezählt sind, wenn sich sein ehemaliger Klassenkamerad zum wilden Diktator entwickelt. Ikem Osodi, Dichter und Herausgeber der *National Gazette*, glaubt mit seinen kämpferischen Artikeln den Diktator zurückhalten zu können. Der Versuch, ihr Leben zu retten, entwickelt sich zu einer dramatischen Aktion, in der das Schicksal des gesamten Landes auf dem Spiel steht. In diesem Sinne ist *Termitenhügel in der Savanne* ein Roman über die Entwicklung im gegenwärtigen Afrika – desillusionierend, aber nicht bar jeder Hoffnung.

Chinua Achebe
Termitenhügel in der Savanne

Roman

Aus dem Englischen von
Susanne Koehler

Suhrkamp

Titel der Originalausgabe:
Anthills of the Savannah,
zuerst erschienen 1987 bei
William Heinemann Ltd

edition suhrkamp 1581
Neue Folge Band 581
Erste Auflage 1991

Deutsche Erstausgabe

Satz: IBV-Satz- und Datentechnik, Berlin
Druck: Nomos Verlagsgesellschaft, Baden-Baden
Umschlagentwurf: Willy Fleckhaus
Printed in Germany

2 3 4 5 6 7 – 07 06 05 04 03 02

Termitenhügel in der Savanne

I

Erster Zeuge – Christopher Oriko

»Sie verschwenden unser aller Zeit, Herr Informationsminister. Ich werde nicht nach Abazon gehen. Ende der Diskussion! *Kabisa!* Noch etwas auf der Tagesordnung?«

»Wie Exzellenz wünschen. Aber...«

»Keine Widerrede, Mr. Oriko! Die Angelegenheit ist erledigt, habe ich gesagt. Wie oft, um Himmels willen, soll ich das eigentlich noch wiederholen? Warum haben gerade *Sie* Probleme, meine Entscheidungen zu schlucken? Egal, worum es sich handelt?«

»Tut mir leid, Exzellenz. Aber es bereitet mir keinerlei Schwierigkeiten, Ihre Entscheidungen zu schlucken *und* sie außerdem zu verdauen.«

Sein wuterfüllter Blick traf mich und ließ mich nicht mehr los. Einen Augenblick lang hatten sich unsere Blicke im Nahkampf gemessen, dann senkte ich meinen in zeremonieller Kapitulation auf die glänzende Tischplatte. Langes Schweigen. Doch er war keineswegs besänftigt. Vielmehr gelang es ihm, in kürzester Zeit das Schweigen selbst zu einer eigenen Art der Auseinandersetzung werden zu lassen, ähnlich dem Blinzelspiel der Kinder. Auch hier trat ich ihm den Sieg ab. Ohne aufzuschauen wiederholte ich: »Es tut mir sehr leid, Exzellenz.« Vor einem Jahr noch hätte ich das nie ein zweites Mal über die Lippen gebracht, ohne mir selbst schwerste Gewalt anzutun. Heute tat ich es, als erwiese ich ihm ganz beiläufig einen Gefallen. Mir bedeutete es überhaupt nichts, bereitete mir keinerlei Unannehmlichkeit, doch ihm bedeutete es alles.

Ich betrachte das Ganze als ein Spiel, das relativ unschuldig begonnen hatte, doch plötzlich seltsam und gefährlich geworden war. Möglicherweise kann sich selbst diese Einschätzung noch als zu optimistisch herausstellen. Denn sollte ich recht haben, dann müßte beim Rückblick auf die beiden vergangenen Jahre ein besonderer und entscheidender Augenblick herausgreifbar sein, von dem gilt, ab dem und dem Punkt wurden die Spielregeln außer acht gelassen, und alles ist schiefgelaufen. Doch obwohl ich hartnäckig und lange danach gesucht habe, habe ich weder einen solchen Augenblick noch eine solche Ursache finden können. Und so hat es langsam den Anschein, daß das Ganze wohl nie ein Spiel war, daß der gegenwärtige Zustand von Anfang an bestanden hat und daß ich nur zu blind oder zu geschäftig war, ihn wahrzunehmen. Doch die eigentliche Frage, die ich mir oft gestellt habe, lautet: Warum mache ich denn weiter, nun, da mir die Augen aufgegangen sind? Ich weiß es nicht. Aus lauter Trägheit vielleicht. Oder möglicherweise aus reiner Neugier: Um zu sehen, wo es alles... nun, enden wird. Ich denke dabei nicht so sehr an ihn als vielmehr an meine Kollegen, elf intelligente, gebildete Männer, die dies alles über sich ergehen lassen, die wahrlich alles darangesetzt haben, es heraufzubeschwören, und die selbst jetzt noch nichts begriffen und nichts gelernt haben – die Elite unserer Gesellschaft und die Hoffnung der schwarzen Rasse. Ich nehme an, daß ich um ihretwillen noch immer auf diesem lächerlichen Beobachtungsposten sitze und absurde Eintragungen in das verrückte Logbuch unseres Staatsschiffes mache. Die Enttäuschung über sie hat sich längst in gleichgültiges klinisches Interesse verwandelt.

Mittlerweile finde ich ihr Tun nicht nur erträglich, sondern durchaus interessant, ja, sogar aufregend. Erstaunlich! Wenn ich daran denke, daß ich persönlich fast die Hälfte von ihnen zur Berufung ins Ministeramt vorgeschlagen habe.

Und rückhaltlose Ehrlichkeit gebietet mir natürlich, einen letzten Faktor zu erwähnen, der mich weiterhin auf meinem Posten verbleiben läßt – eine Tatsache, derer ich mich ein wenig schäme –, daß ich nämlich diese Dinge nicht niederschreiben könnte, wäre ich nicht hier, um alles zu beobachten. Keiner sonst würde es tun.

Während wir steif um den Mahagonitisch saßen, konnte ich ihre Gedanken lesen: *Tja, wieder so ein Tag.* Was einen schlechten Tag bedeutete. Heutzutage haben wir gute oder schlechte Tage, je nachdem, wie Seine Exzellenz am Morgen aufwacht. An einem Tag wie heute, der nach vielen günstigen Anzeichen plötzlich zu einem schlechten Tag geworden war, bleibt einem nichts anderes übrig, als vor seinem Schlupfloch zu liegen, bereit, sich in aller Eile darin zu verkriechen. Und vor allem den Mund zu halten, denn nichts ist gefahrlos – nicht einmal die als Diskussionsbeiträge verkleideten Schmeicheleien, in denen wir zu wahren Experten geworden sind.

Zu meiner Rechten saß der Ehrenwerte Minister für Erziehung

und Bildung. Er ist bei weitem der Ängstlichste von allen. Sobald er Gefahr gewittert hatte, hatte er sich in sein Loch zurückzuziehen begonnen, wollte rückwärts verschwinden, wie manche Tiere und Insekten. Instinktiv hatte er seine Papiere zusammengeschoben und war gerade dabei, den Aktendeckel zuzuklappen und ihn mit in sein Loch zu ziehen, als sein ganzer Körper plötzlich erstarrte. Stärkere Alarmsignale aus tieferen Instinktschichten hatten ihn möglicherweise darauf aufmerksam gemacht, daß er etwas, das in dieselbe Kategorie gehörte, wie Seiner Exzellenz die Tür vor der Nase zuzuschlagen. Dann passiert etwas völlig Absurdes. Er läßt den Aktenordner in solcher Panik fallen, daß sich jedermann ihm zuwendet und Zeuge seiner seltsamsten Handlung wird – in panischem Bemühen, wiedergutzumachen und Buße für das unabsichtlich um ein Haar begangene Sakrileg zu tun, breitet er seine Sitzungspapiere wieder aus. Dann läßt er seinen Blick um den Tisch wandern, bis er sich mit dem Seiner Exzellenz kreuzt, um ihn dann sofort auf den Mahagonitisch zu senken. Seit meiner zweiten Entschuldigung war das Schweigen nicht gebrochen worden. Ich war mir ganz sicher, daß sich der arme Kerl (Originalität war noch nie seine Stärke gewesen) anschickte, meine eigenen Worte in der genauen Reihenfolge zu wiederholen. Ich könnte schwören. Er hielt die Oberarme fest an die Seiten gedrückt, als wollte er sich kleiner machen, die Hände hatte er wie ein Bittsteller auf der Brust gefaltet.

Doch an seiner Stelle spricht Seine Exzellenz. Dabei wendet er sich nicht einmal an ihn, den letzten Übeltäter, sondern noch immer an mich. Und dieser erstaunliche Mensch gibt sich fast freundlich, ja versöhnlich. In diesem Augenblick verwandelt sich der Tag. Die feurige Sonne verzieht sich vorübergehend hinter einer Wolke, uns wird Strafaufschub gewährt, und wir beginnen sofort zu feiern. Schon im voraus höre ich die vielen Komplimente, die wir ihm machen werden, sobald er uns den Rücken gekehrt hat – das Schwierige mit Seiner Exzellenz sei eben, daß er niemals jemandem weh tun und darüber die Sonne untergehen lassen könne.

Das ist übrigens ein Rest von unserer Kultiviertheit, den wir noch nicht verloren haben: wir warten tatsächlich, bis er uns den Rücken gekehrt hat. Und einige werden hinzufügen: Das ist schade, denn eigentlich braucht das Land einen rücksichtslosen Diktator. Mindestens fünf volle Jahre lang. Und dann brechen wir alle in übermäßig lautes Lachen aus, denn, meine Güte, wir wissen wohl, daß uns niemals eine solch unverdiente Wohltat wie ein rücksichtsloser Diktator zuteil werden wird.

»Bist du dir eigentlich bewußt, Chris, was du von mir verlangst?« sagte er. Ich sage nichts, rühre mich nicht, bewege nicht einmal den Kopf. In solchen Augenblicken wird mein Kopf schwer wie Granit, und obwohl ich durchaus klar und logisch denke, scheinen meine Gedanken von weither zu kommen und die Geschehnisse durch ein Teleskop wahrzunehmen. Ich bemerke – unwichtig vielleicht –, daß er die eisige Distanz von Herr *Minister* und *Mr. Oriko* hat fallenlassen. Doch ich erlaube es mir nicht mehr, mich von solchen Nettigkeiten ablenken zu lassen. Ich glaube, er hat meine Ruhe entweder als Zustimmung oder als Ablehnung verstanden. Es war keines von beidem. Reines, unverfälschtes Desinteresse.

»Du verlangst von mir, diese Leute für dumm zu verkaufen«, sagt er, und seine Stimme klingt beschwichtigt und ziemlich überheblich. Ich schüttele langsam den Kopf. »Doch, genau das verlangst du von mir«, sagt er lebhaft, durch meine schwache, wiederauflebende Opposition zum Kampf angespornt. »Diese Leute glauben an Regenmacher, also tun wir was und nutzen ihre Unwissenheit aus, um billige Popularität zu ernten. Genau das verlangst du von mir, Chris. Nun, das kann ich nicht. Ihr scheint alle zu vergessen, daß ich noch immer Soldat bin und kein Politiker.«

Er trägt Zivilkleidung, da er sich zur Zeit immer häufiger innerhalb des abgeschlossenen Bereichs des Präsidentenpalastes aufhält – ein weißes, geschmackvoll mit Goldfaden besticktes *Danshiki* und die dazu passende Hose. Im Gegensatz dazu sind viele meiner Kollegen, besondere jene, die von den Universitäten kommen, bestrebt, militärisch auszusehen. Professor Okong trägt nur khakifarbene Safarianzüge, komplett mit Achselklappen. Es ist erstaunlich, wie sehr der Intellektuelle den Mann der Tat beneidet.

Ich glaube, Seine Exzellenz nahm mein kaum merkliches Lächeln über die Mahnung, daß er noch immer Soldat sei, wahr; er hat ein echtes Talent, in den Gesichtern anderer zu lesen. Ich sah, wie er einen winzigen Augenblick zögerte, ob er mich wegen dieses Lächelns rügen oder es übergehen sollte. Schließlich tat er weder das eine noch das andere, sondern etwas wirklich sehr Gekonntes. Er ließ den Blick nicht von mir, doch gleichzeitig gelang es ihm, mir durch seinen Tonfall zu verstehen zu geben, daß ich von dem, was er jetzt sagte, ausgeschlossen sei, daß seine Worte zu kostbar waren, um an professionelle Dissidenten verschwendet zu werden.

»Soldaten sind einfach und geradeheraus«, sagte er trotzig. »Wenn wir euch die Staatsgeschäfte wieder übergeben und in die Kasernen zurückkehren, dann könnt ihr eure bürgerlichen Tricks wieder aufnehmen. Habt ein wenig Geduld.«

An dieser Stelle wird er mutig vom Justizminister und Generalstaatsanwalt und dann von allen anderen mit Protestrufen unterbrochen. In Wirklichkeit sind es die wohlgewählten Worte Seiner Exzellenz, die das Signal für diese mutige Unterbrechung geben, denn trotz des Nachdrucks, der in seiner Stimme lag, hatten die Worte selbst das *Alles klar* verkündet und uns wissen lassen, daß wir nun protestieren könnten. Also begannen wir wieder aus unseren Löchern herauszukriechen. Der Generalstaatsanwalt sagte in seiner präzisen Art: »Exzellenz, wir dürfen die Wünsche des Volkes nicht verachten.«

»Mißachten, meinen Sie«, sagte ich.

»Des Volkes?« fragte Seine Exzellenz und ignorierte meine Pedanterie.

»Ja, Exzellenz«, erwiderte der Generalstaatsanwalt mutig. »Das Volk hat gesprochen. Sein Wunsch ist offenkundig. Sie sind dazu verurteilt, ihm Ihr Leben lang zu dienen.« Lauter Beifall und »Hört! Hört!«-Rufe. Alle wollen nun etwas sagen.

»Ich bin kein Jurist«, sagt Seine Exzellenz, und sein etwas lauterer Tonfall setzt einer Auseinandersetzung zwischen den Stimmen ein Ende, »nur ein einfacher Soldat. Aber ein Soldat muß sein Wort halten.«

»Doch Sie… Verzeihung, Euer Exzellenz, können kein Wort brechen, das Sie überhaupt nie gegeben haben. Der Unsinn über die hundert Prozent war ja nichts als die Machenschaft eines Chefredakteurs, der meinem Urteil nach ein Saboteur mit eigenen Interessen ist.«

»Keinerlei Verpflichtung, Exzellenz, Häretikern gegenüber sein Wort zu halten«, dröhnte die Stimme von Professor Okong, dem Theologen.

»Zur Geschäftsordnung, Exzellenz.« Er starrt mich jetzt wütend an und nickt dann dem Generalstaatsanwalt, der von Okong und mir unterbrochen worden war, zu, weiterzureden.

»Euer Exzellenz, drei von vier Provinzen ist überall eine Mehrheit.« Größerer Beifall.

»Exzellenz, ich distanziere mich von dem Hinweis des Generalstaatsanwalts auf einen Saboteur und appelliere an meine Kollegen, von derartigen Erklärungen gegen abwesende Staatsdiener, die sich deshalb auch nicht verteidigen können, Abstand zu nehmen.« Mir gefiel der Schrecken, der sich in den Gesichtern meiner Kollegen abzeichnete, als ich das Wort *distanzieren* benutzte, und ebenso die Entspannung, die folgte, als ihnen klar wurde, daß ich nicht das sagte, was sie befürchteten. Selbst Seine Exzellenz verlor einen Augenblick das Gleichgewicht. Doch im Unterschied zu uns amüsiert oder erleichtert ihn das Wissen, daß man sich über ihn lustig macht, keineswegs, sondern verärgert ihn zutiefst. Er wendet sich mit einer scharfen Kopfbewegung nach rechts, wo sein Staatssekretär auf der Stuhlkante sitzt.

»Noch etwas auf der Tagesordnung?« So, wie er es jetzt sagt, ist es keine bloße Formel mehr. Es klingt nach Rüge, etwa wie: *Wie oft wollt ihr mir eigentlich diese Frage noch stellen?*

Diese unerwartete Konzentration der Krise auf seine Person ließ den Staatssekretär vollkommen verwirrt und unbeholfen werden.

»O nein, Sir, überhaupt nichts mehr, Sir. Exzellenz.« Und dann schaut er über den Tisch, und unsere Blicke begegnen sich. Ich schreibe mir nicht gerne das Verdienst für Derartiges zu, doch ich meine, das spöttische Lächeln auf meinem Gesicht in jenem Augenblick hat möglicherweise diesen Bürokraten zu einer Kehrtwendung veranlaßt. Vielleicht sah er in meinem Gesicht die Schatten von Hohn und Spott, die hinter den massiven Türen dieser Zitadelle auf ihn lauerten. Beschuldigt man ihn, kriecherisch zu sein, so reagiert er äußerst empfindlich, besonders wenn es von mir kommt, denn ich glaube, er hat eine ganze Menge Respekt vor mir. Und auf eine gewisse Weise mag auch ich ihn nicht ungern. Schließlich ist er – im Gegensatz zu uns anderen – Berufsbeamter, der einem bürgerlichen Präsidenten... oder sogar dem britischen Herrscher ebenso gedient hätte, wie er nun Seiner Exzellenz dient. Doch was immer ihn auch dazu veranlaßt haben mag, jetzt zeigt er einen für ihn völlig untypischen Wagemut, der an Verwegenheit grenzt. Er nimmt seine Rede wieder auf: »Aber Exzellenz, darf ich – hm – ergebenst um Ihre Nachsicht – hm – die Nachsicht Eurer Exzellenz bitten und – hm – ein gutes Wort für den Ehrenwerten Minister einlegen?«

»Welchen Ehrenwerten Minister? Wie Sie wissen, sitzen hier zwölf von der Sorte!« Diese Bemerkung hätte zu anderen Zeiten

Gelächter hervorgerufen, doch etwas vollkommen Neues spielt sich ab, und wir sind alle viel zu überrascht.

»Exzellenz, ich meine den Informationsminister.« Langes und verblüfftes Schweigen. Dann sagt Seine Exzellenz, der, das muß ich zugeben, in solchen Augenblicken unübertroffen ist:

»Er braucht kein gutes Wort von Ihnen. Vergessen Sie nicht, ihm gehören alle Worte in diesem Land – Zeitungen, Radio- und Fernsehsender...«

Minutenlang tauchten wir in dem riesigen Gelächter, das nun losbrach, unter, und unser aller Wohlbefinden war wiederhergestellt. Kollegen, die in meiner Nähe saßen, lachten und klopften mir auf die Schulter. Andere strahlten mir über den Tisch hinweg ihr Wohlwollen zu.

»Der Ehrenwerte Minister für Worte«, stößt der Generalstaatsanwalt unter großem Gelächter hervor. »Das ist wirklich gut. Mein Gott, das ist gut!« Er tupft sich die Augen mit einem noch fein säuberlich gefalteten Taschentuch ab.

»Einspruch! Das hört sich viel zu sehr nach mir an«, prostestiert der Minister für öffentliche Einrichtungen.

»Das stimmt«, sagt der Generalstaatsanwalt und hört auf zu lachen, um nachdenken zu können. »*Commissioner for Words* und *Commissioner for Works.* Da hat er wirklich recht.«

»Aus theologischer Sicht besteht hier ein grundlegender Unterschied.« Das sagt Professor Okong mit seiner tiefen Kanzelstimme.

»Ach, Professor, komm schon«, sagt der Minister für Erziehung und Bildung. Wir waren ja alle so fröhlich und guter Dinge. Wäre die Sitzung jetzt zu Ende, würden wir zufrieden nach Hause gehen – die Verheirateten unter uns könnten berechtigterweise mit einem Lächeln antworten, sollten sie von ihren Ehefrauen gefragt werden, wie es ihnen ergangen war. Doch wehe! Seine Exzellenz war noch nicht fertig mit uns.

»Was wollten Sie denn eigentlich zugunsten des Informationsministers sagen?«

»Exzellenz, es handelt sich... es ist wegen dieses Besuches in Abazon.«

»In diesem Fall ist die Sitzung beendet.« Er steht unvermittelt auf. So unvermittelt, daß der Lärm, den wir machen, um auf die Füße zu kommen, einer Kirchengemeinde angemessen gewesen wäre, die sich ungehalten und mit schmerzenden Knien nach dem

Gebet eines wortreichen Priesters erhebt.

Seine Exzellenz setzt sich wieder und lehnt sich ruhig in seinen Drehstuhl zurück, um unter dem Tisch nach seinen Schuhen zu suchen, die er zu Beginn einer jeden Kabinettssitzung von den Füßen streift und die der Staatssekretär jedesmal und vollkommen unauffällig mit seinen eigenen Füßen ordentlich nebeneinander stellt, um Seiner Exzellenz die Mühe ausgedehnten Suchens am Ende der Sitzung zu ersparen. Sollte sich Seine Exzellenz dieses kleinen Dienstes bewußt sein, so erwähnt er ihn doch nie, sondern nimmt ihn für selbstverständlich, wie die Aufmerksamkeit des unsichtbaren Hotelbediensteten, der in einem teuren Hotel in der Nacht die Schuhe putzt. Mit äußerstem Bedacht schaut er zu Boden und schlüpft in seinen rechten Schuh. Er schaut auf die andere Seite und schlüpft in den linken. Und dann läßt er die Lebhaftigkeit seines ersten Aufstehens vollkommen vergessen und stemmt sich von den schweren Armlehnen des Sessels hoch. Und das Erstaunliche dabei ist, daß ihm diese schwerfällige Langsamkeit und die vorige Behendigkeit gleichermaßen gut anzustehen scheinen.

Wir alle stehen steif und erstarrt. Das einzige Geräusch im Raum kommt von seinen eigenen Bewegungen und vom ununterbrochenen Surren der Klimaanlage, das im Schweigen eines unterwürfigen Kabinetts die Aufmerksamkeit auf sich zieht, eines Kabinetts, das mit angehaltenem Atem verfolgt, wie sich der Chef die Schuhe anzieht, um sich dann, wenn immer es ihm beliebte, in die Abgeschiedenheit seiner sich anschließenden Privaträume zurückzuziehen.

Zuweilen pflegt er sich mit einem *Guten Tag, meine Herren* von uns zu verabschieden; heute sagte er natürlich nichts. Als er seinen Platz verließ, sammelte eine Ordonnanz eilig seine Papiere ein und folgte ihm hinaus. Eine andere Ordonnanz, mit eher grimmigem Gesicht, öffnete die schweren, mit geschnitzten Paneelen verzierten Türen, stand stramm und salutierte anhaltend mit bebender Hand.

»Er ist heute nicht bei guter Laune«, sagt der Staatssekretär und bricht damit das Eis. »Wir werden es nächsten Donnerstag noch einmal vorbringen, Chris. Mach dir keine Gedanken.«

Wahrscheinlich soll Seine Exzellenz das hören, und ich glaube, er hört es tatsächlich. An seinem Hinterkopf konnte ich ein Lächeln oder vielmehr die Ausstrahlung eines Lächelns erkennen, wie das schwache Licht an den Rändern einer Sonnenfinsternis.

In der Endphase des Rückzugs Seiner Exzellenz schien mit der Stille im Kabinettssaal eine Veränderung vorzugehen. Etwas Unbestimmbares machte sich bemerkbar und wurde langsam deutlicher. Zuerst dachte ich, die Klimaanlage sei nur eben um einen Bruchteil lauter geworden, was durchaus der launenhaften Stromerzeugung der Nationalen Elektrizitätsbehörde entsprechen würde. Dann wurde unsere Aufmerksamkeit durch die Bemerkung des Staatssekretärs und die lebhafte Unterhaltung, die sie über die wechselnden Launen Seiner Exzellenz auslöste, für eine Weile von dem Geräusch abgelenkt. Der Generalstaatsanwalt kam zu mir herüber und klopfte mir auf die Schulter.

»Was ist los mit dir, Chris? Warum bist du zur Zeit so angespannt und nervös? Entspann dich, Mann, entspann dich! Noch ist das Ende der Welt nicht gekommen.«

Verärgert, doch ohne ein Wort zu sagen, wies ich sein Friedensangebot zurück, als plötzlich, wie auf ein Zeichen hin, jegliches Gespräch im Raum verstummte. Dann wandten wir uns alle dem Fenster an der Ostseite zu.

»Ein Gewittersturm?« fragt jemand.

Die niedrige Hibiskushecke vor dem Fenster mit ihren vielen leuchtend roten Blütenglocken stand ruhig und von keinem Lüftchen bewegt. Der freie Platz jenseits der Hecke mit dem ordentlich manikürten Bahamagras zwischen den Betonplatten zeigte weder herumfliegende Blätter noch wirbelnden Staub. Jenseits des Platzes hielt ein weiteres Stück der grünroten Hecke vor dem einstökkigen Ostflügel des Präsidentenpalastes Wache. Über das Dach hinweg sah man die Wipfel der Palmen am Strand sich mit der trägen Gelassenheit wiegen, die sie den sanften Ozeanwinden entgegenbringen. Es war kein gewöhnlicher Sturm.

Der Staatssekretär, dessen Geistesgegenwart nur durch die Gegenwart Seiner Exzellenz beeinträchtigt wird, geht zur Fensterbank, öffnet einen Riegel und schiebt das Glasfenster zurück. Und die Welt dringt mit einer gewaltigen Hitzewelle und dem Lärm einer skandierenden Menschenmenge in das Klima des Kabinettssaales ein. Die riesigen Türflügel hinter sich offen lassend, stürzt gleichzeitig Seine Exzellenz wieder herein.

»Was geht hier vor?« fragt er außer sich.

»Ich werde nachsehen, Exzellenz«, sagt der Generalinspektor der Polizei, nimmt seine spitze Mütze vom Tisch, setzt sie auf, klemmt den Schlagstock unter den Arm, steht stramm und salutiert.

»Schaut ihn euch an! Da, schaut ihn euch doch an!« höhnt Seine Exzellenz. »Meine Herren, das ist mein Polizeichef. Steht hier herum und schwatzt, während Gangster den Präsidentenpalast stürmen. Und er hat keine Ahnung, was los ist. Setzen Sie sich, Herr Polizeiminister!«

Er wendet sich an mich. »Weißt du, was da läuft?«

»Tut mir leid, nein, Exzellenz.«

»Schön. Sehr schön. Kann mir irgend jemand vielleicht über diesen brüllenden Mob da draußen Auskunft geben?« Er schaut jeden von uns der Reihe nach an. Keiner rührt sich, keiner öffnet den Mund. »Genau das meine ich, wenn ich sage, daß ich keine Exekutive habe. Verstehen Sie jetzt, Sie alle, was ich meine? Nehmen Sie Platz, meine Herren, und bleiben Sie hier!« Er rennt wieder hinaus.

An der Tür salutiert wieder die Ordonnanz mit der bebenden Hand. Vielleicht ist es die Art und Weise, wie der Kerl jetzt einem Henker gleich jene schweren Türen schließt, oder eine kaum merkliche Geste mit dem Maschinengewehr in seiner linken Hand, was dem Generalstaatsanwalt ein tiefes, verzweifeltes Stöhnen entlockt: »O mein Gott!« Ich setze ein breites Grinsen auf und strahle ihn damit an. Er schreckt vor mir zurück wie vor einem gewalttätigen Irren.

In der nächsten halben Stunde fallen sehr wenig Worte. Als sich die Türen wieder öffnen, verkündet eine Ordonnanz: *Professor Okong wird von Seiner Exzellenz gewünscht!*

»Ich gehe, um Ihnen die Stätte zu bereiten, meine Herrn... Doch seien Sie versichert, die bequemste Zelle behalte ich mir selbst vor.« Lachend ging er hinaus. Ziemlich demonstrativ begann auch ich zu lachen. Dann sagte ich zu meinen Kollegen: »Das ist ein Mann nach meinem Herzen. Ein Mann, der nicht beim ersten Anzeichen der Gefahr in die Hosen pißt.« Und ich ging in die äußerste Ecke des Raumes, stellte mich dort alleine ans Fenster und schaute hinaus.

Obwohl stets zu Possen aufgelegt, ist Professor Reginald Okong so etwas wie eine Kämpfernatur und hat sich aus eigener Kraft hochgearbeitet. Unglücklicherweise ist ihm jegliche politische Moral fremd, was für einen Mann, der seine Karriere als Prediger der Amerikanischen Baptistenkirche begann und später Professor für Politische Wissenschaften an unserer Universität wurde, einer doppelten Tragödie gleichkommt. Möglicherweise trägt er, mehr als irgendeine andere Person außer mir selbst, die Verantwortung für die bemerkenswerte Metamorphose Seiner Exzellenz. Doch vielleicht hatte er es, wie ich, gut gemeint, denn keiner von uns hatte zuvor der Geburt und der Aufzucht eines Babymonsters beigewohnt.

Als begabter Hilfslehrer an den unteren Klassen einer Grundschule war Reginald Okong den Missionaren der Amerikanischen Baptistenkirche aus Ohio aufgefallen, die sich in seiner Gegend verspäteten, aber hartnäckigen Evangelisationsbemühungen hingaben. Sie sagten ihm eine große Zukunft voraus und ordinierten ihn im Alter von 26 Jahren. In der ihnen eigenen *Guinness-Buch-der-Rekorde-Mentalität* nannten sie ihn oft den jüngsten einheimischen amerikanischen Baptistenprediger der Welt. Einheimisch amerikanisch? Um alles in der Welt, nein! Einheimisch afrikanisch! Doch während sie langsam, aber sicher Okong zum zukünftigen Oberhaupt ihrer dortigen Kirche aufbauten, ein Amt, das er in zwanzig oder dreißig Jahren würde übernehmen können, bastelte der junge, intelligente und ehrgeizige Geistliche im geheimen und in großer Eile an seinen eigenen Plänen. Einer davon zielte darauf ab, ihn aus dem missionarischen Weinberg in die weltlichen Gefilde einer schwarzen Universität im Süden der Vereinigten Staaten zu entführen, sehr zum Entsetzen seiner Gönner aus Ohio, die ihn nicht allein der Undankbarkeit bezichtigten, sondern einen entschlossenen Feldzug mit der US-Einwanderungsbehörde anzettelten, mit dem Ziel, ihn ausweisen zu lassen. Doch auch er war zäh und überwand alle Schwierigkeiten. Seine kärglichen Mittel besserte er durch Predigten und Ringkämpfe auf und machte in Rekordzeit seinen Universitätsabschluß, indem er als Äquivalent für zwei Jahre *Junior College* seine Lehrerprüfung für den Höheren Schuldienst ablegte. Vier Jahre später war er mit einem Dr. phil. in der Tasche wieder zu Hause und lehrte an der Universität.

Ich war zu jener Zeit Chefredakteur der *National Gazette,* und er wurde bei mir mit dem Vorschlag für eine laufende Kolumne zu aktuellen Fragen in der Wochenendausgabe vorstellig. Ich war ziemlich begeistert von diesem Vorhaben, und obwohl ich mir der Vorbehalte, die einige seiner Kollegen bezüglich seiner akademischen Ausbildung oft genug zum Ausdruck brachten, bewußt war, machte ich mich daran, ihn als führenden afrikanischen Politologen aufzubauen, wie Chefredakteure dies oft genug tun, in der

Meinung, sie täten es zum Wohle ihrer Zeitung, doch tatsächlich päppeln sie schließlich eine Mißgeburt auf. Aber ich muß zugeben, Okong war ein perfekter Mitarbeiter, was die Termine und all das betraf. Und seine Kolumne *Auf Kurs mit Reggie Okong* wurde in der Tat bald äußerst populär. Niemand behauptete, Okong gäbe spektakuläre Einsichten, Weisheit und Originalität von sich, doch seine Fähigkeit, einen Satz so zu formulieren, daß unsere durchschnittlichen Leser hingerissen waren, war bemerkenswert. Er war voller Klischees, doch ein Klischee ist eben kein Klischee, wenn man es noch nie gehört hat, und das traf bei unserem durchschnittlichen Leser eindeutig zu. Deshalb war er auch bereit, jedes neue Klischee mit eben der Begeisterung zu begrüßen, die es wohl ausgelöst haben mußte, als es zum ersten Mal geprägt wurde. Denn ein Klischee ist nichts anderes als verarmte Begeisterung.

Wie war das wohl, als jemand zum allerersten Mal aufstand und sagte: »Wir dürfen uns nicht in falscher Sicherheit wiegen«? Sein Publikum hat bestimmt aufgehorcht. Und so war es mit Okong – er war ein echter Volltreffer. Mein Freund, Ikem Osodi, lag mir immer wegen dieser Kolumne in den Ohren. Er sagte, Professor Okong verdiene wegen Phrasendrescherei und anderer Vergehen von Tatsachenfälschung gevierteilt und gehenkt zu werden. Doch Ikem ist Literat und Künstler, und die *Gazette* beabsichtigt keineswegs, Leute wie ihn zu befriedigen – auch heute noch nicht, wo er selbst im Sessel des Chefredakteurs sitzt. Eine Tatsache, die er noch begreifen muß!

Natürlich legte sich Okong niemals mit den Politikern an – er hielt ihre Wähler bei guter Laune. Mir machte das nichts aus. Mir standen genug Leute wie Ikem zur Verfügung, die durch ihre Beiträge für Aufruhr sorgten, wo es nötig, und oft genug, wo es unnötig war. Doch am Tag, nachdem die Politiker gestürzt worden waren, verwandelte sich Okong in einen brillanten Analytiker ihrer vielfältigen Verfehlungen. Ich dachte, mit diesem abrupten Sinneswandel sei er endgültig zu weit gegangen, doch meine Leser waren, ihren begeisterten Briefen nach zu urteilen, völlig anderer Meinung. Offensichtlich hatte er bei ihnen einen großen Treffer plaziert, als er den Umsturz des bürgerlichen Regimes als einen »historischen Sturz aus den Höhen der Gunst in die Tiefen der Ungnade« bezeichnete. Danach zog ich den Hut vor ihm. Und als Seine Exzellenz mich bat, ihm ein halbes Dutzend Namen für sein Kabinett vorzuschlagen, war Professor Okong der erste auf meiner Liste.

Dies nun erfordert eine gewisse Rechtfertigung und Erklärung. Seine Exzellenz kam ohne jegliche Vorbereitung auf die politische Führerschaft an die Macht – eine Tatsache, derer er sich als äußerst intelligenter Mensch vollkommen bewußt war und die darüber hinaus auch niemanden verwundern sollte. Schließlich bildete Sandhurst seine Offiziere nicht mit dem Ziel aus, den Thron Ihrer Majestät zu stürzen, sondern vielmehr in der würdigen Tradition stolzer Zurückhaltung gegenüber Politik und öffentlichen Angelegenheiten. Als unseren bürgerlichen Politikern schließlich das widerfuhr, was ihnen zustand, sie ungeliebt und ohne daß man ihnen Tränen nachweinte auf dem Abfallhaufen landeten, und der junge Kommandeur der Streikräfte von den noch jüngeren Putschisten aufgefordert wurde, Seine Exzellenz, das Staatsoberhaupt, zu werden, hatte er daher ziemlich wenig Vorstellung davon, was zu tun sei. Und wie es sich für einen intelligenten Mann gehört, rief er seine Freunde zusammen und sagte: »Was soll ich jetzt tun?«

Damals kannte ich ihn schon seit fast 25 Jahren, seit jenem lange zurückliegenden Tag, als wir uns zum ersten Mal als neu aufgenommene, dreizehn- oder vierzehnjährige Schüler im Lord Lugard College begegnet waren. Und so fand ich mich plötzlich in der Lage, ein »richtiges« Staatsoberhaupt beraten zu müssen, das zudem ganz unverblümt seine Angst vor der neuen Aufgabe zeigte. Das ist etwas, das ich mir noch nie wirklich erklären konnte: Warum stellen unbewaffnete Zivilisten für die bis an die Zähne bewaffneten Militärs eine derartige Bedrohung dar? Für Seine Exzellenz war dies jedoch nur eine vorübergehende Phase. Er bewältigte bald seine Angst, doch es scheint, daß ihn gelegentlich quälende Erinnerungen daran heimsuchen. Ich weiß sonst keine andere Erklärung für seine vollkommen irrationale und überzogene Angst vor Demonstrationen zum Beispiel. Selbst vor übertrieben friedlichen, unterwürfigen Demonstrationen.

In den ersten Tagen nach seiner Machtübernahme war er von dem ständigen Alptraum besessen, das Völk könnte unzufrieden werden und überall im ganzen Land würden häßliche Demonstrationen ausbrechen; die Sorge darum, wie dies zu verhindern sei, machte ihn ganz verrückt. Auch ich hatte keine klare Vorstellung davon, wie damit umzugehen sei. Doch ich bildete mir ein, daß jemand wie Professor Okong, ohne daß er klarere Vorstellungen gehabt hätte als wir, was auch immer uns einfallen würde, in populäre

Sprache und gängige Münze umzusetzen wüßte. Und so wurde er Nummer Eins auf meiner Liste, und Seine Exzellenz ernannte ihn zum Innenminister. Er hatte seine große Zeit, danach verschwand er teilweise in der Versenkung. Doch ich glaube kaum, daß er schon an der Reihe ist, ins Gefängnis zu gehen, noch nicht.

2

Die tiefe Besorgnis Seiner Exzellenz war schnell von dem jungen, brillanten und aggressiven Direktor des Staatlichen Untersuchungsdienstes (SUD) zerstreut worden. Einmal mehr, wie seine Exzellenz es ausdrückte, erwies er sich als so effizient, wie das Kabinett inkompetent war. Vom Tag seiner Ernennung an hat jede Tat dieses klugen jungen Mannes Seiner Exzellenz Anlaß gegeben, sich zu beglückwünschen. Denn Major Johnson Ossai hatte er persönlich ausgewählt und gegen heftigen Widerstand älterer Offiziere ernannt. Und das genau in jenem kritischen Augenblick, als Seine Exzellenz beschlossen hatte, alle Militärs aus dem Kabinett zu entlassen und durch Zivilpersonen zu ersetzen und als Krönung seinen Titeln den des Präsidenten hinzuzufügen. Unbestätigte Gerüchte von Unruhen, Geheimprozessen und Hinrichtungen in den Kasernen waren im Umlauf. Doch dank zweier Schlüsselpositionen, die er persönlich besetzt hatte – nämlich die des Generalstabschefs der Armee und des Direktors des Staatlichen Untersuchungsdienstes, der Geheimpolizei –, überstand er den Sturm, ohne größeren Schaden zu nehmen.

Daher fand Professor Okong, als er von dem grimmigen Ordonnanzoffizier im Sturmschritt hereingeleitet wurde, Seine Exzellenz in kämpferischer und selbstbewußter Stimmung vor.

»Guten Tag, Euer Exzellenz, Herr Präsident«, intonierte Professor Okong und verbeugte sich gleichzeitig in einem Winkel von neunzig Grad.

Er erhielt weder eine Antwort noch irgendein Zeichen, daß seine Anwesenheit bemerkt worden war. Eine ganze Minute lang fuhr Seine Exzellenz fort, sich auf seinem Schreibblock Notizen zu machen, ehe er aufschaute. Dann sprach er unvermittelt, wie zu einem Eindringling, den er schnell wieder lossein wollte.

»Ja... ich möchte, daß Sie in den Innenhof hinübergehen, um die dort wartende Delegation zu begrüßen. Setzen Sie sich doch!«

»Danke, Exzellenz.«

»Ich sollte Sie wohl darüber informieren, wer die Leute sind und was sie hier wollen und so weiter. Es sei denn, Sie haben es, seit ich Sie verlassen habe, auf wunderbare Weise selbst herausgefunden.«

»Nein, Sir, es tut mir leid, wir wissen nichts.«

»Nun gut, ich werde es Ihnen sagen. Doch vorher möchte ich Sie an jene kleine Unterhaltung erinnern, die wir nach dem Überfall von Entebbe hatten. Sie erinnern sich? Damals sagten Sie alle: Welche Schande für Afrika. Erinnern Sie sich?«

»Ich erinnere mich, Exzellenz.«

»Gut. Sie alle waren voller Empörung. Rechtschaffener Empörung. Aber erinnern Sie sich vielleicht auch daran, was ich damals sagte? Ich sagte nämlich, so etwas könnte auch hier geschehen. Hier bei uns.«

»Ja, Sir, ich erinnere mich sehr wohl.«

»Sie alle sagten: O nein, Exzellenz, so etwas ist hier bei uns nicht möglich.«

Vor einem größeren Publikum oder in einem weniger ernsten Augenblick hätte seine Sprechweise, die einen schwachsinnigen Trottel mit einem Sprachfehler nachahmte, vielleicht Gelächter hervorgerufen.

»Ja, Exzellenz, das haben wir gesagt«, gab Professor Okong zu. »Es tut uns aufrichtig leid.« Ihm war noch nicht ganz klar, worauf Seine Exzellenz hinauswollte, doch was er antworten sollte, war offensichtlich, und er wiederholte: »Exzellenz, es tut uns außerordentlich leid.«

»Schon gut. Was Informationen über was oder wen auch immer anlangt, habe ich mich ja nie wirklich auf euch Brüder verlassen. Wissen Sie das?«

»Ja, Sir.«

»Ich wäre auch ein Narr! Wenn so etwas wie Entebbe hier passiert, wird die Welt über *mich* lachen, oder etwa nicht?«

Professor Okong fand es etwas riskant, darauf zu antworten, und äußerte sich deshalb nur durch ein vages, undefinierbares Geräusch aus der tiefsten Kehle.

»Ja, *ich* wäre dran. General Großmaul würden sie sagen und ein Bild von mir mit großem Mund und kleinem Kopf als Titelblatt von *Time* bringen. Verstehen Sie? Von Ihnen wäre nicht die Rede, oder?«

»Bestimmt nicht, Sir.«

»Nein, denn Sie kennt man nicht. Es wäre nicht Ihre Beerdigung, sondern meine.« Professor Okong fühlte sich bei dem Wort »Beerdigung« nicht sehr wohl und begann zu prostestieren, aber Seine Exzellenz hieß ihn schweigen, indem er die linke Hand hob.

»Deshalb vergeude ich keine Zeit. Ich ergreife Vorsichtsmaßnahmen. Verstehen Sie?«

»Ja, Sir. Darf ich Ihnen – ich meine, Ihrer Exzellenz – auch im Namen meiner Kollegen noch einmal unsere haltlose – ich meine vorbehaltlose Entschuldigung aussprechen.«

Es entstand eine lange Pause, wie das Schweigen von Kameraden für einen Gefallenen. Seine Exzellenz war so erregt, daß er Zeit brauchte, um sich wieder zu fassen. Er holte ein Taschentuch hervor und wischte sich heftig das Gesicht und dann den Hals ab. Professor Okong starrte mit gesenktem Blick auf die Tischplatte, Augen auf halbmast.

»Die Leute, die vor ungefähr einer Stunde gekommen sind«, sagte Seine Exzellenz ruhig und betrübt, »kommen aus Abazon.«

»Wieder diese Leute!« sagte Okong mit aufflackernder Entrüstung. »Dieselben Leute, die Sie wegen eines Besuches in Abazon belästigen.«

»Es ist eine Goodwill-Delegation, friedlich und loyal...«

»Ach, das ist aber erfreulich.«

»...sie sind den weiten Weg von Abazon hergekommen, um mich ihrer Loyalität zu versichern.«

»Ausgezeichnet, Sir. Ausgezeichnet! Und meiner Meinung nach allerhöchste Zeit...« Eine plötzliche, heftige Unmutsbezeugung im Gesicht Seiner Exzellenz ließ die wiedererwachte Redseligkeit des Professors verstummen.

»Aber man hat mir zu verstehen gegeben, daß sie außerdem eine Petition wegen der Dürre in ihrer Region mitgebracht haben. Sie möchten mich persönlich einladen, sie zu besuchen und ihre Probleme mit eigenen Augen anzusehen. Nun, Sie kennen – wie jedermann – meine Einstellung zu Petitionen und Demonstrationen und dergleichen.«

»Natürlich, Sir. Jeder loyale Bürger dieses Landes kennt die Einstellung Eurer Exzellenz...«

»Eindeutige Zeichen von Disziplinlosigkeit. Läßt man so etwas zu, egal, aus welcher Ecke es kommt, ist man so gut wie verloren.«

»Genauso ist es, Exzellenz.«

»Diese hier ist allerdings eine loyale Delegation, wie ich eben sagte, und sie haben eine lange Reise hinter sich. Doch Disziplin bleibt Disziplin. Sollte ich mich entschließen, sie zu empfangen, was hält dann die Händler vom Gelegele-Markt davon ab, morgen hierher zu marschieren, um mir einen Besuch abzustatten. Sie sind nicht weniger loyal. Oder die äußerst loyale Organisation der Marktfrauen schickt eine Abordnung, um sich wegen des Preises für den aus Norwegen importierten Stockfisch zu beschweren.«

Der Professor lachte laut, aber alleine und hörte wie ein Irrer ziemlich unvermittelt wieder auf.

»Deshalb habe ich für alle dieselbe Antwort. Nein! *Kabisa!*«

»Ausgezeichnet, Exzellenz.« Möglicherweise ging Professor Okong flüchtig der Gedanke durch den Kopf, daß der Mann, der ihm jetzt die Leviten las, vor nicht allzu langer Zeit in der Politik fast sein Schüler gewesen war. Aber vielleicht wagte er gar nicht mehr, sich daran zu erinnern.

»Wir müssen allerdings bedenken, daß diese Leute nicht Ihre hinterhältigen Intellektuellentypen sind, auch nicht ein Haufen Agitatoren vom Arbeiterkongreß, sondern einfache, schlichte Bauern, die nach allen Informationen des Geheimdienstes aufrichtig bedauern, was vorgefallen ist, und nun den Wunsch haben, die Vergangenheit zu begraben. Deshalb wäre es unfair, ihnen jetzt zu sagen: ›Ihr könnt wieder gehen, Seine Exzellenz, der Präsident, hat keine Zeit, euch zu empfangen.‹ Verstehen Sie?«

»Vollkommen, Exzellenz.« Okong begann zu begreifen, warum er herbeordert worden war, und damit kehrte auch sein Selbstvertrauen zurück.

»Deshalb habe ich Sie rufen lassen. Finden Sie ein paar nette Worte für diese Leute. Sagen Sie ihnen, aufgrund äußerst wichtiger Staatsgeschäfte seien wir im Augenblick leider nicht in der Lage... Sie wissen schon, was ich meine...«

»Genau, Exzellenz, genau so werde ich es sagen.«

»Wenn Sie wollen, können Sie ja sagen, daß ich gerade mit dem Präsidenten der Vereinigten Staaten telefoniere oder mit der Königin von England. Wissen Sie, Bauern lassen sich von so etwas beeindrucken.«

»Toll, Exzellenz, ganz toll.«

»Gehen Sie auf sie ein, meine ich; schätzen Sie die Temperatur und stimmen Sie darauf ab, was Sie sagen.«

»Jawohl, Exzellenz. Stets zu Ihren Diensten.«

»Sollten sie tatsächlich eine Petition mitgebracht haben, so nehmen Sie sie an meiner Stelle entgegen und versprechen Sie ihnen, daß ihre Klagen, oder vielmehr Probleme – ihre Probleme, nicht Klagen, Seiner Exzellenz persönlich vorgelegt werden. Ehe Sie hinübergehen, bitten Sie den Informationsminister, einen Reporter hinzuschicken, und der Protokollchef soll einen Fotografen aus dem Regierungssitz abkommandieren, um Bilder von Ihrer Begrüßung des Delegationsleiters zu machen. Aber um Gottes willen, Professor, schauen Sie den Mann an, dem Sie die Hand schütteln, und nicht in die Kamera...«

Professor Okong brach wieder in schallendes Gelächter aus.

»Ich finde es überhaupt nicht komisch, wenn Leute sich die Hand geben und dabei den Kopf im rechten Winkel wegdrehen wie dieses Mädchen in *Der Exorzist*, und in die Kamera grinsen.«

»Exzellenz sind nicht nur unser Führer, sondern auch unser Lehrer. Wir sind stets zu lernen bereit. Wir sind wie Kinder, die sich nur den Bauch waschen, wie unsere Alten sagen, wenn sie beten.«

»Aber was immer Sie tun, sorgen Sie dafür, daß nichts über Petitionen an die Presse gelangt. Ich möchte kein Gerede von Beschwerden und Petitionen in den Zeitungen. Es ist ist ein einfacher Goodwill-Besuch.«

»Genau. Ein Versöhnungsangebot von den vormals rebellischen Untertanen Eurer Exzellenz.«

»Nein, nein, nein! Genau darauf will ich nicht herumreiten. Lassen wir es gut sein.«

»Aber Eure Exzellenz, Sie sind zu großzügig. Viel zu großzügig! Warum fängt alles Schlechte in diesem Land in der Provinz Abazon an? Dort war der Aufstand. Die Anführer dieser Leute waren die einzigen, die Eurer Exzellenz ein eindeutiges Regierungsmandat verweigert haben. Ich gebe sonst nichts auf Stammesunterschiede, aber Mr. Ikem Osodi macht all diese Schwierigkeiten doch nur, weil er ein typischer Abazonier ist. Ich bedaure, wenn ich hier persönlich werde, Exzellenz, aber wir müssen den Tatsachen ins Auge sehen. Wenn Sie mich fragen, Exzellenz, Gott schläft nicht. Wer weiß, vielleicht ist die Dürre, unter der sie dort leiden, Gottes Gericht und Strafe für all die Schwierigkeiten, die sie diesem Land gebracht haben. Und nun besitzen sie auch noch die Dreistigkeit, Eure Exzellenz schriftlich um einen Besuch ihrer Provinz zu bitten, und noch ehe Sie die Einladung überhaupt beantworten können, tragen, sie Ihnen ihren Unsinn direkt ins Haus. Ich meine, Exzellenz, Sie sind zu großzügig – es tut mir leid, das zu sagen – viel zu großzügig.«

»Ich schätze Ihre Anteilnahme, Professor, aber ich muß handeln, wie ich es für richtig halte. Lassen wir es gut sein.«

»Wie Sie wünschen, Exzellenz. Ich werde die Anweisungen Eure Exzellenz genau befolgen. Wortwörtlich. Eure Exzellenz hatten doch nichts von Fernsehberichterstattung gesagt?«

»Nein, nein, nein, nein! Gut, daß Sie darauf zu sprechen kommen. Kein Fernsehen. Unnötige Publicity. Ehe man sich's versieht, organisiert jedermann im ganzen Land Goodwill-Veranstaltungen, nur um ins Fernsehen zu kommen. Sie wissen doch, wie unsere Leute sind. Kein Fernsehen. Niemals!«

»Exzellenz haben vollkommen recht. Daran habe ich gar nicht gedacht. Es ist erstaunlich, wie Eure Exzellenz an alles denken.«

»Wissen Sie warum, Professor? Weil es um meine eigene Beerdigung geht, deshalb. Wenn es die eigene Beerdigung ist, dann muß man wohl oder übel an alles denken. Besonders wenn man ein so kleinkalibriges Kabinett hat wie ich.«

»Exzellenz, darf ich die Gelegenheit wahrnehmen, um mich ganz förmlich, auch im Namen meiner Kabinettskollegen, für unsere, sagen wir, mangelnde Wachsamkeit zu entschuldigen. Ich bringe dies in aller Demut und im Geiste unserer kollektiven Verantwortung vor, die jeden von uns mitschuldig werden läßt, wenn einer sich etwas zuschulden kommen läßt. Ein öliger Finger beschmiert die ganze Hand... Eure Exzellenz werden wissen, daß ich nie den Wunsch hatte, mich in das Portefeuille meiner Kabinettskollegen einzumischen. Nicht weil ich all das Gerangel nicht sehe, das sich so abspielt, sondern weil ich stets an das alte Sprichwort geglaubt habe, daß man sein eigenes Schiffchen steuern muß. Doch der heutige Zwischenfall hat gezeigt, daß ein Mann seinen Husten nicht schlucken darf, nur weil er fürchtet, andere zu stören...«

»Ich verstehe nicht ganz, Professor. Wenn es Ihnen nichts ausmacht, so lassen Sie doch bitte die Sprichwörter weg.«

»Nun, Exzellenz, ich bin mit mir zu Rat gegangen, ob es nicht meine Pflicht wäre, Sie, ich meine Eure Exzellenz, vor Ihrer Beziehung zu dem Ehrenwerten Minister für Information und auch dem Chefredakteur der *Gazette* zu warnen.«

»Beziehung, wie meinen Sie das? Können Sie nicht deutlicher werden?«

Der Irritationspegel in seiner Stimme war jetzt ziemlich hoch.

»Nun, Exzellenz, es tut mir leid, persönlich zu werden. Aber ich muß offen mit Ihnen reden. Läßt man nicht Vorsicht walten, glaube ich, werden Ihre beiden Freunde imstande sein, Unzufriedenheit zu schüren, neben der sich die Rebellion in Abazon wie ein Kinderspiel ausnimmt. Und wenn mich mein sechster Sinn nicht trügt, so haben sie bereits einiges Unheil angerichtet.«

»Schön, Mr. Okong. Ich setze mich mit Tatsachen auseinander, nicht mit Gerüchten. Machen Sie sich jetzt auf den Weg und kümmern Sie sich um die Leute; sobald alles vorüber ist, erstatten Sie mir Bericht. Aber lassen Sie sich Zeit. Wenn die Delegation ihre Sache vorgebracht und Sie geantwortet haben, wünsche ich, daß Sie bei ihnen bleiben und mich als Gastgeber vertreten. Ich habe Anweisung gegeben, daß Getränke und etwas Kleines zu essen angeboten wird. Sie sollen sich unter die Leute mischen und dafür sorgen, daß sie sich wohl fühlen. Es sind keine Politikstudenten, doch ich bin sicher, daß Sie gut mit ihnen zurechtkommen werden. Der Staatliche Untersuchungsdienst sorgt für die Bewirtung, aber Sie sind der sichtbare Gastgeber. Ist das klar? Geben Sie ihnen das Gefühl, sie wären auf meine Einladung hergekommen.«

»Sehr wohl, Exzellenz.«

Die letzten Worte des armen Professors Okong gingen in dem lauten, ungeduldigen Summen der Sprechanlage Seiner Exzellenz unter, und als er sich aus dem Audienzraum begab, war er so verwirrt, daß er nur knapp einem Frontalzusammenstoß mit der schweren Flügeltür entging, durch die der Ordonnanzoffizier hereintrat. Vor der Tür blieb er einen Augenblick stehen, um die volle Kontrolle über seine Beine wiederzuerlangen, die sich plötzlich schwer wie Mahagoniholz anfühlten. Er hatte das starke Bedürfnis, irgendwo einen Stuhl zu finden und sich ein wenig zu setzen. Aber es war kein Stuhl zu sehen, nur der endlose Flur mit seinem grauen Teppichboden. Überhaupt hatte er keine Zeit, herumzustehen und ins Leere zu starren. Er hatte einen dringenden nationalen Auftrag zu erfüllen. Er begann weiterzugehen, doch seine Gedanken verweilten größtenteils bei der niederschmetternden Weise seiner Entlassung und vor allem bei der Tatsache, daß Seine Exzellenz ihn *Mister* genannt hatte. Er blieb wieder stehen. »Ich bin in Ungnade gefallen«, sagte er laut. »Mein Gott, ich bin in Ungnade gefallen. Was habe ich bloß falsch gemacht?«

»Stehen Sie noch immer hier rum?« bellte der Ordonnanzoffiziere hinter ihm, und Professor Okong wurde wieder lebendig. Er fühlte sich irgendwie leicht im Kopf. Vielleicht hatte der Protokollchef am anderen Ende des Ganges einen Brandy in seinem Schrank. Er könnte einen Schluck gebrauchen.

Inzwischen hatte der Ordonnanzoffizier mit dem steinernen Gesicht, der ihn vor einem Augenblick auf dem Flur überholt hatte, den Kabinettssaal betreten, hatte auf Befehl Seiner Exzellenz das gefangengehaltene Kabinett entlassen und den Generalstaatsanwalt zu Seiner Exzellenz beordert.

Was hat der Bursche eigentlich sagen wollen, fragte sich Seine Exzellenz. Aber ich bin ja ganz geschickt mit ihm umgegangen. Es geht nicht an, daß meine Minister mir vage Anschuldigungen gegen ihre Kollegen ins Ohr flüstern. Wir spielen hier kein Cricket! Keine Loyalität, kein Korpsgeist, nichts! Und so einer nennt sich Universitätsprofessor. Kein Wunder, daß man hört, er leite eine händeklatschende spiritistische Sekte an der Universität. Welche Schande! Verweichlicht bis ins Mark sind sie allesamt. Professor! Mein halbgebildeter Onkel hatte vollkommen recht, als er sagte, daß wir den Weißen Mann zwar aufforderten, seine Koffer zu pakken, doch es nicht für möglich hielten, daß er alles, was er bei seiner Ankunft mitbrachte, wieder mitnehmen würde. Professor! Der Weiße Mann hat das alles wieder in seine Kiste gepackt, als er sich verabschiedete. Aber wie sind wir überhaupt darauf gekommen – als wir die Macht erlangten –, uns von diesen halbfertigen Professoren etwas sagen zu lassen? Was wissen die schon? Da lobe ich mir eine gute militärische Ausbildung und Disziplin!

»Kommen Sie herein, Generalstaatsanwalt... Nehmen Sie Platz. Ich habe nach Ihnen geschickt, weil ich Ihnen eine direkte und einfache Frage stellen möchte. Mir ist klar, daß Sie Rechtsanwalt sind, aber ich habe außerordentlich viel zu tun und wünsche, daß Sie mir offen und zur Sache antworten. In Ordnung? Ich habe aus verschiedenen Quellen Informationen erhalten, die darauf hinweisen, daß der Informationsminister mir gegenüber vielleicht nicht ganz so loyal ist, wie er sein könnte. Nun, Sie sind sich ja wohl bewußt, daß dies eine äußerst ernste, eine äußerst empfindliche und heikle Angelegenheit ist, und ich muß Sie um strikteste Vertraulichkeit bitten. Nichts davon darf aus diesen vier Wänden nach draußen gelangen.« Er deutete auf die vier Wände, je gleichzeitig auf zwei, wie eine Stewardess, die vor dem Abflug den Passagieren die Notausgänge zeigt. Der Generalstaatsanwalt nickte in schneller Folge vier- oder fünfmal hintereinander.

»Gut. Wie schätzen Sie solche Informationen ein?«

Der Generalstaatsanwalt saß auf der Stuhlkante, den linken Ellbogen auf den Tisch gestützt, und reckte angestrengt den Hals, um die Worte Seiner Exzellenz zu erhaschen, der außergewöhnlich leise sprach, als wolle er seinen Zuhörer absichtlich in eine nachteilige Lage versetzen; oder in höchste Aufmerksamkeit, um ein über Leben und Tod entscheidendes Stichwort nicht zu verpassen. Als Seine Exzellenz beobachtete, wie sein Opfer sich anstrengte, den Kern der Botschaft zu verstehen, fühlte er wieder jene Glut stillen Frohlockens, die ihn häufiger überkam, besonders wenn er wie jetzt völlig mühelos über einige jener lästigen Personen verfügte, die er in seinen Lehrjahren an der Macht für so eindrucksvoll gehalten hatte. Es braucht einen Löwen, um einen Leoparden zu zähmen, sagen unsere Leute. Wie recht sie haben!

Während er dieses herrliche Erfolgsgefühl genoß, das er in so kurzer Zeit erworben hatte und das sein Denken und Sein im Innersten durchdrang und erfüllte, wie frisch rotes, würziges Palmöl auf glühend heißen, gebratenen Yams zerfließt und sie einhüllt, ließ er seine Stimme noch tiefer in der Kehle versinken und lehnte den Kopf auf seinen riesigen schwarzen Ledersessel, so daß es schien, als richte er seine Worte an die hohe, gleichgültige Zimmerdecke statt an den eifrigen Hörer auf der anderen Seite des Tisches.

Plötzlich mißtrauisch geworden wie ein gehetztes Wild, das den Tod wittert, doch unsicher ist, in welcher Ecke er lauert, beschloß der Generalstaatsanwalt, auf Zeit zu spielen. Fast eine Minute lang saß er starr da, rührte sich nicht, gab keine Antwort.

»Nun?« Das Zögern und Schweigen seines Gegenüber reizte Seine Exzellenz zu lauten Worten; außerdem saß er jetzt vollkommen aufrecht in seinem Sessel. »Haben Sie verstanden, was ich gesagt habe, oder muß ich es wiederholen?«

»Das ist nicht notwendig, Exzellenz, ich habe Sie vollkommen verstanden. Sehen Sie, Exzellenz, Ihr demütiger Diener ist Rechtsanwalt. Mein Beruf macht es mir zur Pflicht, nur unumstößlichem Beweismaterial zu vertrauen und persönlichen Gefühlen und reinen Mutmaßungen zu mißtrauen.«

»Herr Generalstaatsanwalt, ich habe Sie nicht holen lassen, um mir eine Predigt zu halten, sondern um mir meine Frage zu beantworten. Sie sind vielleicht der Staatsanwalt, aber vergessen Sie nicht, ich bin der General!«

Der Generalstaatsanwalt platzte los und lachte bierbäuchig und hemmungslos. Dazwischen wiederholte er mühsam ein ums andere Mal: »Köstlich, Exzellenz, köstlich!« Seine Exzellenz, der zweifellos über das dramatische Resultat seiner witzigen Bemerkung hoch erfreut war, sich jedoch nicht herabließ, dies zu zeigen, fixierte seinen Generalstaatsanwalt bloß mit unbeweglichem, aber etwas nachgiebigem Blick und wartete geduldig, bis sich dessen Fröhlichkeit schließlich erschöpft hatte, er sein ordentlich gefaltetes seidenes Taschentuch aus der Brusttasche zog und sich geziert wie ein dicker Clown die Augen tupfte.

»Werden Sie jetzt meine Frage beantworten?« fragte Seine Exzellenz leicht amüsiert.

»Verzeihung, Exzellenz. Bitte geben Sie nicht mir die Schuld, sondern dem unnachahmlichen Humor Eurer Exzellenz... Um ehrlich zu sein, Exzellenz, ich habe keinerlei Beweise für ein unloyales Verhalten meines ehrenwerten Kollegen.« Er machte eine wirkungsvolle Pause. Doch die Miene Seiner Exzellenz blieb unbewegt. »Aber Rechtsanwälte sind auch Menschen. Ich habe ganz persönlich das Gefühl – und zugegeben, vor Gericht könnte das nicht bestehen, doch ich bin völlig überzeugt, und wäre Chris hier, würde ich es ihm auf den Kopf zusagen –, ich habe das Gefühl, daß Chris nicht hundertprozentig hinter Ihnen steht.«

»Warum haben Sie dieses Gefühl?«

»Ja, warum nur? Nun, es ließe sich vielleicht so ausdrücken: Ich habe den besagten Kollegen im Laufe des vergangenen Jahres genau beobachtet und den Eindruck gewonnen, daß er keinerlei Freude oder Begeisterung in Angelegenheiten zeigt, die diese Regierung im allgemeinen und Eure Exzellenz im besonderen angehen. Vor wenigen Minuten habe ich genau das zu ihm gesagt. Warum läufst du immer mit so einem verschlossenen Gesicht herum, sagte ich. Kopf hoch, mein Freund, freu dich des Lebens! Aber er kann sich nicht freuen. Warum? Der Grund dafür ist leicht zu finden. Sie beide waren schließlich auf dem Lord Lugard College Klassenkameraden. Er denkt an diese Zeit zurück und sieht Sie als den Jungen vom Zimmer nebenan. Es geht ihm nicht in den Kopf, daß dieser Junge, mit dem er alle seine Jungenstreiche gespielt hat, heute das Geschick dieses Landes in Händen hält. Wissen Sie, Exzellenz, Jesus hatte dasselbe Problem mit seinen Leuten. Alle, die ihn kannten und wußten, woher er stammte, sagten: ›Ist das nicht der Kerl, der in einem Ziegenstall geboren wurde, weil sein Vater kein Geld hatte, um eine Unterkunft zu bezahlen?‹...«

Er redete weiter und weiter, doch die Aufmerksamkeit Seiner Exzellenz ließ jetzt nach; er vernahm das Echo eines Rates, den ihm der alte Präsident Ngongo gegeben hatte: »Dein größtes Risiko sind deine Jugendfreunde, die mit dir in deinem Dorf groß geworden sind. Halte sie dir vom Leibe, und du wirst lange leben.« Dieser schlaue alte Fuchs!

Ein neuer Respekt vor seinem Generalstaatsanwalt spiegelte sich nun in seinem Gesicht wider, wo ihn der pfiffige Jurist sofort bemerkte und seine Strahlen mit beiden Händen auffing. Dieser riesige Iroko-Baum, dachte er bei sich, wird nicht alle Tage geschält, deshalb muß ich mir jetzt, wo ich obenauf bin, so viel Feuerholz holen, wie ich kriegen kann.

»Und was meinesgleichen angeht, Exzellenz, uns arme Dummköpfe, die im Busch zur Grundschule gegangen sind, wir wissen, wo wir hingehören, wir kennen doch alle anderen besser als uns selbst, wenn wir ihnen begegnen. Für uns ist es kein Problem, einen Mann wie Sie zu verehren. Ehrlich. Sie haben das Lord Lugard College besucht, wo die Hälfte Ihrer Lehrer Engländer waren. Stellen Sie sich vor, was in meiner Schule einem weißen Mann am nächsten kam, waren ein Inder und zwei Pakistanis. Können Sie sich vorstellen, Exzellenz, daß ich keinen richtigen Weißen zum Lehrer hatte, bis ich in Exeter Jura studierte, als ziemlich alter Mann? Ich war einunddreißig. Sie haben keine Ahnung, Exzellenz, wie wir Buschleute damals waren. Während meines ersten Jahres in England sah ich eines schönen Tages *Welsh Rarebit* auf der Speisekarte, und ich rieb mir die Hände, und das Wasser lief mir im Mund zusammen, denn ich dachte, ich würde richtiges Buschfleisch aus den Wäldern von Wales zu essen bekommen!«

Seine Exzellenz war jetzt eindeutig amüsiert und lachte. Der Generalstaatsanwalt war von seiner eigenen Darbietung und von seinem Erfolg wie benommen. Wer hätte es für möglich gehalten, daß Seine Exzellenz so lange jemandem, der von sich selber erzählt, zuhören und sogar über dessen Witze lachen würde?

»Ich erzähle Ihnen das, Exzellenz, um deutlich zu machen, daß es für einen Mann meiner Herkunft kein Problem ist, einen Mann wie Sie zu verehren. Und in aller Fairness meinem Kollegen gegenüber – und ich möchte absolut fair sein –, für ihn ist es ein Problem; er will wissen, warum Sie und nicht er Seine Exzellenz geworden sind. Ich will nicht sagen, daß er das so deutlich zum Ausdruck gebracht hat, aber ich weiß, daß es in seinem Kopf herumgeht. Ich kann keine Gedanken lesen, aber ich bin mir ganz sicher, Exzellenz...«

»Vielen Dank. Sie haben keine Beweise, nur eine ganz interessante Theorie. Ich weiß das zu schätzen. Wie Sie wissen, ist es nicht meine Art, nach derlei Informationen herumzuschnüffeln oder meine Minister als Spione aufeinander anzusetzen. Ich kann Sie versichern, ich habe ganz besonderen Grund, die Staatsräson verlangt es von mir, Ihnen diese Frage zu stellen. Ich weiß Ihre freimütige Antwort zu schätzen. In gewisser Weise bin ich erleichtert und sehr froh zu wissen, daß es keinerlei Beweise gibt. Und nun müssen Sie vergessen, daß wir jemals darüber gesprochen haben. Wie ich schon sagte, keiner Menschenseele ein Wort davon, haben Sie verstanden?«

»Vollkommen, Exzellenz. Sie können mit meiner absoluten Diskretion rechnen.«

»Diskretion? Nein, Herr Generalstaatsanwalt, Sie wollten sagen: absolutes Stillschweigen. Wenn auch nur ein Wort an die Öffentlichkeit gelangt, dann stammt es entweder von mir oder von Ihnen. Ist das klar?«

»Absolut, Exzellenz.«

»Guten Tag.«

3

Chris rief Ikem an und bat ihn, einen Fotografen in die Empfangsräume des Präsidentenpalastes zu schicken, um über eine Goodwill-Delegation aus Abazon zu berichten.

»Das ist aber was Neues! Eine Goodwill-Delegation aus Abazon! Eine äußerst glaubwürdige Story. Was werden wir als nächstes zu hören bekommen?«

»Und, um alles in der Welt, zeig mir die Story, ehe sie in Druck geht.«

»Und warum, wenn ich mir die Kühnheit erlauben darf, dem Ehrenwerten Minister eine solche Frage zu stellen?«

»Du hast es eben selbst gesagt. Weil ich der Ehrenwerte Minister für Informationen bin. Genau deshalb.«

»Nun, das genügt nicht, Herr Informationsminister. *Mir* nicht. Du scheinst eines zu vergessen, daß nämlich *mein* Name und *meine* Adresse unten auf Seite 16 der *Gazette* abgedruckt werden und nicht der Name von irgendeinem Scheiß-, entschuldige meine Sprache, von irgendeinem Scheißminister. Ich werde von Major Samsonite hinter Schloß und Riegel gebracht, wenn er es für nötig erachtet, nicht du. Um meine Beerdigung geht es ...«

»Das hat doch damit überhaupt nichts zu tun, Ikem. Das solltest du jetzt endlich wissen. Wir haben das nun schon zum tausendsten Mal besprochen, und ich habe die Nase voll davon, es ständig wiederholen zu müssen. Ich tue dies jetzt zum letzten Mal, zum allerletzten Mal. Paragraph vierzehn, Absatz sechs des Pressegesetzes verleiht dem Minister allgemeine und besondere Verfügungsrechte über das, was in der *Gazette* gedruckt wird. Du weißt das ganz genau. Ich werde nun dieses Gesetz wortwörtlich nehmen und dir meine Anweisungen schriftlich zukommen lassen. Du kannst in der nächsten halben Stunde damit rechnen. Es ist eindeutig, daß du es so und nicht anders haben willst, deshalb werde ich deinem Wunsch entgegenkommen.«

Er legte auf und rief seine neue Sekretärin herein. Als sie ihren Stuhl heranzog und die vollgeschriebene Seite ihres Stenoblocks umblätterte, klingelte das Telefon, und sie machte Anstalten, den Anruf zu beantworten. Doch der Minister war schneller, legte seine Hand darauf, und während es läutete, sagte er zu ihr: »Ich bin nicht da, egal, wer es ist.« Dann nahm er seine Hand zurück, und sie nahm den Hörer ab.

Es war Ikem, und er schrie ins Telefon hinein. Chris hörte seine erstickt klingende, körperlose Stimme ganz deutlich, denn um ihr Trommelfell zu schonen, hielt die Sekretärin den Hörer in einem gewissen Abstand von ihrem Ohr.

»Er ist nicht da, Sir.«

»Erzählen Sie mir keine Lügen! Verdammt noch mal, er muß da sein, denn er hat ja eben erst während unseres Gesprächs einfach aufgelegt.«

»Nun, Sir, dies hier ist ja nicht das einzige Telefon in der Stadt, oder etwa? Vielleicht hat er Sie von zu Hause oder dem Präsidentenpalast oder von sonst irgendwo aus angerufen.«

Chris lachte ein unfrohes Lachen. Ein wütender Mann ist immer ein dummer Mann. Mach ihn ordentlich lächerlich, mein liebes Mädchen, dachte er. Ikems eingestehendes Schweigen war schwer und lang. Dann knallte er ohne ein weiteres Wort den Hörer so hart auf den Apparat, daß das Mädchen erschrocken zurückfuhr.

»Erstklassig, meine Liebe«, sagte Chris nun, ohne zu lächeln. »Meine Entschuldigung für das Benehmen meiner unbotmäßigen Freunde.«

»Wer war es denn?«

»Wußten Sie das nicht? Es war der Chefredakteur der *Gazette.*«

Ihre Siegesfahne schien plötzlich nicht mehr im Winde zu wehen. Ihr Gesicht wurde lang; Chris bemerkte wohl den Ausdruck der Ehrfurcht, der darin geschrieben stand.

Die Sonne im April ist ein wahrer Feind, obwohl der Wettermann am Fernsehen, der mechanisch die Worte seiner ausländischen Mentoren wiederholt, für das ganze Land schönes Wetter vorhersagt. Schön! Seit Februar schmoren wir langsam vor uns hin und sind bald durchgebraten wie Hammelfleisch, und all die Dummköpfe, die von unseren Steuermitteln leben, sagen uns, alles sei in besser Ordnung und es gehe uns gut! Nein, meine lieben Landsleute. Hier spricht Brigadekommandeur Mißgeschick von der 202. Schlappmach-Brigade und teilt Ihnen mit, daß es Ihnen *nicht* gut geht. Nein, meine lieben Landsleute, es wird Ihnen erst wieder gut gehen, wenn es Ihnen gelungen ist, die wilde Aprilsonne zu stürzen. Am späteren Abend, verehrte Landsleute, werden Sie den vollen Wortlaut von General Großmaul selbst hören konnen – ich bin nichts als ein Sprachrohr –, Sie werden die Worte direkt aus seinem Munde vernehmen, und zwar nach dem Abspielen der Nationalhymne von rückwärts. Bis dahin, geliebte Landsleute, schmoren Sie in Frieden.

Für den halben Kilometer zum Präsidentenpalast hatte er in der Hitze und dem nachmittäglichen Berufsverkehr bereits eine Stunde und fünfzehn Minuten gebraucht, dabei hatte er noch nicht mal die halbe Wegstrecke hinter sich gebracht. Die unwiderstehliche Versuchung von Abazon hatte ihn in diese Lage gebracht. Während er zentimeterweise vorrückte, stehenblieb, erneut anfuhr und scharf bremste, fiel es ihm wieder ein: In dichtem Verkehr muß das Augenmerk besonders auf den Wagen gerichtet sein, der vor dem, der hinter einem ist, fährt. Dumme Cleverness, Klugscheißerei, die einfachen, soliden, vernünftigen Menschen über den Verstand geht. Wie Elewa. Sie wäre völlig überfordert, dieses Verkehrsrätsel auch nur annähernd zu lösen.

Er schaute nach vorn bis zur nächsten großen Biegung der Straße und sah willkommene Bewegung, die sich ruckartig die Reihe der Wagen entlang fortsetzte, auf ihn zu. Er wartete ungeduldig darauf, doch als es soweit war, sah er, daß er kaum mehr als einen armseligen Meter vorrücken konnte. Also beschloß er, daß es nicht der Mühe wert sei, den Gang einzulegen. Aufsparen, bis es das nächste Mal weiterging, das würde eine hübsche Fahrt von zwei Metern ergeben. Außerdem kann übermäßige und unnötige Beanspruchung der Kupplung zu... Der Wagen hinter ihm betätigte seine Hupe so laut, daß er von seinem Sitz auffuhr und aus den Träumereien seiner Hitzebenommenheit hochschreckte. Er schaute auf und sah im Rückspiegel einen aufgebrachten Mann, der den schwitzenden Kopf aus einem gelben Taxi streckte und ihm mit wilden Gesten bedeutete, er solle weiterfahren. Andere Wagen und Fahrer stimmten nun in den hupenden und schreienden Protest ein. Er beschloß, sie alle zu ignorieren und das wertvolle Stückchen Straße, das vor ihm lag, zu verteidigen, und fiele der Himmel darüber ein! Der Lärm verzehnfachte sich jetzt und begann, einige der vor ihm fahrenden Wagen anzustecken, die unmöglich wissen konnten, um was es ging, und sich vollkommen unbegründet dem von hinten kommenden Hupkonzert anschlossen. Er blieb fest. Er würde nicht nachgeben, sondern sich durch die Betrachtung der näheren Umgebung ablenken... Der Gegenverkehr zu seiner Linken hatte wie üblich mehr Glück als die Fahrtrichtung, in deren Falle er geraten war. Doch er schätzte, selbst wenn man, um überhaupt vorwärts zu kommen, sich entscheiden sollte, umzukehren, um sich jenen auf der anderen Straßenseite anzuschließen, die sich in schnellem Tempo vom angestrebten Fahrtziel entfernten, so würde das Problem der nicht vorhandenen Wendemöglichkeit das Vorhaben auf der Stelle zum Erliegen bringen... Es gab sonst nichts von Interesse auf jener Seite, also wandte er sich zur Rechten, und es fiel ihm zum ersten Mal eine die Straße säumende Dekoration aus alten und schmutzigen Fahnen auf. Dekorateure aus dem Informationsministerium mußten wohl heute hier zugange gewesen sein, um diese verdreckten Fahnen aufzuziehen, die seit den letztjährigen Feiern zum 1. Mai wohl in mäusezerfressenen Schachteln irgendwo in einem Depot des Ministeriums eingelagert gewesen sein mußten.

In diesem Augenblick sah er aus einem Augenwinkel gerade noch rechtzeitig, wie der Fahrer hinter ihm sein Taxi aus der Reihe manövriert hatte; es war nun auf gleicher Höhe mit ihm, allerdings auf dem grasbewachsenen Seitenstreifen. Er drehte den Zündschlüssel, und Gott sei Dank sprang der Motor beim ersten Versuch an, schaltete und fuhr los, um die wertvolle Lücke, in die sich sein Gegenspieler tatsächlich fast hinterrücks hereingedrängt hätte, zu schließen. Von da an entspann sich ein Nervenkrieg zwischen den beiden Männern, wann immer der Verkehr einen Zentimeter der Straße freigab. In allen bekannt gewordenen Treffen dieser Art zwischen Taxifahrern und Privatwagen, hatte das Taxi stets gewonnen, die entscheidend eingesetzte Waffe dabei war die Gewißheit, daß der Fahrer eines Privatwagens eher seinen Platz abgeben würde, als eine Delle in seinem glatten, wertvollen Panzer zu riskieren. Doch zum ersten Mal in der Verkehrsgeschichte dieses Landes hatte heute ein Taxifahrer seinen Meister gefunden. Dieser verrückte Gegner und Fahrer eines Privatwagens verhielt sich keineswegs nach der Norm seiner Artgenossen. Ein Blick auf den Zustand seines Wagens hätte den anderen vorwarnen können, doch entweder hatte er nicht hingeschaut, oder er hatte hingeschaut, aber nichts gesehen!

»Was sag ich bloß Mama-John!« soll ein Beamter mittleren Alters angeblich gejammert haben, als ein Taxi die glänzende Seite seines neuen Volvo der ganzen Länge nach mit einem häßlichen tiefen Kratzer versehen hatte. Nun, Ikem hatte zu Hause keine

Frau zu fürchten und kein Kind, das John, James oder sonstwie hieß. Deshalb wurde der Kampf unter mehr als gleichen Bedingungen ausgetragen. Unter grimmiger Nichtbeachtung des Wagens, der neben ihm mit zwei Rädern im Busch fuhr, verfolgte Ikem die roten Bremslichter vor ihm wie ein geiler Ziegenbock, der sich schnüffelnd an die Hinterfront seiner Ziege hängt.

Nach fünfzehn Minuten gefährlich naher Fast-Zusammenstöße gestand der Herausforderer dem anderen mit einem schweren Fluch den Sieg zu und kehrte dank der Kooperation des Bronzemedaillengewinners, der anhielt, damit jener seine ursprüngliche Position wieder einnehmen konnte, auf den zweiten Platz hinter dem Sieger zurück.

Ikem stieß einen sehr tiefen Seufzer aus und, ritterlich im Sieg, schrieb diesen der Sonne zu. Wir werden vorgekocht, so wie Bauern den Reis vorkochen, um das Schälen zu erleichtern. Danach sind nur noch fünf Minuten zum Fertigkochen nötig.
An jenem Abend verfaßte er seinen Hymnus an die Sonne:

Erhabene Botin, die Du dem Allmächtigen die Opfer überbringst – Einziges Auge Gottes! Warum hast Du dies über uns gebracht? Welche siebenmal siebzigmal verbotenen Schandtaten haben wir begangen oder auch gutgeheißen, welchem Irrtum sind wir erlegen, den keine Wiedergutmachung jemals hoffen kann aus dem Weg zu räumen?
Sieh her, unsere verzweifelten Gebete, unsere Versöhnungsgaben liegen verstreut am Boden, da, wo Du sie voll Verachtung hingeworfen hast, und an einem jeden Morgen belädst Du Deinen langen Korb des Tages mit den Werkzeugen und Zeichen des Todes.
Beim ersten Hahnenschrei machst Du Dich aufgerissenen Auges, keinen Schlaf kennend, auf den Weg und schleuderst Deine Verwünschungen auf eine geschlagene, darniederliegende Welt. Deine glühend roten Fackeln schüren die Feuer des Himmels, und die brüllende Feuersbrunst Deiner Rache erfüllt das Firmament.
Unsterbliches Auge Gottes! Wir wissen, daß Du Dich aus Mitleid mit uns nicht erweichen läßt. So laß Dich deshalb um Deiner selbst willen erweichen – um jenes hervorquellenden Auges des Wahnsinns willen, das von der fliegenden Asche einer in Flammen stehenden Welt wohl erblinden mag. Einziges Auge

Gottes! Wirst Du Dich selbst zum Erlöschen bringen, nur damit die Menschen in Deiner Dunkelheit straucheln und stürzen? Vergiß nicht: Einziges Auge – Nachbar der Blindheit, vergiß nicht! Was ist der Mensch für Dich geworden, Auge Gottes, daß Du Dich um seinetwillen selbst verletzt? Hat er denn Deiner Ansicht nach Gottesähnlichkeit erlangt? Heimwärts ziehend von Deiner großen Jagd, den erlegten Elefanten auf Deinem mächtigen Haupt tragend, verweilst Du da auf dem Weg um eines Grashüpfers willen, der Dir zwischen die Zehen geraten ist?

Große Botin des Schöpfers! Sieh Dich vor, es mag sich herausstellen, daß die Asche der Welt, die täglich von diesem Scheiterhaufen emporsteigt und sich dann wieder herabsenkt, genug sein wird, um in der Jahreszeit der Erneuerung die Kanäle, die Leben gebären, versanden zu lassen.

Die Vögel, die den Morgen ankündigten, waren dahingeschmolzen, noch ehe der letzte Schmetterling verbrannt zu Boden fiel. Und als die Singvögel verschwanden, zog sich die Morgenstunde selbst in die Abgeschiedenheit einer in Sack und Asche trauernden Witwe zurück, Schmuck und Zierat waren von ihr genommen – der Samt aus weichem zerfließendem Licht und die Halsbänder aus reinem Gesang, eines länger als das andere, einander bedeckend, bis hin zu ihren strahlend schönen Brüsten: Korallen und blaue Chalbzedone, Jaspis und Achat, durchzogen von Adern in allen Farben des Regenbogens. Und so hinterließen die Singvögel bei ihrer Flucht keine Leere, keine brachliegende Stunde, denn die Morgenstunde selbst war bereits vor ihnen gestorben. Der Morgen war nicht mehr.

Die Bäume waren zu schlangenköpfigen Bronzestatuen geworden, so alt, daß nur noch grobe Umrisse ihrer Gesichter zu erkennen geblieben waren, wie Termitenhügel, die in den Flammen überleben, um dem neuen Gras der Savanne von den Buschfeuern des vergangenen Jahres zu künden.

Alle Haustiere waren tot. Zuerst schmorten die Schweine im eigenen Fett; dann erstickten die Schafe, Ziegen und Rinder an ihren geschwollenen Zungen. In nicht enden wollenden Kämpfen mit den Geiern verschlangen streunende Hunde auf dem Marktplatz die Leiche des Verrückten, die sie eines Morgens zusammengekrümmt in dem Stand aufgespürt hatten, den er stets als sein Eigentum beansprucht, und von wo aus er sich jeden

Morgen aufgemacht hatte, um die höchste Stufe des Holzgerüsts in der Mitte des Marktplatzes zu erklimmen, um von dort aus die Dorfbewohner zu verhöhnen und zu verspotten. Wo seid Ihr alle? Ihr werdet doch nicht Euren eigenen Markttag vergessen haben? Kommt! Bringt Eure langen Körbe mit den Yamswurzeln und die runden mit den Cocoyams. Wo sind die Fischfrauen, und die mit dem Palmöl, wo sind sie, die ihre hochgetürmten Töpferwaren auf dem Kopf tragen? Kommt, heute ist vielleicht Euer Glückstag, der Tag, an dem Ihr einen Blinden findet, mit dem Ihr handeln könnt. Du hast nichts zu verkaufen? Wer hat das gesagt? Komm! Ich kaufe Dir die Möse Deiner Mutter ab!

Die Hunde knurrten, als sie ihn in Stücke rissen, und schnappten nach den Geiern, die furchtlos mit den Schnäbeln zurückhackten. Nach diesem letzten lärmenden Mahl zogen die Geier ihre bösen, verbeulten Köpfe ein und verschwanden in ein anderes Land.

Schließlich wurden sogar die Wolken unterjocht, obwohl sie am längsten durchgehalten hatten. In tapferem, jedoch konfusem Bemühen, die monumentalen Formationen der brandstiftenden Heerscharen der Sonne aufzuhalten, eilten ihre heruntergekommenen Haufen mit den letzten kümmerlichen, ihnen noch zur Verfügung stehenden Kräften von Ort zu Ort. Für diese Beleidigung beschwor die Sonne schreckliche Rache auf sie herab, verbrannte auch den letzten Rest, der von ihnen noch übriggeblieben war, und zerstreute ihre Asche in alle vier Winde. Nur daß die Winde selbst schon vor langem geflohen waren. Und so legten sich die geschändeten Teilchen der Wolken wie eine Dunstglocke über das ganze Antlitz des Himmels und gaben dem sich auf ihrem Rücken widerspiegelnden Licht der Sonne den gnadenlosen Schimmer von Bronze. Bisweilen regten sich in der Geisterstunde des Mittags ihre entehrten Schatten in sinnlosem Aufbegehren, inszenierten einen plötzlichen wilden Wirbel von Asche und Staub, nur um sofort wieder bezwungen zu werden.

In letzter verzweifelter Tat entzündete sich die Erde nun selbst und ließ eine Wand schwarzer wogender Rauchschwaden über ihr Haupt emporsteigen. Es war eine bedauernswerte Fehlentscheidung, denn die Hitze der Buschfeuer verstärkte nur noch das Sonnenfeuer. Und ohnehin fand das Feuer bald keinerlei Nahrung mehr.

Niemand wußte eine Antwort darauf, warum die Erhabene Botin, die dem Allmächtigen die Opfer überbringt, dies der Welt antat; man wußte nur, daß es der Legende nach, vor langer, langer Zeit schon einmal geschehen war. Damals hatte die Erde die Schaufeln der Totengräber zerbrochen und ihre Speerspitzen verbogen. Da wußten die Menschen, daß die Zeit gekommen war, ihr Land zu verlassen und ihre unbegrabenen Toten, ja selbst die Sterbenden aufzugeben, und damit ihre Vergehen – welcher Art sie auch immer gewesen sein mochten – zu sühnen, die zu Beginn die Katastrophe entfesselt hatten. Sie wanderten im Licht der Sterne und ruhten am Tage im Schatten ihrer Schlafmatten, bis der Sand zu heiß wurde, um darauf zu lagern. Selbst die Legende schweigt sich über ihr Elend aus, berichtet nur davon, wie jeden Abend, wenn die Reise fortgesetzt wurde, viele nicht mehr aus dem Schatten ihrer Schlafmatten aufstanden, und daß jene, die mühsam hochkamen, verstohlene Blicke auf die stillen Unterkünfte warfen und ihre versteinerten Gesichter gen Süden wandten. Und als Kommentar fügt die Stimme der Legende hinzu, daß ein Mann, der seine Stadt und das Heiligtum seiner Gottheit verläßt, der sich entschlossen vom Schatten der Matte in der Wildnis abwendet, in dem seine Mutter liegt und sich nicht mehr erheben kann, oder auch seine Frau oder sein Kind, daß ein solcher Mann den Tod in den Augen trägt. Und so geschah es, daß genau so ein Mann mit seinen ihm noch verbliebenen Gefährten eines Nachts die schlafenden Einwohner des winzigen Dorfes Ose überfielen, sie alle auslöschten, das braune Wasser aus ihren Brunnen tranken, ihr Land in Besitz nahmen und es Abazon nannten.
Und nun waren die Zeiten aus der Legende wiedergekehrt. Vielleicht nicht ganz so schlimm wie damals, noch nicht. Aber diesmal könnte es leicht schlimmer ausgehen. Warum? Weil sich heute keiner aufmachen und, hilflose Angehörige in der wilden Savanne zurücklassend, im Sternenlicht südwärts wandern, heimlich in einem winzigen Dorf ankommen, seine Einwohner überfallen, sie erschlagen, ihr Land in Besitz nehmen und sagen kann: Das habe ich getan, weil mir der Tod aus den Augen starrte. Deshalb entsandten sie statt dessen eine Abordnung von Ältesten zu der Regierung, die heute die Yamswurzel in Händen hält und das Messer dazu, um von ihr Hilfe zu erbitten.

4
Zweiter Zeuge – Ikem Osodi

»Ach, Elewa, ich kann es einfach nicht leiden, wenn man ohne allen Grund Theater macht. Ich hab' dir doch von Anfang an alles erklärt, oder etwa nicht?«

»Was hast du erklärt? Ich bitte dich, gleich werde ich sauer... Sieh mal einer an! Uns Frauen geht es in dieser Welt beschissen... trotzdem sind wir immer an allem schuld, immer soll der Fehler bei uns liegen. Wenn ich mal nicht so blöd bin und meinen schönen Hintern nicht in deinem Schlafzimmer lasse, was ist dann los? Dann gibst du mir einen Tritt wie einem Fußball. *Ich* halte dir das nicht vor, überhaupt nicht!«

»Ich weiß überhaupt nicht, wovon du sprichst.«

»Wie sollst du es auch wissen. Du kannst es gar nicht wissen.«

Ein Wagen fährt in die Auffahrt, und ich gehe zurück ans Fenster, um nachzusehen, wer es ist. Nein, es ist nur einer der Nachbarn aus den anderen Wohnungen, doch ich bleibe trotzdem am Fenster stehen und beobachte, wie der Wagen langsam zu der gemeinsamen Garagenanlage, die sich rechts drüben auf dem Gelände befindet, hinüberfährt. Eines der Bremslichter zeigt eine nackte weiße Birne in einer zerbrochenen roten Fassung. Also war es Mr. Na und?, der berüchtigte Nachbar von nebenan, der Mann aus dem Post- und Telegraphenamt. Er kroch durch das dritte Garagentor. Vielleicht wird er seine schöne Frau heute nacht wieder schlagen; seit Monaten hat er es nicht mehr getan. Es fehlt dir also? Gib zu, du abscheulicher Wüstling, daß es dir tatsächlich fehlt! Nun, warum auch nicht? Das Ganze hat eine außergewöhnliche surrealistische Qualität, die fast einer befriedigenden Katharsis gleichkommt. Im Traum höre ich es und gleite in einen halbwachen Zustand, in dem ich, solange das Geschehen seinen Verlauf nimmt, verweile, denn er pflegt stets jene Stunde der Nacht zu wählen, in der der Schlaf am verführerischsten ist – jene Stunde, die auch von den anspruchsvollsten bewaffneten Einbrechern bevorzugt wird. Und am nächsten Morgen frage ich mich, was von alledem wirklich geschehen war und was ich geträumt habe. Auf dem kurzen Weg zur Garage war ich ihnen einmal am Morgen danach begegnet, und sie waren so außergewöhnlich freundlich und entspannt gewesen! Besonders sie. Ich war wie vor den Kopf gestoßen. Später hörte ich, daß ein besorgter Nachbar einmal die Polizei angerufen – das war,ehe ich hier wohnte – und gemeldet hatte, daß ein Mann seine Frau mißhandle; der diensthabende Beamte hatte schläfrig geantwortet: »Na und?« Deshalb nennen wir ihn heimlich Mr. Na und?. Ich weiß nie seinen richtigen Namen.

Elewa verflucht gerechterweise noch immer ihr Los als Frau und mich. Ich werde nichts mehr sagen, nur auf der Fensterbank sitzen und nach dem Taxi Ausschau halten, das viel zu lange braucht, bis es kommt. Ich frage mich warum. Zu dieser Nachtzeit kann man sie im allgemeinen dazu überreden, innerhalb einer Stunde dazusein.

»Alles was recht ist... Ein Mädchen um Mitternacht in ein Taxi zu setzen, damit es bewaffneten Räubern auf der Straße in die Hände fällt.«

»Du weißt ganz genau, Elewa, daß es in Bassa keine bewaffneten Räuber mehr gibt.«

»Dann hast du vielleicht vergangene Woche jene Frau auf dem Parkplatz umgebracht?«

»Keiner wird dich umbringen, Elewa.«

»*Keiner wird dich umbringen, Elewa!* Warum fährst du mich dann nicht selbst nach Hause, wenn du sagst, daß es keine bewaffneten Räuber mehr in Bassa gibt? Setz dich doch hin.«

»Ich kann dich nicht nach Hause bringen, weil meine Batterie leer ist. Das habe ich dir schon mindestens zwanzig Mal gesagt.«

»Deine Batterie ist leer. Warum war deine Batterie heute nachmittag nicht leer, als du mich abgeholt hast?«

»Weil man mit einer schwachen Batterie tagsüber zurechtkommen kann, aber nicht nachts, Elewa.«

»Nimm dich in acht, Süßer, mit dem, was du sagst! Morgen bist du wieder da mit deiner blöden Batterie und holst mich ab. Alles Unsinn!«

Sie wird jetzt wirklich aggressiv. Kennte ich meine Elewa nicht, hätte ich allen Grund, besorgt zu sein. Doch als erstes wird sie mich morgen früh anrufen; wahrscheinlich während der Redaktionskonferenz um neun Uhr. Als wir uns das erste Mal in einer ähnlichen Stimmung trennten, war ich überzeugt, daß ich sie für immer verloren hatte. Das war der Abend, an dem ich ihr zum ersten Mal zu erklären versuchte, warum sie nicht in meiner Wohnung übernachten könne. Ich hätte mir nicht die Mühe gemacht, ihr die Gründe für meine Entscheidung darzulegen, hätte sie nicht unablässig behauptet, ich hätte ein anderes Mädchen, das gleich käme, und das sei der eigentliche Grund. »Ungeachtet deines Kompliments an meine Kondition«, sagte ich absichtlich über ihren Kopf hinweg, »ist der wirkliche Grund ein ganz einfacher. Ich möchte nicht, daß du zu all den losen Frauen von Bassa gehörst, die nicht zu Hause schlafen.« Mit weit offenem Mund, völlig sprachlos starrte sie mich an. Und da ich meinen Vorteil nutzen und den Punkt noch deutlicher machen wollte, sagte ich so etwas wie: »Verstehst du, wenn ich eine Schwester hätte, würde ich auch nicht wollen, daß sie so etwas tut.« Sie feuerte sofort zurück und sagte: »Und wenn du dann mal wieder bumsen willst, kannst du ja diese Schwester von dir herholen, hast du verstanden?«

Als wir auseinandergingen, dachte ich, wir hätten uns für immer getrennt. Doch mitten in der Redaktionskonferenz am nächsten Morgen kam mein Sekretär herein und bat mich, einen Anruf entgegenzunehmen.

»Wer ist denn dran?« fragte ich ärgerlich.

»Eine gewisse junge Frau«, sagte er in seiner dummen Behördensprache.

»Wer immer sie ist, sagen Sie ihr, sie soll später wieder anrufen. Ach, es ist ja eigentlich egal, ich werde eben mit ihr sprechen. Entschuldigen Sie mich, meine Herren.«

Es war Elewa, und sie fragte, ob ich sie am Nachmittag an den Strand fahren könnte, um dort von den hereinkommenden Fischern frischen Fisch zu kaufen, ehe die »dicken Madams« vom Fischmarkt die Gelegenheit hätten, alles wegzuschnappen. »Ich werde dir heut leckeren Fisch mit Pfeffersoße kochen«, sagte sie.

Endlich kommt das Taxi, ich schnappe meine Taschenlampe und begleite sie unsere schmutzige und unbeleuchtete Treppe hinunter. Jedesmal, wenn ich diese Treppe hinauf oder hinuntergehe, denke ich an die Ziege, die allen gemeinsam gehört und die schließlich verhungert. Ohne auszusteigen öffnet der Fahrer die hintere Tür. Keine Innenbeleuchtung geht an. Ich richte den Strahl meiner Taschenlampe dorthin, wo sie hätte sein sollen, und sehe ein paar wirre Drähte. Um Elewa Sicherheit zu geben, studiere ich ausführlich das Gesicht des Fahrers im Licht meiner Taschenlampe. Der Fahrer protestiert:

»Leuchten Sie mir doch nicht so in die Augen. Was soll das

eigentlich?«

»Ich möchte dich morgen früh wiedererkennen können.«

»Weshalb?«

»Nur so, für alle Fälle.« Ich gehe um den Wagen herum nach vorn und richte das Licht auf die Kennummer.

»Wenn ich das gewußt hätte, wäre ich nicht in diese Bonzengegend gekommen. So eine Sauerei.«

»Weißt du, daß es nach dem Strafgesetzbuch Paragraph achtundvierzig Absatz sechzehn Abschnitt einhundertsechs strafbar ist, ein Fahrzeug ohne Innenbeleuchtung zu betreiben?«

»Erst heute – eben, als ich hierher fuhr, ging das Licht aus.«

Seine Lüge ist so gut wie meine, doch ich habe einen Vorteil: Ich weiß, daß er lügt; er weiß nicht, daß ich lüge, und er hat Angst.

»Okay. Morgen früh gehst du als allererstes in die Werkstatt und läßt es machen.«

»Okay, Oga.«

Ich besiegle unsere gegenseitige Übereinkunft mit einem Zwanzig-Kobo-Trinkgeld und wende mich dann Elewa zu, die sich vollkommen in sich selbst und in die hinterste Ecke des Rücksitzes zurückgezogen hat.

»Es wird dir nichts zustoßen, Liebling.«

»Fahrer, laß den Motor an, ich will jetzt weg.«

Ich werde mich weiter bemühen, bis ich einen plausiblen Grund finde, mit dem sie leben kann.

Ich habe noch nie verstanden, welchen Sinn es haben soll, daß Leute bei einem *schlafen*. Ein Mann sollte in seinem eigenen Bett aufwachen. Eine Frau ebenfalls. Was immer sie beschließen, vor dem Schlafen zu tun, ist kein Grund, ihnen dieses Recht zu verweigern. Ich verabscheue schon allein den Gedanken daran, wach zu werden und jemanden, der nackt und unappetitlich ist, neben mir vorzufinden. Es ist unfair, ich weiß, besonders ihr gegenüber. Deshalb habe ich nie um das Recht, meine Wohnung und meine Freiheit wieder voll in Besitz zu nehmen, gefeilscht. Mir scheint, alleine zu duschen und sich in sein Bett zurückziehen zu können, sollte man ganz einfach, berechtigter- und vernünftigerweise erwarten dürfen. Doch viele Frauen fassen das als persönliche Beleidigung auf, was ich in der Tat sehr seltsam finde. Sie sind sich selbst der schlimmste Feind, die Frauen!

Elewa denkt, es beweise nur, daß ich sie nicht genug liebe. Es beweist das genaue Gegenteil. Ich mag sie wirklich sehr, sehr gerne, mehr als sonst irgend jemand in den vergangenen Jahren. Und wenn wir uns lieben, ist sie einfach sensationell. Keine Tricks. Ich nehme an, daß ich nie entdecken werde, woher dieser kleine Körper die Kraft nimmt, um mich auf ihrem Leib hochzuheben, während sich ihr Rücken langsam nach oben durchbiegt, einer Hängebrücke gleich, nur noch Kopf und Füße stehen wie Stahlpfeiler im Flußbett. Und dann – zweifelhafte Metaphern, reines Vergnügen – rüttelt sie mich, wie ein Goldgräber sein Sieb rüttelt und Gold findet! Wenn wir uns einmal darauf geeinigt haben, getrennt zu schlafen, werden wir großartige Zeiten zusammen erleben. Sie ist wirklich ein ganz, ganz prima Mädchen.

Wer hat wohl die heiße Dusche erfunden? So etwas gehört zu den Dingen, die man wissen sollte, doch letztlich weiß man es dann nie. Wir stopfen unser Gehirn mit allerlei nutzlosem Wissen voll und wissen nicht, wer der Genius war, der die Dusche oder den Papierhefter erfunden hat... Singen wir doch das Lob berühmter Männer und unserer Väter, die uns gezeugt haben. Nur daß unsere Väter, was Erfindungen betrifft, nicht sehr berühmt waren. Aber was macht das schon aus? Die Franzosen lehrten ihre kleinen afrikanischen Negerkinder auswendig herzusagen: *Unsere Vorväter, die Gallier*...Es hat nicht verhindert, daß Senghor ein hervorragender afrikanischer Dichter wurde... Ein wahrer Nachfahre der Malinkegallier!

Ich muß mich an die Arbeit machen. Das ist der andere Grund, warum man nicht beieinander schlafen sollte. Es hält einen vom Arbeiten ab. Und wenn wir die Leistungen unserer Väter im Erfindungsgeschäft verbessern wollen, so müssen wir uns den süßen Nutzen harter Arbeit zu eigen machen. Ich könnte niemals den Leitartikel für den nächsten Tag schreiben mit Elewa neben mir, die mich zwischen den feuchten Hosenbeinen krault.

Chris belehrt mich unablässig über die Sinnlosigkeit meiner kämpferischen Leitartikel. Sie bewirken nichts. Sie bringen alle gegeneinander auf. Es sind Essays zum Thema Overkill. Sie haben den gegenteiligen Effekt. Armer Chris. Wahrscheinlich ist er jetzt so weit, daß er diesen Scheiß selber glaubt. Erstaunlich, wie nur ein Monat in Amt und Würden das Denken eines Menschen verändern kann. Ich glaube, ich werde ihn wohl bald einmal dieser Tage vor eine Wandtafel setzen und ihm die vielen Volltreffer meiner kämpferischen Leitartikel mit Kreide aufzeichnen. Die Richtung, die ich bis jetzt im Umgang mit ihm eingeschlagen habe, ist vielleicht zu subtil: *Doch angenommen, meine kämpferischen Leitartikel wären tatsächlich sinnlos, wäre ich nicht trotzdem verpflichtet, sie weiterhin zu schreiben?* Undenkbar, daß Chris diese Logik offensichtlich nicht mehr zu verstehen scheint! Vielleicht war ich zu zögerlich, um Veränderungen im Verhalten meiner Freunde ins Auge zu sehen. Vielleicht muß ich lernen, mich mit ihm auf seiner Ebene auseinanderzusetzen und seinem kurzen Gedächtnis mit den vielen Erfolgen meiner militanten Leitartikel aufhelfen. Nur, darin liegt eine große Gefahr.

Jene, die unsere Angelegenheiten schlecht verwalten, bringen stets unsere Kritik zum Schweigen, indem sie vorgeben, ihnen stünden Tatsachen zur Verfügung, zu denen wir anderen keinen Zugang hätten. Und ich weiß genau, es ist fatal, sie auf ihrem eigenen Grund und Boden in einen Kampf zu verwickeln. Unsere beste Waffe gegen sie besteht nicht darin, Tatsachen aufmarschieren zu lassen, die sie wahrlich selbst zu handhaben wissen, sondern Leidenschaft in den Kampf zu bringen. Leidenschaft ist unsere Hoffnung und Stärke, eine Hilfe in den großen Nöten, die uns getroffen haben. Als ich die *National Gazette* von Chris übernahm, hatte ich keine ausdrückliche Meinung zur Todesstrafe, weder in die eine noch in die andere Richtung. Ich empfand nicht einmal besonderen Abscheu gegen das öffentliche Schauspiel, das man daraus machte. Hätte ich darüber abzustimmen gehabt, hätte ich wahrscheinlich aus Instinkt dagegen gestimmt, doch ohne mich darüber weiter aufzuregen. Aber all das änderte sich im Laufe eines Nachmittags. Ich wurde zum leidenschaftlichen Vorkämpfer. Chris sagte, ich sei ein Romantiker, ich hätte keinen echten Kontakt zum einfachen Volk von Kangan; das einfache Volk von Kangan glaube unverrückbar an den Grundsatz »Auge um Auge«, und nach allem, was man höre, gefiele den Leuten das Spektakel, das mir den Magen umgedreht hatte.

Nach allem, was man höre! Nach allem, was ich gehört habe, ist Chris noch nie dabeigewesen, aber ich. Und, mein Gott, er hat recht, wenn er sagt, daß es den Leuten gefällt! Aber Gott sei Dank auch wieder vollkommen unrecht.

Ab zwei Uhr gab es keinen einzigen Stehplatz mehr am Strand, weder auf dem heißen weißen Sand noch auf den schwarzen Granitblöcken des großen Wellenbrechers, der weit hinaus in die See reicht. An gewöhnlichen Tagen klettern nur Irre in selbstmörderischer Absicht auf jene riesigen Felsbrocken, die den herangaloppierenden Wellen Einhalt gebieten, so wie eine imaginäre Linie vor der Königstribüne den wilden Reitern beim königlichen Durbar Einhalt gebietet. Aber dies war kein gewöhnlicher Tag. Es war ein Tag, an dem normalerweise zurechnungsfähige Menschen den Verstand verloren. Unter der Menge auf der gefährlichen Meeresmauer befanden sich nicht wenige Frauen. Und sogar Kinder.

Das Kamerateam vom Nationalen Fernsehen, das hoch oben auf seinem mobilen Turm hockte, zog die große Bewunderung der Menge auf sich. Als sie die Kamera von einer Seite der Tribüne zur anderen schwenkten und die ganze, in der strahlenden Sonne leuchtende Farbenpracht aufnahmen – das Gelb und Rot, Weiß und Blau –, ganz besonders das Blau der einheimischen, mit Indigo eingefärbten Stoffe, lachten die Leute, schnitten Grimassen und winkten in die Kamera.

Den einzigen freien Platz gab es jetzt nur noch auf der erhöhten Tribüne mit den numerierten Plätzen für die VIPs und an den vier Marterpfählen, hinter denen eine eigene kleine Meeresmauer aus Sandsäcken aufgebaut war. Die durch Salz und Wasserdampf verstärkte Sonnenhitze brannte so brutal auf die Stirn, daß wir alle mit den Händen die Sonne abschirmten, um unsere Augen zu schützen. Jene, die so vorausschauend gewesen waren und Schirme mitgebracht hatten, konnten sie nicht öffnen, ohne andere dabei zu belästigen. Gerade vor mir entspann sich eine kleine Auseinandersetzung, die erst dann beigelegt werden konnte, als der anstoßerregende Schirm wieder zugeklappt war.

»Ich bitte Sie«, sagte sein friedliebender Besitzer, »dann werde ich eben meinen Schirm als Spazierstock benutzen.«

»Das ist auch besser so. Wir braten nicht hier in der Sonne, seit wir heute früh zu Fuß hergekommen sind, nur um uns einen Regenschirm anzugucken!«

Irgendwann einmal begann ich mich zu fragen, ob ich nicht sehr töricht gehandelt hatte, als ich die Karte für einen jener in großzügigen Abständen aufgestellten numerierten Stühle, die sich jetzt so wünschenswert kühl darstellten, ablehnte. Noch hatte kaum jemand auf ihnen Platz genommen. Das hervorstechendste Merkmal eines VIP ist doch, daß ihm sein Anteil an den guten Dingen dieser Welt stets in Fülle zur Verfügung steht, selbst dann, wenn er sich in der Kühle seines eigenen Hauses entspannt; wohingegen der Arme draußen in der Sonne steht und sich für seine paar elenden Krumen schieben, drücken und braten läßt. Da, all diese leeren, gepolsterten Sitzplätze; wie schafft es der Arme, daß er angesichts solcher Provokation ruhig bleibt? Aus welch unergründlichen Brunnen der Geduld schöpft er? Die Erklärung muß wohl in seinem großen Sinn für Humor liegen. Dieser Humor, der bisweilen auch gegen sich selbst gerichtet ist, muß es wohl sein, der ihn vor vollkommener Niedergeschlagenheit und Mutlosigkeit bewahrt. Er hat es gelernt, auch den letzten Tropfen Freude aus seinem steinigen Los zu quetschen. Und der Narr, der ihn unterdrückt, greift genau diese Freude heraus und sagt: *Seht, sie gleichen uns nicht im geringsten. Den Luxus, ohne den wir nicht sein können, brauchen sie nicht und wissen auch nicht, wie damit umzugehen. Sie besitzen die Fähigkeit der Tiere, die Schmerzen der, sagen wir Domestizierung, auszuhalten.* Genau dieselben Worte, die der weiße Herrscher zu seiner Zeit im Blick auf die Gesamtheit der schwarzen Rasse benutzt hatte. Heute sagen wir dasselbe über die Armen.

Doch selbst der arme Mann vergißt bisweilen, worüber er lacht, und hat in seinem Leiden allzu viel Humor. An jenem Nachmittag am Strand wurde er auf die schrecklichste Weise bestraft und lachte sich halb tot; und ich horchte schmerzhaft angespannt auf das leiseste Klicken der versteckten Waffe in den aufgebauschten Falten jenes Lachens, doch ich hörte es nicht. Chris hat also recht. Doch wie sehr wünschte ich mir, um all der Jahre willen, die ich ihn gekannt und geliebt habe, daß der Tag nie gekommen wäre, an dem er so recht behalten hätte. Aber das nur nebenbei.

Ich hatte nie die Erwartung gehegt, daß sich der Staat in Sachen Geschmack auszeichnen würde. Doch auf die rituellen Obszönitäten, die er an jenem Nachmittag zur Schau stellte, war ich keineswegs gefaßt gewesen – vom Ankleben einer Zielscheibe auf der Brust der Opfer, vom Gehabe jenes hinterlistigen Wolfs in Schafskleidern, jenes Priesters, der Gott weiß welche Gotteslästerungen in das Ohr des Todgeweihten flüsterte, bis hin zu dem Arzt mit umhängendem Stethoskop, der mit Notarztschritten zu dem gebrochenen, durchlöcherten Körper eilt, gebannt die Zielscheibe abhorcht, um danach mit weisem und wissenschaftlichem Nicken kundzutun, daß alles vorüber sei. Ruft man ihn morgen, sich echter menschlicher Not anzunehmen – wie lange wird er auf sich warten lassen! Und wie teuer wird er sein! Der Staat und seine Diener übertrafen an jenem Tag am Strand bei weitem meine Erwartungen.

Aber es war nicht der Staat, der die große Betroffenheit bei mir auslöste; er vermag nie, mich wirklich betroffen zu machen. Es waren auch nicht jene diensteifrigen Narren. Es waren nicht einmal die vier, die zerfetzt wurden. Es waren die Tausende, die über ihre eigene Demütigung und Ermordung so lärmend lachten.

Als die vier Männer aus dem Polizeiwagen geführt wurden, war das ausbrechende Geschrei und Getöse mit nichts zu vergleichen, das ich jemals gehört hatte und nie wieder zu hören hoffte. Es war eine Ovation. Aber um Gottes willen, eine Ovation für wen?

Die vier Männer waren so verschieden wie die vier Himmelsrichtungen. Einem hatten die Beine vollkommen versagt, und er mußte von zwei Polizisten zum Schafott geführt werden, seine Hose war völlig durchnäßt. Der zweite weinte zum Erbarmen und wandte unablässig den Kopf über die Schulter nach hinten. Tat er es wohl, um den Blick nach vorn auf jene schweren, in Beton eingelassenen Balken zu vermeiden, oder gab es einen Erretter, der ihm im Traum oder einer Vision sein Wort gegeben hatte, in der elften Stunde zugegen zu sein? Der dritte ging trockenen Auges und festen Schrittes. Er schrie etwas so laut und verzweifelt, daß die Nervenstränge und Blutgefäße an seinem Hals fast zu zerreißen schienen. Obwohl er gerade erst sein Fahrzeug verlassen hatte, schwitzte er über und über wie ein Karrenschieber auf dem Gelegele-Markt. Der vierte war ein Verbrecherkönig. Die Polizei sagte, er habe sie zwei Jahre lang an der Nase herumgeführt, habe drei Morde auf dem Gewissen, und ein vierter deute in seine Richtung. Er trug ein makelloses Danshiki-Hemd aus weißer, mit Goldfaden bestickter Spitze und eine elegante blaue Trevirahose. Seine Erscheinung, sein aufrechter, hochmütiger Gang schleuderten dem nicht enden wollenden Spott und den Schmähungen, die aus der Menge kamen, Hohn und Trotz entgegen und stachelte die Menschen zu noch heftigeren Äußerungen an. Er sparte sich seine Kraft für den psychologisch richtigen Augenblick auf, in dem das rasende Schreien der Menge plötzlich von dem Wunsch gestoppt wurde, den Befehl des Offiziers an das Erschießungskommando nicht zu verpassen. In jener kurzen Stille verkündete er mit fester und lauter Stimme: »Ich werde wiedergeboren werden!« Zweimal sagte er es, oder wenn es dreimal war, so ging es in einer erneuten Explosion von Geschrei, geilen Witzen und Gelächter unter, so laut, daß es eindeutig der Ausgleich für die schreckliche Wahrheit jener Stille war, in der wir eingeschüchtert gestanden hatten, als habe eine Donnerstimme vom Himmel gesprochen: Seid stille und erkennet, daß ich Gott bin. Die Frau vor mir sagte:

»Das nächste Mal wirst du von einer Ziege geboren werden, nicht von einer Frau!«

An dieser Stelle schien das dünne Band, das mich mit diesen Menschen verband, endgültig zu zerreißen. Ich wußte jetzt, daß die Menge johlen und Tränen lachen würde, hängte man in diesem Augenblick ihre eigene Mutter an den Beinen auf und risse sie in der Mitte auseinander wie einen alten Lappen. Ich frage mich noch immer, wie es möglich war, daß die Menschen, als dieser schreckliche Fluch ausgesprochen wurde, lachen konnten, oder daß sie sich von der Aussicht auf die Erfüllung dieses Fluches nicht bedroht sahen. Denn mir war klar, daß die Worte des Verbrechers, die er mit der ganzen Kraft innerer Ruhe in die Hysterie der Menge hinein gesprochen hatte, wenige Minuten, ehe sich die weiße Spitze blutrot färbte und sein verhüllter Kopf sich augenblicklich neigte und auf die Brust herabsank, daß diese Worte größer waren als er selbst, daß es in der Tat prophetische Worte gewesen waren. Sollte an der Vision, die ihm in seinen letzten Augenblicken gewährt worden war, irgend etwas Besonderes auszusetzen sein, so ist es dies: Er sah seine Wiedergeburt für die Zukunft voraus, wo sie doch heute schon eine eindeutig vollendete Tatsache ist. Stand er nicht in eben jenem Augenblick hoch aufgerichtet in gestohlenen Spitzen und Kunststoffhosen überall inmitten dieser richtungslosen und verwirrten Menschenmenge? Und eiferten er und all seine unzähligen Doppelgänger nicht jenen anderen nach, die uns täglich mehr stehlen als nur Spitze und Kunststoff? Führer, die offen unsere Schatzkammer plündern, deren Unverschämtheit unsere nationale Seele beschmutzt.

Die einzige glückliche Erinnerung an jenen Nachmittag war die Frau vor mir, die sich ausgiebig auf den Rücken des Mannes mit dem Schirm erbrach und die ganze Schweinerei mit ihrem kunstvoll gebundenen Kopftuch aus Damast saubermachen mußte. Ich stelle mir gerne vor, daß es überall in der Menge ihresgleichen gab, Leute, die ihren stinkenden Schmutz mit ihren teuren Kleidern beseitigen mußten. Natürlich gab es viele, die ohnmächtig wurden, doch meine Reporter schrieben alles der stechenden Sonne zu. Übrigens berichteten sie auch, es sei ein äußerst erfolgreicher Tag für Taschendiebe gewesen – kleinere Reinkarnationen des königlichen Räubers.

Am nächsten Tag schrieb ich meinen ersten kämpferischen Leitartikel, in dem ich den Präsidenten aufforderte, unverzüglich eine Verordnung zur Abschaffung jenes Gesetzes zu erlassen, das dieses abscheuliche und empörende Schauspiel zuließ. Ich schrieb diesen Leitartikel so leidenschaftlich, daß ich ihn sogar mit einem Kirchenlied abschloß, das nur einen einzigen Vers hatte und das sich auf die Melodie »Herr, dein Wort...« singen ließ.

> Böser Männer graus'ge Taten
> drohen uns nicht allzu sehr –
> doch unser Tun und unser Lassen
> ihrem Vorbild anzupassen,
> ihnen nicht nur gleich zu werden,
> uns noch schlimmer zu gebärden,
> wiegt um vieles Mal so schwer.

Ein schlechtes Lied, wie dies ja bei den meisten Kirchenliedern der Fall zu sein scheint. Doch die Leute sangen es in allen Straßen von Bassa. Chris kritisierte den von mir angeschlagenen Ton und meine Taktlosigkeit, so zu tun, als wolle ich Seiner Exzellenz Befehle erteilen. Doch als besagte Exzellenz sich anschickte, genau das zu tun, was ich gefordert hatte, mußte sich Chris eine neue Melodie einfallen lassen. Mein Leitartikel hatte plötzlich überhaupt nichts mehr mit der neuen Verordnung zu tun, Seine Exzellenz war völlig unabhängig davon zu dem Schluß gelangt, daß er sich durch die Abschaffung aller unpopulären Maßnahmen des bürgerlichen Regimes einige Pluspunkte verdienen konnte. Und die Verordnung zum Gesetz über öffentliche Hinrichtungen war nur einer davon. Und das war derselbe Chris, der mich eben noch wegen meiner Unwissenheit darüber gerügt hatte, daß öffentliche Hinrichtungen eine äußerst populäre Sache seien.

Seit jenen Ereignissen ist mehr als ein Jahr vergangen, und in dieser Zeit habe ich mich erfolgreich gegen Chris' Konzept von der Zurückhaltung eines Leitartiklers gewehrt. Aber wie lange noch?

»Ich habe drei- oder viermal dein Büro angerufen«, sagt er, kaum daß ich zur Tür herein bin. Er schaut mich nicht an, sondern schaut auf den Stapel beschriebener Papiere, die er zwischen den Händen hält und mehrmals auf den Schreibtisch stößt, damit sie gerade liegen.

»Ich nehme an, du bittest mich, dir eine Erklärung darüber abzugeben, warum ich nicht in meinem Büro war.«

»Ach, sei doch nicht blöd, Ikem. Ich sage nur...«

»Nun, Sir. Ich mußte zur Garage, um mir eine Batterie auszuleihen, damit meine neu aufgeladen werden kann. Es tut mir leid.«

»Ich wollte dich wegen des heutigen Leitartikels sprechen.«

Er schaut mich noch immer nicht an, doch trotz äußerer Ruhe bemächtigt sich wachsende Irritation seines Gesichts und seiner Stimme. Dieser Tage scheint es mir nicht mehr zu gelingen, ihn wirklich wütend zu machen; ich irritiere ihn nur noch.

»Was ist mit dem Leitartikel?«

»Was wohl! Weißt du, Ikem, ich habe es aufgegeben, verstehen zu wollen, was du eigentlich im Sinn hast. Ich habe es wirklich aufgegeben.«

»Gut! Endlich!«

»Wie kannst du nur dir selbst, und allen anderen dazu, ständig neue, unnötige Probleme schaffen.«

»Also bitte! Kümmere dich um deine eigenen Angelegenheiten, Chris. Ich bin durchaus in der Lage, für mich selbst zu sorgen. Und was meine Leitartikel angeht, so werde ich, solange ich Chefredakteur der *Gazette* bleibe, niemandes Erlaubnis einholen für das, was ich schreibe. Ich habe dir das schon zum so und so vielten Male gesagt. Und wenn es dir nicht paßt, Chris, dann weißt du doch, was du zu tun hast. Oder etwa nicht? Du hast mich doch eingestellt!«

»Laß dir eines gesagt sein – im Augenblick wäre eine Kündigung das kleinste aller Probleme, die auf dich zukommen. Du tätest gut daran, ein paar ziemlich gute Erklärungen bereitzuhalten, die du Seiner Exzellenz vorlegen kannst. Doch er wird mich wahrscheinlich zuerst fragen, und das war auch der einzige Grund, warum ich dich anrief. Und ich sage dir jetzt ein für alle Male, daß ich die Nase voll davon hab', dich jeden Donnerstag verteidigen zu müssen.«

»Mich verteidigen? Du meine Güte! Wer um alles in der Welt hat dich gebeten, mich zu verteidigen? Gegen was überhaupt? Mir scheint, du hast dir da ziemlich viel Arbeit gemacht, Chris.«

»Nun ja, wie dem auch sei. Ich werde es einfach nicht mehr tun. Von jetzt an kannst du tun und lassen, was du willst, und die Suppe selbst auslöffeln, die du dir eingebrockt hast.«

»Danke, Sir. Sonst noch etwas, oder kann ich jetzt gehen?«

»Allerdings kannst du jetzt gehen!«

»Das war kurz und schmerzlos«, sagt seine kleine angemalte

Puppe im Vorzimmer. Sprachlos starre ich sie nur wütend an und knalle die Tür hinter mir zu. Doch ein paar Schritte weiter, auf dem Flur, fällt mir ein, was ich hätte sagen sollen. Zu spät. So etwas wie: Es ist mir zu Ohren gekommen, daß du es lang und schmerzhaft magst. Ich blieb stehen, wog ab, besann mich eines anderen und ging weiter.

Dieser jungen Dame sagt man nach, daß sie Chris so lange nicht weiterverbindet, bis die Sekretärin am anderen Ende ihren Chef dranhat. Offensichtlich betrachtet sie es als schwerwiegenden Verstoß gegen das Protokoll, wenn der Ehrenwerte Minister mit einem Assistenten spricht. Ich frage mich, warum sich alles in diesem Land so bereitwillig den Routinen rituellen Wettstreits öffnet. Der Schwergewichtschampion darf sich nicht sehen lassen, sondern muß im Umkleideraum bleiben, bis sich der Herausforderer im Ring die Beine vor Warten in den Bauch gestanden hat. Ich muß sagen, dieses ganze Theater sieht überhaupt nicht nach Chris aus, wahrscheinlich wird es ohne sein Wissen inszeniert. Wann wird er endlich lernen, daß es mit der Macht so ist wie mit dem Hinüberheiraten auf die andere Seite des Nigerflusses: nur allzu früh findet man sich des Nachts im Boot.

Es scheint, daß Chris sich umsonst abgequält hat. Eine Woche ist vergangen, und noch hat mir kein Eilbote einen in der aufdringlichen Schrift der Remingtons aus dem Präsdidentenpalast geschriebenen Beschwerdebrief gebracht. Weder ein grüner Armeejeep noch ein blauer Polizeijeep ist vor der *Gazette* oder dem Wohnblock vorgefahren. Christ steht völlig kläglich da. Natürlich. Kann er denn etwas dafür? Ich muß ihn heute abend mal besuchen und sehen, ob ich ihn aus seiner Misere herausholen kann.

Einen Diktator zu verehren ist eine so namenlose Dummheit. Es wäre nicht einmal so schlimm, müßte man dabei nichts anderes tun, als mit dem Kopf nach unten und den Füßen nach oben zu tanzen. Mit ein wenig Übung könnte das jeder lernen. Das wirkliche Problem besteht jedoch darin, daß es von einem Tag auf den anderen, von einer Minute zur anderen, keine Möglichkeit gibt zu erfahren, wo nun gerade oben und wo unten ist. Als Chris zuletzt im Präsidentenpalast war, scheint es, daß der Big Boss kategorisch erklärt hatte, Abazon einen Besuch abstatten zu wollen. Chris ging weg und begann pflichtschuldigst diese Nachricht an jedermann, mich inbegriffen, weiterzugeben. Doch in der Zwischenzeit hatte der Big Boss ein kurzes Nickerchen gehalten und beim Aufwachen die Welt mit anderen Augen gesehen. »Auf keinen Fall darf ich meine loyalen Untertanen in Abazon besuchen«, sagt er jetzt. Und alle Vorbereitungen werden sofort rückgängig gemacht, was durchaus in Ordnung ist, abgesehen von der Tatsache, daß niemand daran denkt, den Ehrenwerten Minister, dessen Auftrag es ist, derart wesentliche Informationen in allen vier Provinzen des Reiches zu verbreiten, von dieser Entwicklung zu informieren. Und so läßt man den armen Chris völlig im Stich.

Mir hat auch niemand Bescheid gesagt. Doch ich hatte auch nie erwartet, daß man mich informieren würde, und das ist der große Unterschied zwischen Chris und mir. Ich hatte zufällig ein bestimmtes Gefühl, wie die Sache laufen würde, und als frei Handelnder setzte ich mich in der Nacht, nachdem Elewa in jenem Taxi nach Hause gefahren war, hin und faßte meine Gedanken zusammen. Ich versuche seit langem, Chris klarzumachen, daß so das Leben einfacher ist. Viel einfacher. Schau dich nicht unablässig um, sage ich ihm; es gibt keinen Erretter, der kommen wird – möglicherweise etwas zu spät. Marschiere wie ein Mann aufs Schafott und laß dich in die Brust schießen. Viel einfacher.

Doch die eigentliche Ironie der Situation besteht darin, daß meine Methode, selbst gemessen an den Maßstäben, die Chris sich setzt, erfolgreicher ist. Wie viele Male ist es mir nun gelungen, die Gedanken des Großen Bosses besser zu erraten als alle Höflinge. Wer weiß, möglicherweise wird man mich demnächst der Zauberei verdächtigen oder eines geheimen heißen Drahtes zum Palast! Denn es läßt sich nicht mit der Vernunft vereinbaren, daß ich aus meiner Einsiedlerhütte im Wald die Gedanken des Kaisers besser erraten sollte als die hypnotisierten Speichellecker, die ihm täglich aufwarten. Doch es ist wirklich ganz einfach. Der Kaiser mag vielleicht ein Narr sein, doch er ist kein Ungeheuer. Noch nicht, obwohl dann, wenn Chris und Co. mit ihm fertig sind, er ganz gewiß eines sein wird. Doch im Augenblick ist er Gott sei Dank noch O. K. Deshalb glaube ich daran, daß er im Grunde die richtigen Absichten hat. Ich weiß, daß einige meiner Freunde da anderer Meinung sind. Selbst Chris. Aber ich bin mir ganz sicher, daß ich recht habe; ich bin sicher, daß Sam noch gerettet werden könnte, würden wir uns darum bemühen. Mit all den vielen kleinlichen Eigeninteressen, wie diesem krummen Gauner, dem Generalstaatsanwalt, die ihn von morgens bis abends mit ihren Bücklingen umschmeicheln, hat er keine Chance mehr zu erkennen, was recht und was unrecht ist. Das ist das eigentliche Problem. Und genau da sollten Chris und ich etwas tun – durch die Ritzen in der massiven Wand von Hofnarren, die ihn umgeben, sollten wir ihn gelegentlich einen Funken Licht schauen lassen; wir, die wir ihn länger als alle anderen kennen, sollten uns nicht mit jenen messen wollen. Mit einer Reihe kontroverser Leitartikel habe ich ihn so viel Licht sehen lassen, wie ich nur konnte. Mit Chris zusammen könnte ich so viel mehr tun. Wäre Sam ein stärkerer Charakter oder auch klüger, würde er unserer Hilfe wahrscheinlich nicht bedürfen; doch dann wäre er aller Wahrscheinlichkeit nach überhaupt nie Seine Exzellenz geworden. Nur Schwachköpfe torkeln in solche Ungeheuerlichkeiten hinein.

Ich glaube, Chris hat da eine sehr gute Theorie über den Militärberuf. Nach dieser Theorie ist das Leben eines Militärs für zweierlei Männertypen attraktiv: für die wahrhaft Starken, die es sehr selten gibt, und für alle anderen, die gerne stark sein möchten. Die erste Gruppe bringt hervorragende Soldaten hervor, die gute Menschen bleiben und kaum jemals ihre Stärke zeigen, geschweige denn zur Schau stellen. Die anderen sind nur zum Angeben da. Diese Wahrheit wurde mir klar, nachdem ich Zeuge zweier verschiedener Begebenheiten geworden war, die sich beide interessanterweise auf dem Gelegele-Markt abgespielt hatten. Ein schwankender, streitsüchtiger Betrunkener versuchte mit einem hochgewachsenen Fremden, der einen kleinen Koffer trug und offensichtlich auf dem Weg zum Parkplatz war, einen Streit anzuzetteln. Ich glaube, der Betrunkene versuchte zu behaupten, der Handkoffer oder sogar die Kleidung des Mannes gehöre ihm. Jedermann auf dem Markt, so schien es, kannte den Betrunkenen, denn viele, die Zeugen des sich nun Abspielenden wurden, gaben dem starken Mann mit dem Handkoffer denselben Rat. »Mein Freund, begegnest du diesem Narren nicht mit aller Strenge, so wird er dich zu Tode belästigen.« Doch dem Fremden schien mehr daran gelegen, seinem Quälgeist zu entkommen, als den Rat der Menge zu befolgen. Sie konnten jedoch nicht einsehen, warum es jemand einem betrunkenen Narren gestatten sollte, ihn auf diese unerhörte Weise zu belästigen, es sei denn, etwas wäre tatsächlich nicht in Ordnung mit ihm. Vielleicht war die Kleidung, die er trug, gar nicht sein Eigentum. In jenem Augenblick erkannte einer, der eben zu der Menge hinzugetreten war, in dem Fremden den Sieger der Ringwettkämpfe von Kangan vom Abend zuvor. »Kein Wunder«, sagte jemand einfach und sachlich, und auch alle übrigen schienen nun zu verstehen. Ihr Wahrnehmungsvermögen war erstaunlich.

Die andere Begebenheit spielte sich auf dem Parkplatz selbst ab. Ich saß lesend in meinem Wagen und wartete auf eine Freundin, die sich unten, im Stand des Friseurs, ihr Haar flechten ließ. Rings um die geparkten Wagen hatten Jugendliche, die gebrauchte Kleidung verkauften, ihre Artikel auf hölzernen Kleiderständern zur Schau gestellt. Von Zeit zu Zeit gab es auf irgendein geheimes Zeichen hin eine wilde Panik, weil ein Polizist oder der Marktaufseher in Sichtweite waren, denn offensichtlich hatte keiner dieser ausgelassenen Straßenhändler auch nur das geringste Recht, seine Ware auf jenem Teil des Marktes zur Schau zu stellen, der den Autos vorbehalten war. In nicht mehr als einer einzigen Sekunde voll unglaublichen Tumults pflegten die Hunderte von Holzgestellen, die mit den schweren, ausrangierten Kleidungsstücken ferner wohlhabender Konsumkulturen einer kalten Klimazone behängt waren, einfach in der hellen Mittagssonne dahinzuschmelzen. Meistens erwies sich der Alarm als falsch, und sie pflegten genauso prompt und geheimnisvoll wieder zu erscheinen, wie sie verschwunden waren; mit viel Gelächter und Witze reißend nahmen sie ihre illegalen Positionen wieder ein. Ich versäume nie eine Gelegenheit, von der Lebenskraft und der Begeisterung jener dramatischen Menschen umgeben, einfach in meinem Wagen zu sitzen und zu lesen, oder so zu tun, als lese ich. Natürlich gleicht der ganze Gelegele-Markt tausend Theaterstücken, die alle gleichzeitig aufgeführt werden. Beim Stand des Friseurs zum Bespiel, wo Joy gerade auf einer Matte am Fußboden sitzend ihr Haar flechten ließ, den Kopf zwischen den Knien des Künstlers, dessen geschickten Händen sie schwarze Wollfäden reichte, mangelte es keineswegs an Unterhaltung. Doch ich zog jederzeit meine stürmischen Jugendlichen mit den gebrauchten Kleidern allem anderen vor. Ich war deshalb äußerst schockiert, als jenes Armeefahrzeug mit rasender Geschwindigkeit heranfuhr, noch ehe es zum Stillstand gekommen war, den Rückwärtsgang einlegte und mit hoher Geschwindigkeit rückwärts in den Kleiderständer eines jungen Mannes hineinfuhr, dem es nur knapp gelang, sich aus der verderblichen Bahn des Wagens zu retten. Rundum brach großes Geschrei aus. Der Fahrer stieg aus, drückte den Verschlußknopf und schlug die

Tür zu. Der junge Händler hatte seine Stimme wiedergefunden und fragte schüchtern:

»Oga, willst du mich umbringen?«

»Wenn ich dich umbringe, bring' ich einen Hund um«, sagte der Soldat mit einer Vehemenz, die ich kaum glauben konnte. Ganz mechanisch öffnete ich meine Tür und stieg aus. Ich glaube, ich wollte gerade dem Kerl sagen, daß er sich eine solche Bemerkung hätte sparen können. Aber ich bin froh, daß ich es dann doch nicht getan habe, denn es gibt Dinge, die ein Beobachter nur erkennen kann, wenn er der Versuchung widersteht, sich in die Auseinandersetzung einzumischen und selbst zum Akteur zu werden. Also schaute ich nur zu, wie dieser Esel mit der übertriebenen Großspurigkeit des Feiglings davonging, und setzte mich wieder in meinen Wagen. Aber ich kochte vor Ärger. Bei meinen jungen Freunden herrschte totales Schweigen, so perplex waren sie. Doch dann lachte plötzlich der, der den Zusammenstoß mit dem Wagen gehabt hatte:

»Meint er denn, wenn er mich umgebracht hat, dann wird er gehen und einen Hund umbringen?«

Alle lachten mit ihm.

»Nein, er meint, wenn er dich umbringt, dann ist es, wie wenn er einen Hund umbringt.«

»Also deshalb bist du ein Hund... ein Hund hat dich geboren.«

Doch das Opfer bestand auf seiner weitaus phantasievolleren Interpretation.

»Nein«, sagte er noch einmal. »Wenn ich dich umbringe, bringe ich einen Hund um, bedeutet, daß, nachdem er mich umgebracht hat, er nach Hause geht und seinen Hund umbringt.«

Innerhalb von zehn Minuten hatte diese neue Überzeugung das Leben der ganzen Gruppe so gut wiederhergestellt, daß, als der aggressive Soldat zu seinem Wagen zurückkehrte, jener, der noch vor einer halben Stunde sein Opfer gewesen war, zu ihm sagte:

»Alles Gute, Oga.« Worauf dieser nichts zu erwidern wußte, obwohl ihn das noch kleiner werden ließ, wenn das überhaupt möglich war. Und da war ich wirklich froh, daß ich mich in dieses perfekte Drehbuch nicht eingemischt hatte.

Die Bemerkung, daß Sam nie sehr klug war, soll keineswegs bedeuten, daß er zu irgendeiner Zeit in der Vergangenheit ein Dummkopf war, oder dies auch heute noch sei. Sein größter Fehler war, daß er niemals etwas anderes tun wollte als das, was von ihm erwartet wurde, und dies ganz besonders von seiten der Engländer, die er so sehr bewunderte, daß es an Torheit grenzte. Als ihm unser Direktor, John Williams, sagte, daß die Armee die einem Gentleman angemessene Karriere sei, beschloß er sofort, sein Vorhaben, Arzt zu werden, aufzugeben und statt dessen Soldat zu werden. Ich bin sicher, daß der einzige Grund, warum er das englische Mädchen, das MM für ihn in Surrey gefunden hatte, nicht heiratete, das vernichtende Beispiel von Chris und seiner amerikanischen Frau Louise war, die dieser, bitte schön, in London geheiratet hatte, und nicht in New York, was doch in gewisser Weise hätte sinnvoll sein können. Ich nehme an, daß es zwei Ausländern gar nicht so unmöglich erscheint, allein aus dem Gefühl heraus, auf derselben Wüsteninsel im Exil leben zu müssen, eine Art Neigung füreinander zu entwickeln, auch wenn sie von den entgegengesetzten Enden der Erde stammen. Unglücklicherweise haben Chris und Louise während ihres sechsmonatigen Zusammenlebens kein einziges Mal im Bett oder auch sonstwo zueinander gefunden.

John Williams, unser Lehrer, der Strafen mit seinem Lieblingssatz »Ein volles, gedrücktes, gerütteltes und überfließendes Maß« zu umschreiben pflegte, hat wahrscheinlich doch die beste Wahl für Sam getroffen. Er wuchs so selbstverständlich in seine Rolle hinein, viel leichter, denke ich, als in die Rolle eines Arztes, obwohl ich ganz sicher bin, daß er am Krankenbett eine tadellose Figur gemacht hätte. Doch nachdem er Sandhurst absolviert hatte, war er zum Katalogmodell eines Offiziers geworden. Sein Lieblingsausspruch, den er nach seiner Rückkehr mit perfektem Akzent von sich zu geben pflegte, war *It's not done.*

Ich besuchte Sam am Morgen nach der Bekanntgabe seiner Beförderung zum Hauptmann. Es war ein Sonntagvormittag gegen zehn Uhr. Ich traf ihn im Morgenrock auf einem Sofa liegend an, alle Sonntagszeitungen ringsumher auf dem Fußboden verstreut, auf einem kleinen Seitentisch eine halb gerauchte Pfeife und in seinem Hifi-Plattenspieler eine Langspielplatte mit Mozarts *Eine kleine Nachtmusik*, die auf $33^1/_3$ lief. Das war Sams Problem. Nicht sehr helle, aber nicht schlecht. Und vollkommen unmusikalisch. Es gibt nichts Unterhaltsameres als zuzuhören, wenn Sam versucht eine Melodie zu pfeifen.

Und noch etwas erleichtert den Umgang mit Sam ungemein: sein Sinn für Theatralisches. Im Grunde ist er ein großer Schauspieler, und die Hälfte all der Dinge, die wir geneigt sind ihm vorzuhalten, sind nichts anderes als Szenen aus seinem Repertoire, denen er sich in keiner Weise moralisch verpflichtet fühlen mag. Die Gepflogenheiten der Engländer, ganz besonders jene der oberen Klassen, faszinierten ihn, und er fand Gefallen daran, sich ihrer geschickt zu bedienen. Als er mir erzählte, daß er sich einen ganzen Vormittag lang Zeit genommen hatte, um in einem vornehmen Laden in Mayfair eine elegante Pfeife auszusuchen, wurde mir klar, daß er sich selbst überhaupt nicht ernst nahm. Und deshalb gab es auch für mich keinen Grund, ihn ernst zu nehmen.

Natürlich mag man sehr wohl in Frage stellen, ob dergleichen Verhalten einem Staatsoberhaupt angemessen scheint. Doch ganz offen gesagt, bereitet mir dies keine Sorge. Ganz im Gegenteil denke ich, daß dieses intellektuelle Spielen, das Sam demonstriert, wohl weniger gefährlich ist als die freudlose Leidenschaft für Macht vieler afrikanischer Tyrannen. Solange er gut beraten ist und nicht zu tief unter den Einfluß von Rasputins wie Reginald Okong gerät, können wir möglicherweise das Allerschlimmste noch verhindern.

Vielleicht bin ich viel zu optimistisch, doch seine Reaktion auf die Ärztekrise gab mir viel Hoffnung und Ermutigung. Er hatte sofort erkannt –, genauso wie ich, aber Chris wollte es nicht wahrhaben – daß keineswegs Mad Medicos verrückte Graffiti der Grund waren, warum diesem all jene ehrenwerten Menschen so wütend an die Kehle sprangen. Weit gefehlt. Sein Verbrechen bestand vielmehr darin, daß er es gewagt hatte, einen aus ihren Reihen in Verruf zu bringen. Öffentlich gaben sie wohl zu, daß Dr. Ofe möglicherweise unethisch gehandelt habe, doch gab dies einem Laien, und dazu noch einem Ausländer, das Recht, die Verwandten eines toten Patienten aufzuhetzen und ihnen sogar sein eigenes Geld anzubieten, um das Krankenhaus, in dem er arbeitete, vor Gericht zu verklagen? Die Antwort auf ihre eigene rhetorische Frage war natürlich ein entschiedenes Nein. Meine, und Gott sei Dank auch die Seiner Exzellenz, war ein gleichermaßen nachdrückliches Ja. Um Chris gegenüber fair zu sein, er widersprach uns nicht in der Ofe-Affäre, sondern blieb auf der Linie, daß die Proteste der Ärzte gegen Mad Medicos Plakate vollkommen getrennt und als Sache für sich gesehen werden müßten. Der Generalstaatsanwalt, dieser Winkeladvokat, muß Chris wohl freiwillig Nachhilfeunterricht erteilt haben.

Durch das Aufhängen dieser gräßlichen Witze hat sich Mad Medico zugegebenermaßen vollkommen unmöglich gemacht. Er handelte verantwortungslos und war keineswegs auf seine eigene Sicherheit bedacht. Nach seinem Zusammenstoß mit den Ärzten hätte er wissen müssen, daß er sich Feinde gemacht hatte, die mancherorts aus dem Hinterhalt auf seinen Kopf anlegen würden. Er ist ihnen weit über das notwendige Maß hinaus entgegengekommen und hat ihnen seinen Kopf auf einem goldenen Teller angeboten.

Als ich in meiner Eigenschaft als Chefredakteur den Kreuzzug für ihn startete, hatte ich keinerlei Grund, seine grobe Verletzung des guten Geschmacks zu beschönigen. Doch ich mußte das Bild jenes armen Mannes danebenstellen, der in unaussprechlichen Schmerzen vier Tage und Nächte lang in der Chirurgie gelegen hatte, während seine außer sich geratenen Verwandten vom Krankenhaus in ein weit entfernt gelegenes Dorf rannten und wieder zurück, und umsonst versucht hatten, die 25 Manilla aufzubringen, die Dr. Ofe haben mußte, ehe er zu operieren bereit war. Alle Zeugen sprachen von den Schreien des Mannes, die den Krankensaal füllten und die man bis in die Notaufnahme am Tor des Krankenhauses hören konnte. Sie sprachen von den Schwestern, die keine Mittel mehr hatten, um ihn zur Ruhe zu bringen, und die den Krankensaal stundenlang allein ließen, um selbst irgendwo ein wenig Ruhe zu finden. Drei Krankenschwestern erzählten von ihren Bemühungen, Dr. Ofe ans Telefon zu bekommen, von seinen Drohungen, Disziplinarmaßnahmen gegen sie zu ergreifen, sollten sie ihn weiterhin zu Hause belästigen, und von seinen Anweisungen, dem Mann immer noch einmal eine Dosis Morphium zu spritzen. Und der Arzt, der schließlich die Operation durchführte, nachdem Mad Medico in die Angelegenheit eingegriffen hatte, sprach bei der Untersuchung von all den endlosen schwarzen Därmen – vier Meter oder vielleicht auch acht Meter waren es, ich erinnere mich jetzt nicht mehr daran –, die er herausnehmen mußte, und daß alles bereits viel zu spät gewesen war. In meiner Entscheidung, ob ich zusehen sollte, wie sie MM aus dem Land jagten, ging es also um diese Geschichte, die ich an die Seite der Torheiten von Mad Medico stellen mußte. Mir war eindeutig klar, daß ungeachtet der weiteren möglichen Torheiten, auf die sich Mad Medico in Zukunft einlassen würde, es moralisch nicht tolerierbar wäre, wenn Dr. Ofes Freunde, wenn auch stellvertretend, den Triumph über ihn davontragen würden. Glücklicherweise war Seine Exzellenz in dieser Sache einer Meinung mit mir. Chris sagt, ich sei sentimental. Nun, dann laßt mich sentimental sein!

Vielleicht bin ich so nachsichtig mit Sams Imitation der Engländer, weil ich glaube, daß sich ein angehender Diktator weit schlimmere Vorbilder aussuchen könnte als den begüterten englischen Gentleman. Ich habe nicht den Eindruck, daß die Engländer heutzutage noch irgend jemand Schaden zufügen können. Nach einer langen Laufbahn, während der sie Wilde in fernen Ländern gefügig machten, entdeckten sie den gefährlichsten Wilden, gerade gegenüber am anderen Ufer des Kanals, nahmen den Kampf mit ihm auf und brachten ihn zur Strecke. Doch die Anstrengung erwies sich als zu groß und die Kosten zu hoch. Und obwohl sie ihrer Pflicht mit Ehren nachgekommen waren, stellten sie sicher, daß ihnen dasselbe nicht noch einmal widerfahren würde, sie nicht noch einmal gerufen würden. Also salbten sie den Helden ihres unglaublichen Sieges zum größten Engländer aller Zeiten, ließen ihn bei den Wahlen fallen und stimmten für Clement Attlee. Mit welcher Furcht auch immer der Geist des britischen imperialen Sendungsbewußtseins die kleinen Menschen dieser Welt noch im Griff hielt – sie verschwand endgültig, als ein abtrünniger Engländer mit seiner kleinen Diebesbande die Kolonie Ihrer Majestät in Rhodesien für sich in Besitz nahm und sie dreizehn Jahre lang beherrschte. Nein, die Engländer haben so gut wie aufgehört, die Welt zu bedrohen. Die wirkliche Gefahr geht heute von jenem dicken, noch nicht erwachsenen und verbrecherischen Millionär Amerika aus und von all jenen giftigen, mißratenen Spinnern wie Amin und Bokassa, die Europa in Afrika gezeugt hat. Ganz besonders von denen.

Ich denke, viel von der großen Veränderung, die über Sam gekommen ist, begann, nachdem er zum ersten Mal an einem Treffen der OAU teilgenommen hatte. Chris und ich und noch ein paar andere Freunde besuchten ihn im Palast, so wie wir es in jenen Tagen immer getan hatten. Ich bemerkte sofort, daß wir nicht mehr den Sam vor uns hatten, der Bassa vor nicht mehr als einer Woche verlassen hatte. Später erwähnten alle diese Veränderung – Chris, Mad Medico und die andern. Er erzählte wie ein aufgeregter Schuljunge von seinen Helden, von dem alten Kaiser, der niemals lächelte, und dessen Gesichtsausdruck sich niemals veränderte, ungeachtet dessen, was um ihn herum vor sich ging.

»Vielleicht hört er nicht gut«, sagte Mad Medico.

»Unsinn«, sagte Seine Exzellenz. »Er hört ausgezeichnet. Am fünften Tag frühstückte ich mit ihm. Er hörte alles, was ich sagte, ist äußerst lebendig und hat einen unglaublichen Sinn für Humor.«

»Also trägt er sein Maskengesicht nur bei den großen Stammestreffen«, sagte ich.

»Ich wünschte, ich könnte so aussehen wie er«, sagte Seine Exzellenz sehnsüchtig, dabei weilten seine Gedanken offensichtlich in weiter Ferne. Hätte mir jemand von diesem Gespräch berichtet, ganz besonders von dem Satz *Ich wünschte, ich könnte aussehen wie er,* so hätte ich es nicht geglaubt. Ein junger Mann, der wünscht, er könnte aussehen wie ein Achtzigjähriger!

Doch die Persönlichkeit, von der Sam am meisten erzählte, war Präsident Ngongo – ich bitte um Verzeihung –, Präsident auf Lebenszeit Ngongo, der Sam mit »mein lieber Junge« anredete und ihn gleich am zweiten Tag zu Cocktails in seine Hotelsuite einlud. Ich habe wenig Zweifel, daß Sam die Angewohnheit, *Kabisa!* zu sagen, vom alten Ngongo übernommen hat. Innerhalb einer Woche hatte sie das Kabinett angesteckt und griff immer weiter um sich, bis hinein in die Cocktailparties von Bassa. Von dort bahnte sie sich nach und nach ihren Weg in die Allgemeinheit. Neulich sagte der Fahrer unseres Büros, der mich in die Garage fuhr: »Batterie aufladen ist reine Geldverschwendung; wenn die Batterie spinnt, mußt du eine neue kaufen. *Kabisa!*«

Es ist unwahrscheinlich daß Sam nichts als *Kasiba!* in seinem Koffer mit nach Hause brachte. Möglicherweise irre ich mich, doch ich spürte, daß unser Empfang im Palast von jener Zeit an merklich kühler wurde. Die Beendigung der freundschaftlichen Beziehungen an sich ist nicht von Wichtigkeit, doch der Zeitpunkt dafür mußte es wohl sein. Ich schreibe es dem zu, daß Sam zum ersten Mal die Möglichkeiten eines eigenen Dramas und seiner Rolle als afrikanischem Staatsoberhaupt erkannte und beschloß, er müsse sich nun in die Abgeschiedenheit zurückziehen, um seine eigene Maske zu schminken und seinen Auftritt zu vervollkommnen.

5

»Dasselbe für mich«, sagt Ikem.

»Scheiße!« erwidert Mad Medico. »In diesem Haus brauchst du es doch deinem verdammten Chef nicht nachzutun. Komm, los, nimm einen Scotch oder Campari oder sonstwas – du kannst auch Wasser haben – du mußt es ihm nur zeigen!«

»Zu spät«, sagt Ikem. »Gordon's Dry Gin war der erste, der uns in die Sklaverei geführt hat. Jeglicher Versuch, Widerstand zu leisten, kommt zu spät und ist vergeblich. Gin wird es sein bis in alle Ewigkeit. Amen.« Muntere Worte, doch weder in Stimme noch Gesicht das leiseste Anzeichen von Fröhlichkeit.

»Woher hast du bloß die Vorstellung, daß Ikem tut, was ich sage? Du bist überhaupt der letzte, der das wissen könnte. Er wäre lieber tot – ich dachte, alle, selbst du, wüßten das.«

»Einem Führer zu folgen, der seinem Führer folgt, wäre ein schöner Zirkus«, sagt Ikem mit unverminderter Verbissenheit.

Mad Medico schenkt lange Gins ein, die durch Eiswürfel, die er mit den Fingern aus einer Plastikschüssel fischt und ins Glas wirft, noch länger werden. Jedem fügt er ein wenig Tonic hinzu, und ich bitte ihn, bei mir noch etwas mehr hineinzutun. Aus einer anderen Schüssel wirft er in jedes Glas ein Stückchen Zitrone; ehe es hineinfällt, drückt er es zwischen Daumen und Zeigefinger ein wenig aus, dann rührt er um. Während dieses ganzen Vorgangs hat er sich zwei- oder dreimal die Finger abgeleckt oder sie am Hosenboden seiner blauen Shorts abgewischt. Ich bemerke, daß Ikems neue Freundin, Elewa, zuerst entsetzt ist und dann fasziniert. Sie erlebt Mad Medico zum ersten Mal aus der Nähe, obwohl sie offensichtlich schon viel von ihm gehört hat. Jeder hat schon viel von ihm gehört. Möglicherweise erlebt sie einen weißen Mann zum ersten mal aus der Nähe.

Mad Medicos richtiger Name lautet John Kent, doch hier nennt ihn keiner mehr so. Er gefällt sich in dieser bizarren Bezeichnung, bei seinen besten Freunden heißt er kurz MM. Natürlich ist er weder Arzt noch eigentlich verrückt. Ikem beschrieb ihn einmal als verhinderten Poeten, und ich denke, das erklärt besser als alles andere das Phänomen John Kent. Und die beiden, Poet und verhinderter Poet, verstehen sich ausgezeichnet. Wie jedermann weiß, verstand sich MM auch sehr gut mit Seiner Exzellenz. Aufgrund ihrer Freundschaft war er überhaupt hierher gekommen, sie hatte ihn zum Verwaltungsdirektor des Krankenhauses werden lassen und hatte ihn vor einem Jahr vor unerwarteter Ausweisung bewahrt.

Elewas Faszination wächst, als sie mit weit aufgerissenen Augen und erstauntem Blick Mad Medicos seltsame Wohnung erforscht. Ich finde ihre Frische äußerst attraktiv. Jetzt stupst sie Beatrice und zeigt auf die Worte, die eine des Lesens und Schreibens nicht ganz kundige Hand auf die Wand hinter der Bar über der langen Reihe von Flaschen gemalt hat. Beatrice kichert pflichtschuldig mit ihr, obwohl sie es mindesten schon ein dutzendmal gesehen hat. Mad Medico bemerkt die Faszination der jungen Dame und erklärt ihr, daß er die Inspiration jenes Gedichtes seinem Hausangestellten Sunday verdanke.

All de beer
dem Drink for here
de make me fear

Wenn dies tatsächlich Sundays Inspiration zu verdanken war, so beweist dies nur die Wahrheit des Sprichworts: Gleich und gleich gesellt sich gern. Denn Mad Medico hat eine seltsame Leidenschaft für Graffiti, die zum Anlaß für den ganzen Aufruhr wurden, der ihn vor ungefähr einem Jahr fast seinen Job und seine Aufenthaltsgenehmigung im Lande gekostet hätte, wären nicht Seine Exzellenz und Ikem ihm zu Hilfe gekommen – ihre bis zum heutigen Tag einzige gemeinsame Tat. Die Ärzte waren drauf und dran gewesen, ihn bei lebendigem Leib zu vierteilen, und ich bin noch immer der Meinung, daß sie nicht alle Schuld alleine trifft. Ikem besteht darauf, daß einige der Ärzte die Gelegenheit wahrnahmen, um sich anderen Ärgers zu entledigen, aber ich denke nach wie vor, daß die Sprüche auf den Wandplakaten unentschuldbar waren und von bedauerlich schlechtem Geschmack. *Gesegnet sind, die schwachen Herzens sind, denn sie werden Gott schauen**, wird nirgendwo in der Welt als passender Witz in Form eines Wandspruchs in einem Krankensaal für Herzkranke gelten können, ungeachtet des einzigen törichten Verteidigers von MM, der sagte,

* Unübersetzbares Wortspiel im Englischen: *Blessed are the pure in heart… Blessed are the poor in heart…* Anm. d. Übers.

die Patienten seien entweder zu krank oder des Lesens unkundig gewesen, deshalb habe sich auch niemand verletzt gefühlt! Das Ganze war abscheulich geschmacklos. Sein anderes Plakat am Eingang zur Männerabteilung, wo die Geschlechtskranken lagen: Ein riesiger Pfeil, der zwischen zwei sich berührenden Kugeln steckte und wie ein verrücktes Straßenschild auf den Eingang und die Worte: *Zu den Zwillingsstädten von Sodom und Gonorrhöe* zeigte. Das war, wenn man über dergleichen überhaupt ein Urteil abgeben will, noch schlimmer.

»Wie geht es meinem Wunderknaben?« fragt MM. »Ich krieg' ihn heutzutage ja nie mehr zu Gesicht. Ich nehme an, einen verrückten alten Narren vor der Ausweisung zu bewahren, fordert auch von der dicksten Freundschaft Tribut. Na ja. Wie geht es ihm?«

»Er blüht und gedeiht«, sagte ich. »Letzten Freitag nachmittag hielt er das gesamte Kabinett eine Stunde lang in Gewahrsam.«

»Tatsächlich? Wie langweilig«, sagte Mad Medico. »Verstehst du, Dick, das Schlimme an der Macht ist nicht, daß sie vollkommen korrumpiert, sondern daß sie die Menschen hoffnungslos langweilig macht, man weiß genau, wie sie reagieren werden... Sie werden einfach uninteressant.« Er sprach mehr zu seinem Gast aus England als zu uns. »Ich hab' dir doch erzählt, daß dieser Junge so charmant war, als ich ihn kennenlernte. Mir war selten jemand so Menschliches, so Kultiviertes begegnet.« Dick nickt uninteressiert. Während des ganzen Nachmittags hat Dick kaum ein paar Worte geredet. Trinkt Gin und Limonade, als sei es Mineralwasser. Doch ganz im Gegensatz zu seiner düsteren Laune ist seine Gesichtsfarbe sehr hell, fast mädchenhaft, nicht wie Mad Medicos überaus braungebranntes Gesicht. Mad Medico selbst lenkte unsere Aufmerksamkeit darauf, als er uns Dick vorstellte. »Ein weißer Mann in den Tropen«, hatte er gesagt, »muß gelegentlich wieder einmal jemand aus seinem eigenen Stamm sehen, um daran erinnert zu werden, daß seine Hautfarbe vielleicht doch nicht ganz so verkehrt und fleckig ist, wie es den Anschein hat.«

Nun spricht Dick, traurig, wie es seine Art ist. Er sitzt am anderen Ende der dreiseitigen Bar, mir gegenüber. Ikem und die beiden Mädchen sitzen zwischen uns an der langen Seite der Theke und haben Mad Medico, unseren Barmann, vor sich. Dick sagt, die Absicht von Actons Korruption sei wahrscheinlich gewesen, eine Enthumorisierung herbeizuführen, wenn es ein solches Wort überhaupt gebe.

»Gibt es nicht, sollte es aber gewiß geben«, sagt Mad Medico leichthin. »Was habt ihr denn verbrochen?« fragt er mich.

»Wie bitte?«

»Du hast gesagt, ihr seid alle in Gewahrsam genommen worden.«

»Ach das. Nein, wir haben überhaupt nichts getan. Das war es ja gerade. Eine Delegation aus Abazon – du weiß schon, wo die große Dürre herrscht – war plötzlich im Präsidentenpalast aufgetaucht, und keiner von uns hatte gewußt, daß sie kommen würden. Unartig von uns, nicht wahr? Also läßt Seine Exzellenz seinen Zorn an uns aus.«

»Ist ja toll«, sagt Mad Medico, wendet sich Dick zu und spielt vor dem Neuankömmling den wissenden Alteingesessenen: »Abazon liegt im Nordwesten, und seit einem Jahr hat es dort nicht mehr geregnet. Deshalb schickten die armen Teufel dort eine Delegation, um Seine Exzellenz um Regen zu bitten.« Dann dreht er sich zu mir um, daß ich die Wahrheit seiner Aussage bestätige. »Darum geht es doch?«

»Mehr oder weniger«, erwidert Ikem, ehe ich überhaupt den Mund aufmachen kann.

»Wunderbar«, sagt Dick und wird plötzlich lebendig. »Eine Art eingeborener Henderson. Einfach faszinierend. Und was hat er dann getan?«

»Er setzt die Jungs hinter Schloß und Riegel – nicht die Delegation wohlgemerkt, sondern sein eigenes Kabinett... Daher wohl der Ausdruck ›Kabinett‹ – Leute, die man in einen Holzkasten sperrt, ha, ha, ha! Was für eine erfolgversprechende Meldung, Ikem, und du hast am nächsten Morgen nichts davon in deinem Blatt gebracht! Das verwundert mich aber doch sehr!«

»NZV«, erwidert Ikem. »Nicht zur Veröffentlichung«, fügt er hinzu und löst das Rätselraten in ein paar Gesichtern. Die Mädchen und Mad Medico lachen. Dick schaut noch immer verwirrt drein.

»Ich verstehe den Zusammenhang nicht«, sagt er.

»Welchen?«

»Zwischen der Delegation aus dem Wüstenort und dem Kabinett.«

Ich will es ihm noch einmal erklären, doch Mad Medico hat eine noch bessere Erklärung und fällt mir ins Wort.

»Hier hast du einen echten Briten, Chris. Er sucht Zusammenhänge. Es gibt keine, junger Mann. Du bist hier im Land der Négritude, nicht in Devonshire.«

»Oh, ganz so weit würde ich nicht gehen«, sage ich. »In diesem Teil der Welt denken wir nicht weniger logisch als andere Menschen auch, ihr selbst inbegriffen.« Meine Stimme klingt vielleicht etwas schärfer als notwendig.

»Nun komm schon«, sagt Dick mit höchst beleidigender Herablassung. »John hat ja nur Spaß gemacht.«

»Da siehst du, was ich meine«, sagt Mad Medico, ehe ich behaupten kann, daß auch ich es nicht ernst gemeint hatte. »Überhaupt keinen Humor mehr. Nichts. Sie sind alle so steif und verdammt patriotisch, so schnell beleidigt. Wenn du weiß bist, kannst du hier keine Witze machen. Du hättest hören sollen, was sie mich alles nannten, weil ich so naiv war und versuchte, ein bißchen Fröhlichkeit in die tristen Krankensäle ihres verdammten Krankenhauses zu bringen. Imperialist! Weißer Rassist! Rotnacken! Das beste jedoch war Negrophob. Hast du das schon mal gehört? Negrophob. Offensichtlich das Gegenteil von Niggerfreund.«

»Also, nun sei mal ehrlich, MM« (ich bin jetzt echt irritiert), »hättest du deine sogenannten Witze in einem englischen Krankenhaus an den Wänden aufgehängt?«

»Natürlich nicht. Habe auch nie gesagt, daß ich das getan hätte. Aber es heißt ja, daß die Engländer sowieso keinen Humor hätten. Und hier sind wir ja nun wirklich nicht in England, oder? Schau doch hinaus. Was siehst du da? Leben! Sonnenschein! Lebensfreude, sie lockt dich und sagt: Komm heraus und spiele. Gib dich der Liebe hin! Lebe! Und diese dunkelhäutigen Imitatoren eines kleinbürgerlichen Europa, korrumpiert in Sandhurst und der London School of Economics, erwarten von mir, daß ich hier wie einer dieser Scheißbanker von der Cheapside mit Melone und aufgerolltem Regenschirm spazierengehe. Mein Gott!«

Wir alle lachen über diese Rede und applaudieren. Außer Dick. Er beobachtet aufmerksam, wie der schwitzende Mad Medico sein Glas mit Campari und Soda auffüllt, zwei Eiswürfel hineinwirft und sich die Finger ableckt.

Es stellt sich heraus, daß Dick Begründer und Herausgeber einer neuen Literaturzeitschrift in Soho ist, die sich *Reject* nennt. Von Mad Medico ermuntert, erzählt er davon, zuerst zögernd und unter Einsatz von jeweils höchstens einem oder zwei Sätzen.

»Wie hat das alles angefangen? Ich bin sicher, Ikem würde das interessieren.«

»Oh, ganz einfach, in bekannten Literaturmagazinen gaben wir Anzeigen mit der Nachfrage nach Manuskripten auf, die von anderen Literaturzeitschriften abgelehnt worden waren. Ganz einfach.«

»Und das war vor drei Jahren?«

»Nun, vor fast vier Jahren.«

»Und es hat etwas gebracht?«

»Es war ein prompter und durchschlagender Erfolg.« Seine Stimme beginnt so etwas wie Leben anzunehmen. Auch sein Gesichtsausdruck verändert sich. Zuerst meint man, ein höhnisches Lächeln zu bemerken, doch wahrscheinlich ist es seine eigene Art, Stolz auszudrücken. Die Informationen kommen nun bereitwilliger. »In weniger als zwei Jahren durchbrachen wir den Dünkel des Literaturestablishments und seiner verstaubten Parteiorgane. Es war die bedeutendste Entwicklung in der britischen Literatur seit dem Krieg.«

Langsam teilt sich die Gruppe auf: Ikem und der Literaturmensch am einen Ende der Bar, zusammen mit Elewa, die bei ihnen bleibt, jedoch wenig versteht, und Mad Medico mit Beatrice und mir am anderen Ende.

»Es tut mir leid, dir sagen zu müssen«, sagt MM zu Beatrice, »daß du fünf Jahre zu lange gewartet hast, um Chris kennenzulernen. Er und Sam waren damals viel netter als heute.«

»Wer war das nicht? Aber vor fünf Jahren war BB noch nicht volljährig und wäre für mich nur von begrenztem Interesse gewesen.«

»Ich möchte doch sehr bitten«, sagt sie.

»Ehrlich, damals hat es Spaß gemacht mit ihnen«, sagt MM fast wie zu sich selbst, »mit ihm und Sam.« Mit dem Zeigefinger rührt er den winzigen Eisberg, der in seinem Campari schwimmt. Echte Wehmut hat sich in seine Stimme eingeschlichen, und seine Augen drücken dasselbe aus.

»Weißt du, MM«, sage ich, »daß du der einzige Mensch in diesem Land bist – vielleicht in der ganzen weiten Welt, der ihn noch immer Sam nennt?«

»Ja, und bei Gott, nie und nimmer werde ich bei eurem lächerlichen *Exzellenz*-Theater mitmachen. Lieber ließe ich mich des Landes verweisen.«

»Aber weißt du, *Sam* ist noch lächerlicher. Ein Name, der nicht mehr zum Objekt paßt. Aber du warst ja noch nie ein Meister in der Beurteilung dessen, was paßt und was nicht paßt... Und das macht dich so anziehend.«

»Danke«, sagt er mit einem verlegenen, jungenhaften Grinsen. In solchen Augenblicken schaut ihm der Schelm, der er ist, aus den Augen. Beatrice, die bis jetzt sehr wenig gesagt hat, fragt spitz: »Sag mal, würdest du zu deiner Königin hingehen und sagen ›Hallo, Elizabeth‹?«

»Zum Teufel, natürlich nicht. Aber warum um alles in der Welt seid ihr so scharf darauf, aus diesem Sonnenscheinparadies ein trostloses kleines England zu machen? Sam ist, verdammt noch mal, keine Königin! Ich sag' euch doch, er war ein echt netter Kerl damals. Er hatte so etwas wohltuend Unschuldiges an sich. Er war... wie soll ich es sagen? Er war moralisch und intellektuell intakt – eine Art Jungfrau, wenn ihr versteht, was ich meine. Natürlich nicht im prüden Sinn. Er war selbstsicherer, wußte eine ganze Menge mehr als seine englischen Mitoffiziere und sprach weitaus besseres Englisch als sie, das sag' ich euch. Und trotzdem konnten ihn gewisse Dinge noch auf angenehme Weise überraschen... Und das fand ich an ihm so gesund und so anziehend... Einmal hab' ich ihm ja ein Mädchen gefunden...«

»Für wen?« fragt Elewa und dreht sich auf ihrem Barhocker um, mit Ikem und seinem Literaturfreund im Schlepptau – der letztere deutlich widerstrebend. »Seine Exzellenz, Mylady«, sagt Mad Medico und verbeugt sich. »Ich verschaffte ihm dieses Mädchen, nachdem er aus dem Camberley-Krankenhaus entlassen worden war.«

»Ich hatte keine Ahnung, daß du eine Vergangenheit als Zuhälter hast«, sagt Dick so feierlich, daß es ihn selbst zu überraschen schien.

»Nun, wenn du willst, kannst du es so nennen«, sagt Mad Medico, »doch du mußt das von einer ganz anderen Seite sehen. Ein netter junger Mann kommt von weither aus der Wärme Afrikas in das wenig gastfreundliche Klima eines englischen Krankenhauses. Und er erholt sich nur schwer von einer doppelten Lungenentzündung. Das wenigste, was ich für ihn tun konnte, war, ihm ein warmes, freundliches Mädchen zu besorgen, die ihn etwas aufmuntern würde. Nichts Ernsthaftes. Ein vernünftiger Richter würde mich bestimmt straffrei entlassen. Dessen bin ich ganz sicher.«

»Aber die Frauen sind immer die Leidtragenden in dieser Welt«, sagt Elewa.

»Also eine moderne Desdemona. Hat sie ihn denn aufgemuntert?« fragt Beatrice und übergeht vollkommen Elewas grundsätzlicheren Appell zur Solidarität.

»Und wie! Noch Jahre danach hat er an sie gedacht. Am nächsten Morgen rief er mich an. ›Onkel John‹, sagte er, ›was hast du mir da bloß eingebrockt.‹ Dabei lachte er und schien mit der Welt vollkommen ausgesöhnt! Es würde mich nicht im geringsten überraschen, wenn er ein Ferngespräch mit Chris in der London School of Economics geführt hätte... Hat er?«

»Nun, fast. Das war ja eine großartige Geschichte. Eines kann ich dir sagen, er hat nicht lange damit gewartet, mir alles von ihr zu erzählen.«

»Was hat er dir denn erzählt?« kommt von Beatrice.

»NZV.«

»NZ was?«

»BB. Eben hat man dir das erklärt, BB. Das schreiben meine Freunde vom Rundfunk in großen gelben Buchstaben auf Schallplatten, die zu anstößig sind, als daß man sie im Radio spielen könnte.«

»Es bedeutet: Nicht zur Veröffentlichung«, erklärt ihr Ikem noch einmal. »Chris hätte natürlich noch dazusagen können, daß dies heutzutage nicht mehr nur für anstößige Schallplatten gilt. Alles, was der Regierung *unpassend* erscheint, ist NZV«.

»Du hast vollkommen recht. Ich hätte das hinzufügen sollen. Verstehst du, meine erste Pflicht als Informationsminister ist zu entscheiden, was unpassend ist, und Ikem davon zu informieren, der diese Information prompt ignoriert... Doch um auf das interessantere Thema zurückzukommen – ich bekenne, daß ich die Vorschrift später umgangen und BB das Geheimnis verraten habe.«

»Mir?« fragte Beatrice mit weit aufgerissenen Augen. »Meiner eigenen Beatrice?«

»Ja«, sagte Chris. »Ich hab' dir doch von dem Mädchen mit der... wie soll ich sagen... mit der anregenden Zunge erzählt.«

»Oh! Das war dieses Mädchen? O du meine Güte!« Sie und Chris brachen in großes Gelächter aus, was jedoch alle anderen kalt ließ.

»Ihr beiden scheint etwas zu wissen, das selbst dem Zuhälter noch nicht zu Ohren gekommen ist«, sagt MM, »aber das tut ja nichts zur Sache.«

Der Literaturzeitschriftenherausgeber versucht seit geraumer Zeit sein versprengtes kleines Publikum wiederzugewinnen, das ihm aufgrund von Elewas Überlaufen zur anderen Seite, als Aussicht auf loses Gerede bestand, abhanden gekommen war. Er macht einen letzten kühnen Versuch und belegt die ganze Gesellschaft mit Beschlag. Außerdem war das auf seinem Gesicht zu beobachtende Mienenspiel zuletzt ziemlich seltsam gewesen. Eigentlich hatte er ein außerordentlich ausdrucksvolles Gesicht, versteht man unter ausdrucksvoll eine ständig wechselnde Abfolge schattenhafter Grimassen, eine jede von nicht zu bestimmender Bedeutung. Man kann ihn nicht anschauen und sagen: Nun ist er traurig, oder jetzt gefällt ihm etwas. Man muß stets warten und raten, und dann ist man immer noch nicht ganz sicher. Und plötzlich ärgert man sich über sich selbst, weil man seine Gedanken mit so großer Mühe auf etwas derart Inkonsequentes verwandt hat. Er ist so jemand, der einen in Wut versetzen kann. Jetzt gerade trägt er ein finsteres, puritanisches Stirnrunzeln ohne das moralische Gewicht eines Puritaners zur Schau.

»Wir hatten derart großen Erfolg«, sagt er, als sei er sich der Tatsache überhaupt nicht bewußt, daß seine Rede jemals unterbrochen worden war, »daß es nach einiger Zeit recht schwierig wurde, sicherzustellen, daß alles Material, das wir erhielten, auch aller Wahrhaftigkeit nach ›Abgelehntes‹ war. Wir bestanden auf dem Zettel mit dem Vermerk *abgelehnt*, der jedem Manuskript beiliegen mußte; aber jeder kann ja einen solchen Zettel nachmachen. Ihr versteht schon. Die meisten Zeitschriften nehmen es nicht so genau mit ihren Zetteln... Wie Mädchen, die sind ja auch so... Die hier Anwesenden natürlich ausgenommen... Sie werden nicht in der Königlichen Münzanstalt gedruckt... Deshalb gab es keinerlei Möglichkeit, festzustellen, ob das, was uns zugeschickt wurde, auch echtes, nicht akzeptiertes Material war. Aber wie ich dir schon sagte...« Nun, da ihm alle wieder zugehört haben, scheint sein einziger Wunsch zu sein, uns seine Gleichgültigkeit spüren zu lassen, indem er so tut, als unterhielte er sich mit Ikem alleine. Manche Leute haben wirklich Nerven... »Das größte Problem war unser Erfolg. Bald druckten wir nur noch einen Bruchteil, einen winzigen Bruchteil dessen, was uns zugeschickt wurde. Eine Zeitlang spielte ich sogar mit dem Gedanken einer Begleitzeitschrift mit dem Titel *Reject Zwei* oder *Doppel Reject*, die, dessen bin ich gewiß, genauso erfolgreich wie *Reject* gewesen wäre. Doch ich mußte mich schließlich dagegen entscheiden. Man darf sich nicht zu sehr verausgaben, verstehst du?«

»Ist ja faszinierend«, sagt Ikem. »Wenn Chris mich hier feuert, könnte ich vielleicht hinüberkommen und *Doppel Reject* für dich machen. Der Gedanke begeistert mich geradezu.«

»Du bist der Chefredakteur der lokalen...«

»Zeitung, die sich *National Gazette* nennt«, sagt Mad Medico. »Ikem ist ein hervorragender Journalist... Ach Scheiße! Wer bin ich schon, um ihm gute Zensuren zu erteilen! Wie dem auch sei, seine brillanten Leitartikel haben alles getan, um mich vor den gerechten Konsequenzen meiner Indiskretion zu retten. Aber eigentlich wollte ich sagen, daß er ein noch besserer Dichter ist, meiner Meinung nach einer der besten im ganzen englischen Sprachbereich.«

»Ja, John hat mir erzählt, daß du ein bemerkenswerter Poet bist. Es beschämt mich, zugeben zu müssen, daß ich bis heute noch nichts von dir gelesen habe. Aber das werde ich jetzt gewiß nachholen.«

»Laß dir Zeit«, sagt Ikem. »Und vergiß nicht, MM kann keineswegs als uneigennütziger Zeuge gelten. Ich habe ihm einen großen Gefallen getan.«

»Und außerdem hab' ich dir noch nichts von diesem Mädchen hier erzählt, die so bescheiden dasitzt, Beatrice heißt und ihr Englischstudium an der Universität London mit Auszeichnung abgeschlossen hat. Sie ist besser in Englisch als wir alle zusammen, das ist sicher.«

»Das überrascht mich nicht im geringsten. Es ist mir zu Ohren gekommen, daß heutzutage das beste Englisch entweder von Afrikanern oder von Indern geschrieben wird. Und daß die Japaner und die Chinesen nicht weit dahinter liegen«, sagt Dick mit etwas zweifelhaftem Enthusiasmus.

Möglicherweise hatte MM recht, als er sagte, Beatrice hätte zu lange darauf gewartet, mich kennenzulernen. Gelegentlich frage auch ich mich, ob unsere Beziehung nicht zu ruhig, zu gesetzt ist, ob wir nicht zu sehr einem Paar müder Schwimmer gleichen, die sich am Beckenrand ausruhen. Ich erinnere mich an die Szene aus früheren Tagen, es war vor mehr als zwei Jahren gewesen – jede Einzelheit in unglaublicher Genauigkeit und Frische in meinem

Gedächtnis gespeichert, und doch, wenn ich daran denke, hat diese Erinnerung auch etwas Ätherisches, Entrücktes an sich.

Ich hatte Beatrice angeboten, mit ihr ins Restaurant Cathay zu gehen, doch sie hatte nein gesagt. Chez Antoine? Noch immer nein. Das waren ihre beiden bevorzugten Restaurants – nicht zu groß, kein grelles Licht und gute Küche. Zu was hätte sie denn sonst Lust?

»Können wir zusammen zu dir nach Hause gehen?«

»Aber natürlich«, war alles, was mir in jenem Augenblick zu sagen einfiel. Ich war mir noch immer nicht sicher, ob ich richtig gehört hatte. Sie erriet meine Verwirrung und bot etwas wie eine Entschuldigung an. »Wir haben beide einen langen Tag hinter uns. Jetzt möchte ich nichts anderes tun als in Ruhe irgendwo sitzen und Musik hören.«

»Wunderbar!« Natürlich war sie schon ziemlich oft bei mir gewesen, doch die Initiative zu einem Besuch war noch nie von ihr gekommen. Nicht aus Schüchternheit, sondern weil sie ihren eigenen Stil und vor allem ihr eigenes Tempo hatte, das ich von Anbeginn an zu respektieren beschlossen hatte. Nach etlichen Wirbelwindaffären, inklusive einer sechsmonatigen Ehe mit allem Drum und Dran in London, war ich für BB's konservativen Stil bereit und dankbar. Manchmal, wenn ich an sie dachte, kamen mir nicht bereitwillig Rosen oder Musik in den Sinn, sondern ein gutes und geschmackvoll gemachtes Buch, hübsch anzuschauen. Kein hochgestochener Zeitvertreib. Durch und durch solide. Obwohl ich wußte, daß es verrückt war, konnte ich nicht umhin, BB mit meiner Ex-Ehefrau zu vergleichen. Louise war so darauf versessen gewesen, mir zu beweisen, daß sie eine eigenständige Meinung hatte, daß sie sich als vollkommen frigide im Bett erwies, trotz wöchentlicher Besuche beim Psychiater. Es gibt auch noch eine andere Sorte – am entgegengesetzten Pol –, das fordernde Sexsymbol, das seine Reize zur Schau stellt. Auch sie war mir begegnet. Im allgemeinen funktionierte ihr Stil eine Zeitlang, bis meine Seele plötzlich von einer aus dem Nichts kommenden Kälte überfallen wurde und nichts als den Wunsch hegte, ihr klarzumachen, das ganze Gestöhne und leidenschaftliche Getue sein zu lassen und möglichst schnell zur Sache zu kommen. Beatrice ist die perfekte Verkörperung meiner Idealfrau – schön, ohne falschen Glanz, friedlich aber sehr stark. Sehr, sehr stark. Ich liebe sie und werde das Tempo einschlagen, das sie angibt. Doch gelegentlich geht es mir durch den

Sinn, ob ich ihre Zeichen nicht falsch verstehe, ob mich nicht, wie MM es ausdrückt, die Erfahrung ohne mein Zutun hat vertrocknen lassen, ob ich sozusagen den Kontakt verloren habe.

Keiner von uns war wirklich hungrig. Also entschlossen wir uns zu einer Flasche Wein und ein paar gebratenen Garnelen. Mein Koch, Sylvanus, geriet stets außer sich, wenn ein Gast kam und er nicht die Gelegenheit erhielt, das ganze Ausmaß seiner kulinarischen Künste zu präsentieren. Selbst als wir seine exquisiten Garnelen verspeisten, ließ er uns nicht in Ruhe.

»Darf ich Madam nur eine ganze Kleinigkeit machen«, bettelte er. Wir beschworen ihn, sich nicht weiter Gedanken zu machen, und er ließ uns schließlich alleine, kam jedoch bald zurück und hing an der Küchentür herum. Er konnte einfach nicht verstehen, daß zwei erwachsene Menschen nichts anderes als »Krabbenfisch« zum Abendessen aßen.

»Vielleicht möchten Sie lieber ins Hotel essen gehen?« Und wenn Sylvanus das sagte, dann mußte man ihm schwören, daß seine Küche besser war als die irgendeines französischen, italienischen oder sonstigen Küchenchefs an der gesamten Westküste Afrikas.

»Nein, Sylvanus«, sagte Beatrice und versuchte ihn zu besänftigen. »Wir wollen nirgendwo hingehen. Wir möchten nur hier in Ruhe sitzen. Du kannst dir einen schönen Abend machen. Wenn der Oga etwas möchte, kann ich es ja richten.« Ich wußte sofort, und ihr wurde bald klar, daß sie damit eine Dummheit begangen hatte. Sylvanus stürmte nicht gerade davon, doch an seinem Gesicht und der Art, wie er gute Nacht sagte, war seine Verärgerung deutlich ablesbar.

»Weißt du eigentlich, warum ich hierher kommen und mit dir alleine sein wollte?«

»Nun, ja und nein.«

»O. K., das Ja zuerst.«

»Du möchtest nicht zu oft mit mir in der Öffentlichkeit gesehen werden.« Es klang wie eine vorbereitete Antwort, war es aber nicht. Beatrice erwiderte nicht gleich etwas darauf; sie schien den Punkt abzuwägen, als wolle sie sagen: Ja, vielleicht ist da was dran. Dann schüttelte sie ein paar Mal leicht den Kopf und sagte einfach: »Heute vor einem Jahr hast du mich zum ersten Mal zum Abendessen zu dir eingeladen.«

Gefühle, die ich seit Monaten beiseite geschoben hatte, überwältigten mich vollkommen. Ich zog sie zu mir aufs Sofa und küßte sie – vielleicht ein wenig zu heftig. Ich dachte daran, mich für meine Vergeßlichkeit zu entschuldigen. Mit jedem anderen Mädchen hätte ich das sofort getan. Aber mit ihr war das anders – es hatte keinen Zweck, ihr etwas vorzumachen. Ich bin nicht der Typ, der an Geburts- oder andere Festtage denkt, und zu sagen, ich hätte das Datum übersehen, wäre vollkommen unwahr gewesen. Ich küßte sie noch einmal und sagte statt dessen: »Du bist ein großartiges Mädchen.« Dann sagten wir beide ziemlich lange nichts.

»Wie lange kennt Ikem eigentlich diese Joy schon?« fragte ich.

»Ich weiß nicht. Ich hab' sie erst ein- oder zweimal gesehen außer heute nachmittag.«

»Sie scheint so jung zu sein. Und ohne jegliche Schulbildung. Worüber spricht er wohl mit ihr?« fragte ich.

»Ikem redet mit keinem Mädchen viel. Er ist der Meinung, sie hätten nicht genug Verstand.«

»Sieh da, der große Revolutionär!«

»Nun – weißt du, vielleicht übertreibe ich auch ein wenig. Aber Frauen nehmen in seinen Unternehmungen nicht allzu viel Platz ein, außer zum... nun, zum Trösten. Ich denke, das ist ungefähr das einzige Loch in seiner revolutionären Rüstung... Hast du bemerkt«, fragte sie unvermittelt und wechselte dabei das Thema, »hast du bemerkt, wie empfindlich er plötzlich auf dich reagiert? Ich glaube, du merkst es gar nicht. Mich beunruhigt es, denn früher war er nicht so. Ich sehe allerhand Schwierigkeiten auf euch beide zukommen.«

»Ach, du übertreibst. Doch du hast recht mit der Empfindlichkeit. Ich denke, das ist ganz natürlich. Besonders seit dem Coup und Sams Aufstieg und in geringerem Maße auch seit meinem Aufstieg. Wenn du es genau nimmst, so ist Sam jetzt mein Chef und ich bin Ikems Chef.«

»Du meinst also, Ikem beneidet euch beide?«

»Ja, warum nicht? Aber ich beneide ihn genauso sehr. Vielleicht noch mehr – um seine Freiheit.«

»Ich verstehe euch nicht.«

»Es ist doch ganz einfach. Verstehst du, das geht alles auf unsere ersten Tage im Lord Lugard College zurück. Ikem war von der ganzen Klasse der Intelligenteste – in jedem Schuljahr, sechs Jahre lang, der Klassenbeste. Kann man das noch übertreffen? Sam war das gesellschaftliche Vorbild... Er war der Vielseitige – guter Schüler, Kapitän der Kricket-Mannschaft, *Victor Ludorum* in Leichtathletik und in unserem letzten Schuljahr Schulsprecher. Und Mädchen aus jeder Mädchenschule in der ganzen Provinz beteten ihn an. Doch trotz seiner großen Schwäche für Mädchen war Sam in jenen Tagen seltsamerweise von einer Art geistiger Reinheit umgeben – Reinheit ist vielleicht nicht das richtige Wort, aber er schien in einer Art so perfekt und so unwirklich zu sein.«

»Zu viel Erfolg.«

»Vielleicht. Zu viel Erfolg. Nicht ein einziges Mal ist ihm irgend etwas mißlungen. Er hatte eine magische Hand. Auf lange Sicht bringt das stets Verderben. Ich glaube, er bezahlt jetzt die Rechnung dafür. Wenn wir nicht ganz großes Glück haben, wird es uns alle sehr teuer zu stehen kommen. Ich wünsche mir so sehr, er hätte Medizin studiert, was er zuerst wollte. Doch statt dessen ist er unter den Einfluß unseres englischen Direktors geraten, der 1941 in Abessinien gegen die Italiener gekämpft hatte und als Beweis dafür das Schwert eines äthiopischen Prinzen besaß. Also trat Sam ins erste Kadettenkorps des Landes ein und war auf seinem Weg nach Sandhurst.«

»Ich hab' dich nach Ikem gefragt, und nicht nach Seiner Exzellenz«, sagt BB mit einem schelmischen Augenzwinkern und kuschelt sich näher an mich ran.

»Da bist du selbst dran schuld. Du bist eine so gute Zuhörerin.«

»Außerdem hast du kein einziges Wort über dich selbst gesagt«, fügt sie hinzu und ignoriert mein zweifelhaftes Kompliment.

»Wir hängen alle zusammen. Man kann nicht die Geschichte des einen erzählen, ohne die anderen miteinzubeziehen. Ikem mag mir grollen, aber wahrscheinlich grollt er Sam noch viel mehr, und Sam wiederum hegt heftigsten Groll gegen uns beide. Wir sind uns zu nahe, denke ich. Das Lord Lugard College erzog seine Schüler zu einsamen Führerpersönlichkeiten an weit auseinanderliegenden fernen Orten, und nicht, um gemeinsam in einem lausigen Familienunternehmen eingesperrt zu sein.«

»O. K., Ikem war der Intellektuelle, Sam der Gesellige – und was warst du?«

»Ich bin immer in der Mitte gewesen. Nicht so intelligent wie Ikem und kein so großer gesellschaftlicher Erfolg wie Sam. In einer Art hab' ich immer Glück gehabt. Als Kinder sangen wir ein Lied, kennst du das? *Der erste sieht die bösen Geister; der letzte hat krumme Finger; der in der Mitte ist das Glückskind.* Habt ihr das auch gesungen? Ich war immer das Glückskind.«

»Soll ich dir was sagen? Und du versprichst mir, nicht böse zu sein? Ganz bestimmt nicht? Also, ihr Männer, alle drei, ihr seid unglaublich eingebildet. Was euch angeht, so scheint die gesamte Geschichte dieses Landes die Geschichte von euch dreien zu sein... Aber bitte, sprich weiter.«

»Natürlich, du hast vollkommen recht. Ich habe es ja eben selbst gesagt. Gelegentlich neigen wir dazu zu vergessen, daß unsere Geschichte nur eine von zwanzig Millionen Geschichten ist – ein winziger Abriß. Doch es ist die einzige, die ich kenne, und wie ich schon gesagt habe, bist du eine so süße Zuhörerin.«

»Süßmacher? Es gibt Gründe dafür... Führst du übrigens detailliert Buch über die täglichen Ereignisse? Ich meine, du solltest das tun. Aber bitte, erzähl weiter.«

»Ja, ich führe ein Tagebuch. Aber, nein, laß uns von etwas anderem reden. Erzähl mir auch mal etwas.«

»Heute bist du dran... Warum sollte Seine Exzellenz euch beiden grollen? Der ganze Erfolg ist auf seiner Seite.« Ich fühle, daß sie nur bezwecken will, daß ich weiterrede, über irgend etwas. Vielleicht findet sie meine Stimme beruhigend. Aber sie hat auch eine sehr schnelle Auffassungsgabe und ein ganz besonderes Geschick dafür, unbequeme Fragen zu stellen, wie ein altkluges Kind.

»Ja, wahrhaftig, warum sollte er uns eigentlich grollen? Er hat den ganzen Erfolg eingeheimst. Von der Schule nach Sandhurst; erster afrikanischer Leutnant in der Armee; Adjutant des Generalgouverneurs; im persönlichen Dienst der Königin während ihres Besuchs; kommandierender Offizier bei der Unabhängigkeit; Oberst zur Zeit des Coups; General und Seine Exzellenz, das Staatsoberhaupt danach. Warum um alles in der Welt sollte er gegen irgendeine lebende Seele Groll hegen? Jetzt, wo ich dir diese Frage stelle, muß ich zugeben, daß ich die Antwort darauf nicht weiß. Er war nicht immer so gewesen. In den ersten sechs Monaten oder so hat er sehr engen Kontakt mit uns gehalten, und dann... Aber laß uns doch am goldenen Jubiläum unseres ersten Zusammenseins über Besseres reden.«

Sie hatte an meine Brust gelehnt dagelegen, und nun setzte sie sich wie der Blitz auf und schaute mich schnell und forschend an. »Ich hoffe, das ist nicht sarkastisch gemeint«, sagte sie. Ich tue sehr feierlich, ziehe sie an mich und küsse sie sanft. Sie bot mir noch einmal ihren Mund, wir zitterten beide.

»Sollte ich jetzt nicht lieber nach Hause gehen?«

»Warum? Ich dachte, du wolltest hierbleiben.«

»Warum?«

»Weil ich es gerne möchte.«

»Ist das ein ausreichender Grund?«

»Ja.«

»Ich habe noch einen besseren.«

»Um nach Hause zu gehen, oder hierzubleiben?«

»Um nach Hause zu gehen.«

»Und der wäre?«

»Daß ich nicht gehen will...« Wir lachten, und ich versuchte sie zu küssen, aber sie bedeckte meinen Mund mit ihrer Hand... »Warte, ich hab' noch nicht zu Ende geredet...« Und dann sang sie, was sie noch sagen wollte: *»... aber dann hat es zwölf geschlagen, und meine Mami hat mit mir geschimpft.«* Dann legte sie die engelhafte Miene ab, die das Lied von ihr verlangte, wurde wieder sie selbst und erbot sich zu bleiben... unter einer Bedingung allerdings.

»Und die wäre? Du brauchst mir's nicht zu sagen, ich weiß schon.«

»Ja?«

»Daß wir uns nicht lieben.«

Sie schüttelte den Kopf. »Nun, da du es erwähnst, sollte ich es vielleicht noch hinzufügen. Rate noch mal.«

»Daß wir uns über uns selbst unterhalten.«

»Wer will schon noch mehr über dich hören? Du sprichst am Ende doch nur über andere Leute.«

»Ich gebe auf.«

»Versprich mir, daß du jetzt sofort die Klimaanlage in deinem Schlafzimmer ausschaltest.« Ich brach in unkontrolliertes Gelächter aus. Große Ernsthaftigkeit vortäuschend, informierte mich BB, daß sie vor kurzem auf ihrem Weg zum Badezimmer, der sie durch das Schlafzimmer führte, fast erfroren sei. Unglaubliches Mädchen, diese BB; ihre Wünsche waren nie von der Sorte, die einem Mann das Rückgrat brechen!

Nicht für sie der von manchen Frauen heftig begehrte Tiger-Liebhaber, der eine blutige, mit zerfetzten Kleidungsstücken übersäte Fährte hinterläßt. An dem Tag, an dem wir uns zum ersten Mal geliebt hatten, Monate nach unserer ersten Begegnung, schrieb ich in mein Tagebuch: *Ihre Leidenschaft beginnt wie die sanften Wellen eines tropischen Flusses, der sich in langsamem, friedlichem und unermeßlichem Strömen dem ungestümen Aufruhr eines Wasserfalls naht.* Pompös? Nein. Unermeßlich.

»Du hattest mir von dem weißen Mädchen und deinem großen Freund erzählt«, sagte sie unvermittelt, knipste die Nachttischlampe an, die ich eben ausgemacht hatte, und hielt meine Hand, die wieder nach dem Schalter griff, fest. Ehe ich antworten konnte, sagte sie: »Warum hast du gesagt, sie habe Wunder vollbracht?« Ich hatte wohl beschlossen, daß ich mich nach BB richten würde, doch unter gar keinen Umständen würde ich mich die ganze Nacht lang über Sam und Gwen unterhalten, von denen bereits beim Mittagessen mit Ikem und seiner neuen Freundin Joy die Rede gewesen war. Also kam ich ohne Umschweife zur Sache.

»Am Morgen nach einer äußerst anstrengenden Nacht weckt ihn dieses Mädchen Gwen auf und will wieder anfangen. Ich weiß noch gut, was Sam damals sagte: *Bruder, verstehst du, die Pipeline war leer – vollkommen leer!* Also dreht sich Gwen herum und nimmt kurzerhand sein lahmes Dingsda in den Mund. Und wie vom Zauberstab berührt, strömt das Leben aus dem Nichts zurück. So etwas war Sam in seinem ganzen Leben noch nie widerfahren.«

BB sagte erst einmal gar nichts, sondern rückte nur noch etwas näher an mich heran. Dann fragte sie: »Du meinst, Leute tun das wirklich?«

»Die ganze Zeit.«

»Abscheulich«, sagte sie.

»Nun, ich weiß nicht.«

»Das hört sich so an, als hättest du auch nichts dagegen. Vielleicht hast du es auch schon mal getan.«

»Nein, ich nicht. Das Mädchen tut es.«

»O. K., Mr. Schlauberger. Hat dir also ein Mädchen den Gefallen getan?«

»Wir wollen lieber nicht so ins Persönliche gehen.«

»Nun gut, ich werde nicht mehr weiter nachforschen. Aber meiner Meinung nach ist das ekelhaft, findest du nicht auch? Und sie haben nicht mal geduscht vorher, oder?«

»Ja, weißt du, ich war nicht dabei; aber geduscht hatten sie wahrscheinlich nicht. So wie ich es verstanden habe, weckte sie ihn auf und machte sich sofort an die Arbeit.«

»Mit all dem Zeugs drauf!«

»Ja, angetrocknet und festgeklebt!«

»Abscheulich. Ich mach' das auf keinen Fall. Für niemand.«

»Keine Angst, Liebling. Ich werde dich nie darum bitten.«

»Und was ist, wenn es in ihrem Mund passiert?«

»Was? Ach so. Aber darum geht es doch, oder nicht?«

»Du fragst Beatrice? Du hast mir doch diese Geschichte erzählt, oder etwa nicht?«

»Ja also, soviel ich weiß, geht es genau darum. Es ihr direkt in den Mund zu besorgen.«

»Das ist doch nicht dein Ernst!«

»Ich schwör' dir's.«

»Chris, bist du ganz sicher, daß du das noch nie gemacht hast?«

»Ja. Das Mädchen tut es doch.«

»Ach, sei still, du weißt schon, was ich meine. Und fang jetzt bloß nichts an, denn ich werde meinen Mund dafür nicht hergeben.«

»Wir gehen vorher unter die Dusche.«

»Mach doch nicht so blöde Witze. O Chris! Bitte!«

6
Beatrice

Als ich den Hörer abnahm und eine vollkommen unbekannte Stimme sagte: »Kann ich bitte Miss Beatrice Okoh sprechen«, ergriff mich panische Angst, und mein Herz klopfte zum Zerspringen. Ich weiß nicht warum, doch als erstes kam mir in den Sinn: O mein Gott, Chris hat einen Unfall gehabt, und jemand ruft mich aus der Unfallstation des Universitätskrankenhauses an. Warum ich an einen Unfall dachte, ist mir unerklärlich, doch das Gefühl war so stark, daß es andere Gedankengänge blockierte. Als deshalb der Anrufer sagte: »Einen Augenblick bitte, Seine Exzellenz möchte Sie sprechen«, war meine Antwort ein verwirrtes und nahezu hysterisches: »Seine wer? Wer sind Sie?« Erst als die selbstbewußte, volle Stimme gedehnt fragte, ob er denn ein so unwillkommener Anrufer sei, realisierte ich, was ich soeben gehört hatte, und stammelte eine unzusammenhängende Reihe von Entschuldigungen. Selbst während er sprach, überschlugen sich meine Gedanken, und erst eine ganze Weile nachdem er eingehängt hatte, hatte ich so viel Fassung wiedergewonnen, daß ich die Einzelheiten dessen, was er gesagt hatte, auszusortieren begann. Er lud mich zu einem kleinen, privaten Abendessen ein. Am Samstag. Er wollte etwas Wichtiges und Persönliches mit mir besprechen. Ein Wagen würde mich um halb sieben in meiner Wohnung abholen. Kleidung ganz informell, ja, zwanglos. Bis dann, also. Und schon hatte er aufgelegt. Einfach so!

Damals, in den Tagen gleich nach seiner Machtübernahme, war ich zusammen mit Chris ziemlich oft im Präsidentenpalast gewesen, manchmal auch mit Chris und Ikem. Doch dann, nach ungefähr einem Jahr, war alles auf ziemlich dramatische Weise anders geworden. Abgesehen davon, daß ich ihn praktisch jeden Abend in den Fernsehnachrichten sah, war ich ihm seit gut über einem Jahr weder begegnet, noch hatte ich sonst direkten Kontakt mit ihm gehabt. Ich wußte also nicht, was ich von dem Anruf und der Einladung halten sollte, zumal sie so völlig unerwartet gekommen war.

Natürlich hatte mich Chris über die ständige Verschlechterung ihrer Beziehung auf dem laufenden gehalten. Würde das wichtige und persönliche Gespräch darüber sein? Würde ich mir peinliche gegenseitige Beschuldigungen zweier Freunde anhören müssen, die sich schon gekannt hatten, als ich noch in den Windeln lag...? Nun, nicht ganz, aber fast... Das könnte der Grund für den sehr frühen Zeitpunkt der Einladung sein – halb sieben. Erst da kam mir in den Sinn, daß ich selbstverständlich annahm, ich würde so wie früher zusammen mit Chris in den Präsidentenpalast gehen, doch als er mich einlud, war nichts dergleichen erwähnt worden. Ich stürzte ans Telefon und rief erfolglos bei Chris zu Hause an und dann im Büro, wo er wie üblich, lange nachdem alle anderen nach Hause gegangen waren, zu Mittag gegessen und ihre Siesta gehalten hatten, noch arbeitete, und erzählte ihm alles. Nein, er war nicht eingeladen worden, aber er würde am Telefon lieber nicht weiter darüber sprechen. Er würde gleich auf dem Nachhauseweg bei mir vorbeikommen. Das war an einem Donnerstag, am späten Nachmittag gewesen.

Um genau achtzehn Uhr fünfundzwanzig klingelte es an meiner Haustür. Ich saß vor dem Spiegel und hörte gleich darauf Agatha, die am Sabbat genauso prompt wie an jedem anderen Tag Besuchern die Haustür öffnete, in lebhafter Unterhaltung mit einer männlichen Stimme. Nachdem sie den Besucher – wer immer es auch war – so lange für sich in Anspruch genommen hatte, wie sie es für notwendig erachtete, kam sie an die Schlafzimmertür und setzte mich davon in Kenntnis, daß ein Mann, ein Soldat vom Haus des Präsidenten, an der Tür sei; er sage, der Präsident habe ihn geschickt, um Madam abzuholen.

»Sag ihm, er soll sich einen Augenblick setzen«, sagte ich, »ich bin gleich da.«

Während ich mich fertig machte, hörte ich die Stimmen wieder. Als ich wenige Minuten später ins Wohnzimmer trat, verschwand Agatha eben durch die Küchentür. Der Soldat, der noch immer stand, salutierte, als ich eintrat, und ich entschuldigte mich sofort für mein Hausmädchen, die ihm keinen Stuhl angeboten hatte.

»Nein, Madam, Sie dürfen sich nicht entschuldigen«, sagte er galant. »Ihr Mädchen ist sehr, sehr höflich. Sie sagte, ich solle mich setzen, sie hat mich sogar gefragt, ob ich etwas zu trinken möchte. Sie ist also gar nicht schuld – ich wollte mich nicht hinsetzen. Verstehen Sie, dieser Soldatenberuf ist ein Stehberuf.«

»O. K. Sie fahren mich zum Präsidentenpalast? Von mir aus

können wir gehen.«

»Ah, Madam, wir fahren nicht in den Palast. Haben die im Palast Ihnen nichts gesagt?«

»Was? Wo fahren wir hin?«

»Sie meinen, die haben Ihnen nichts gesagt? Ist ja unglaublich! Mir hat man gesagt, ich soll Sie in das Gästehaus des Präsidenten in Abichi Lake bringen. Und das muß korrekt sein. Warum? Der Präsident ist seit gestern dort. Er ist überhaupt nicht im Palast.«

Das seltsame Gefühl, das mich seit Donnerstag nachmittag verfolgt hatte, drohte in heftige Wut umzuschlagen und überzuschäumen, nun, da diese letzte beleidigende Zutat mit solch nebensächlicher Lässigkeit in das Gebräu gegossen wurde. Mein Gott! Wer glaubt dieser Mensch eigentlich, daß er sei? Erst befiehlt er mich zum Abendessen und legt auf, ehe ich überhaupt meine tiefempfundene Dankbarkeit zum Ausdruck bringen konnte. Dann erachtet er es nicht für notwendig, mich wissen zu lassen, daß ich für das Privileg, zu ihm zu kommen, eine Reise von vierzig Meilen auf mich nehmen muß! Was, um Himmels willen, ging in diesem Lande vor?

Meine erste Tat der Auflehnung, die mir fünf Minuten später in ihrer vollkommenen Sinnlosigkeit ein mattes Lächeln entlocken sollte, bestand darin, daß ich das Angebot meines Begleiters ablehnte, mir den Ehrenplatz in der linken hinteren Ecke des schwarzen Mercedes, der in meiner Auffahrt stand, einzuräumen. Als er vor mir hinauseilte und mir die Wagentür aufhielt, sagte ich einfach, tut mir leid, ging auf die andere Seite, öffnete selbst die Tür und stieg ein. Der Chauffeur drehte sich mit einem Ruck nach mir um, wahrscheinlich wollte er sich seine heutige exzentrische Fracht genau anschauen. Als ich ihm noch einen guten Abend wünschte, schien er zuerst wie vor den Kopf gestoßen, doch dann machte seine Verblüffung einem breiten, fröhlichen Grinsen Platz, was mir außerordentlich gefiel, denn es bestätigte mir, daß ich meine Rebellion erfolgreich in den Griff bekommen hatte – zuerst durch das Ausschlagen eines Ehrenplatzes und dann durch das Grüßen eines einfachen Fahrers. In jenem Augenblick lächelte ich über mich selbst und über meine kümmerliche, nichtssagende Auflehnung, die Auflehnung einer im Käfig gefangenen Maus.

Und ich rief mir Chris' Ratschlag ins Gedächtnis zurück, unter allen Umständen einen kühlen Kopf zu bewahren. Meiner Klage, daß der Kerl sich nicht einmal die Mühe gemacht habe, zu fragen, ob ich an besagtem Abend auch Zeit hätte, und abzuwarten, ob ich seine Einladung akzeptieren würde, brachte Chris nur ein nachsichtiges Lächeln entgegen. »Sieh mal, BB«, sagte er, »in jedem Land und in jeder Sprache der Welt kommt eine Einladung von seiten des Staatsoberhauptes einem tatsächlichen Befehl gleich, sogar dann, wenn er diese Einladung nicht persönlich am Telefon ausspricht. Deshalb, mein liebes Kind, wirst du hingehen und vielleicht etwas Gutes dabei tun. Weißt du, Sam ist nicht dumm. Er weiß, daß die Lage ziemlich hoffnungslos ist, und es könnte sein, daß er in dir eine letzte Hoffnung sieht, sich aus dem Schlamassel zu ziehen. Du kannst möglicherweise von großer Hilfe sein.«

»Wie denn?«

»Meine Liebe, ich weiß es nicht. Aber laß alle Möglichkeiten offen. Es ist nie zu spät.«

Chris ist viel zu vernünftig. Verdammt vernünftig. Das ist alles, was ich dazu sagen kann. Alle Möglichkeiten? Ich wußte zumindest von einer, die ich nicht offenhalten würde.

Gegen halb acht waren wir im Dorf Abichi und am See angelangt. Obwohl ich schon zweimal das Landhaus des Präsidenten besucht hatte, war es beide Male während des Tages gewesen. So war es trotz meines gereizten und verbitterten Gemütszustandes an jenem Abend ein bewegend schönes Erlebnis, nun zu dem Haus hinaufzufahren, mit der großen schimmernden Wasserfläche des künstlichen Sees zur Linken, der sich nach Osten hin in die sinkende Dunkelheit hinein ausbreitete, und vor uns die hell erleuchtete breite Straße, die in gigantischen Kurven um den Berg herum nach oben führte, wo das Haus des Präsidenten wie ein Leuchtturm auf der Spitze des Berges thronte. Die zwanzig Millionen, die dem Gerücht nach von der gegenwärtigen Regierung für Renovierung und Einrichtung des Hauses seit dem Sturz der Zivilregierung, die es für fünfundvierzig Millionen gebaut hatte, ausgegeben worden waren, mögen, gemessen an unserer Lage, noch immer eine unverantwortlich extravagante Ausgabe sein, doch... Doch was? Vorsicht ist jetzt geboten, sonst finde ich mich unversehens dabei, mir insgeheim Chris' vernünftige Denkweise zu eigen zu machen!

Er und Ikem hatten einmal in meiner Gegenwart eine ihrer heftigen Auseinandersetzungen, in der es um die riesigen Summen ging, die für die Renovierung und Neuausstattung dieses Landhauses ausgegeben wurden. Mittel übrigens, die nicht auf dem normalen

Weg über das Finanzministerium gelaufen waren. Damals hatte ich mich vollkommen auf Ikems Seite geschlagen.

»Wovon will er sich eigentlich dorthin zurückziehen? Vor wem?« fragte Ikem mit der ihm eigenen Heftigkeit. »Vom Volk und dessen grundlegenden Bedürfnissen nach sauberem Wasser, das nicht vom Guineawurm verseucht ist, nach einfacher Unterkunft und nach Nahrung. Davor zieht ihr euch zurück. Ihr zieht euch in trauter Gemeinschaft mit Gesinnungsgenossen auf den Berg zurück, dabei vergeßt ihr das Volk, das eure Autorität legitimiert.«

»Dafür kannst du mir ja nicht die Schuld geben«, schrie Chris. Und dann umging er diese Frage vollkommen, indem er eine jener schönen historischen Skizzen produzierte, die er aufgrund seiner unglaublichen Belesenheit und seiner Redegewandtheit so hervorragend zu zeichnen versteht. Nationen, sagte er, seien in gleichem Maße durch Strukturen wie durch Gesetze und Revolutionen entstanden. »Wo diese Strukturen heute noch bestehen, sind sie der Stolz der Nation. Aber jeder vergißt, daß sie nicht von demokratisch gewählten Premierministern eingeführt wurden, sondern sehr häufig von ziemlich unattraktiven mittelalterlichen Tyrannen. Die Kathedralen Europas, das Taj Mahal von Indien, die ägyptischen Pyramiden und die Steintürme von Simbabwe wurden allesamt auf dem Rücken von Leibeigenen, verhungernden Bauern und Sklaven errichtet. Unsere gegenwärtigen Herrscher in Afrika sind in jeder Beziehung spät erblühte mittelalterliche Monarchen, selbst die Marxisten unter ihnen. Weißt du noch, wie Professor Mazrui damals Nkrumah einen stalinistischen Zar nannte? Vielleicht müssen unsere Führer so sein. Vielleicht ist es sogar notwendig, daß sie so sind.«

»Verdammter Reformist«, sagte Ikem wütend und beeindruckt, denn obwohl er ein großer Schriftsteller sein mag – wenn es um Reden aus dem Stegreif geht, kann er sich mit Chris nicht messen.

Am Eingang durchsuchte ein Major mit freundlichem Gesicht meine Handtasche, und ein anderer Offizier geleitete mich eine breite und mit einem roten Teppich belegte Treppe hinauf. Von der oberen Diele führte eine sehr große offene Tür in einen riesigen, üppig ausgestatteten Raum, in dem sich Gäste bereits niedergelassen hatten. Kaum war ich an der Tür erschienen, war Seine Exzellenz herbeigeeilt, um mich in Empfang zu nehmen, hatte mir einen Kuß auf die Stirn gedrückt und mich an der Hand in den Salon geführt. Die Gäste hatten sich in Grüppchen von zweien oder dreien über den ganzen Raum verteilt; sie saßen auf Stühlen, Sofas und Sitzpolstern, hatten alle ein Glas in der Hand und taten sich an den vielerlei Knabbereien gütlich, die auf niederen Tischchen bereitstanden oder auf großen Tabletts auf dem Fußboden.

»Wen kennen wir nicht?« fragte der Gastgeber, und ohne meine Antwort abzuwarten fügte er hinzu: »Fangen wir bei den Damen an.« In der Zwischenzeit hatten sich alle Herren mühsam erhoben, um strammzustehen, sozusagen.

»Du mußt unbedingt Miss Cranford von der *American United Press* kennenlernen. Lou ist hier in Bassa, um festzustellen, ob all die schlechten Nachrichten, die sie über uns in Amerika hören, auch wahr sind.« Hätte man mir nicht gesagt, daß sie Amerikanerin sei, so hätte das dunkelhaarige Mädchen in mein Klischeebild einer italienischen Schönheit gepaßt. Sie lächelte und schlug die Hände wie ein Paar Zimbeln aneinander, um das Salz der gerösteten Erdnüsse abzuschütteln, alles in Vorbereitung auf einen Händedruck, der, als er dann kam, wegen seiner übereifrigen Festigkeit ihre amerikanische Herkunft auf alle Fälle verraten hätte. In der Zwischenzeit rezitierte Seine Exzellenz meinen Lebenslauf: »Lou, das ist eine der brillantesten Töchter dieses Landes, Beatrice Okoh. Sie ist stellvertretende Staatssekretärin im Finanzministerium, und von allen Beamtinnen und Beamten des Landes ist sie die einzige, die ihr englisches Staatsexamen mit Auszeichnung bestanden hat. Und das nicht an einer Universität hier im Lande, sondern am Queen Mary College der Universität London. Unsere Beatrice hat die Engländer in ihrem eigenen Spiel geschlagen. Wir sind sehr stolz auf sie.«

»Mann«, sagte Lou, »das ist ja toll. Wie hast du das bloß geschafft, Beatrice?«

Das übrige war Routine. Ich glaube, es waren acht Männer und mit mir sieben Frauen.

Von den Männern kannte ich nur einen mehr oder weniger gut – Joe Ibe, den Minister für Öffentliche Einrichtungen. Als er an der Reihe war und Seine Exzellenz zu ihm sagte: »Sie kennen natürlich Beatrice«, hatte er erwidert: »Ich? Tut mir leid, Sir, ich habe sie noch nie gesehen«, was ungefähr die üblichste und abgedroschenste witzige Bemerkung in ganz Bassa ist und trotzdem stets Gelächter hervorruft – diesmal am meisten von dem Humoristen selbst, der, als wolle er das Ganze auf die Bildungsebene derer herabstufen, die für diese Art hochgeistigen Humors nicht helle genug sind, sofort hinzufügte: »Hab' Sie lange nicht gesehen, Beatrice, wie geht's meinem Freund Chris?« Worauf ich meine eigenen schwachen Kräfte, witzig zu sein, aufbot und antwortete: »Aber das muß ich Sie fragen. Sie sehen ihn häufiger als ich. Er ist immer in irgendeiner eurer Sitzungen.«

»Aha, das also erzählt er Ihnen?« Was allseits großes Gelächter hervorrief.

»Joe hat vollkommen recht«, sagte Seine Exzellenz mit einem Augenzwinkern. »Wenn ich du wäre, würde ich gelegentlich Stichproben machen.«

Sobald das Vorstellen vorüber war, stürzte die amerikanische Journalistin auf mich zu und sagte, sie hoffe, daß wir uns außer zum Kennenlernen am heutigen Abend in den nächsten paar Tagen einmal zu einem Essen oder so zusammensetzen könnten, um uns über alles mögliche zu unterhalten. Besonders auch über die Frauenfrage, verstehst du. Worauf ich ziemlich scharf erwiderte, daß ich nicht verstünde, was eine Reporterin, die jederzeit vorbeikommen und Informationen aus erster Hand beziehen könne, wohl noch von Leuten wie mir zu hören wünsche. Vielleicht ohne es zu wollen, wurden ihre Augen einen winzigen Moment lang schmal und aggressiv, um dann genauso schnell die Taktik zu ändern und wieder freundlich zu sein.

»Ich werde das Land bestimmt nicht verlassen, ohne mich mit dir unterhalten zu haben«, sagte sie. »Nicht nach alledem, was ich soeben gehört habe. Das verspreche ich dir!« Und dann ging sie weiter und ließ mich für einen Augenblick in Ruhe.

Ich weiß, daß ich in diesem kurzen Gespräch unangemessen scharf gewesen war. Doch ich schien nicht ganz Herr meiner Reaktionen zu sein. Etwas, das stärker war als gutes Benehmen, hatte in einem Aufruhr tief in meinem Inneren die Kontrolle durchbrochen und meinen lässig hingeworfenen Worten die scharfe Dringlichkeit beschwörender Formeln verliehen. Fürs erste nahm ich an, daß es noch immer eine Überreaktion auf die seltsamen Umstände meiner Einladung zu dieser Gesellschaft war, und erinnerte mich an Chris' Ratschlag, ruhig zu bleiben. Seinem Schatten versprach ich nun, mich anzustrengen und es besser zu machen.

Das also waren die neuen Drahtzieher, mit denen sich Seine Exzellenz umgab. Zum ersten Mal sah ich den umstrittenen Direktor des SUD aus nächster Nähe und konnte, wie ich fast erwartet hatte, keinerlei Sympathie für ihn aufbringen. Er ist eine jugendliche und gutaussehende Erscheinung und auf eine seltsam unangenehme Art stark. Vielleicht waren es seine riesigen Hände – Ringerhände –, die beim ersten Ablick sofort den Eindruck erweckten, selbst für einen so großen Mann wie ihn zu groß zu sein. Ich glaube, seine Hände sind ihm peinlich, denn er sucht ständig danach, sie zu verstecken – an der Seite, hinter dem Rücken und schließlich in den Taschen seines Anzugs, was natürlich die Aufmerksamkeit noch mehr auf sie lenkt. Er redet nur, wenn er angesprochen wird, und dann mit absurd leiser Stimme. Für mich war er endgültig erledigt, als ich sah, welch übertriebene Servilität er beim Essen Seiner Exzellenz gegenüber an den Tag legte. War er Gast wie wir alle oder eine Art Oberaufseher? Es kam vor, daß er einen Gast mitten im Satz unterbrach, um die Bedienung herumzuhetzen, weil irgendwo ein Glas zu drei Vierteln leer war.

Der Generalstabschef der Armee war ein in der Öffentlichkeit allgemein bekannterer Mann, selbstsicherer und im ganzen ein weitaus angenehmerer Mensch.

Das überraschendste waren die Damen. Alle hatten sich für diesen Anlaß viel zu feingemacht – vielleicht hatte ihnen auch niemand gesagt, daß es eine eher informelle Abendgesellschaft sein würde; außerdem wußte keine von ihnen sehr viel zu sagen. Sie konnten unmöglich zu dem verrückten Schickeria-Set gehören, der dem Gerücht nach das gesellschaftliche Leben Seiner Exzellenz zur Zeit bestimmte. Möglicherweise war diese langweilige Gruppe auf bemitleidenswert inkompetenten Rat hin ausgewählt worden, um das amerikanische Mädchen zu beeindrucken. Es wäre doch denkbar, daß irgendein Trottel im Stab des Präsidenten, der Abend für Abend in den von Sponsoren finanzierten religiösen Fernsehprogrammen so viele gegen die herrschende Unmoral wetternde amerikanische oder von Amerikanern ausgebildete Prediger hört, tatsächlich glaubt, daß eine Zurschaustellung präsidentieller Schicklichkeit wünschenswert sei!

Das Essen war einfach und gut. Krabbencocktail; *jollof*-Reis mit Bananen und gebratenen Hähnchen; Obstsalat aus frischen Früchten oder Käse mit englischen Crackers zum Nachtisch. Die Weine waren hervorragend, doch an diese Gesellschaft vollkommen verschwendet – nur Seine Exzellenz, das amerikanische Mädchen und ich verstanden etwas davon. Die Männer von Bassa hielten sich an ihr Bier, das sie schon den ganzen Tag über getrunken hatten; eine der Damen trank doppelte Gins mit Limone und die anderen beiden dunkles Bier mit Seven-up, was eine – ich glaube, sie hieß Irene – als *Black Is Beautiful* bezeichnete.

Seine Exzellenz war ein vollkommener Gastgeber. Vom Kopfende des ovalen Tisches aus verbreitete er gesellige Heiterkeit, so daß sich jedermann wohl fühlte. Eigentlich hätte es ein durchaus bemerkenswerter und schöner Abend sein können, hätten nur die Gäste etwas weniger Eifer darin gezeigt, mit allem, was er sagte, einverstanden zu sein, und über die Maßen zu lachen, wenn sie dachten, er habe einen Witz gemacht. Er hatte mich zu seiner Rechten plaziert und das amerikanische Mädchen zur Linken, so daß wir uns am schmalen Ende des Tisches gegenübersaßen. Rechts von mir saß der schweigsame Major Ossai und ihm gegenüber der Minister für Öffentliche Einrichtungen. Der Generalstabschef befehligte das andere Ende des Tisches wie ein Unterhäuptling, der dem Oberhäuptling, wenn dieser es wünschte, seine Aufmerksamkeit schenkte, doch ansonsten angelegentlich seine eigenen Wege ging und das Gin-und-Limonen-Mädchen zum Kichern brachte.

Die Bemühungen des Gastgebers, eine Unterhaltung zwischen mir und dem amerikanischen Mädchen in Gang zu bringen, endeten in einem schmählichen Mißerfolg. Ich konnte einfach nichts aufbringen, was einem gewissen Enthusiasmus gleichgekommen wäre, um selbst mit dem Staatsoberhaupt ein Gespräch aufrechtzuerhalten, das sich immer wieder einmischte, um die sterbenden Flammen anzufachen. Nach der Abfuhr, die ich ihr anfänglich erteilt hatte, zeigte die andere nunmehr nichts als bloße Höflichkeit. Unterhielt ich mich nicht mit dem Gastgeber, wandte ich mich dem Gentleman an meiner Rechten zu und verwickelte ihn in einen scheinbar tiefen Gedankenaustausch. Er war mir auf ideale Weise zweckdienlich, da er kein größeres Verlangen nach gesellschaftlichen Artigkeiten hatte, als ein Ersatzgenerator das Verlangen hat, Elektrizität zu produzieren, wenn der Hauptgenerator zufriedenstellend funktioniert.

Zusätzlich zu dem trockenen Sherry, den sie zu Beginn des Essens mit dem Krabbencocktail getrunken, und zu dem, was sie sonst noch vorher im Salon zu sich genommen hatte, trank das amerikanische Mädchen noch drei große Glas Moselwein. Alles zusammen erwies sich eindeutig als zuviel für sie. Mit fortschreitendem Abend wurde sie zunehmend redseliger und weniger zurückhaltend, obwohl sie, was den großen Bogen anlangte, den sie um mich machte, durchaus noch Herr ihrer fünf Sinne zu sein schien. Was mir natürlich sehr gelegen kam. Ich konnte zuhören und zugleich unauffällig beobachten, ohne die anstrengende Mühe, ihrem provokativen Verhalten Höflichkeit entgegensetzen zu müssen.

Ihr Benehmen mit Seiner Exzellenz wurde unerträglich familiär und anmaßend. Während sie sich mit ihm unterhielt, geschah es verschiedene Male, daß sie sich mitten im Satz von ihm abwandte, ihn hängenließ und Major Ossai etwas zurief, den sie jetzt nur noch mit Johnson anredete. Und Wunder über Wunder, vom Generalstabschef, dem General Lango, sprach sie sogar einmal als Ahmed. Und für diese Unverschämtheiten erntete sie von den besagten Herren nichts als ein zufriedenes Grinsen. Unglaublich!

Aber das war noch überhaupt nichts. Völlig unvermittelt begann sie Seiner Exzellenz und seinen Untertanen eine Lektion über die Notwendigkeit zu erteilen, die gegenwärtige Höhe (die, unnötig zu erwähnen, völlig unpopulär ist) der ausländischen Kreditrückzahlungen aufrechtzuerhalten, die im Augenblick etwas mehr als einundfünfzig Prozent der gesamten Deviseneinnahmen ausmachten. Warum? Als *Quid pro quo* für erhöhte amerikanische Hilfe aus Getreideüberschüssen für unsere von der Dürre heimgesuchten Regionen!

»Haben Sie in letzter Zeit die Leitartikel in der *National Gazette* gelesen?« fragte ich vollkommen sprachlos.

»Ja, Johnson war so freundlich und hat mir vor ein paar Tagen einige der Kommentare gezeigt. Der Chefredakteur, der, wie ich höre, eine Art Marxist ist, scheint der Ansicht zu sein, er könne den Kuchen aufessen und ihn trotzdem noch auf dem Tisch stehen haben, wozu wir ja auf dieser Seite der Demokratie alle neigen. Es mag ja nichts daran verkehrt sein, Castro zu bewundern, solange wir nicht in Kuba oder gar Angola leben müssen. Aber die merkwürdige Tatsache bleibt bestehen, daß Dr. Castro, egal was er sagt, niemals mit seinen Verpflichtungen der internationalen Bankwelt gegenüber im Rückstand ist. Er weist die anderen an: ›Zahlt nicht!‹, während er selbst sicherstellt, daß er mit seinen Rückzahlungen nicht in Verzug gerät. Wir dürfen nicht vergessen, daß Banken keine Wohltätigkeitsinstitute sind. Sie sind dafür da, um zu einem fairen und vernünftigen Preis Geld zu verleihen. Verweigert man ihnen die Profitmarge, indem man leiht und nicht zurückzahlt, werden sie ihre Tätigkeit früher oder später einstellen müssen, und wir werden bald wieder dahin kommen, unser Geld in den Sparstrümpfen unserer Großmütter aufzubewahren.«

»Oder in alten Matratzen«, fügte Seine Exzellenz hinzu, dessen nachsichtige Haltung dieser Unverschämtheit gegenüber mir einen größeren Schock versetzt hatte als sonst irgend etwas in letzter Zeit. Fast unterwürfige Nachsicht und eine Haltung märtyrerhafter Rechtfertigung. Er schien zu dem Mädchen zu sagen: »Mach weiter so, gib's ihnen; ich habe ihnen dasselbe gesagt und mich dabei heiser geschrieen.« Und *ihnen* in diesem Zusammenhang war *ich*.

Was ich tat, als man zu tanzen begann, mag einer kleinen Erklärung bedürfen. Wir verließen den Tisch und begaben uns der größeren Bequemlichkeit halber wieder in den großen Salon zu Kaffee und Likör. Währenddessen saßen Seine Exzellenz und Lou in tiefem und intensivem Gespräch versunken auf einem Sofa.

Dann hörte ich plötzlich meinen Namen. »Beatrice, komm und setz dich hierher zu mir«, befahl er und schlug mit der Hand auf den freien Platz neben sich; »afrikanische Häuptlinge sind immer polygam.« Natürlich wurde dies mit explosivem Gelächter aufgenommen. Er schien ein wenig beschwipst zu sein. »Polygamie bedeutet für Afrika dasselbe wie Monotonie für Europa«, verkündete er in die noch immer lodernden Flammen des Gelächters hinein und schürte sie rücksichtslos so sehr, daß die Dachbalken Feuer zu fangen drohten. Ich meine, das Mädchen neben ihm hatte noch eingeworfen: »Und in Amerika!« Aber das kann ich nicht beschwören, denn der Lärm war allzu groß gewesen.

Ehe seine Stimme in meine Gedankenwelt eingebrochen war, hatte ich mich vorübergehend dorthin zurückgezogen gehabt. Äußerlich schien ich währenddessen dem Minister für Öffentliche Einrichtungen zuzuhören, der sich mit übertriebener Gewissenhaftigkeit mit einer fast beiläufig hingeworfenen Bemerkung von General Lango auseinandersetzte, der gesagt hatte, daß ganz im Gegensatz zu dem, was er in Europa und Amerika, ja selbst in Kenia gesehen hatte, unsere Straßen, kaum daß sie befestigt würden, bereits wieder Schäden aufwiesen. Der Minister, der offensichtlich lange genug mit Profis zu tun gehabt hatte, um sich einiger Brokken ihrer Sprache zu bedienen, erklärte einem nun unaufmerksam zuhörenden General etwas über Schwerlastwagen und daß nicht sie, sondern ihr Achsengewicht oder so ähnlich, das eigentliche

Problem darstellten.

In jenem Augenblick hatten mich erneut Zweifel und Fragen überfallen, und ich hatte mich zurückgezogen, um mich damit auseinanderzusetzen. Warum bin ich hier? Warum hat er mich holen lassen? Offensichtlich fand die Erklärung, die sich mir zuerst angeboten hatte, daß es mit der Vermittlung zwischen zwei alten Freunden (selbst in Abwesenheit des einen) zu tun haben könnte, nun keinen Grund zur Berechtigung mehr. Warum also war ich dann hier? Damit ich dieses amerikanische Mädchen kennenlerne, mich ihr zur Verfügung stelle und ihr den Standpunkt der Frauen in diesem Land klarmache. Das mußte es wohl sein. Man hatte mich hierher geschleppt, um diesem frechen Mädchen aus Arizona oder sonstwo aufzuwarten. Schön. Wir werden sehen!

Und dann ertönte die Stimme des Herrn, der mich rief, meinen Platz im Schlafgemach der afrikanischen Polygamie einzunehmen!

Als mir dasselbe zum ersten Mal widerfuhr, war ich Studentin in England gewesen. Mein Freund hatte mich zu einem Silvesterball in der Stadthalle von St. Pancras eingeladen. Der Saal war überfüllt, und wir mußten uns schließlich einen Tisch mit jemand teilen, den mein Freund kannte und der bereits mit einem weißen Mädchen dort Platz genommen hatte. Nach ein paar Tänzen flüsterte ich Guy ins Ohr, daß wir der Höflichkeit halber mal Partner wechseln müßten. Nach zwei Tänzen mit dem weißen Mädchen verlor Guy vollkommen den Kopf. Er zog sich mit ihr in die entfernteste Ecke des riesigen Saales zurück und wartete dort am Ende eines jeden Tanzes, bis die Band wieder zu spielen begann. Der Freund des weißen Mädchens tanzte ein- oder zweimal mit mir und verschwand dann. Und so blieb mir nichts anderes übrig, als mit fremden Männern zu tanzen, die ohne Freundin zum Ball gekommen waren. Zum ersten Mal in meinem Leben war ich *kabu kaboo* – frei für alle, geworden.

Als sich schließlich, nachdem geraume Zeit vergangen war, Guy und das Mädchen wieder an unserem Tisch einfanden und er sich sofort erneut auf der Suche nach Drinks auf den Weg machte, schaute das Mädchen in ihren kleinen Taschenspiegel, zog ihre Lippen nach und sagte mit ihrem starken Londoner Cockney-Akzent: »Eure Jungs sind scharf auf uns, stimmt's? Meine Freundin hat gesagt, das sei der Desdemonakomplex. Hübsches Wort, Des-de-mo-na. Ich glaub', das ist italienisch. Hast du das schon mal gehört?«

Nun also lag ich wieder im Kampf mit Desdemona, dienstlich sozusagen, und schlimmer noch, diesmal ging es nicht um einen nutzlosen schwarzen Kerl in England, sondern in der Tat um das geheiligte Symbol des Stolzes meiner Nation. Sentimental? Kitschig? So sei es!

Also warf ich mich zwischen ihn und jene Feindin. Wortwörtlich *warf* ich mich auf ihn, wie ein loyaler Bursche, der seinen in Gefahr geratenen Kommandeur mit dem eigenen Körper deckt und dafür die tödliche Kugel empfängt.

Ich tat es auf schamlose Weise. Ich gab mich billig her. Mein Gott! Ich tat es dir zu Ehren, wie die Tänzerin in einem Hindutempel; wie Esther, o ja, wie Esther für mein geduldig leidendes Volk.

Und war ich froh, als der König langsam, aber sicher anbiß! War ich froh! Die große Schlange, die königliche Python, richtete sich gigantisch auf und begann sich im Gebüsch meines heiligen Hains zu rühren, als wir enger und enger umschlungen zu sanften Melodien tanzten und zusammen im gedämpften Licht Linderung für unsere alten Wunden suchten. Auf dem Höhepunkt seiner Erregung klammerte er sich verzweifelt an mich. Und da nahm ich ihn kühn an der Hand und führte ihn hinaus auf den Balkon mit dem atemberaubenden Blick von der Spitze des Berges über den dunklen See. Und dort, am Geländer, erzählte ich ihm meine Geschichte von Desdemona. Ich war wie besessen, als ich sprach.

»Ginge ich heute nach Amerika, nach Washington, D. C. – würde ich, könnte ich dann einfach ins Weiße Haus hineinspazieren, mich bei einem privaten Abendessen an den Tisch setzen und den amerikanischen Präsidenten als Geisel nehmen? Und seinen Verteidigungsminister und den Chef der CIA dazu?«

»Oh, sei doch nicht so rassistisch, Beatrice. Das hätte ich nicht von dir gedacht. Ein Mädchen mit deiner Bildung!«

Und er stürmte davon und ließ mich allein auf dem Balkon zurück. Ich stand da, starrte auf den schwarzen See, und meine Tränen flossen in Strömen. Ich war mir bewußt, daß immer wieder jemand verstohlen an die Balkontür kam, um einen Blick auf mich zu werfen. Ich sah sie nicht; ich wußte nur, daß sie kamen, um sich dann wieder in das gedämpfte Licht und die Musik zurückzuziehen. Dann hörte ich feste Schritte auf dem Terrazzoboden des Balkons und Major Ossais Stimme hinter mir: »Unten wartet ein Wagen, der Sie nach Hause bringen wird.«

7

Noch Wochen und Monate, nachdem ich endgültig die Herausforderung angenommen hatte, so viele zerbrochene Scherben dieser tragischen Geschichte, wie ich nur irgend finden konnte, zusammenzutragen, konnte ich noch immer keinen Anfang finden. Alles, was ich niederschrieb, hatte in meinen Ohren den falschen Klang – entweder es war zu unmittelbar, zu taktlos oder aber zu einleuchtend.

Und so drehte ich mich unablässig im Kreise – bis am vergangenen Samstag, nach der wöchentlichen Tortur auf dem Markt. Heiß und verschwitzt vom stundenlangen Feilschen in der Sonne, dann zu Hause nach Atem ringend, nachdem ich mit all den Einkäufen die schwindelerregende Wendeltreppe zum Kücheneingang erklommen hatte, warf ich die Taschen und Tüten im Vorübergehen einfach auf den Küchentisch und holte mir etwas Kaltes zu trinken. In die Küche ging ich nicht wieder zurück. Ziemlich außergewöhnlich für mich. Normalerweise nehme ich es sehr genau mit Lebensmitteln, besonders mit dem Fleisch, das sofort gewaschen und gekocht oder mit etwas Milton-Lösung abgewaschen und eingefroren werden muß. Doch nachdem ich die Hälfte des großen Glases Limonade gierig hinuntergeschüttet hatte, trug ich unter dem Einfluß einer seltsamen Kraft, den Rest in das Gästezimmer, aus dem ich eine Art Arbeitszimmer gemacht hatte, und begann bis spät in den Abend hinein zu schreiben. Vage, in weiter Ferne hörte ich Agathas Stimme an der Tür, die mir irgendwann einmal guten Abend sagte, doch ich nahm nicht weiter Notiz davon.

Dieser einzige Gedanke, oder die Kraft, oder was immer es war, die mich an jenem Nachmittag blitzartig überfallen hatte, sobald ich aus dem dichten Verkehr heraus war und mich auf der offenen Strecke zwischen den Ministerien und dem Beamtenwohnviertel befand, hatte mich beim Schopfe gepackt! Doch obwohl sie mich an den Schreibtisch zwang, versäumte sie es, mir die Worte zu diktieren, denn am Montag mußte ich noch einmal von neuem beginnen, nachdem ich all die schwere Arbeit vom Samstag und vom Sonntag weggeworfen hatte. Doch die Hochstimmung hielt unvermindert an. Ich hatte begonnen. Die nutzlosen Seiten und das fast verdorbene Fleisch schienen ein notwendiges Ritual oder Opfer zu sein, dem dargebracht, der wegen der Kühnheit besänftigt werden mußte, mit der ich mich dorthin vorgedrängt hatte, wohin selbst vernünftige Engel* zögern würden, ihren Fuß zu setzen; oder vielmehr, weil ich einen jener Speere ausgerissen habe – Speere, von den Männern in der Stunde ihrer Niederlage in den Boden gestoßen, wo sie inmitten des Kreises ihres letzten gemeinsamen Tanzes verblieben waren.

Mein Hausmädchen Agatha gehört zu einer jener neuen Kirchen, in denen die Menschen in Verzückung geraten und die Bassa wie eine Krankheit heimgesucht haben. Ihre Sekte nennt sich JEMS, was für Jahwe Evangelisations-Mission am Sabbat steht und ihr angeblich verbietet, am Samstag auch nur ein Streichholz für den Herd anzuzünden. Sie verläßt das Haus, ehe ich am Morgen aufstehe, und bleibt den ganzen Tag über weg. Gegen fünf Uhr kehrt sie zurück, sieht wie das verwelkte Blatt einer Cocoyamstaude aus und ißt Brot und kalte Fleischsoße oder irgendwelche Reste, die ihr unter die Finger kommen – bisweilen sogar nur *garri* – in Eiswasser eingeweichten Grieß mit acht Stückchen Zucker und einer ganzen Dose Büchsenmilch. Nahm ich jedoch das Streichholz, zündete den Herd an und wärmte das Essen auf, so entdeckte ich, daß es kein Verbot gab, das sie davon abhalten würde, es zu essen. Doch von Anfang an hatte ich ihr klargemacht, daß ich noch nicht bereit sei, die Füße meiner bezahlten Hilfe zu waschen. Es genügt vollkommen, daß ich den wöchentlichen Einkauf auf dem Gelegele-Markt mache, während sie vor einem weißgewandeten Propheten mit behaarter Brust und einer Duschmütze auf dem Kopf in die Hände klatscht, mit den Augen rollt und die Hüften verrenkt.

Doch noch etwas ist vor noch nicht so langer Zeit geschehen, das unser Leben verändert hat, und an diesem besonderen Samstag muß allein die Kraft von etwas völlig Außergewöhnlichem, das im Hause vor sich ging, Agatha so überwältigt haben, daß sie das Gesetz des Sabbats beiseite legte und das bereits ein wenig riechende Fleisch und das welkende Gemüse wegräumte. Oder aber, da auch ihr ein Besessensein nicht fremd war, konnte sie möglicherweise Anzeichen dafür in anderen sehr schnell erkennen!

Mein Name ist Beatrice, doch die meisten meiner Freunde nennen mich entweder B oder BB. Und auch meine Feinde – das nun

* Anspielung auf E. M. Forster *Where Angels Fear to Tread;* deutsch *Engel und Narren.* Anm. d. Übers.

ist eine Lektion, die ich aus den mir noch immer unfaßbaren Gewalttaten lernte, die wir durchlitten haben – daß selbst kleine Leute wie ich als Feinde gelten können. Naiverweise hatte ich angenommen, daß Feinde das Privileg der Großen seien. Doch nein. Hier war ich nun und beschäftigte eine ganze Menge Leute damit, vergiftete und mit Widerhaken versehene Bezeichnungen für mich zu erfinden, ebenso bereitwillig, wie sie den – um mit unseren halbgebildeten Journalisten zu sprechen – aus der Gnade ins Gras gefallenen Helden neue Namen gaben.

Es war eine ziemliche Offenbarung, die mir ehrlich gesagt eine Zeitlang Schwierigkeiten bereitete – besonders die groben Anspielungen auf das, was unsere Männer feixend *bottom-power* nennen. Doch dann sagte ich mir, was kümmert's mich, warum sollte ich von aller Welt verlangen, in ihrem Tun einzuhalten, aus keinem anderem Grund als zu erfahren, was ein unbedeutendes weibliches Wesen im Verlauf einer Katastrophe, die so viele und so vieles vernichtet hat, getan oder nicht getan hat. Eine kleine Verletzung meines persönlichen Stolzes vielleicht, doch was tut's?

Aber mit einer Darstellung von mir scheine ich mich doch nicht abfinden zu können, noch immer kommen mir dabei die Tränen. Ehrgeizig. Ich, ehrgeizig! Wie denn? Genau diese wahrhaft ungerechte Darstellung zwingt mich, mein Leben auf diesen Seiten offenzulegen, denn möglicherweise gibt es Dinge in mir, die ich sogar vor mir selbst erfolgreich zu verbergen gewußt hatte. Anmaßende Journalisten, die sich die Aufmerksamkeit der neuen Militärmachthaber erhofften, schufen ein Bild von mir als der »modernen Madame Pompadour«, die Generale manipulierte und Schriftsteller protegierte.

Nie in meinem bisherigen Leben habe ich Aufmerksamkeit gesucht – nicht einmal als Kind. Auf meine frühesten Erinnerungen zurückblickend, sehe ich ein kleines, von seiner eigenen kleinen Welt vollkommen umschlossenes Mädchen – einer Welt, die, russischen Puppen gleich, in der engen Welt unseres Missionshauses enthalten ist, das wiederum fest in die Welt der anglikanischen Missionsstation eingebunden war. Ein bemerkenswerter Ort. Außer der Kirche gab es die beiden Schulhäuser, das Pfarrhaus, das Haus des Katecheten, das Langhaus, in dem die Lehrer je nach Rang sich ein Zimmer teilten, ein eigenes Zimmer hatten oder sogar zwei Zimmer bewohnten. Das waren, wohlgemerkt, die Lehrer. Die Lehrerinnen dagegen bewohnten das kleinste von allen

Häusern – ein Dreizimmerhaus mit Grasdach, das wohl um des besseren Schutzes willen zwischen dem Haus des Pastors und dem des Katecheten stand. In der entferntesten Ecke des Missionsgeländes war der ein wenig zugewachsene Friedhof, auf dem eine meiner Schwestern, Emily, begraben lag.

Eine Welt in einer Welt in einer Welt, ohne Ende, von Ewigkeit zu Ewigkeit. *Uwa-t'uwa* in unserer Sprache. Wie faszinierte mich als Kind diese seltsame Lautfolge, die sich ins Unendliche wiederholen ließ, bis sie im Ohr, wenn man es mit der Hand öffnete und verschloß, öffnete und verschloß, zum Rauschen des Regens wurde. *Uwa-t'uwa t'uwa t'uwa; Uwa-t'uwa.*

Uwa-t'uwa war ein Baustein meiner vielen einsamen Spiele. Damit konnte ich Gedanken aller Art erfinden und formen. Ich konnte es sogar in den Armen wiegen wie mein hölzernes Baby mit dem abgeschlagenen Ohr.

Meine Freundschaft mit dem seltsamen Wort begann zweifelsohne sehr früh, damals, als ich es zum ersten Mal erkannte und willkommen hieß, nämlich am Ende des Gebets, das mein Vater in Anwesenheit der ganzen Familie zu Beginn und zum Abschluß eines jeden Tages zu sprechen pflegte – Gebete, die so lang waren, daß ich dabei vom Wachen ins Träumen glitt und manchmal fest einschlief und umkippte. *Uwa-t'uwa* war stets das Ende der Tortur, worauf wir alle lauthals antworteten: *Amen! Guten Morgen, Sir! Guten Morgen, Madam!* oder gute Nacht, wenn es sich um das Abendgebet handelte.

An einem Abend, als die Worte *uwa-t'uwa* an mein Ohr drangen und mich mit einem Ruck wach werden ließen, packte mich der Teufel; ohne überhaupt nachzudenken, erhob ich meine Stimme zu einem kindlichen Dankgesang: Uwa-t'uwa! Uwa-t'uwa! Uwa-t'uwa! Uwa-t'uwa! T'uwa t'uwa! Uwa-t'uwa!

Das Kichern meiner Schwestern schürte die Inbrunst meines verwegenen Gesangs.

Mein Vater sprang auf, das Amen noch auf den Lippen, griff nach dem Rohrstock, den er stets griffbereit hielt, und gab jeder von uns eine ordentliche Tracht Prügel. Als wir uns an jenem Abend auf unseren Matten in den Schlaf weinten, hielten es meine Schwestern für angebracht, mir zwischen Schluchzen und Schnupfen zu versprechen, daß sie am nächsten Morgen mit mir abrechnen würden.

Er war ein sehr strenger Mann, mein Vater – in ebenso großer

Distanz von uns Kindern wie von unserer armen Mutter. Als ich älter wurde, erfuhr ich, daß seine Peitsche nicht nur in unserem Hause und im Schulhaus nebenan berüchtigt war, sondern in der ganzen Diözese. Eines Tages beehrte ihn der Häuptling des Dorfes mit einem Besuch, und als sie in dem äußeren großen Zimmer, von uns Piazza genannt, saßen, sich Kolanuß mit Alligatorpfeffer teilten und ich mich in der Nähe aufhielt, was ich gerne tat, wenn Besuch da war, hörte ich, wie der Häuptling nichts als lobende Worte für meinen Vater fand, der den Dorfkindern mittels seiner Peitsche eine so gute Erziehung erteilte. Mit einem sehnsüchtigen Ausdruck im Gesicht, den ich noch nie zuvor bei meinem Vater gesehen hatte, erzählte er dem Häuptling von einem gewissen Schulleiter, der im Jahre 1940 von einigen weißen Schulinspektoren, die aus England gekommen waren, um sich die Schulen in ihren Kolonien anzuschauen, gelobt worden war, weil sich seine Schule als die ruhigste in ganz Westafrika erwiesen hatte. »So ist's recht!« sagte der Häuptling in Englisch.

Ich erinnere mich sehr genau an diese Begebenheit, denn zu jener Zeit nahmen wir im Erdkundeunterricht die Karte von Westafrika durch. Ich verließ also meinen Vater und seinen Freund, ging zu meiner Schultasche aus Raffiabast, zog den Atlas von Westafrika heraus und war zutiefst von der Größe des Gebiets beeindruckt, in dem der Schulleiter aus dem Jahre 1940 den ersten Platz eingenommen hatte.

Es gab Zeiten, in denen ich Anlaß hatte zu vermuten, daß er unsere arme Mutter schlug, doch in Anbetracht der Schrecklichkeit alleine des Gedankens daran muß ich sagen, daß ich nie tatsächlich Zeuge davon geworden war. Auch keine meiner Schwestern hatte es je miterlebt; sollten sie es doch gesehen haben, so hatten sie es möglicherweise vorgezogen, mir nichts davon zu sagen, denn ich genoß eigentlich nie ihr Vertrauen. Zurückblickend bin ich bisweilen erstaunt, wie sehr sie sich fast immer geradezu gegen mich verschworen hatten. Trotzdem hegte ich diesen starken Verdacht, den ich weder bestätigen noch verleugnen konnte. Denn war es wieder einmal soweit, pflegte mein Vater stets die Vorsichtsmaßnahme zu ergreifen, die Tür ihres Schlafzimmers abzuschließen. Hinterher kam sie heraus (nachdem sie, oder vielleicht auch er, die Tür wieder aufgeschlossen hatte), wischte sich die Augen mit einem Zipfel ihres Hüfttuches, zu stolz oder zu erwachsen, um laut zu weinen wie wir. Aber es geschah nicht allzu oft. Jedes Mal jedoch erweckte es in mir den Wunsch, eine Zauberin zu sein, in deren Macht es läge, zu meinem Vater zu sagen: »Stirb!«, und er würde wie im Märchen sterben. Dann, wenn er seine Lektion gelernt hätte, würde ich ihn wieder zum Leben erwecken, und er würde seine Peitsche nie mehr anrühren.

Und dann eines Tages, als meine Mutter herauskam und sich die Augen wischte, rannte ich zu ihr und nahm sie in die Arme. Doch anstatt mich an sich zu drücken, wie ich erwartet hatte, stieß sie mich so heftig von sich, daß ich mir den Kopf am hölzernen Mörser aufschlug. Nachdem stand mir der Sinn nicht mehr danach, meinem Vater den Tod zu wünschen. Ich kann damals nicht viel älter als sechs oder sieben gewesen sein, doch ich weiß noch um dieses starke Gefühl in mir – außergewöhnlich, machtvoll und erwachsen –, daß mein Vater und meine Mutter ihre eigene Welt bewohnten, meine drei Schwestern hatten ihre Welt, und ich lebte alleine in meiner. Und dieses Alleinsein machte mir damals gar nichts aus und hat es auch seither nie getan.

Erst viel später wurde mir klar, daß meine Mutter einen tiefen Groll gegen mich hegte, weil ich ein Mädchen war – das fünfte in einer Reihe, obwohl eines gestorben war –, und daß sie, als ich zur Welt kam, so verzweifelt um einen Jungen gebetet hatte, den sie meinem Vater hätte schenken können. Dieses Wissen wurde mir nach und nach in einem langsamen Prozeß bewußt, den ich jetzt nicht näher erläutern will. Doch ich muß erwähnen, daß sie mir bei meiner Taufe außer Beatrice noch einen anderen Namen gaben, Nwanyibuife – ein Mädchen ist auch etwas. Kann man das noch überbieten? Selbst als Kind hegte ich heftigste Abneigung gegen diesen Namen, ohne mir seiner wirklichen Bedeutung bewußt zu sein. Damals fiel mir nur auf, daß ich niemanden anderes kannte, der denselben Namen trug; er schien eine Notlösung zu sein! Seltsamerweise verabscheute ich ihn bedeutend weniger in seiner abgekürzten Form, Buife. Vielleicht war es das *nwanyi,* der Teil, der »Mädchen« hieß, was mich so besonders kränkte. Mein Vater ritt ständig darauf herum. »Sitz wie ein Mädchen!« oder »Mädchensoldat«, wie er mich nannte, als er mich an jenem Tag, als ich vom Cashewbaum gefallen war, mit der linken Hand aufhob und mir mit der rechten drei schmerzende Schläge auf den Po versetzte.

Aber ich habe mir ja nicht zum Ziel gesetzt, meine Autobiographie zu schreiben, was ich auch gar nicht möchte. Wer bin ich, daß ich meine Geschichte der Welt aufdrängen wollte? Ich will eigentlich nur damit klarmachen, daß ich, soweit ich mich zurückerinnern kann, immer alleine gewesen bin und nie die Aufmerksamkeit anderer für mich gefordert habe. Nie! Und ich erinnere mich auch nicht daran, daß ich jemals etwas unternommen hätte, wozu ich auf die Hilfe anderer hätte zurückgreifen müssen. Was wiederum bedeutet, daß ich nie etwas unternommen habe, das meine eigenen, kümmerlichen Kräfte überstieg. Was letztendlich den Schluß zuläßt, daß ich unmöglich ehrgeizig sein kann.

Und an diesem Punkt bin ich sehr, sehr empfindlich – ich gebe das gerne zu.

Daß ich am Leben der Großen und Mächtigen teilhatte, geschah rein zufällig und keineswegs auf mein Betreiben hin. Und überhaupt kamen sie alle erst zu Macht und Größe, nachdem ich sie kennengelernt hatte. Nicht vorher.

Als ich Chris kennenlernte, war er keineswegs Kabinettsminister, sondern nur der Chefredakteur der *National Gazette.* Und das war noch in den Tagen der bürgerlichen Regierung gewesen. Und wenn ich sage, daß es Chris war, der sich um mich bemühte und nicht andersherum, gebe ich überhaupt nicht an. Genauso war es gewesen. Und ich war auch nicht schüchtern. Die Erfahrung hatte mich in meiner kleinen Welt gelehrt, wachsam zu sein. Manche Leute sagen sogar, ich sei von Natur aus mißtrauisch. Vielleicht. Ist man eine Frau, die vielleicht etwas überdurchschnittlich gut aussieht, eine gute Ausbildung hat und eine gute Stellung dazu, so lernt man schnell genug, nicht jedem schönen Sänger, der vor dem Haus süße Lieder singt, die Tür zu öffnen. Das ist nichts aufregend Neues. Jedes Mädchen hat das mit der Muttermilch eingesogen, obschon manche sich aus dem einen oder anderen Grund blenden lassen und es vorziehen zu vergessen, was sie einst gelernt. Oder sie geraten in Panik, und die Vorstellung, daß die Zeit an ihnen vorübergehe, begräbt sie unter sich. Es kommen dann Zeiten, wo man allerlei dummes Geschwätz von anderen Mädchen zu hören bekommt: Es ist besser einen Tunichtgut zu heiraten, als daß dir im Hof deines Vaters ein Schnurrbart wächst. Besser unglücklich verheiratet, als eine unglückliche alte Jungfer sein. Besser in dieser Welt Mr. Falsch heiraten, als auf Mr. Richtig im Himmel zu warten. In jeder Ehe muß man sehen, wie man durchkommt; alle Männer sind gleich. Und noch einen ganzen Sack voll ähnlicher Torheiten.

Ich war von Anfang an entschlossen, meine Karriere an die erste

Stelle zu setzen und, wenn es sein mußte, auch an die letzte. Daß jede Frau um ihrer Vollständigkeit willen einen Mann brauche, ist eine scheiß chauvinistische Männermeinung, die ich für mich längst vollkommen abgelehnt hatte, ehe ich überhaupt wußte, daß es so etwas wie *Women's Lib* gab. Oft sagen die Leute: Das hast du aber in England gelernt. Völliger Quatsch! Im Hause meines Vaters gab es genug männlichen Chauvinismus, genug für sieben weitere Leben!

Als Chris also kam, flog ich ihm nicht bereitwillig in die Arme, obwohl ich ihn eindeutig mochte. Und seltsamerweise war er es selbst, der mir guten Grund zur Vorsicht gab. Er sah so gut aus, war so rücksichtsvoll, so ganz anders als die aufdringlichen Typen, von denen es im berauschenden Reichtum des Ölbooms nur so wimmelte, daß ich beschloß, er könne es unmöglich aufrichtig meinen!

Unvernünftig? Vielleicht ja. Aber mir kann man nicht die Schuld für den Zustand, in dem die Welt sich befindet, zuschieben. Sagt unser Volk nicht, eine vollkommen vernünftige Frau sei stets schwanger? Skepsis ist der sechste Sinn einer jeden Frau. Man kann ihr das nicht vorwerfen – nicht sie hat gemacht, daß ihre Welt ein so hartes Pflaster ist.

Eine meiner Freundinnen – eine vernünftigere und attraktivere Person gibt es überhaupt nicht – hatte das Verbrechen begangen, sechsundzwanzig Jahre alt zu werden und noch immer unverheiratet zu sein. Als sie einmal mit ihrem damaligen Verlobten in einem weit abgelegenen Dorf seine Verwandten besuchte, hatte eine seiner Tanten mit der vollen Absicht, daß es gehört werden sollte, ein Sprichwort zum besten gegeben – wenn *ogili* wirklich ein so wertvolles Gewürz sei, dann ließe es doch niemand einfach herumliegen, so daß die Ratten darüber herfielen und sich gütlich daran täten! Nun, da hättest du Comfort aber erleben sollen! Die Beleidigung selbst machte ihr gar nicht so viel aus, aber das Schweigen ihres Freundes. Also hielt auch sie den Mund, bis sie wieder in der Stadt und in ihrer Wohnung waren. Dann sagte sie ihm, daß sie schon immer den Verdacht gehegt habe, daß er so etwas Ähnliches wie eine Ratte sei. Ich kann richtig hören, wie sie das sagte und ihn aus der Wohnung warf! Nun ist sie glücklich mit einem Mann aus dem Norden verheiratet und hat zwei Kinder.

Meine Erfahrung mit Chris war natürlich eine völlig andere. Er schien mich so vollkommen zu verstehen, ohne mir auch nur eine einzige Frage zu stellen. In jenen ersten Tagen hat er mir oft Rätsel aufgegeben, weil er von sich aus über kleine Dinge – Farben oder Essen oder Benehmen, Dinge, die ich mochte oder nicht mochte – Bescheid wußte; dann fragte ich ihn: Aber woher weißt du das? Dann lächelte er nur und sagte: Vergiß nicht, ich bin Journalist; es gehört zu meinem Job, alles in Erfahrung zu bringen. Und wie er es sagte, hätte jede Frau hinschmelzen lassen.

Emotional also hatte ich vom ersten Augenblick an keinerlei Vorbehalte Chris gegenüber. Doch intellektuell mußte ich mein Warnsystem voll einsetzen. Ich kam mir vor wie zwei Menschen in derselben Haut – nicht zwei feindliche Pächter, sondern zwei ziemlich freundliche Menschen, zwei Menschen, die unterschiedlich genug waren, um füreinander interessant zu sein, aber nicht unverträglich. Als wir uns das allererste Mal trafen, so erinnere ich mich noch deutlich, flog mir der Gedanke durch den Kopf, daß ich seine Frau beneide. Doch es vergingen Wochen, ehe ich mich dazu durchringen konnte, vorsichtig etwas über sie in Erfahrung zu bringen, und nicht einmal direkt von Chris, sondern verstohlen über einen Dritten, nämlich Ikem. Doch die sorgfältig ausbalancierten, von Chris in mir hervorgerufenen widersprüchlichen Gefühle waren so groß, daß die Information von der Nichtexistenz einer Ehefrau, obwohl sie mir zugegebenermaßen bis zu einem gewissen Grad Erleichterung verschaffte, mir nicht vollkommene Befriedigung bieten konnte. Mit dem kühlen Luftzug sozusagen wehte noch ein kleiner Rest Enttäuschung herein. War es die Enttäuschung des Spielers oder des geborenen Kämpfers, der um den Rausch von Wettkampf und riskantem Sieg betrogen wurde? Oder verlor die Affäre an Attraktivität, weil ich tief in meinem Innern der schrecklichen zynischen Tante in jenem Dorf nicht unähnlich war und glaubte, daß so etwas Gutes unmöglich so lange hatte warten können, bis ich darüber stolpere? Welch schrecklicher Gedanke!

Selbst dann noch, als ich mich dabei ertappte auszuwählen, welches Kleid oder welches Make-up ich trug, wann immer ich dachte, ich könnte ihm zufälligerweise begegnen, tat ich es als unbedeutende, harmlose Spielerei ab, die ich mir durchaus leisten konnte, solange ich nicht vergaß, auf meiner Hut zu sein.

Ich glaube, es war an einem Samstag vormittag im Supermarkt, als mir Ikem eine Gelegenheit bot, nach Chris' Frau zu fragen. An die Einzelheiten erinnere ich mich jetzt nicht mehr, aber ich glaube, es handelte sich damals um eine vage Einladung, mit ihm, seiner Freundin und Chris zu einer Geburtstagsparty von einem ihrer vielen Bekannten zu gehen. Aus dem einen oder anderen Grund lehnte ich ab, doch es gelang mir, so nebensächlich wie ich irgend konnte, danach zu fragen, wo Chris' Frau eigentlich sei, oder ob er zu denen gehöre, die jede Gelegenheit nutzten und ihre Frau, sobald deren Periode aussetzt, zu ihrer Mutter und der Dorfhebamme abschieben?

»BB!« schrie er mit geheucheltem Entsetzen, und in seinen großen Augen blitzte es schalkhaft und voll Vergnügen. »Wenn ich dein sittsames Gesicht anschaue…«

»Ich weiß, ich weiß. Das hättest du nicht von mir gedacht! Genau wie wenn man einem König ins Gesicht schaut, von ihm hätte man auch manches nicht gedacht… oder?«

»Oder wenn man zusieht, wie manche Dame daherspaziert, auch von ihr hätte man nicht gedacht!«

»Genug!« sagte ich mit ebenfalls gespielter Entrüstung und legte den Zeigefinger an den Mund. »Ich hab' ja nur danach gefragt, wo dein Freund seine Frau vesteckt.«

»Es gibt keine Frau, meine Liebe. Du kannst also völlig beruhigt sein.«

»Ich? Wieso? Was hab' ich damit zu tun?«

»'ne ganze Menge. Ich guck' schon seit langem zu, meine Liebe, und hab' manches gesehen.«

»Was hast du gesehen? Komm bitte raus auf die Straße«, und ich machte Anstalten, meinen Einkaufswagen an ihm vorbei zur Kasse zu schieben, aber er packte mich am Arm, hielt mich zurück und begann mir in lautem Flüsterton, unterbrochen von verschwörerischen Blicken, die er nach allen Seiten um sich warf, einen langen und absurden Bericht von allen Handlungen und Reaktionen darzulegen, die er peinlichst genau zwischen Chris und mir in den vergangenen Monaten beobachtet haben wollte und die alle nur eine einzige Bedeutung haben konnten – sein Freund Chris hatte Feuer gefangen!

»Du bist verrückt geworden… bitte, nun komm doch endlich raus auf die Straße.«

Das war in dem Jahr gewesen, als ich aus England zurückgekommen war. Ich hatte Ikem schon seit Jahren gekannt – schon seit meiner Studienzeit in London. Wie er es damals anstellte, weiß ich nicht, aber er war mir sofort wie ein Bruder geworden. Er hatte sein Studium zwei oder drei Jahre früher als ich abgeschlossen und trieb sich in London herum, übernahm Gelegenheitsarbeiten für Publizisten, las Gedichte im Afrikazentrum und ähnlichen Einrichtungen und schrieb für Dritte-Welt-Zeitschriften, ehe ihn seine Freunde zu Hause schließlich dazu überreden konnten, zurückzukehren und ihnen beim Aufbau der Nation behilflich zu sein. »So 'n Scheiß!« sagte er später, wenn er davon sprach.

Als er dann schließlich nach Hause zurückfuhr, hatte ich eben mein Examensjahr am Queen's College begonnen, und in jener Zeit waren wir uns in der Tat sehr, sehr nahe gekommen. Eine Zeitlang bewegte sich unsere Beziehung unschlüssig am Rande einer Romanze entlang, doch wir brachten sie auf festen Grund und Boden zurück, und ich blieb bei meinem Freund Guy und er bei seiner atemlosen Folge von Freundinnen.

Mit Ikem habe ich stundenlang über ernsthafte und nicht ernsthafte Dinge gestritten und diskutiert, mehr als mit jeder anderen lebenden Seele, die ich mir denken kann. Natürlich bin ich der Überzeugung, daß er ein großartiger Schriftsteller ist, und wenn ich gelegentlich eine Kurzgeschichte oder ein Gedicht geschrieben habe, so hat es mich auf wunderbare Weise ermutigt, wenn er mich gelobt hat. Es macht mir nicht einmal allzu viel aus, daß er meinen Stil auf seine Art gelobt hat und ihn das eine Mal als muskulös und das andere Mal als maskulin bezeichnete! Als ich ihn darauf hinwies und im Spaß zu ihm sagte, dies sei ein sicheres Zeichen seines Chauvinismus, war er zuerst erschrocken, doch dann antwortete er mit dem für ihn so typischen totalen Lachen, das das unschuldige Kind hinter der Maske von Bart und gebildeter Strenge erkennen ließ.

In den vergangenen zwei Jahren haben wir viel über das gestritten, was ich seinen schwachen Punkt, den Riß in der Rüstung seiner brillanten und originellen Ideen nannte. Ich sagte ihm, daß in seinem politischen Denken keine klar umrissene Rolle der Frau vorkomme, doch er scheint nicht in der Lage zu sein, dies nachzuvollziehen, zu verstehen. Das heißt, bis kurz vor dem Ende hat er es nicht verstanden.

»Wie kannst du nur so etwas sagen, BB«, rief er aus, fast verzweifelt.

Und ich kann verstehen, warum er so verzweifelt ist. Denn hier ist ein Mann, der einen ganzen Roman und ein Theaterstück über den Frauenkrieg von 1929 geschrieben hat, der damals die gesamte britische Verwaltung lahmgelegt hatte; und er wird beschuldigt, den Frauen keine klar umrissene politische Rolle einzuräumen. Aber ich sehe das etwas anders – den Frauen heute dieselbe Rolle zuzuweisen, die sie in der traditionellen Gesellschaft von jeher innehatten, nämlich nur dann einzugreifen, wenn alles andere versagt hat, ist nicht genug... Wie die Frauen in Sembenes Film, die zu den zurückgelassenen Speeren ihrer besiegten Männer greifen. Es genügt nicht, daß die Frauen zur letzten Instanz werden, denn bis zur letzten Instanz ist es ein verdammt weiter Weg, und außerdem ist es dann bereits zu spät!

Das war so ziemlich der einzige ernstliche Vorbehalt, den ich Ikems politischer Position gegenüber hatte. Obwohl er dazu neigte, etwas unbekümmert mit seinen Freundinnen umzugehen, und kein geringerer Freund als Chris ihn in dieser Sache sogar als gewissenlos bezeichnete, mußt ich zugeben, daß er in der Tat für dreierlei Frauen tiefsten Respekt hegte: für Bauernfrauen, Marktfrauen und intellektuelle Frauen.

Er konnte in ganz großem Maße rücksichtsvoll sein, und ich habe erlebt, wie er sich vollkommen verausgabte und größte Mühen auf sich nahm, um einer Frau in Not beizustehen. Noch immer bekomme ich eine Gänsehaut, wenn ich an eine bitterkalte Winternacht zurückdenke, in der er mit dem letzten Zug irgendwo stekkengeblieben war und sich um meinetwillen fast den Tod geholt hätte.

Ich war in jener Nacht töricht genug gewesen, ihn anzurufen, nachdem ich in Begleitung meines Freundes Guy und durch sein Verschulden einen so demütigenden Abend erlebt hatte wie noch nie zuvor in meinem Leben. Es war bei einem nigerianischen Weihnachtsball in der Stadthalle von St. Pancras gewesen. Ich wollte Ikem gar nicht bitten, sich zu so später Stunde auf den Weg zu mir aufzumachen, sondern brauchte nur jemand wie ihn, mit dem ich reden konnte, jemand, der anders war als jener lärmende, bunt zusammengewürfelte Haufen unkultivierter und oberflächlicher junger Männer, die unser Land zu jener Zeit in ebenso großen Mengen exportierte wie sein Rohöl. Doch offensichtlich klang ich am Telefon so außer mir, daß Ikem den Mantel anzog, sich seine Wollmütze aufsetzte, den dicken Schal umwickelte und sich in den Schnee hinauswagte. Weit nach Mitternacht bestieg er den letzten Zug in einem Bahnhof im Süden von London. Als er schließlich nach einer ausgedehnten abenteuerlichen Reise in den nur zur

Nachtzeit verkehrenden Bussen an meiner Tür anlangte, war es halb vier geworden. Ich hatte ein so schlechtes Gewissen, daß ich keines weiteren Trostes bedurfte. Ich war bereit, alles zu kochen, was ihn aufwärmen würde. Reis? Grieß? Bananen? Er schüttelte nur den Kopf, seine Lippen waren vor Kälte zu erstarrt, als daß er hätte reden können. Alles, wozu ich ihn schließlich überreden konnte, war eine Tasse schwarzen Kaffees. Und er warf den Mantel von sich, fiel auf die Couch und schlief sofort ein. Von meinem Bett holte ich jede letzte Decke, die ich besaß, und deckte ihn zu.

Von all dem absurden Zeug, das gewisse Leute in letzter Zeit über uns zu sagen gewußt hatten, war das Lächerlichste, Ikem als einen aus meinem Liebhabertrio zu porträtieren. Verdammt noch mal, der Kerl war mir ein echter Bruder gewesen!

In jenem letzten Jahr hatte ich ihn nicht allzuoft gesehen – gelegentlich bei Mad Medico, ein paarmal auf Gesellschaften, und einoder zweimal hat er mich zu Hause besucht. Er war nie sehr fürs Besuchemachen gewesen, doch jeder, den er machte, hat einen nachhaltigen Eindruck hinterlassen.

Sein letzter Besuch war im August gewesen. Ich weiß noch, daß es August war, denn er kam inmitten eines für die Jahreszeit unzeitgemäßen tropischen Gewitters. In der Küche schrillte die Klingel, gefolgt von heftigen panikartigen Schlägen gegen die Haustür. Ich sprang auf, nicht um zu öffnen, sondern um meinem Mädchen Agatha den Weg zu versperren, die wie ein Kaninchen, dem man den Bau ausräuchert, aus der Küche gestürzt kam und die Haustür ansteuerte. Ungeachtet meiner vielen Versuche, ihr anhand detaillierter Schilderungen von vielfachem Mord und Vergewaltigung die Gefahr der uns von allen Seiten umgebenden bewaffneten Einbrecher klarzumachen, war Agatha in seliger Unschuld durch nichts zu erschüttern. Auf alles, was man ihr sagt, antwortet sie einfach Jamadam und Neinmadam, und fährt dann fort, genau das zu tun, was sie vorher auch schon getan hat.

»Geh in die Küche zurück!« donnerte ich sie an und wandte mich im selben Tonfall an die unsichtbare Person vor meiner Haustür. Ich hatte mich in letzter Zeit etwas sicherer gefühlt, seit ich alle Fenster und Türen der Wohnung mit Eisengittern hatte versehen lassen. Gelang es also dem Kerl draußen, die größere, hölzerne Haustür einzuschlagen, so würde er sich noch mit dem Eisengitter auseinanderzusetzen haben, was einem doch ein wenig Zeit ließ, die Flucht zu planen. Trotzdem stand ich in gebührendem Abstand von der Eingangstür mit einem Auge auf dem Küchenausgang und der Feuerleiter daneben.

»Wer ist da?« schrie ich. Wer immer es war, schien nichts zu hören, läutete unablässig Sturm und schlug auf die Tür ein. Nun, auch ich würde nicht nachgeben und schrie deshalb weiter, wer ist draußen? Minutenlang ging es so fort, bis ich schließlich Angst bekam. Doch entweder hörte er mich dann, oder ihm fiel unabhängig davon ein, daß er eigentlich seine Stimme anstatt seiner Fäuste gebrauchen könnte. Und in einer jener kurzen Pausen, wenn der Sturm nachläßt, um tief Atem zu holen, erkannte ich seine Stimme. Ich nahm die Kette vom Eisengitter und schloß die Tür auf.

»Bei mir hat es überhaupt nicht geregnet«, rief er entschuldigend, als er hereinkam. »Erst dort drüben bei den Ministerien traf es mich mit voller Wucht. Es war tatsächlich, als renne man gegen eine Wand aus Regen. Man konnte geradezu mit einem Fuß im Nassen und mit dem anderen im Trockenen stehen.«

»Komm doch herein, wir schreien uns ja heiser hier draußen!«

Er ließ den tropfenden Regenschirm bei meinen Topfpflanzen am Eingang und folgte mir ins Wohnzimmer. Die Lüftungsklappen an den Fenstern waren fest verschlossen, und als wir nun auch die Tür noch schlossen, nahm der Lärm des Regens einen dramatischen Abgang, verzog sich in einen fernen Hintergrund und ließ uns in gedämpfter Behaglichkeit allein.

»Als wir Kinder waren«, sagte Ikem, als er sich aufs Sofa fallen ließ, seine nassen Schuhe auszog und die Socken hineinstopfte, »war der August immer ein trockener Monat. Augustpause hieß das damals. Die Erdkundebücher erklärten das Phänomen, die Bauern im Dorf erwarteten es. Die Augustpause war in jenen Tagen niemals ausgeblieben.«

»Wirklich?«

»Was ist aus den Tagen meiner Jugend geworden, BB?«

»Verschwendet, vertan, Ikem. Für immer verloren, fürchte ich.«

»Ich hatte gehofft, du würdest das nicht sagen. Nicht heute. Nun ja.«

»Warum, was ist heute? Hast du etwa Geburtstag?«

»Bei mir gibt es keine Geburtstage. Als ich zur Welt kam, wurden in meinem Dorf weder Geburten noch Todesfälle registriert. Unterschrift: Öffentliches Notariat.« Ich lachte, und er lachte mit mir... »Meine Geburt war nicht so eine verwöhnte Angelegenheit in einer Entbindungsklinik. Ich kam auf Bananenblättern hinter der mit Gras gedeckten Hütte an, nicht auf weißen Bettüchern... Was für schöne Blumen du hast, wie heißen sie?«

»Ich hab' noch nie erlebt, daß du Blumen oder was Frauen anhaben oder dergleichen je bemerkt hättest. Was ist los mit dir?«

»Tut mir leid, BB, du hast ein wunderschönes Kleid an. Und sehr schöne Blumen, wie heißen sie?«

»Agatha röstet eben Maiskolben mit *ube*. Magst du das? Oder hättest du sie lieber mit Kokosnuß?«

»Ich mag sie lieber mit beidem, *ube* und Kokosnuß.«

»Völlerei!«

»Recht hast du! Im Endstadium, wenn es die Grammatik angreift. Du hast mir noch immer nicht gesagt, wie diese Blumen heißen. Ich hab' früher vielleicht keine Notiz von Blumen genommen, aber jetzt tu ich es. Es ist doch nie zu spät, oder?«

»Nein. Sie heißen Hortensien.«

Als ich in die Küche ging, um für Agatha wegen der Kokosnuß die Speisekammer aufzuschließen, fragte ich mich, was Ikem wohl im Sinn habe. War es wegen Chris? Stand ihrer Beziehung, die in den vergangenen Monaten oft gefährlich abgesackt war, nun der Sturzflug und der darauffolgende Absturz bevor? Ikem vermied es stets, sich bei mir über Chris zu beklagen. Würde er dies eine Mal mit der von ihm peinlichst eingehaltenen Gepflogenheit brechen? Als ich ins Wohnzimmer zurückkehrte, hatte er die Blumen mit der Vase hochgehoben und roch daran.

Ich aß meinen Mais mit *ube* und er den seinen abwechselnd mit *ube* und Kokosnuß. Draußen wütete das Gewitter, so wie ich Gewitter mag – weit weg, das heftige Blitzen und Donnern gedämpft und fern wie in einem Film. Ich hätte mich vollkommen behaglich gefühlt, wäre Ikem nicht ein wenig seltsam gewesen. Hoffen wir, es ist das Gewitter, betete ich im stillen. Tropische Gewitter können so mancherlei Kreaturen mancherlei antun. Das weiß ich schon seit meiner Kindheit. War mein Vater nicht zu Hause, pflegte meine ältere Schwester Alice stets beim Regen im Hof umherzurennen, dabei sang sie ein kindisches Regenlied:

ogwogwo mmili
takumei ayolo!

Erschöpft, vor Kälte zitternd und zähneklappernd, mit rotunterlaufenen und weit aufgerissenen Augen kam sie dann schließlich herein und eilte zum Feuer in der Küche. Was mich anlangte, die sie wegen meiner Abneigung gegen das Naßwerden »Salz« nannte oder etwas weniger freundlich »Fräulein Ziege«, so zog ich es vor, mich am Fußboden in eine Matte einzuwickeln und in meiner dunklen, zylindrischen Kapsel mein eigenes Spiel zu spielen, nämlich den Gesang des Sturmes zu modulieren, indem ich in einem gewissen Rhythmus die Handflächen auf die Ohren drückte und wieder wegnahm. In jenen Tagen gab es für mich keinen größeren Luxus, als am Freitagabend in eine Regennacht hineinzuschlafen, in dem Bewußtsein, daß mich am Morgen weder Schule noch Gottesdienst zu kümmern brauchten.

»Als du klein warst«, fragte ich Ikem, »was hast du da gemacht, wenn es so regnete wie jetzt?«

»Aber ich hab' dir doch gesagt, daß es im August niemals regnete. Bei uns gab es einen Monat lang trockenes Wetter, und das hieß die Augustpause.«

»O. K.! Im Juli also, oder im September.«

»Als ich noch ganz klein war, zog ich meine spärliche Bekleidung aus und rannte im Regen herum.«

»Und hast *ogwogwo mmili takumei ayolo* gesungen?«

»Hast du auch dem Regen ein Lied gesungen?« Er war ganz aufgeregt geworden.

»Nein, ich nicht, aber meine ältere Schwester.«

»Oh... und was hast *du* getan?«

»Ich hab' zugehört. Der Regen hat mir ein Lied gesungen.«

»Glücksmädchen! Was hat er dir gesagt, der Regen?«

»Uwa t'uwa t'uwa t'uwa; tooo... waaa... tuuu... waaa... Duuu – daaa... Buuu – baaa... Schuuu – schaaa... Kuuu – kaaa... Luuu – laaa... Muuu – maaa...«

»Puuu – paaa«, sagte Ikem, »tolles Lied!«

»BB, du fragst dich vielleicht, warum ich mich heute so seltsam aufführe. Nun, ich bin mit einem Auftrag, wie mir noch nie einer übertragen wurde, hergekommen... ich bin gekommen, um dir für das größte Geschenk, das ein Mensch einem anderen Menschen geben kann, zu danken. Für das Geschenk der Einsicht. Das hast du mir gegeben, und ich möchte dir dafür danken.«

»Einsicht? Ich? Einsicht in was?«

»In die Welt der Frau.«

Ich hielt eine lustige Bemerkung, die mir auf den Lippen lag, zurück. Ikems plötzliche Veränderung und außergewöhnliches Verhalten verbot dergleichen. Ich hielt mich zurück und hörte mir die seltsame Botschaft an, die er mir zu künden hatte.

»Weißt du noch, wie du mir vor zwei Jahren gesagt hast, daß meine Gedanken zur Rolle der modernen Frau in unserer Gesellschaft unklar und reaktionär seien, weißt du noch?«

»Ja.«

»Ich wehrte mich gegen diesen Anklagepunkt...«

»Es war kein Anklagepunkt.«

»Natürlich war es, und was für einer. Aber ich wehrte mich dagegen, mit aller Gewalt. Aber das Erstaunliche geschah – je öfter ich deine Anklageschrift las...«

»O mein Gott!«

»...desto weniger eindrucksvoll wurde meine Verteidigung. Daß ich meines Postens bei der *Gazette* enthoben wurde, hat Wunder für mich getan. Ich habe Zeit gehabt zum Nachdenken. Mir ist jetzt klar, daß du recht hattest und ich unrecht.«

»Ach, hör doch auf, Ikem. Du weißt, ich kann Wiedergeborene nicht leiden.«

»Mach keine blöden Witze!«

»Tut mir leid, sprich weiter. Und was war dann?«

»Gar nichts. Vor zwei Tagen ist mir einfach aufgegangen, daß ein Romanschriftsteller auf seine im Roman vorkommenden Personen hören muß, die er schließlich geschaffen hat, um den Schuh zu tragen und ihm zu sagen, wo er drückt.«

»Nun aber mal langsam! Willst du damit sagen, ich sei eine Person in deinem Roman?«

»BB, du mußt jetzt ernsthaft zuhören, oder ich geh'. Mir ist es sehr ernst. Ich hab' schon ganz den Faden verloren.«

»Ich werde kein einziges Wort mehr sagen. Bitte sprich weiter.«

»Du hast mir unter anderem gesagt, daß meine Einstellung Frauen gegenüber zu respektvoll sei.«

»Nein, das hab' ich nicht gesagt.«

»Doch, verflixt noch mal, natürlich hast du das gesagt. Und du hattest verdammt recht. Du hast mich angeklagt, Frauen die Rolle der Feuerwehr zuzuweisen, die gerufen wird, wenn das Haus längst Feuer gefangen hat und nahezu niedergebrannt ist. Deine Anklage hat mich gezwungen, über das Wesen der Unterdrückung nachzudenken – wieviel Flexibilität sie erlernen, wie viele Gesichter sie sich aneignen muß, um immer und immer wieder an ihr Ziel zu gelangen.«

Er fuhr mit der Hand in die Hemdentasche und zog ein zusammengefaltetes Stück Papier heraus, das er sorgfältig auf den Knien auseinanderfaltete. »Gestern abend habe ich diesen seltsamen Liebesbrief geschrieben. Darf ich ihn vorlesen?« Ich nickte.

»Die erstmalige Unterdrückung der Frau beruhte auf offener Verleumdung. Sie verschuldete den Fall des Mannes. Also wurde sie zum Sündenbock gemacht. Nein, nicht zum Sündenbock, denn der könnte unschuldig sein, sondern zur Missetäterin, die reichlich jedwedes Leiden verdient hatte, das der Mann hernach für richtig erachtete ihr aufzubürden. Das ist die Frau im Buch Genesis. Hier draußen haben sich unsere Ahnen, ohne den Vorteil der Kenntnis des Alten Testaments zu genießen, genau dieselbe Geschichte erschaffen, mit dem einzigen Unterschied, daß sie ihr etwas örtliches Kolorit gaben. Im Anbeginn aller Dinge war der Himmel der Erde sehr nahe. Doch jeden Abend schnitt sich die Frau ein Stück des Himmels für ihren Suppentopf ab, oder, wie es in einer anderen Version heißt, sie stieß dem Himmel beim Hirsestampfen ein paarmal rücksichtslos den Stiel ihres Stößels ins Gesicht, oder, wie es an noch anderer Stelle heißt – wie großartig ist doch der Erfindungsreichtum des Menschen –, sie wischte ihre Küchenhände am Angesicht des Himmels ab. Wie immer die Einzelheiten des provokativen Verhaltens der Frau auch ausgesehen haben mochten – der Himmel zog sich schließlich im Zorn zurück und Gott mit ihm.

Nun, diese Art von unverhohlenem Chauvinismus mag für den rauhen Geschmack des Alten Testaments O. K. sein. Das Neue Testament jedoch erforderte eine – so gaben sie vor – aufgeklärtere, verfeinerte, selbst liebevollere Strategie. Also hatte der Mann den Einfall, aus seiner Ehegefährtin die Mutter Gottes selbst zu machen, sie vom Boden aufzuheben, wo sie seit der Schöpfung unter seinem Fuß gelegen hatte, und sie ehrfürchtig auf ein schönes, in der Ecke stehendes Podest zu heben. Dort droben, mit den Füßen nicht mehr auf dem Boden, würde sie, was die praktischen, für den Gang der Welt notwendigen Entscheidungen anlangte, ebenso von Bedeutungslosigkeit sein wie in ihren alten, schlechten Tagen. Anders jedoch ist nun, daß der Mann unter keinen Schuldgefühlen mehr zu leiden hat; er kann sich zurücklehnen und sich zu seiner Großzügigkeit und Ritterlichkeit beglückwünschen.

In Unkenntnis des Neuen Testaments ließen sich in der Zwischenzeit unsere Ahnen hier draußen, ganz auf sich selbst gestellt, eine entsprechende eigene List einfallen. *Nneka*, sagten sie. Mutter ist die über allem Erhabene. Wir wollen sie als letzte Reserve für die endgültige Krise aufsparen, wenn die Mitte zerbricht und das Leben über dem Feuer verdorrt, wenn die Palme ihre Früchte an der Spitze der Blätter trägt. Dann, wenn die Welt dem Mann über dem Kopf zusammenbricht, wird die Frau in ihrer Überlegenheit herabsteigen und die Scherben zusammenfegen.

Mache ich mich verständlich?«

»Wie immer. Lies weiter.«

»Danke, BB. Dir verdanke ich diese Einsichten. Ich kann dir nicht sagen, wie die neue Rolle der Frau aussehen wird. Ich weiß es nicht. Ich hätte mir nie anmaßen dürfen, es zu wissen. *Du* mußt es uns sagen. Wir haben dich noch nie danach gefragt. Und weil du vielleicht noch nie danach gefragt worden bist, hast du möglicherweise noch nie darüber nachgedacht, hast möglicherweise die Antwort nicht bereit. Doch in diesem Fall sollte lieber jedermann wissen, *wer diesmal* an allem schuld ist.«

»Das ist sehr lieb von dir!«

»Dies war der erste Teil des Liebesbriefes, der Teil, den ich allein dir verdanke. Nun kommt das übrige:

Die Frauen sind natürlich die größte Gruppe aller unterdrückten Menschen der Welt, und wenn wir dem Buch Genesis Glauben schenken wollen, die allerälteste. Aber sie sind nicht die einzigen. Es gibt noch viele andere – die armen Bauern in allen Ländern dieser Erde, die verarmten Menschen in den Großstädten der Industrieländer, schwarze Menschen überall in der Welt, auch auf ihrem eigenen Kontinent, ethnische und religiöse Minderheiten und Kasten in allen Staaten. Die offensichtlichste praktische Schwierigkeit dieses Problems liegt in seiner Größe und Verschiedenartigkeit. Es gibt kein allumfassendes Konglomerat der Unterdrückten. Freie Menschen mögen sich überall in ihrer Freiheit gleich sein, doch von den Unterdrückten bewohnt jeder seine eigene besondere Hölle. Die zur Zeit gängigen orthodoxen Glaubenssätze zum Thema Befreiung sind weitgehend wirkungslos, weil sie diesen Punkt nicht zu erkennen vermögen. Du kennst ja meine Haltung in dieser Sache. Jeder echte Künstler spürt das in den Knochen. Allzu vereinfachende Heilmittel, von allerlei Verkäufern (einige nennen sich sogar Künstler) angepriesen und vertrieben, werden immer aufgrund des eigenwilligen Abwehrstoffes im Menschen, der Überraschung heißt, zum Scheitern verurteilt sein. Der Mensch überrascht stets durch seine Fähigkeit, sich entweder für Größe oder aber Niederträchtigkeit zu entscheiden. Kein System kann dies verändern. Es wohnt dem freien Geist des Menschen inne, dem Innersten seiner Seele.

Die allumfassenden, majestätischen Visionen von Menschen, die sich wie eine Flutwelle siegreich gegen ihre Unterdrücker erheben und ihre Welt mit Parolen und Theorien verändern, sie in einen neuen Himmel und eine neue Erde der Brüderlichkeit, Gerechtigkeit und Freiheit verwandeln, sind, wenn es hochkommt, großartige Illusionen. Die sich erhebende, alles besiegende Flutwelle ja; aber das tausendjährige Reich danach, nein! Neue Unterdrücker haben sich im Sog der Flutwelle, lange vor ihrem Ausbrechen, heimlich bereitgemacht.

Erfahrung und Intelligenz wiesen warnend darauf hin, daß der Fortschritt des Menschen hin zu größerer Freiheit Stückwerk sein, sich langsam und undramatisch vollziehen werde. Revolution mag sich als notwendig erweisen, um eine Gesellschaft aus einem unbegehbaren Sumpf herauszuführen, doch sie bringt nicht die Freiheit, sondern sie mag ihr ganz im Gegenteil im Wege stehen.

Verdammter Reformist? Das ist ein Schimpfwort, und es erübrigt sich, dich darauf aufmerksam zu machen, daß ich mehr als meinen fairen Anteil daran hatte, es im Laufe der Jahre auf andere herabzubeschwören. Doch ich frage mich jetzt: Welchen ernstzunehmenden Gewinn bietet der Gebrauch dieses Wortes für die Lösung unserer Probleme, abgesehen von der angenehmen Wärme, die ein solches Wurfspießattribut im Herzen des gerechten Speerwerfers gewiß entfacht? Ich sehe keinen.

Reform mag also ein schmutziges Wort sein, doch es scheint in zunehmendem Maße der vielversprechendste Weg zum Erfolg in dieser Welt zu sein. Ich beschränke mich darauf, *der vielversprechendste* zu sagen, und nicht *der einzige*, und zwar aus dem einfachen Grund, weil jegliche Gewißheit nun verdächtig geworden ist.

Die Gesellschaft ist eine Erweiterung des Individuums. Das beste, das wir uns für die problematische Psyche eines Individuums erhoffen können, ist, sie *neu zu formen*, zu reformieren. Kein verantwortlicher Psychotherapeut würde sich zum Ziel setzen, mehr als das erreichen zu wollen, denn darüber hinauszugehen, die Psyche selbst zu zerstören, würde den Wahnsinn entfesseln. Nein. Wir können nur darauf hoffen, einige Einzelheiten im Umkreis der menschlichen Persönlichkeit neu zurechtrücken zu können. Wird ihr Innerstes zerstört, so öffnen wir der Katastrophe auf unverantwortliche Weise Tür und Tor. Selbst ein neugeborener Säugling eignet sich nicht für Manipulationen anhand von psychologischen Alles-mit-der-Wurzel-ausrotten-Theorien, denn er kommt auf die Welt und bringt den Hauch der Unsterblichkeit mit sich. Wie, Unsterblichkeit? Sein Gepäck mit dem unverminderbaren Erbe an Genen. Das ist Unsterblichkeit.

Und so muß es auch mit der Gesellschaft sein. Man formt sie neu, baut auf das, was vorhanden ist, nämlich auf die Realität, die ihr eigentlicher Kern ist, und nicht auf eine intellektuelle Abstraktion.

Nichts von alledem ist eine gültige Entschuldigung für politische Untätigkeit oder gar Gleichgültigkeit. Ganz im Gegenteil ist das Verständnis für diese Zusammenhänge unabdingbar notwendig für sinnvolles Handeln, da das Wissen darum die einzige Schutzimpfung gegen das Hegen falscher Hoffnungen und gegen die ansteckende Seuche der Leichtgläubigkeit ist.

Im Vokabular gewisser radikaler Theoretiker werden Widersprüche zu tödlichen Krankheiten abgestempelt, denen allein die Gegner erliegen können. Doch Widersprüche machen das Leben aus, sie sind Lebenselixier. Hätte es unter den Säuen der Gadarener ein wenig Widerspruchsgeist gegeben, wäre vielleicht einigen der Tod im Wasser erspart geblieben.

Werden Widersprüche durchschaut und geht man klug mit ihnen um, können sie die Flamme der schöpferischen Kraft entzünden. Orthodoxes Denken, von rechts oder von links, ist die Grabstätte der Kreativität.

Diese Einsicht verdanke ich nicht dir, BB. Ich hab' sie mit der Muttermilch eingesogen. Was mir nur seither gefehlt hat, war die Bestätigung dafür. ›Widerspreche ich mir selbst?‹ fragte Walt Whitman. ›Gut denn, ich widerspreche mir selbst‹, sang er trotzig. ›Ich bin groß, in mir leben Heerscharen.‹ In jedem Künstler leben Heerscharen. Graham Greene ist Katholik, Anhänger Roms, wenn man so will. Doch warum schreibt er dann fast zwanghaft von schlechten, zweifelhaften und zweifelnden Priestern? Weil ein echter Künstler, ungeachtet seiner Glaubensrichtung, mit allen Fasern seines Seins die elementare Feindschaft zwischen Kunst und orthodoxem Denken spüren muß.

Jene, die darauf bestehen, die vielgeliebten Unterdrückten ohne

Makel und ohne Falsch zu sehen oder dem verhaßten Unterdrükker nicht den leisesten Schimmer an Menschlichkeit zugestehen, sind Parteigänger, Nationalisten und linientreue Gefolgsleute. Im großen Finale aller Dinge wird auch für sie eine Wohnung bereitstehen, dort werden die engstirnigen Halbgötter, Gegenstand ihrer Verehrung, sie aufnehmen und in aller Bequemlichkeit unterbringen. Doch diese Wohnung wird nicht in der weitverzweigten und rätselhaft vieldeutigen Höhle der Großen Mutter Idoto sein.«

»Ich muß gehen«, sagte er und warf mir das handbeschriebene Blatt herüber, während er seine Schuhe anzog. Ich starrte auf das Papier, auf die Handschrift – elegant und zugleich von großer Kraft erfüllt. Er stand auf. Auch ich stand auf und ging zu ihm hin. Impulsiv schloß er mich in die Arme. Ich schaute zu ihm auf, und er küßte mich. Alles in mir löste sich auf – meine Knie gaben nach, ich zitterte heftig und rang nach Luft.

»Ich glaube, es ist besser, du gehst«, sagte ich mühsam. Er gab mich langsam frei, und ich sank auf einen Stuhl.

»Ja, es ist besser, ich gehe.«

Und dann war er fort – nicht für den Augenblick, wie ich dachte, und vielleicht auch er, sondern für immer. Das Gewitter hatte sich, ohne daß wir es bemerkt hatten, verzogen. Zurückgeblieben war nur noch das müde Zucken vereinzelter Blitze und das gelegentliche satte Rülpsen fernen Donners.

8
Töchter

Idemili

Daß wir von unergründlichen Geheimnissen umgeben sind, ist allen, außer den unheilbar Unwissenden bekannt. Doch selbst sie müssen sich der Tatsache, ja, dem Unvermeidlichen stellen und zugeben, daß es in wohlbedachten, doch gewiß eintretenden Abständen zu Unterbrechungen im Fluß der von jenen Geheimnissen beherrschten hohen Kunst kommen wird, dem Wort ihrer Schirmherrin Geltung zu verschaffen, der Gottheit, die von fern, doch mit Sorgfalt und Eifer das Geschehen auf dem Marktplatz, der ihre Welt ist, überwacht.

Am Anfang tobte die Macht zügellos und nackt durch unsere Welt. Und der Allmächtige, der seine Schöpfung durch das runde und unsterbliche Auge der Sonne betrachtete, sah, dachte nach und beschloß schließlich, Idemili, seine Tochter, zu entsenden, damit sie für den moralischen Charakter der Autorität Zeugnis ablege und die ungebärdigen Lenden der Macht mit einem Lendentuch des Friedens und der Bescheidenheit kleide.

Sie kam in der prächtig schimmernden Wassersäule herab, die heute nur noch in der Legende lebt, der jedoch, wie manche sagen, jene, denen das Glück am holdesten ist, bisweilen in einem Augenblick höchst selten auftretender Sonnenverhältnisse zufällig begegnen; in Augenblicken, seltener noch als jene alle achtzehn Jahre wiederkehrenden Odunke-Feste mit ihrem Festzug, in dem girlandenbehangenes Vieh an den reich und prachtvoll geschmücken Feiernden durch die Straßen des Dorfes zum Opfer geführt wird. Majestätisch erhebt sich die Wassersäule aus der Tiefe des dunklen Sees und steigt in die Höhe, aufrecht wie der Stamm des Vaters aller Iroko-Bäume, dessen Krone nicht den darunterliegenden Wald, sondern das Firmament des Himmels beherrscht.

Zuerst war jener heilige See das einzige Heiligtum der Idemili. Doch als sich die Menschen vermehrten und über die ganze Welt verbreiteten, errichteten sie ihre kleinen Heiligtümer in immer weiterer Ferne vom See, dort, wo sie gutes Land und Wasser fanden und sich niederließen. Und noch immer vermehrten sie sich, und ihre Zahl wurde so groß, daß jede neue Siedlung sie nicht mehr zu ernähren vermochte; deshalb fand auch die Suche nach Land und Wasser nie ein Ende.

Und wie es sich nun so ergab, war gutes Land in größerer Fülle vorhanden als gutes Wasser, und es währte deshalb nicht lange, bis einige Dörfer, zu weit entfernt von Flüssen und Quellen gelegen, in den schlimmsten Jahren der Dürre ihren brennenden Durst mit dem Saft der Bananenstauden löschten. Idemili, die als Jäger verkleidet übers Land zog, sah diese Not, und als sie zurückgekehrt war, entsandte sie einen Fluß aus ihrem See, daß er sich durch die ausgedörrten Siedlungen schlängle bis hin zum Orimili, dem großen Strom, den in kommenden Generationen seltsame Fremde für sich entdecken und den Namen Niger geben sollten.

Einer Gottheit, die ihr Wort hält, mangelt es nie an Verehrern. Die Zahl von Idemilis Anhängern im Lande zwischen Omambala und Iguedo nahm ständig zu. Doch wie sollten sie eine angemessene Erinnerung an die Majestät der in ihrem dunklen See stehenden Wassersäule bis an die äußersten Enden ihrer verstreuten Siedlungen tragen?

Auch das höchste künstlerische Bemühen des Menschen, die Größe der Gottheit zu erfassen und festzuhalten, wird stets in seiner Hand zerfallen, und je eifriger er sich darum bemüht, desto armseliger und ungereimter wird das Ergebnis. Deshalb täte er besser daran, es überhaupt nicht zu versuchen. Weitaus vorzuziehen wäre es, jenes Ungereimte zu ritualisieren und, indem man das Geheimnis der Metapher zu Hilfe ruft, durch das genaue Gegenteil auf die unerreichbare himmliche Herrlichkeit hinzuweisen, nämlich durch nüchternste Sachlichkeit – einen Bach, einen Baum, einen Stein, einen Erdhaufen, eine kleine Tonschale mit Kreidestückchen.

Und so geschah es, daß die unbeschreibliche Wassersäule, die im Herzen des schwarzen Sees Erde und Himmel verschmelzen ließ, in zahllosen Heiligtümern im ganzen Land zu einem trockenen Pfahl wurde, der aufrecht und gerade auf dem nackten Lehmboden stand.

Hegt nun ein Mann, der zu Reichtum an Vieh und Feldfrüchten gelangt ist, den Wunsch, seinem Erfolg noch die Krone aufzusetzen, indem er sich den Zugang in die mächtige Hierarchie der *ozo*-Titelträger erkauft, so muß er sich, ehe die dafür notwendigen Feierlichkeiten ihren Anfang nehmen können, und wiederum nachdem sie abgeschlossen sind, diesem Bildnis vorstellen und ihm seine Opfer darbringen. Sein erster Besuch beinhaltet nichts anderes, als daß er der Tochter des Allmächtigen Kenntnis über seinen ehrgeizigen Plan zukommen läßt. Er wird dabei von seiner eigenen Tochter begleitet oder, hat er selbst nur Söhne, von der Tochter eines Verwandten; doch eine Tochter muß es sein.

Diese junge Frau muß zwischen ihm und der Tochter des Allmächtigen stehen, ehe ihm Gehör geschenkt werden kann. Vor dem heiligen Pfahl hält sie seine Hand wie ein Kind und zählt bis sieben. Dann legt sie auf dem Boden sorgfältig sieben Kreidestücke aus, zerbrechliche Symbole des Friedens, und heißt ihn, sich so leicht darauf zu setzen, daß kein einziges der Kreidestücke zerbricht.

Ist alles soweit gutgegangen, so wird er zu seinem Hof zurückkehren und die komplizierten und kostspieligen *ozo*-Zeremonien mit dem *ozo*-Tanz und dem dazugehörigen Fest eröffnen, um der Dorfgemeinschaft und ihrer uralten Sitte Genüge zu tun. Dann muß er zur Tochter des Allmächtigen zurückkehren, um sie wissen zu lassen, daß er nun den hohen und heiligen Titel seines Volkes erworben hat.

Weder bei der ersten Audienz noch bei dieser zweiten läßt sich Idemili zu einer direkten Antwort herab. Er muß wieder gehen und auf ihr Zeichen und ihr Wohlwollen warten. Findet sie ihn unwürdig, die Autorität des *ozo*-Titels zu tragen, so sendet sie ihm einfach den Tod, daß er ihn heimsuche und ihre heilige Hierarchie vor Ansteckung und Skandal bewahrt bleibe. Befürwortet sie jedoch seine Entscheidung, so besteht das einzige Zeichen, zu dem sie sich indirekt und unwillig herabläßt, darin, daß er nach drei Jahren noch immer am Leben ist. So also zeigt sich Idemilis Verachtung für den unstillbaren Durst des Menschen, die Gewalt über seine Mitmenschen in Händen zu halten.

In lange vergangenen Zeiten, so wird erzählt, lebte einmal ein gewisser Mann, schön und stattlich ohnegleichen, doch zügellos in seiner Geilheit wie der übelriechende Ziegenbock aus dem Heiligtum des Udo, der die Überfülle seines Samens aus einem riesigen Sack zwischen den Hinterbeinen den Ziegen, die für ihn vor zahlreichen Anwesen angebunden waren, einpflanzte – dieser Mann nun, so erzählt man sich, wünschte sich schließlich auch den *ozo*-Titel und ließ Idemili seine Absicht wissen. Sie sagte nichts. Er ging weg, unterzog sich dem notwendigen Ritual, nahm die Adlerfeder und den dem Titelträger zustehenden Namen Nwakibie und kehrte zu ihr zurück, um sie wissen zu lassen, was er getan hatte. Wiederum sagte sie nichts. Als letztem Ritual unterzog er sich dann, wie es der Sitte entsprach, achtundzwanzig Tage lang einem Aufenthalt in einer Junggesellenhütte, weit weg von seinen vielen Frauen. Doch obwohl er am Tage vor aller Augen dort wohnte, stahl er sich in den tiefen Nachtstunden davon, um auf gewundenen, mondbeschienenen Pfaden die Hütte einer gewissen Witwe aufzusuchen, auf die er schon seit einiger Zeit ein Auge geworfen hatte, denn was er in früheren, fröhlichen Zeiten zu sagen pflegte, galt auch jetzt: Warum soll ein Mann, der eine Witwe beschläft, auf Schritte draußen vor ihrer Hütte horchen, wo er doch weiß, welch weite Reise ihr Ehemann unternommen hat?

Doch wer sollte sich ihm eines Morgens um die Zeit des Hahnenschreis, als er auf dem Weg war, sein verlogenes, heuchlerisches Dasein wieder aufzunehmen, quer über den Weg gelegt haben, den Kopf im Gebüsch zur rechten Seite verborgen und den Schwanz ebenso zur linken? Niemand anderes als Eke-Idemili selbst, die königliche Pythonschlange, Botschafterin der Tochter Gottes – genau jene, die keinen Tropfen Gift in ihrem Munde trägt und der trotzdem größere Ehrfurcht entgegengebracht wird als der todbringendsten aller Schlangen!

Und wie er seine verschlungenen Wege zur Junggesellenhütte auf diese Weise versperrt sah, gehorchten seine Füße einer Kraft, die außerhalb seines eigenen Willens lag, und trugen ihn zur Bestürzung seiner Familie, zielsicher wie ein fliegender Pfeil, geradewegs zu seiner Beerdigung.

Beatrice Nwanyibuife kannte diese Traditionen und Legenden ihres Volkes nicht, denn sie hatten in ihrer Erziehung nur eine geringe Rolle gespielt. Wie wir bereits gesehen haben, war sie in eine abgeschlossene Welt hineingeboren worden; sie war getauft und auf Schulen geschickt worden, in denen viel Aufsehens um die Engländer, die Juden, die Hindu und praktisch jeden anderen gemacht wurde, doch in denen kaum jemals die Rede von ihren Vorfahren war und von den Gottheiten, mit denen diese gelebt hatten. Und so geschah es, daß sie kaum wußte, wer sie selbst war. Doch, sagen wir kaum, denn in gewissen kritischen Augenblicken eindeutiger als in anderen, hatte sie das vage Gefühl, zwei verschiedene Personen zu sein. Ihr Vater hatte mißbilligend das »Soldatenmädchen« beklagt, das von Bäumen herabfiel. Chris sah in ihr das ruhige, sittsame Mädchen, dessen stille Wasser jedoch tiefe, überwältigende Strömungen der Leidenschaft verbargen, die ihn jedesmal in fast verhängnisvolle Tiefen zogen. Vielleicht war es allein Ikem, der am ehesten die Dorfpriesterin in ihr ahnte, die, wenn ihre Gottheit über sie kommt, prophetische Worte spricht und, wenn notwendig, ihren Suppentopf darüber auf dem Feuer stehenläßt, um danach, wenn der Gott sie wieder verlassen hat, zur Häuslichkeit der Küche oder zu ihrem Hocker auf dem Markt, wo sie hinter ihrer kleinen Auslage von Pfefferschoten, getrocknetem Fisch und grünem Gemüse ihre Geschäfte tätigt, zurückzukehren. Er hatte dies deutlicher erkannt als Beatrice selbst.

Doch Erkennen oder Nichterkennen bewahrt uns keineswegs davor, bekannt zu sein, ja, selbst in Dienst genommen und zum Werkzeug gemacht zu werden. Denn, wie es in einem neugeprägten Sprichwort ihres Volkes heißt, die Taufe ist (in ihrer Sprache »Wasser Gottes«) kein Mittel dagegen, von Agwu, dem launenhaften Gott der Seher und Künstler, in Besitz genommen zu werden.

Nwanyibuife

Als sie wie ein degradierter Soldat, eben von einem Kriegsgericht verurteilt, die Epauletten mit den Rangabzeichen abgerissen, durch die Reihen ihrer vormaligen Partyfreunde hinausgeleitet wurde, war ihr Bewußtsein seltsam klar. Die leise Stimme, die ihr die Mitteilung des unten wartenden Wagens überbracht hatte, hatte diese Klarheit ausgelöst. Ihr Gefahreninstinkt hatte sich durch das Drohende, das in jener Stimme lag, auf die höchste Empfindlichkeitsstufe eingestellt – ruhig war die Stimme gewesen, wie zuvor, doch für einen, wenn auch noch so kurzen Augenblick, hatte sie jenes blinkende Metall aufblitzen lassen! Aha! Dies war also der Mann, der den Gerüchten nach von einem Intensivkurs in einer lateinamerikanischen Armee zurückgekehrt war und die allereinfachste Foltermethode für Untersuchungsverhöre erfunden hatte. Keine schmutzige oder gar hinderliche Apparatur, sondern ein winziges Bürogerät, das jedermann in einem Schreibwarengeschäft kaufen und in die Tasche stecken kann – kurz, ein Papierhefter, vorzugsweise einer von der Marke *Samsonite.* Man muß nur die Hand dahin legen, wo das Papier sein sollte – Handfläche oben oder unten ist eigentlich egal – und zack! Die Wahrheit tritt erstaunlich schnell zutage, auch bei den härtesten Fällen.

Dieses Bild raste Beatrice in seiner Ganzheit und in einem einzigen Augenblick durch den Kopf. Als sie hinter dem Major durch das Zimmer ging, gelang es ihr, wie mit Hilfe eines unsichtbaren Radarschirms, der sich über ihrem Kopf drehte, jede Einzelheit der Szene aufzunehmen. Seine Exzellenz war der einzige Darsteller, der in diesem lebenden Bild fehlte. Alle Figuren, außer einer, starrten sie schweigend und unverhohlen von wo immer sie saßen oder standen, an, wobei besonders dem amerikanischen Mädchen die Augäpfel fast aus dem Kopf fielen wie die hervorstehenden Augen am Abbild einer auf Böses sinnenden Gottheit. Ein Mann allein hielt den Blick gesenkt und schaute auf den Teppich, auf dem er saß und mit den Fingern zu spielen schien – Alhaji Mahmoud, Vorsitzender der Handelskammer Kangan/Amerika. Er war die einzige Person auf der soeben zu Ende gegangenen Party gewesen, mit der Beatrice an jenem Abend kein einziges Wort, außer einem lauen Hallo bei der Vorstellung, gewechselt hatte.

Es war derselbe Wagen, derselbe Fahrer, derselbe Begleitoffizier wie zuvor. Beide waren aufgesprungen, um den Major zu begrüßen, der ohne ein weiteres Wort davonging, nachdem er ihren Fahrgast heruntergeleitet, ihr selbst die Tür geöffnet und sie wieder zugeschlagen hatte, nachdem sie eingestiegen war.

Natürlich verlief die Rückreise schweigend, was ihr gerade recht war. Der scharfe Stich physischer Angst, den jenes in der samtenen Stimme des Majors versteckte, aufblitzende Metall hervorgerufen hatte, war schnell vorübergegangen und hatte die Umklammerung vollkommener Verzweiflung, in der sie sich zuvor befunden und die dieser Stich so wirkungsvoll durchtrennt hatte, mit sich genommen. Was ihr während jener mitternächtlichen Fahrt durch den Kopf ging und ihre Sinne bewegte, kann nicht mit einem einzigen Wort benannt werden. Es war vielfältiger als die in schneller Folge auftretenden heißen und kalten Fieberschauer der Malaria. Entrüstung, Demütigung, Wut, Trauer, Mitleid, Ärger, Rachsucht und andere, weniger identifizierbare Emotionen brachen über sie herein und gaben sie wieder frei, wie unablässig hereinströmende Meereswellen, die am flachen Strand aufschlagen, sich explosiv in weißen Schaum auflösen und ein wenig müde, ein bißchen besänftigt zurückfließen.

Eigentlich hätte man meinen können, sie würde in jener Nacht nicht schlafen. Doch sie tat es trotz allem, und ihr Schlaf war tief und grundlos. Ohne Vorbereitung, ohne sich auszuziehen, war sie vom hellen Wachsein ins Schlafen hineingetaumelt. Und ihr Aufwachen war ebenso überstürzt. Im einen Augenblick war sie so gut wie bewußtlos und im nächsten vollkommen wach, mit klarem Kopf und klaren Augen. Sie war gelassen, fast heiter. Warum? Aus welcher Quelle? Der vergangene Abend schien nun in weite Ferne gerückt, wie eine Erinnerung aus einem langen und unruhigen Traum. Gestern abend? Es war nicht gestern abend, sondern heute, heute nacht gewesen. Noch immer war es Samstagnacht, der Sonntagmorgen brach gerade eben an, und es war noch nicht hell geworden.

Von weither hörte sie einen Hahn krähen. Seltsam. Noch nie hatte sie in dieser den Beamten vorbehaltenen Wohngegend einen Hahn krähen hören. Ganz bestimmt war niemand hier so weit heruntergekommen, daß er sich wie gewöhnliche Leute aus dem Dorf Hühner gehalten hätte. Vielleicht daß sich irgendein Koch, Hausangestellter oder Gärtner vor seinem Zimmer in den Unterkünften für die *boys* einen unerlaubten Hühnerstall gebastelt hatte. Die Engländer zu ihrer Zeit hätten dergleichen nie geduldet. In ihrem Reservat hatten sie das Halten von Haustieren strikt und ausnahmslos untersagt. Mit Ausnahme von Hunden natürlich. Dieser Brauch hat, so seltsam es klingen mag, überlebt, doch keineswegs aus den bei den Briten üblichen Beweggründen. Niemals wird man einem ihrer schwarzen Nachfolger beim Ausführen seines Hundes begegnen, statt dessen wird man am Eisengitter oder an dem mit Stacheldraht gesicherten Tor eine Warntafel mit der furchterregenden Aufschrift VORSICHT BISSIGER HUND vorfinden; gelegentlich ist diese noch mit dem Abbild eines Wolfshundes oder eines deutschen Schäferhundes mit leuchtend roter Zunge geschmückt. Unglücklicherweise halten sich bewaffnete Einbrecher von Kangan nicht damit auf, diesen Hunden Fußtritte zu versetzen – sie erschießen sie.

Mit klarem Kopf im Bett zu liegen und auf die Geräusche des Morgens zu horchen, war für Beatrice ein neues Erlebnis. Als das schwache Licht der Morgendämmerung schüchtern durch die Schlitze in den Jalousien und durch die hohen Oberlichter ihres Schlafzimmers einzudringen begann, durchzuckte sie plötzlich jubelndes Erkennen, als das Lied eines Vogels an ihr Ohr drang, das sie so oft auf der Missionsstation ihrer Kindheit gehört hatte und soweit sie sich erinnern konnte, seither nie wieder; ganz sicherlich nicht in Bassa. Sofort setzte sie sich im Bett auf.

Dieser Vogel, so hatte ihre Mutter einst erzählt, war der oberste Diener des Königs, und jeden Morgen fragte er die Wachen vor der königlichen Schatzkammer: *Alles in Ordnung mit des Königs Schatz...? Is the king's property correct?... The king's property... The king's property... Is the king's property correct?*

Sie stand auf, ging ins Wohnzimmer, holte von der Anrichte die Schlüssel zur Balkontür, schloß Eisengitter und Tür auf und trat auf ihren schmalen Balkon hinaus. Dort stand sie zwischen zwei Topfpflanzen, atmete tief die frische Morgenluft in ihrer verschwenderischen Kühle ein und schaute zu, wie sich die Lichtstreifen am östlichen Himmel langsam erhellten. Und dann sprach er wieder, der eifrige Kammerherr: *Is the king's property correct?* Und nun sah sie ihn gegen den hellen Morgenhimmel – ein kleines, dunkelbraunes Kerlchen mit einem cremefarbenen Bauch und der leisesten Andeutung einer Zierfeder, die sein Köpfchen krönte. Er saß auf der höheren der beiden Tannen, die an der Auffahrt zum Wohnblock Wache hielten.

Beatrice hatte sich noch nie auch nur im geringsten für Vögel interessiert und wußte außer Geiern und Kuhreihern auch kaum einen beim Namen zu nennen. Nun hatte sie dieser gewissenhafte Palastbeamte so für sich eingenommen, daß sie beschloß, so bald wie möglich seinen Namen ausfindig zu machen. Sie wußte, es gab ein bebildertes Buch, *Die bekanntesten Vögel Westafrikas* oder so ähnlich hieß es... Wieder fragte er: *The king's property... The king's property... Is the king's property correct?*

Seltsam, doch plötzlich traten Beatrice Tränen in die Augen, als sie zu dem kleinen Vogel sagte: »Armer Kerl, hast du das Neueste noch nicht gehört? Gestern abend wurde in des Königs Schatzkammer eingebrochen, und sein ganzer Besitz wurde ihm weggenommen – seine Krone, sein Szepter, alles.«

Als sie im schnell zunehmenden Licht den Baum mit den Augen absuchte, sah sie, daß der Aufseher über die Kronjuwelen nicht alleine war. Dutzende seiner Art hüpften auf den Zweigen hin und her, putzten sich das Gefieder und gaben ein leises Trillern von sich oder antworteten einander mit kurzen, hellen Rufen. Er jedoch fuhr unbeirrt fort, in bestimmten Abständen mit lauter Stimme seine Frage zu stellen, so lange, bis die Sonne aufgegangen war und die Vögel, wie auf ein Zeichen hin, einzeln und zu zweit oder auch in größeren Gruppen wegflogen. Bald war der Baum leer.

Diese Vögel, überlegte sie, sind nicht erst heute früh hierher gekommen. Ganz eindeutig ist hier der Ort, an dem sie schon immer genächtigt haben. Warum habe ich sie nicht schon früher bemerkt?

Selbst ihrer armen Mutter, sosehr das Los ihres Frau-Seins sie auch unterdrückt hatte, war es gelungen, aus dem seit undenklichen Zeiten gesungenen Lied des Vogels diese Geschichte von einem afrikanischen Vogel zu erfinden, der seine täglich neue Welt mit englischen Worten aufweckt. Wie ein heftiger Windstoß drang nun ein mächtiger Schwall von Erinnerungen auf sie ein, und sie rief sich in allen Einzelheiten alles, was mit jener Geschichte im Zusammenhang stand, ins Gedächtnis zurück. Ach ja, ihre Mutter hatte sie nur weitererzählt, nicht selbst erfunden. Der Ruhm gebührte einem gewissen Tischler-Komödianten, der bei christlichen Trauerfeiern im Dorf Ziehharmonika spielte und Kunststücke aufführte, wie zum Beispiel einen Tisch allein mit Hilfe seiner Zähne hochzuheben, um den Trauernden den Schlaf aus den Augen zu vertreiben und die ermüdende Weitschweifigkeit der Kirchenlieder und frommen Zeugnisse aufzulockern.

Beatrice lächelte ein wenig schmerzlich. So ist das also, zwei ganze Generationen, ehe meinesgleichen mit Auszeichnung einen Universitätsabschluß in Englisch machen konnte, gab es also schon des Lesens und Schreibens kaum kundige Tischler und andere, nach englischem Vorbild ausgebildete Handwerker, die auf den jungfräulichen Urwald einhieben und die Geräusche und Legenden des Tagesanbruchs zerstörten, um mir den Weg zu bereiten.

Und mein Vater – der Wunder ist kein Ende, würde er sagen – gehörte also auch er zu jenen frühmorgendlichen Wegbereitern-in-den-Urwald-der-Sprachen? Welch unwahrscheinlicher Gedanke! Und doch waren da alle jene lauttönenden Grundsätze gewesen, die er gehandhabt hatte wie ein Mann seine Axt, mit der er mächtige Schläge austeilt. *Reinlichkeit steht Gottesfurcht am nächsten! Pünktlichkeit ist die Seele allen Tuns!* (Dieser Spruch, so erinnerte sie sich lächelnd, war Vorspiel für die Schläge, die jene erhielten, die an Regentagen zu spät zur Schule kamen.) Und dann die Krone aller Grundsätze, sein Lieblingsspruch: *Aufschub ist die Lust des Faulen.* Ein Grundsatz gemischter Prägung – halbblütige Erstlingsfrüchte einer unbesonnenen Mesalliance. Oder, wie Ikem sagen würde, missionarischer Mischmasch!

Schnell und unerwartet erwärmte sie sich an der Erinnerung an diesen Mann, der wohl ihr Vater, ihr jedoch vollkommen fremd war, wie der Vogel, der in ihrem Baum lebte und sang, und den sie bis dahin nicht gekannt hatte.

Sie stand noch immer am Geländer ihres Balkons, als Agatha kam, um ihrer täglichen Arbeit nachzugehen. »Kein Frühstück für mich, Agatha«, rief sie ihr fröhlich entgegen. »Aber bitte, mach mir eine gute Tasse Kaffee.« Die trank sie dann genau da, wo sie im Morgengrauen Stellung bezogen hatte.

Eine Eidechse, rot an Kopf und Schwanz, blau am Rumpf, jagte, wie männliche Eidechsen das offenbar immer zu tun pflegen, ein eintönig grau aussehendes Weibchen über die gepflasterte Auffahrt. Sie verschwand blitzschnell in den Hecken, als ginge es um ihr Leben. Gelassen bezog er, von allen Seiten sichtbar, mitten im Hof Position und begann sich endlos aufzupumpen, zweifelsohne, um dem scheuen Weibchen, wo immer es sich im Gebüsch versteckt halten mochte, seine physische Kraft und Vitalität eindrucksvoll vorzuführen.

Schließlich verließ sie den Balkon, ging hinein, duschte sich kalt und zog dann ein langes loses Kleid aus blauem *adire*-Stoff über, das an Hals und Ausschnitt, an den Ärmeln und am Saum mit kunstvollen weißen Mustern bestickt war. Als sie sich im Spiegel ihres Schlafzimmers betrachtete und ihr gefiel, was sie sah, dachte sie: Graue Eintönigkeit in der weiblichen Mode können wir getrost der Familie der Eidechsen und durchreisenden amerikanischen Journalistinnen überlassen.

Im Falle der Eidechse ist das wahrscheinlich vollkommen verständlich. Zieht man die wilde Sexualität ihres Männchens in Betracht, so benötigt sie als Schutz wohl alle Eintönigkeit, die sie aufbieten kann.

Beatrice aß eine Pampelmuse und trank eine zweite Tasse Kaffee, während sie die Seiten der Sonntagszeitungen durchblätterte. Den größten Teil davon nahmen ganzseitige Traueranzeigen ein mit Nachrufen selbst auf Großväter, die vor fünfzig Jahren gestorben waren, derer jedoch anscheinend ergebene Hinterbliebene in jedem Augenblick liebevoll gedachten. Und, eingezwängt zwischen Erinnerungen an die lebenden Toten, die ebenso übertriebene Porträtierung der noch Lebenden, die, was Vermögen, Ansehen oder einfach Jahre anlangt, die Spitze der Leiter erklommen haben. Und hier und da findet sich zwischen diesen tot-lebendigen

Berühmtheiten eine Anzeige, in der sich ein früherer Arbeitgeber oder Partner von jemand neuerdings in Verruf Geratenem distanziert, wobei ganz selbstverständlich eine Fotografie von der nicht gerade schmeichelhaften Qualität eines Polizeifahndungsplakats benutzt wird.

Irritiert warf sie die Zeitungen beiseite und fragte sich, warum man eigentlich solchen Schund kaufen und zu lesen versuchen mußte. Doch tat man es nicht, konnte man sich nicht des Gefühls erwehren, möglicherweise etwas Wichtiges zu verpassen, und leider verfügen wenige von uns über die Willenskraft, sich diesem falschen Gefühl zu widersetzen. Sie stand auf, drehte die Stereoanlage an und legte Onyeka Onwenus *One Love* auf; dann kehrte sie zum Sofa zurück, warf den Kopf auf die Rückenlehne und schloß die Augen.

Als der Vormittag vorrückte, schien sie immer mehr an Fassung zu verlieren. Sie schaute häufig auf die Uhr. Einmal, nachdem sie eine neue Platte aufgelegt hatte, nahm sie den Telefonhörer in die Hand, horchte auf den Summton und legte wieder auf.

Als es endlich klingelte, schaute sie wieder auf die Uhr. Es war genau elf Uhr. Sie ließ das Telefon fünf- oder sechsmal läuten und hätte es auch noch länger läuten lassen, wäre Agatha nicht aus der Küche hereingestürzt gekommen, um den Anruf entgegenzunehmen.

Wer sich meldete, war genau der, dessen Anruf sie erwartet hatte. Chris.

»Du bist also wieder da«, scherzte er.

»Ja, ich bin wieder da«, antwortete sie.

»Ist was los?«

»Was, zum Beispiel?«

»Ist alles in Ordnung, BB?«

»Aber natürlich. Hört es sich so an, als sei etwas nicht in Ordnung?«

»Allerdings... Bist du alleine?«

»Was willst du damit sagen?«

»Hör zu, ich komm' rüber. Bis gleich.«

Zwanzig Minuten später fuhr sein Wagen unten vor. Beatrice ging nicht gleich zur Haustür, sondern zuerst zur Küchentür, schaute hinein und sagte Agatha, daß sie Besuch erwarte und solange er da sei, nicht gestört werden wolle. Agathas frecher und anzüglicher Blick bei dieser Mitteilung bewog Beatrice dazu, die

Küchentür einfach abzuschließen. Dann ging sie und öffnete auf das Klingeln hin die Wohnungstür.

Chris beschloß, den Stier bei den Hörnern zu packen. Sobald er die Wohnung betreten hatte, fragte er, wie es auf der Party gewesen sei.

»Party? Aber das war doch gestern abend.«

»Genau, gestern abend. Und ich frage dich, wie es war.«

»Es war alles O. K.«

Sie hatten sich beide hingesetzt, sie auf das Sofa, er ihr gegenüber auf einen Stuhl, zwischen ihnen der niedere Tisch, der auf einem braunen, runden Teppich stand. Minuten, wenn nicht Stunden, starrten sie einander an. Chris war vollkommen ratlos. Er hatte BB noch nie in einer solchen Stimmung angetroffen und war überhaupt nicht darauf gefaßt gewesen. Schließlich stand er auf, ging ein paar Schritte auf sie zu und blieb vor ihr stehen.

»Würdest du bitte so freundlich sein, BB, und mir sagen, warum und wieso ich dich gekränkt habe?«

»Mich gekränkt? Wer sagt denn, du habest mich gekränkt?«

»Warum benimmst du dich dann so seltsam?«

»Nicht ich benehme mich seltsam, sondern du! Chris, du benimmst dich in der Tat sehr eigenartig. Hör zu, ich stelle dir eine einfache Frage. Chris, du sagst doch, ich sei die Frau, die du heiraten willst. Stimmt's? O. K., gestern abend hat man mich unter äußerst seltsamen Umständen hier abgeholt. Ich rufe dich vorher an und erzähle dir alles. Du kommst hierher, und alles, was du zu sagen weißt, ist: Mach dir keine Gedanken, es ist alles ganz in Ordnung.«

»Ich habe nichts dergleichen gesagt.«

»Chris, du hast von mir, der Frau, die du heiraten willst, verlangt, mitten in der Nacht eine vierzig Meilen lange Fahrt nach Abichi zu machen...«

»Nach Abichi? Du hast mir kein Wort von Abichi gesagt, oder?«

»Darum geht es auch gar nicht. Du hast von der Frau, die du heiraten willst, verlangt, mitzugehen und sich alle Möglichkeiten offenzuhalten. Erinnerst du dich? Nun, es tut mir leid, dir mitteilen zu müssen, daß ich deinen Rat nicht befolgt habe.«

»Du bist...«

»Bitte, unterbrich mich nicht. Ich fuhr vierzig Meilen zu dieser verrückten Party.«

»BB, du hast mir nie gesagt, daß die Einladung nach Abichi war.«

»Bitte, laß mich ausreden. Man bringt mich an diesen seltsamen Ort, und mein zukünftiger Ehemann zieht sich in sein Bett zurück, schläft gut, wacht auf, hört um sieben Uhr BBC-Nachrichten, nimmt ein Bad, frühstückt und läßt sich danach geruhsam nieder, um die Zeitungen zu studieren. Vielleicht macht er sogar einen kleinen Spaziergang durch den Garten. Es ist erst neun Uhr, deshalb gehst du möglicherweise in dein Arbeitszimmer und arbeitest an einigen Akten, die du nach Hause gebracht hast. Und schließlich, gegen Mittag, erinnerst du dich an das Mädchen, dem du gesagt hast, sie solle sich alle Möglichkeiten offenhalten. Du gehst zum Telefon und sagst, ach, bist du wieder da!«

»Ich wollte nicht früher anrufen, wenn das der Grund deiner Klage ist...«

»Ich beklage mich überhaupt nicht. Du wolltest ja gar nicht früher anrufen. Genau das ist es. Du hast es nicht getan, und weißt du auch, warum nicht? Weil du nicht erfahren wolltest, daß ich möglicherweise in Abichi mit deinem Chef geschlafen habe.«

»Wovon, zum Teufel, redest du?«

»Du wolltest mich nicht ertappen. Und warum nicht? Weil du ein sehr vernünftiger Mann bist, Chris. Du bist sehr rücksichtsvoll. Du würdest keiner Fliege etwas zuleide tun. Nun, ich habe schlechte Nachrichten für dich. Du bist zu verdammt rücksichtsvoll für dieses Mädchen! Ich will einen Mann, der sich um mich sorgt, nicht einen Mann...«

»BB, du hast den Verstand verloren!«

»Sie will einen Mann, der so fürsorglich ist, daß er wissen will, wo sein Mädchen schläft. Einen solchen Mann will dieses Mädchen.«

»Nun gut!«

»Nun gut! Ja, ja, nun gut – es ist auch höchste Zeit!«

»Hör zu, BB.« Er trat noch einen Schritt weiter auf sie zu und wollte ihr die Hand auf die Schulter legen.

»Tu deine Hand weg«, schrie sie.

»Schrei mich nicht an, BB.«

»Ich schreie überhaupt nicht.«

»Doch. Ich weiß nicht, was über dich gekommen ist. Du schreist mich an wie eine Prophetin der Cherubim-und-Seraphim-Sekte, oder was weiß ich. Was ist eigentlich los? Ich verstehe überhaupt nichts mehr.«

Er stand da, wo die Hand, die er ihr auf die Schulter zu legen versucht hatte, schroff zurückgewiesen worden war, und schaute auf sie hinab. Sie hielt nun die Arme vor der Brust verschränkt und hatte den Kopf gesenkt, als sei sie in stillem Gebet versunken. Lange Zeit rührte sich keiner, und es fiel kein Wort. Dann bemerkte Chris, wie ihre Brust und Schultern unmerklich bebten; er trat auf sie zu, setzte sich neben sie aufs Sofa, legte ihr den linken Arm um die Schulter, hob sanft mit der rechten Hand ihr Kinn hoch und sah, daß sie weinte. Diesmal widersetzte sie sich ihm nicht, als er sie an sich zog und ehrfürchtig das Salz ihrer Tränen kostete.

Als sie sich auf jenem unbequemen Sofa abmühten, zueinander zu kommen, ineinander zu verschmelzen und ihr Getrenntsein zu überwinden, flüsterte sie – und ihr Atem kam schnell und drängend: »Komm, wir gehen hinein. Hier ist es zu unbequem.« Und mit Mühe rappelten sie sich aus dem Sofa hoch, gingen ins Schlafzimmer, schälten sich aus den Kleidern, die sie wegwarfen, als stünden sie in Flammen, und fielen zusammen hinein in den weiten, offenen Raum ihres Bettes; sie begannen sich hin und her zu wiegen, bis sie nicht mehr konnte und sagte: »Komm rein!« Und als er ihrer Aufforderung folgte, stieß sie einen unterdrückten Schrei aus, der nicht nur ein Schrei war, sondern auch ein Befehl, oder ein Losungswort, das ihm Einlaß in ihren Tempel gewährte. Von da an übernahm sie die Führung, nahm ihn schweigend an der Hand und geleitete ihn durch wogende Haine, auf die das gedämpfte gelbe Licht der Sonne Flecken malte, sie traten auf trockenes Laub unter ihren Füßen, bis sie zu Strömen voll klaren blauen Wassers kamen. Mehr als einmal war er an den steilen Ufern ausgeglitten, und sie hatte ihn mit solcher Kraft und Autorität zurückgeholt, wie er sie noch nie an ihr erlebt hatte. Eindeutig waren dies ihr heiliger Hain und ihre ureigensten besonderen Riten, über die sie alleinige Verfügungsgewalt besaß. Priesterin oder die Göttin selbst? Unwichtig jetzt. Doch würde er für würdig befunden werden? Würde er überleben? Diese nicht enden wollende qualvolle Lust am Kreuzweg von Lachen und Weinen. Ja, ich muß, o ja, ich muß – ja, o ja, ja, o ja! Ich muß, muß. O heilige Priesterin, halte mich, jetzt. Ich gleite aus, mein Fuß verliert den Halt. Und nun war es nicht mehr nur ein bloßes Ausgleiten, sondern er stürzte, brach in sich selbst zusammen.

Und als er sich eben anschickte, um Gnade zu flehen, schrie sie einen Befehl: »O. K.!«, und er zerbarst in einem Sternenregen und schwebte durch federleichte weiße Wolken, bis er am Ende eines langen und sanften, schwerelosen Falls in tiefem, blauem Schlaf versank.

Als er wie ein Kind in ihre Arme und an ihre Brust gebettet erwachte und ihr Blick ängstlich besorgt auf ihm ruhte, fragte er matt, ob sie schlafe.

»Priesterinnen schlafen nicht.«

Er küßte ihre Lippen und Brüste und schloß wieder die Augen.

»Du nanntest mich Priesterin, nein, Prophetin, glaube ich. Was mir mißfällt, ist der Zusatz von der Cherubim-und-Seraphim-Sekte. Ich komme mir tatsächlich manchmal wie Chielo, die Priesterin und Prophetin der Hügel und Höhlen in jenem Roman, vor.«

»Das ist wohl mal so und mal so, denke ich mir.«

»Ja. Jetzt ist es gerade ganz stark. Und ich sehe Schwierigkeiten auf uns zukommen. Ikem wird es als ersten erwischen. Ich meine es ernst, Chris. Er wird der Vorläufer sein, der den Weg bereitet. Aber nach ihm bist du dran. Wir stecken alle mit drin – Ikem, du, ich, sogar ER. Das Ganze ist kein Kinderspiel mehr. Mein Vater pflegte zu sagen: Der Tanz, bei dem du deinen Schnupftabak in der offenen Hand trägst, ist zu Ende. Du und Ikem, ihr müßt schnell diese lächerliche Sache, die zwischen euch steht und die mir bis heute unerklärlich geblieben ist, in Ordnung bringen.«

»BB, ich kann mit Ikem nicht mehr ins Gespräch kommen. Ich bin müde. Und alle Kraft hat mich verlassen.«

»Das stimmt nicht, Chris. Du hast mehr Lebenskraft, als du denkst.«

»Nun, es scheint allerdings so zu sein, wie du sagst – aber weißt du, nur unter deiner Führung.« Er lachte ausgelassen und küßte sie.

»Du weißt genau, mein dummer Junge, daß ich das nicht meine!«

Sie ließ ihn alleine im Bett, duschte schnell und kam wieder; dann erst hob sie ihr Kleid von dort auf, wo sie es hingeworfen hatte, und zog es wieder an. Chris' Augen hingen währenddessen unverwandt an ihrem makellosen Körper, und sie wußte es. Als nächstes sammelte sie Chris' Kleidungsstücke ein und legte sie ordentlich am Fußende des Bettes aufeinander. Dann ging sie hinaus, um nach dem Mittagessen zu sehen. Kochend vor Ärger saß

Agatha auf dem Küchenstuhl, den Kopf auf dem Tisch, und tat, als schliefe sie. Ja, das Essen sei inzwischen fertig, antwortete sie, und ihre schmalen, selbstgerechten Augen schienen hinzuzufügen: Während ihr eurem sündhaften Tun nachgegangen seid.

Beatrice machte noch einen Teller mit grünem Salat zurecht, um das Bohnenkerngemüse mit gebratenen Bananen und geschmorten Rindfleisch etwas aufzubessern. Agatha hatte sich nicht um einen Nachtisch bemüht, wohl wissend, daß sie zweifellos das Vergnügen erwarten würde, sich die Rügen ihrer Herrin anhören zu müssen. Beatrice überging sie stillschweigend und zauberte schnell aus Kuchenstücken, die sie mit Sherry beträufelte, und allerlei anderen süßen Resten aus dem Kühlschrank zwei Schälchen mit Nachtisch. Dann ging sie ins Schlafzimmer zurück und weckte Chris.

Aus dem freundlichen Lächeln, mit dem Agatha ihn bedachte, als er zu Tisch erschien, hätte man schließen können, daß sie ihn ihrer moralischen Zensur nicht unterworfen hatte. Frauenfehde! dachte Beatrice und lächelte in sich hinein, was die andere offensichtlich bemerkte und mit einem schnellen, mißbilligenden Blick beantwortete. Selbst Chris blieb die plötzliche Veränderung nicht verborgen.

»Was hat denn dein Mädchen?« fragte er, sobald Agatha wieder in der Küche war.

»Nichts. Ihre ganze Gunst gehört dir.«

»Zu viel Vertraulichkeit also brütet Geringschätzung?«

»Nein, es ist mehr als das. Sie ist Zeugin Jehovas.«

»Und du bist das Haus Baals?«

»Genau – oder noch schlimmer: des unbekannten Gottes.«

Während sie aßen, erzählte sie ihm vom Abend zuvor in Abichi. Vielmehr das, was sie zu erzählen über sich brachte. Chris hörte sich die einleitende Beschreibung aller Einzelheiten an und konnte sich des Argwohns nicht erwehren, daß sich hinter der fröhlichen Art ihrer Erzählung etwas Schreckliches verbarg. Als sie es schließlich herausließ, geriet er so außer sich, daß er ohne sein Zutun vom Stuhl aufsprang.

»Bitte, setz dich und iß.« Er setzte sich wieder, doch nicht zum Weiteressen. Keinen Bissen mehr.

»Das ist einfach unglaublich«, sagte er immer wieder. Beatrices Bemühungen, ihn zum Essen zu bewegen, hatten keinerlei Erfolg. Unmerklich hatte er seinen Teller weggeschoben.

»Komm, Chris, dieser Salat ist nicht von Agatha. *Ich* habe ihn extra für *dich* gemacht.«

Er gab ein wenig nach und schob drei oder vier Bissen Salat in den Mund. Dann legte er die Gabel wieder weg. Schließlich gab sie auf und sagte, sie hätte es besser wissen und ihren dummen Mund bis nach dem Essen halten müssen. Sie rief Agatha und bat sie, den Nachtisch wieder in den Kühlschrank zu stellen und ihnen den Kaffee zu bringen. Ohne zu antworten begann Agatha statt dessen den Tisch abzuräumen.

»Agatha!«

»Madam!«

»Laß das sein und hol uns bitte den Kaffee! Dann kannst du den Tisch abräumen.«

»Ja, Madam.«

»Komm, setzen wir uns doch, wo es bequemer ist«, sagte sie zu Chris. »Wir werden jetzt Kaffee und Cognac trinken, darauf bestehe ich. Ich möchte ein wenig feiern, aber frag mich nicht, was. Einfach feiern, sonst nichts. *Kabisa!*«

Langsam, ganz langsam kehrten unter Beatrices gekonnten Wiederbelebungsversuchen seine Lebensgeister zurück. Sie hielt sich soweit wie irgend möglich bei amüsanten Nebensächlichkeiten auf und untertrieb den Schock. Doch am meisterhaftesten gelang es ihr, Chris aktiv daran zu beteiligen, die Ereignisse des Abends noch einmal aufleben zu lassen.

»Wer ist dieser Mensch Alhaji, Vorsitzender, glaube ich, der Handelskammer Kangan/Amerika?« fragte sie.

»Oh, der. Alhaji Abdul Mahmoud. Kanntest du ihn denn nicht? Das war mir nicht bewußt. Siehst du, das kommt davon, wenn man so eine Einsiedlerin ist wie du. Wenn du auch nur einmal im Monat zu einer Cocktailparty gingest, dann wärst du auf dem laufenden... Alhaji Mahmoud ist allerdings selbst auch so etwas wie ein Eremit. Er tritt selten irgendwo in Erscheinung, und tut er es doch, so redet er kaum ein Wort. Es sind Gerüchte im Umlauf, er habe in diesem einen vergangenen Jahr alle anderen Millionäre von Kangan weit in den Schatten gestellt. Von acht Ozeandampfern spricht man, von zwei oder drei privaten Jets, einem privaten Landeplatz. Kein Zollbeamter wagt sich dort in die Nähe, und, so heißt es, er sei der Schmugglerkönig. Was noch? Ungefähr fünfzig Unternehmen, eine Bank inbegriffen. Monopol auf staatlichen Kunstdüngerimport, das wär's. Sehr still, äußerst zurückhaltend, doch wie es heißt, vollkommen rücksichtslos. All dies ist möglicherweise – oder auch nicht – Standardausrüstung für Multimillionäre. Was aber weitaus beunruhigender ist und was ich einfach noch nicht glauben kann, ist« (dabei senkte er die Stimme), »daß er möglicherweise als Strohmann für… für deinen Gastgeber fungiert.«

»Nein!«

»Ich habe nichts gesagt. Gerüchte, nichts als Gerüchte. Eigentlich sollte ich ja darüber informiert sein. Ich bin schließlich Informationsminister, oder etwa nicht? Doch ich fürchte, ich verfüge selbst über sehr wenig Information… Übrigens, BB, wie konntest du nur so hinterhältig sein? Mich mit diesem peinlichen Katalog meiner morgendlichen Aktivitäten zu konfrontieren, inklusive BBC-Nachrichten um sieben! Einfach hinterhältig… Doch ich nehme an, es hätte noch schlimmer kommen können. Du hättest zum Beispiel hinzufügen können, daß ich mich jeden Morgen, wenn keiner hinschaut, davonstehle, um den Feindsender zu hören, während das Ministerium, dem ich vorstehe, der Nation über den KBC all diesen Unsinn auftischt.«

»Das war eine gute Show von mir, nicht wahr?«

»Makellos. Und verheerend. Ich verstehe nicht, warum du noch immer kein Theaterstück geschrieben hast. Du würdest Ikem weit in den Schatten stellen!«

»Da müßte ich mich aber sehr anstrengen. Trotzdem – vielen Dank!«

Ehe er schließlich gegen sechs Uhr ihre Wohnung verließ, hatte sie noch einmal leidenschaftlich um seine Zustimmung gerungen, seine Beziehung zu Ikem in Ordnung zu bringen.

»Was ich gestern abend gehört und gesehen habe, hat mich zutiefst erschreckt. Über Ikem war in *absentia* zu Gericht gesessen und das Urteil gesprochen worden. Du mußt ihn retten, Chris. Ich weiß alles, weiß, wie schwierig er ist. Glaub mir, ich weiß es. Doch du mußt das alles einfach beiseite schieben. Ikem hat außer dir keinen Freund und kein Gefühl für die drohende Gefahr. Oder vielmehr er hat es, weiß aber nicht, wie er darauf reagieren soll. Du hast alles Menschenmögliche versucht, das weiß ich, aber du mußt jetzt noch einmal von vorn beginnen. Dafür sind Freunde da. Es bleibt nur noch sehr wenig Zeit, Chris.«

»Wenig? Es mag wohl sein, daß uns überhaupt keine Zeit mehr bleibt… ich sollte etwas tun, darin bin ich ganz einig mit dir – aber was? Denn es gibt ja keinen konkreten Punkt, über den Ikem und ich uns streiten. Was uns trennt, ist der Stil, nicht die Substanz.

Und das ist absolut unüberbrückbar. Merkwürdig, nicht?«

»Sehr merkwürdig.«

»Und doch... denkt man darüber nach... auch wiederum nicht so merkwürdig. Siehst du, wenn wir – du und ich – uns um eine Apfelsine streiten, so könnten wir den Streit schlichten, indem wir uns die Apfelsine teilten, oder übereinkämen, wer von uns beiden sie haben sollte, oder sie einem Dritten überlassen, oder sie sogar wegwerfen würden. Doch angenommen, wir stritten uns, weil ich zufällig Apfelsinen mag, und du sie verabscheust – wie kommt man da zu einer Einigung? Du wirst Apfelsinen immer verabscheuen, und ich werde sie immer mögen; das ist und bleibt nun einmal so.«

»Aber wir könnten beschließen, daß es dumm und nutzlos ist, uns wegen unserer Vorlieben und Abneigungen zu streiten, oder nicht?«

»Ja«, antwortete er eifrig, »solange wir nicht fanatisch sind. Wird einer von uns zum Fanatiker, dann gibt es keine Hoffnung auf Einigung. Wir werden uneins sein, solange wir leben. Schon allein die Aussicht darauf laugt mich emotional vollkommen aus und lähmt mich geradezu... Warum bin ich noch immer in diesem Kabinett? Ikem bezeichnet uns als Zirkusnummer, und er hat größtenteils recht. Wir sind kein Kabinett. Das wirkliche Kabinett sind einige jener Clowns, die du gestern abend gesehen hast. Warum also bin ich noch immer da? Meine Ehre und alles, was dazugehört, verlangt von mir, daß ich meinen Rücktritt einreiche. Aber kann ich das?«

»Ja, das kannst du.«

»Nun, ich habe dir eben gesagt, daß ich nicht die notwendige Kraft dafür aufbringe.«

»Unsinn!«

»Und selbst wenn ich mich wahnsinnig zusammenreißen und mein Rücktrittsgesuch heute einreichen würde, was täte ich danach? Ins Exil gehen und in europäischen Hauptstädten dem Alkohol frönen, vor einem Publikum, das mich bewundert und von dem mich sieben Welten trennen, revolutionäre Vorträge halten und danach mit weißen Mädchen schlafen?... BB, diese Möglichkeit ist mir wohl bewußt, ich habe sie in Betracht gezogen, aber glaub mir, sie ist weit weniger attraktiv als diese Scharade hier.«

»Also?«

»Also bleibe ich, wo ich bin. Und außerdem – selbst wenn ich es wollte, könnte es möglicherweise gar nicht so einfach sein, zurückzutreten. Erinnerst du dich daran, was er damals, im Verlauf jener erschreckenden Debatte, in der es um seine lebenslängliche Präsidentschaft ging, sagte? Einen kurzen Augenblick lang hatte er seine vorgetäuschte Ruhe fallenlassen und mir gedroht: Sollte sich jemand einbilden, er könne aufgrund dieser Frage aus dem Kabinett ausscheiden, so wird er einen schweren Fehler begehen.«

»Verläßt einer das Haus durch diese Tür, so wird er nicht nach Hause gehen, sondern direkt ins Gefängnis. Ja, daran erinnere ich mich wohl. Also?«

»Ich will damit nicht sagen, daß mich eine solch lächerliche Drohung auf meinem Posten hält. Ich erwähne dies nur, weil es zeigt, wie schwierig alles plötzlich werden kann. Deshalb habe ich Ikem schon hunderttausendmal gesagt: Halte dich eine Weile zurück, dann mag der drohende Wirbelsturm losbrechen, über uns hinwegrasen und Dächer mitreißen, und wir werden vielleicht... nur vielleicht... angeschlagen, aber lebendigen Leibes davonkommen. Aber o nein! Ikem ist entrüstet, daß ich ihm solch feiges und völlig unwürdiges Verhalten anrate. Du selbst hast es immer und immer wieder mitangehört. Und jetzt verlangst du von mir, es noch einmal zu versuchen und vor einem Künstler bittend auf die Knie zu gehen, der sich Don Quichotte und andere Romanhelden zum Führer auserkoren hat...«

»O Chris, das ist nicht fair. Das ist sehr unfair. Ikem steht auf seine Art genauso mit beiden Füßen auf dem Boden der Wirklichkeit wie wir. Vielleicht sogar noch mehr... Du brauchst doch wahrhaftig nur die lange Reihe seiner einfachen und soliden Freundinnen mit der deinen zu vergleichen...«

Kaum hatte sie dies gesagt, so bedauerte Beatrice ihr Nachgeben. Sie hätte der Versuchung einer nachsichtigen, ablenkenden Bemerkung widerstehen müssen. Alle Überzeugungskraft hatte sich durch diese Bemerkung verflüchtigt, und ihr leidenschaftliches Anliegen war plötzlich erlahmt... Eine kleine Weile noch redeten sie ziellos weiter, um dann, ohne das Problem gelöst zu haben, auseinanderzugehen. Chris wiederholte lediglich seinen Standpunkt noch einmal, ehe er ging.

»Du verlangst von einem Mann, der am Kampf längst verzweifelt ist, einen fanatischen, in voller Ausrüstung kämpfenden Frontsoldaten zurückzuhalten. Meine Liebe, er wird für seine ganze Mühe nichts anderes ernten, als daß man ihn fertigmacht und er böse auf die Nase fällt.«

9
Perspektiven des Kampfes

Ikems Fahrt an jenem Nachmittag war nicht auf Chris' Anweisung hin, einen Reporter zum Präsidentenpalast zu schicken, erfolgt. Ein Berichterstatter war in der Tat entsandt worden, und er wird seinen Bericht auftragsgemäß abgeliefert haben. Ikem hatte seine eigenen Gründe, sich dorthin zu begeben; er war für sich persönlich auf der Suche nach Erleuchtung und Aufklärung.

Er kam zum Palast, gerade als der Empfang zu Ende ging und die Delegation sich zum Gehen anschickte. In jenem Augenblick konnte er also nichts anderes tun, als mit dem weißbärtigen Anführer der Delegation Höflichkeiten auszutauschen und mit ihm und den anderen ein späteres Treffen in dem Hotel, in dem sie untergebracht waren, zu verabreden.

Das Hotel Harmoney ist ein ärmliches Etablissement mitten in den Slums im Norden der Hauptstadt, und den bereitwilligen Auskünften nach zu urteilen, die Ikem den Weg dorthin wiesen, ein in der Umgebung allseits beliebter Ort. Ein Haus, das wahrscheinlich einige dort ansässige Prostituierte aufweisen kann; ein paar Zimmer werden von drei oder vier zu ungeregelten Zeiten unbestimmten Tätigkeiten nachgehenden jungen Männern belegt sein, die zumeist am Tage schlafen; aber vor allem erfreut es sich einer großen Kundschaft von Kleinhändlern aus den ländlichen Gebieten, die in regelmäßigen Abständen nach Bassa kommen, um Ware für ihre kleinen Läden einzukaufen und ihre Vorräte aufzufüllen. Ein Haus mit geschäftiger und doch auf besondere Weise behaglicher Atmosphäre.

Ikem hatte schon im Palast entdeckt, daß die Delegation nicht aus fünfhundert Leuten bestand, wie man ihm gesagt hatte, sondern nur aus sechs, und daß die vielen anderen, die jene sechs zum Palast begleitet hatten, alles in Bassa lebende Einheimische aus Abazon waren: Automechaniker, Kleinhändler, Schneider, Leute, die einen Vulkanisierbetrieb hatten, Taxi- und Busfahrer, die ihr Geschäft mit gemieteten Fahrzeugen betrieben, und viele andere, die allerlei Nebenbeschäftigungen in der Stadt nachgingen oder überhaupt nichts taten. Eine wahrhaft bunt zusammengewürfelte

Menge! Kein Wunder, daß Seine Exzellenz, nach allem, was man hörte, die Nachricht von ihrem plötzlichen Auftauchen an seiner Haustür mit beträchtlicher Besorgnis aufnahm. Stünde ich in seinen Schuhen, erginge es mir nicht anders, gestand sich Ikem schadenfroh ein.

Sie saßen um fünf oder sechs zusammengeschobene Tische im offenen Innenhof des Hotels beisammen, jetzt nicht mehr fünfhundert, sondern vielleicht zwanzig, hatten alle etwas zu trinken vor sich und diskutierten angeregt ihren Besuch im Palast.

Als sie Ikem durch das eiserne Tor von der Straße in den mit grobem Zement angestrichenen Hof hereinkommen sahen, standen alle, auch die sechs Besucher, die Alten Männer aus Abazon, auf und hießen ihn mit Beifall, der nahezu Ovationen gleichkam, willkommen. Er schüttelte jedem die Hand und schaute sich nach einem Platz um, als einer – eine Art Zeremonienmeister – ihm den frei gewordenen Ehrenplatz neben dem weißbärtigen Anführer zuwies. Dann rief er sehr wichtigtuerisch »Bedienung!«, und als ein latschiger, mit einem schmutzigen blauen Hemd bekleideter Kellner erschien, bestellte er sechs Flaschen Bier und noch drei weitere gebratene Hähnchen. »Aber hopphopp!« sagte er.

Dann musterte er die versammelten Anwesenden, nahm eine leere Bierflasche zur Hand, klopfte damit auf den Tisch und bat um Ruhe:

»In unserem Volk heißt es, wenn ein Mann von Rang und Namen eine Versammlung betritt, muß alles Reden aufhören, bis er seinen Platz eingenommen hat. Jemand Wichtiges ist eben gekommen, der es nicht nötig hat, vorgestellt zu werden. Doch trotz alledem müssen wir uns nach dem richten, was die Weißen Protokoll nennen. Ich bitte unseren berühmten Sohn, den Chefredakteur der *National Gazette*, sich zu erheben.«

Ikem erhob sich und erntete eine zweite stürmische Ovation.

»Hört man allüberall Ikem Osodi, Ikem Osodi, so könnte man meinen, er sei aufgeblasen und reiche bis an die Zimmerdecke. Aber schaut ihn euch an, wie einfach er ist. Selbst so ein Dummkopf wie ich bin größer als er. Unser Volk sagt: Ein Tier mit einem berühmten Namen füllt nicht immer den Korb des Jägers.«

Da warf Ikem ein, daß er nun, da seine wahre Größe bekannt sei, erwarte, daß er noch häufiger Prügel beziehen werde als bisher, was ihm großes Gelächter eintrug.

Aber trotz des Trinkens, Essens und fröhlichen Gelächters gelang es dem Sprecher doch, seine Enttäuschung darüber zum Ausdruck zu bringen, daß dieser berühmteste Sohn Abazons bis jetzt noch keine Möglichkeit gesehen habe, an ihren monatlichen Treffen und gesellschaftlichen Zusammenkünften teilzunehmen, um ihr ungeschicktes und von Unwissenheit bestimmtes Tun mit seinem umfassenden Wissen in die Hand zu nehmen. Er ließ sich so nachdrücklich und so eingehend über dieses Fehlverhalten aus, daß ihm der bärtige alte Mann dadurch, daß er sich erhob, schließlich Einhalt gebot. Er war groß und hager mit etwas gebeugten Schultern.

Die Schärfe in der Stimme des anderen Mannes fehlte hier gänzlich, doch die Kraft seiner Aussage hielt jedermann vom ersten Augenblick an in Bann. Als erstes bedankte er sich bei den Abazonleuten in Bassa für den Empfang, den sie ihm und den anderen fünf Ältesten aus der Heimat bereitet hatten. Er dankte den jungen Männern, von denen jetzt nur noch wenige anwesend waren, daß Hunderte von ihnen gekommen waren, um die Delegation zum Palast zu begleiten und Bassa zu zeigen, daß es in Abazon Menschen gab. Dann kam er mit scharfen Worten auf die Klagen seines Vorredners zu sprechen:

»Ich habe gehört, was du über diesen jungen Mann, Osodi, gesagt hast, von dessen Tun, das unsere Herzen mit Stolz erfüllt, man überall weiß. An den Zusammenkünften, Hochzeiten und Namensfesten des eigenen Volkes teilzunehmen ist eine gute Sache. Doch vergiß nicht, daß unsere weisen Männer auch gesagt haben: Ein Mann, der jeder Aufforderung des Ausrufers Folge leistet, wird auf seinen Feldern keinen Mais pflanzen. Deshalb gebe ich dir den folgenden Rat: Macht weiter mit euren Zusammenkünften, Hochzeiten und Namensfesten, weil das eine gute Sache ist. Laßt aber diesen jungen Mann in Ruhe, damit er dem, was er für Abazon und ganz Kangan tut, nachgehen kann; der Hahn, der am Morgen kräht, gehört nur einer Familie, doch seine Stimme ist das Eigentum der ganzen Nachbarschaft. Du solltest stolz darauf sein, daß dieser aufgeweckte junge Hahn, der das ganze Dorf wachruft, von deinem Hof stammt.«

Von seiner Stimme ging eine so bezwingende Kraft und ein Zauber aus, daß selbst der Zeremonienmeister, der sich so beklagt hatte, in vollem Einverständnis mit dem Kopf nickte, wie alle anderen auch.

»Muß dein Bruder auf der Suche nach etwas, das seinen Magen

füllt, eine weite Reise hinüber über den großen Fluß antreten, so fordere ihn nicht auf, doch zu Hause bei den Herumlungerern zu bleiben, die sich den Hintern kratzen und dann am Finger riechen. Vor heute nachmittag, als dieser junge Mann uns im Hof des großen Häuptlings aufsuchte, hatte ich ihn noch nie gesehen. Ich war ihm noch nie begegnet. Ich habe noch nie gelesen, was er angeblich schreibt, denn ich kenne das ABC nicht. Doch ich habe von dem Kampf gehört, den er für die armen Menschen in diesem Land kämpft. Ich würde ungern hören, er habe diesen Kampf aufgegeben, nur weil er zum Namensfest von Okekes Sohn und Mgbafos Tochter gehen möchte.

Ich will euch eine Frage stellen. Wie begrüßen wir unsere Brüder, wenn wir ankommen und eine so riesige Versammlung vorfinden, daß wir nicht daran denken können, jeden einzelnen zu begrüßen, jeden mit dem ihm zustehenden Titel anzusprechen? Sagen wir dann nicht: Jedem das Seine? Habt ihr mal darüber nachgedacht, welch weise Gepflogenheit unsere Väter aus diesen einfachen Worten gemacht haben? Jedem Mann das Seine! Jedem den ihm zustehenden Titel! Es leuchtet uns allen ein, daß uns diese Handvoll Worte vor dem Schmerz von vierhundert Handschlägen bewahren kann und vor den Kopfschmerzen, die es uns bereitet, eine ebensolche Menge von Ehrentiteln zu behalten. Doch das ist noch nicht alles. Dieses Wort will uns sagen: Jeder Mann hat seinen eigenen Besitz; geh nicht an ihm vorüber, wenn du seinen Hof betreten willst...

Man könnte es auch so beschreiben (denn die Wahrheit hat viele Gesichter): ... Lange ehe in der Zeit der Aussaat, oder in der Erntezeit, die Sonne aufgeht, dann, wenn der Schlaf uns mit Süße umfängt, die köstlicher ist als Honig, pflegt das Perlhuhn in der Stille und Kühle des weiten Graslandes plötzlich den Bauern mit seinem Schrei: o-o-i! o-o-i! o-o-i! aufzuwecken. Ich frage euch: Springt der Bauer sofort, schlaftrunken und mit schweren Augen, auf und macht sich für die Arbeit auf dem Felde bereit, oder schreit er das Perlhuhn an: *Halt den Schnabel! Wer hat dir gesagt, daß es Zeit sei? Noch kein einziges Mal in deinem Leben hast du eine Cassavafurche geharkt, noch hast du jemals ein einziges Hirsekorn gesät!* Nein! Ist er ein Bauer, der zu Wohlstand gelangen will, dann wird er sich nicht mit dem Perlhuhn anlegen; er wird nicht dessen Schlachtruf in Frage stellen; er wird aufstehen und gehorchen.

Habt ihr jemals darüber nachgedacht? Ich sage euch, so hat der

Allmächtige die Arbeit dieser Welt aufgeteilt. Jedem das, was ihm zusteht! Das Perlhuhn und der Bauer – jeder hat seine Arbeit zu tun.

Einigen von uns hat der Besitzer dieser Welt die Gabe zugeteilt, ihren Mitmenschen zu sagen, daß die Zeit zum Aufstehen endgültig gekommen ist. Anderen schenkt Er die Bereitschaft aufzustehen, wenn sie den Ruf hören, sich mit klopfendem Herzen zu erheben, ihren Kriegsschmuck anzulegen und an die Mauern ihrer Stadt zu eilen, um dem hereinbrechenden Feind mit kühnem Mut im Kampf entgegenzutreten. Und dann gibt es noch jene, deren Aufgabe es ist, zu warten und weiterzumachen, wenn der Kampf vorüber ist, um dann über die Geschichte des Kampfes zu berichten.

Das Schlagen der Trommel, die zum Kampf ruft, ist wichtig; der mutige Einsatz im Kampf selbst ist wichtig, und das Erzählen der Geschichte des Kampfes danach – alles ist auf seine eigene Art wichtig. Ich sage euch, keines von diesen drei Dingen könnten wir entbehren. Doch wenn ihr mich fragt, welches von den drei Dingen die Adlerfeder verdient, so will ich mutig sagen: die Geschichte. Habt ihr mich verstanden? Hättet ihr mir in meinen jungen Jahren dieselbe Frage gestellt, so hätte meine Antwort ohne zu zögern gelautet: der Kampf. Doch das Alter gibt einem Mann gewisse Dinge mit der rechten Hand, auch wenn es andere mit der linken wegnimmt. Der Wasserstrahl eines alten Mannes mag nicht mehr wie früher einmal mit voller Kraft den Stamm des Baumes einen Schritt vom Wegrand entfernt treffen, sondern fällt um seine Füße, wie bei einer Frau; doch als Gegengabe bekommt das Auge seiner Gedanken Flügel und fliegt über den gewohnten Anblick der Heimstatt hinaus...

Weshalb also sage ich, daß der Geschichte der erste Platz gebührt? Aus demselben Grund, aus dem unsere Leute ihren Töchtern zuweilen den Namen Nkolika geben – Sich-erinnern-ist-das-Größte. Warum? Weil nur die Geschichte den Krieg und den Krieger überleben kann. Die Geschichte allein lebt länger als der Klang der Kriegstrommel und länger als die Heldentaten tapferer Krieger. Die Geschichte, nicht Kriegstrommel noch Kampf, bewahrt unsere Nachfahren davor, wie blinde Bettler in die Stacheln des Kaktuszaunes zu fallen. Die Geschichte ist unser Begleiter, ohne sie sind wir blind. Ist der Begleiter das Eigentum des blinden Mannes? Nein, auch die Geschichte gehört nicht uns, vielmehr gehören wir der Geschichte und sie leitet uns. Das unterscheidet uns vom Vieh; das Zeichen auf dem Gesicht unterscheidet ein Volk von seinen Nachbarn.«

Die leise tappenden Schritte der Kellner auf dem Zementfußboden des Hofes waren in dem tiefen Schweigen deutlich hörbar geworden und beherrschten die Stille.

»Der arrogante Kerl also, der die Geschichte in Besitz genommen hat, als sei sie eine ihm von seiner Frau vorgesetzte Schüssel mit *foo-foo**, versteht wenig von dieser Welt. Die Geschichte wird eine Kugel aus ihm kneten, so wie man aus *foo-foo* Kugeln knetet, wird ihn in die Soße tunken und als ersten schlucken. Ich sage euch, er ist wie der kleine Hund, der sich umdreht und seinen Wind in ein brennendes Feuer furzt, in der Absicht, es auszulöschen. Gelingt ihm das? Nein. Die Geschichte ist von ewiger Dauer... Wie das Feuer auch – wenn es nicht hell brennt, schwelt es unter der eigenen Asche weiter, oder es schläft und ruht in seinem Haus aus Feuerstein.

Sind wir jung und ohne Erfahrung, denken wir alle, die Geschichte des Landes sei einfach, jeder könne aufstehen und sie erzählen. Doch dem ist keineswegs so. Es stimmt, wir alle haben unsere kleinen Fetzen Geschichte, die in uns brodeln und von denen wir berichten wollen. Doch was wir zu sagen haben, gleicht eher der Mitte einer mächtigen Boaschlange, die ein törichter Waldarbeiter für einen Baumstamm hält und sich darauf niederläßt, um seinen Schnupftabak zu genießen... Ja, wir fallen mit wildem Blick und heftiger Zunge über unsere kleine Geschichte her, bis der Gott Agwu eines Tages vorübergeht und sie uns aus dem Mund schlägt; er verrenkt uns den Unterkiefer, straft uns wegen unserer Dreistigkeit und legt die Geschichte in die Hand eines Mannes seiner Wahl... Agwu beruft keine Versammlung ein, um seine Seher, Propheten und Künstler auszuwählen! Agwu, der Gott der Heiler, Agwu, Bruder des Wahnsinns! Doch obwohl sie vom gleichen Schoß geboren wurden, hat nicht derselbe *chi*** sie erschaffen. Agwu ist die rechte Hand, die ein Mensch seinem Mitmenschen reicht; Wahnsinn ist die verbotene Hand. Wahnsinn entfesselt den Menschen und reitet ihn rücksichtslos in die wilde Savanne. Agwu hat den Menschen genauso sicher im Griff, doch

* Sehr fester Brei aus gekochten und gestampften Yams- oder Maniokknollen; Grundnahrungsmittel.

** Persönlicher Schutzgott.

er stellt ihn auf die umzäunte Weide, daß er dem Hof von Nutzen sei. Agwu sucht sich seinen Jünger aus, malt mit weißer Kreide einen Ring um sein Auge und taucht seine Zunge, ob er es will oder nicht, in den Trank der Weissagung; und sofort wird der Mann zu sprechen beginnen und dem abgetrennten Rumpf unserer Geschichte Kopf und Schwanz wieder anfügen. Dieser Wunder-Mensch wird uns in Erstaunen versetzen, denn möglicherweise ist er ein unbedeutender Mann, nicht der kühne Krieger, den wir erwarten, und auch nicht einmal der Schläger der Kriegstrommel. Doch in der von ihm neu gefundenen Sprache wird unser Kampf in neuer und anderer Gestalt vor uns erstehen. Er kann auch der Lügner sein, der in seiner Hütte unter dem Grasdach sitzt und sagt, er sehe draußen den Mond am Himmel hängen. Ohne sich von seinem Sitz zu rühren, weiß er zu sagen, wie sich Waren auf einem fernen Markt verkaufen lassen. Sein Auge mit dem Kreidering sieht jeden Schlag, der in einem Kampf geführt wird, den er nie gekämpft hat. Er ist vom Erzählen so besessen, daß bisweilen – besonders dann, wenn er um sich schaut und keinen Altersgenossen sieht, der ihm seine Äußerungen widerlegen könnte – die Narben von den Windpocken und Hautkrankheiten seiner Kindheit zu Kriegsnarben werden... ja, zu Narben von jenem Tag, an dem *unsere* Männer die Männer der *anderen* wie Palmfrüchte im schweren Mörser aus Iroko-Holz zerstampften!«

Lautes Lachen durchbrach plötzlich die gespannte Atmosphäre. Der alte Mann selbst lachte leise und schalkhaft.

»Doch die Lügen jener, die von Agwu besessen sind, fügen niemandem Schaden zu. Sie schwimmen an der Oberfläche der Geschichte wie der weiße Schaum auf dem neuen Palmwein im Topf. Der wahre Saft des Baumes liegt in der Tiefe des Topfes verborgen, aufgeringelt wie eine Schlange, und wartet darauf, zuzubeißen...«

»Ich weiß nicht, warum meine Zunge heute abend redet und redet, gleich *ukwa*-Körnern, die in einem Tontopf über dem Feuer rösten und unablässig prasselnd und knisternd aufplatzen. Ich weiß nicht, warum ich mich wie ein Mann fühle, dem geholfen wurde, eine schwere Last vom Kopf zu heben; er reckt wieder den Hals und schüttelt den Schmerz von sich ab. Ja, meine Kinder, ich fühle mich frei und leicht im Kopf, wie einer, der alle seine Aufgaben erfüllt hat, der fröhlichen Herzens sich die Freiheit nehmen und gehen kann. Doch ich möchte euch nicht mit dem Gedanken verlassen, daß möglicherweise irgendeiner von euch daran gehindert werden könnte, seiner eigentlichen Arbeit nachzugehen, der Arbeit, die sein Schöpfer mit ihm vereinbart hat, ehe er sich auf den Weg in die Welt machte...«

Er hielt inne. Das Schweigen war so vollkommen, daß man sogar hören konnte, wie er die Zähne aufeinanderbiß. Ikem bemerkte, daß auch noch andere Menschen, Stammgäste des Hotels, die an einzelnen Tischen im ganzen Hof verteilt ihr Bier tranken, dem Zauber des alten Mannes verfallen waren und ihren Blick nicht mehr von ihm wandten.

»Als man uns vor zwei Jahren sagte, wir sollten dafür stimmen, daß der Große Häuptling für immer regiere, und als alle möglichen Leute, die wir noch nie zuvor gesehen hatten, in unsere Dörfer gerannt kamen und uns drängten, ja zu sagen, sagte ich zu meinem Volk: Wir haben Osodi in Bassa. Kommt er nach Hause und empfiehlt uns, ja zu sagen, werden wir es tun, denn er ist in Bassa als unser Auge und unser Ohr. Ich sagte: Ist das, was diese fremden Leute uns erzählen, wahr, dann wird Osodi kommen, oder er wird davon in seiner Zeitung schreiben, und unsere Söhne werden es lesen und wissen, daß es wahr ist. Aber er ist nicht gekommen, er hat uns keine Botschaft gesandt und hat es nicht in seiner Zeitung geschrieben. Also wußten wir, daß Unredlichkeit und List hinter dem steckte, was jene Leute sagten.

Und noch eines zeigte mir, daß sich hinter ihrer Rede Betrug verbarg. Jene, die ständig kamen und gingen und uns drängten, ja zu sagen, kamen eines Tages und erzählten uns, daß der Große Häuptling selbst gar nicht für immer regieren wolle, sondern daß er dazu gezwungen werde. Wer zwingt ihn? fragte ich. Das Volk, antworteten sie. Das bedeutet also wir? fragte ich; und da schauten sie mit schiefem Blick zur Seite. Nun wußte ich endgültig, daß sich List und Unredlichkeit hinter der ganzen Angelegenheit verbargen. Ich bedankte mich bei ihnen, und sie gingen ihres Wegs. Ich rief mein Volk zusammen und sagte: Der Große Häuptling möchte gar nicht für immer regieren, denn er ist vernünftig. Selbst wenn ein Mann eine Frau heiratet, so heiratet er sie nicht für alle Ewigkeit. Eines Tages wird einer von beiden sterben, und damit ist die Ehe zu Ende. Aus diesem Grunde sagten mein Volk und ich nein.«

An dieser Stelle gab es riesigen Beifall, nicht nur von den Tischen, an denen die Abazon-Leute saßen, sondern auch von anderen Tischen.

»Doch das war noch nicht das Ende. Mehr Leute mit dem schiefen Blick kamen und sagten: Weil ihr zu dem Großen Häuptling nein gesagt habt, ist er sehr böse und hat befohlen, daß alle Arbeiten an den Brunnenlöchern, die in eurer Gegend gegraben werden, eingestellt werden sollen, damit ihr erfahrt, was es bedeutet, die Sonne zu beleidigen. Ihr werdet so viel leiden, daß ihr in eurem nächsten Leben niemanden braucht, der euch anweist, ja zu sagen, egal, ob ihr verstanden habt, um was es geht, oder nicht.

›Gott wird das nicht zulassen‹, sprachen darauf viele Stimmen.

Also kamen wir nach Bassa, um auf unsere Weise ja zu sagen, und vielleicht wird die Arbeit an unseren Brunnenlöchern wieder beginnen, und der Zorn der Sonne wird uns nicht alle vernichten. Heute wissen wir es, doch früher wußten wir nicht, daß uns Ja keine Schwierigkeiten bringt. Wir verstehen noch nicht ganz die Gepflogenheiten in der heutigen Zeit, doch wir haben dazugelernt. Über einen Maskentanz in meiner Stadt pflegte man früher zu sagen: Es stimmt, ich verstehe kein Englisch, aber wenn sie rufen *Catch am – Fangt sie!*, dann brauche ich keinen, der mir sagt, mich so schnell wie möglich aus dem Staub zu machen.«

Im ganzen Hof gab es lautes Gelächter, einige kosteten den Witz aus, wiederholten ihn für sich oder ihren Nachbarn und lachten von neuem.

»Und so sind wir bereit, Neues zu lernen und neue Wege zu begehen, anstatt der alten, nutzlosen. Überquerst du den Großen Fluß, um eine Frau zu heiraten, mußt du bereit sein, eine nächtliche Überfahrt im Boot zu riskieren ... Ich weiß nicht, ob die Leute, die wir hier aufgesucht haben, unseren Schrei nach Wasser hören werden oder nicht. Vor einiger Zeit hat man uns gesagt, daß der Große Häuptling selbst vorhabe, unsere Dörfer zu besuchen und unsere Not zu sehen. Dann hat man uns wieder gesagt, daß er nicht käme, denn er habe sich eben daran erinnert, daß wir vor zwei Jahren nein zu ihm gesagt hatten. Also sagten wir, wenn er nicht herkommen möchte, so wollen wir statt dessen hingehen und ihn in seinem Haus besuchen. Es gehört sich so, daß ein Bettler den König besucht. Ist der reiche Mann krank, so besucht ihn der Bettler und sagt, daß er bedaure, daß der reiche Mann krank sei. Ist der Bettler krank, wartet er, bis er wieder gesund ist, und geht dann zum reichen Mann hin und sagt ihm, daß er krank war. Es obliegt dem armen Mann, den reichen Mann zu besuchen, den, der die Yamswurzel und das Messer dazu in der Hand hält.«

»Ja, so geht es in der Welt zu«, erwiderte zustimmend das Publikum.

»Wir wissen nicht, ob unser Besuch im Hof des Großen Häuptlings etwas nützen wird. Wir haben ihn nicht von Angesicht zu Angesicht gesehen, weil er sich gerade mit einem anderen Großen Häuptling unterhielt, der aus einem anderen Land bei ihm zu Gast weilt. Doch wir können nun zu unseren Leuten zurückkehren und berichten, daß wir für sie mit aller uns noch zur Verfügung stehenden Kraft gekämpft haben... Vor langer Zeit einmal begegneten sich Leopard und Schildkröte zufällig auf einer einsamen Straße. *Aha,* sagte der Leopard, der seit langem schon versucht hatte, die Schildkröte zu fangen, *endlich! Mach dich zum Sterben bereit!* Und die Schildkröte sagte: *Darf ich dich um eine Gunst bitten, ehe du mich tötest?* Der Leopard hatte nichts dagegen einzuwenden und stimmte zu. *Gib mir ein paar Augenblicke, um mich auf meinen Tod vorzubereiten,* sagte die Schildkröte. Und wieder hatte der Leopard nichts dagegen einzuwenden und gewährte ihr den Wunsch. Doch anstatt stillzustehen, wie der Leopard erwartet hatte, begann sich die Schildkröte mitten auf der Straße seltsam zu gebärden – mit Händen und Füßen kratzte und scharrte sie auf der Straße und warf den Sand wie wild nach allen Seiten um sich. *Warum tust du das?* fragt der verwunderte Leopard. Die Schildkröte antwortete: *Weil ich will, daß die Leute, wenn sie nach meinem Tod hier an dieser Stelle vorübergehen, sagen werden: Ja, hier haben zwei gekämpft, die sich ebenbürtig waren.*«

»Meine Freunde, genau das tun wir jetzt. Wir kämpfen. Vielleicht aus keinem anderen Grund, als daß jene, die nach uns kommen werden, sagen können: *Es stimmt, unsere Väter wurden besiegt, aber sie haben gekämpft.*«

Als Ikem zu seinem geparkten Wagen kam, draußen vor dem hohen eisernen Torbogen, auf dem mit Leuchtschrift *Harmoney Hotel* prangte, fand er ein riesiges Polizeimotorrad vor, das eindeutig so hinter seinem Wagen abgestellt worden war, daß er nicht wegfahren konnte. Als er sich verwundert umschaute, trat ein Polizeibeamter aus dem Schatten und fragte:

»Ist das Ihr Wagen?«

»Ja, stimmt was nicht?«

»Warum haben Sie kein Parklicht an?«

Parklicht. Das war neu. Noch nie zuvor hatte ihn jemand in

Bassa nach dem Parklicht gefragt. Na ja.

»Nun, ich sah keine Notwendigkeit dafür mit all dem vielen Licht ringsum.«

Er zeigte mit der Hand auf all die vielen Leuchtröhren, die von der Hofmauer des Harmoney Hotels herabschienen.

»Wenn Sie also auf einer Hausmauer elektrisches Licht sehen, heißt das, Sie müßten vielleicht kein Parklicht einschalten? In welchem Paragraph der Straßenverkehrsordnung steht das?«

»Ich würde sagen, dies ist eine Sache des gesunden Menschenverstandes.«

»Gesunder Menschenverstand! Ich hab' also keinen gesunden Menschenverstand, sagen Sie. O. k., Mr. Gesunder Menschenverstand, ich will Ihre Papiere sehen.«

Eine ganze Menge Leute waren aus dem Hotel herausgekommen, um dem Palaver beizuwohnen, und auch noch einige Passanten hatten sich dazugesellt. Auch jeder letzte Mann aus Abazon, der noch da war, hatte sich in kürzester Zeit am Schauplatz eingefunden, und der Zeremonienmeister trat vor und fragte den Polizisten, ob er denn den Chefredakteur der *National Gazette* nicht kenne.

»Ich kenne den nicht! Als ich meine Arbeit tun wollte, hat mich dieser Redakteur beleidigt. Er kann Chefredakteur in seinem Büro sein, aber nicht auf der Straße.«

»Er hat dich nicht beleidigt. Ich bin die ganze Zeit hier gewesen«, sagte einer der Zuschauer.

»Halt deinen dreckigen Mund, Mr. Besserwisser. Möchtest du vielleicht auf die Polizeiwache kommen und dort deine Erklärungen abgeben? Du hast überhaupt nicht gehört, als er sagte, ich hätte keinen gesunden Menschenverstand. Ist das vielleicht keine Beleidigung? Sir, ich möchte jetzt Ihre Papiere sehen. Ihr Leute, die Ihr das Gesetz macht, Ihr brecht es auch.«

Ohne ein weiteres Wort holte Ikem seine Papiere und reichte sie dem Polizisten.

»Wo ist Ihre Versicherung?«

»Die schauen Sie sich gerade an.«

Er öffnete einen Notizblock, legte ihn auf die Wagenhaube und begann zu schreiben, dabei schaute er immer wieder in Ikems Papiere. Die wachsende Menge der Zuschauer stand in schweigendem Kreis um den Wagen und die Hauptdarsteller – der Polizist spielte seine Rolle, in der er jemandes Schicksal niederzuschreiben hatte, mit der wichtigtuerischen und schmerzenden Langsamkeit dessen, der kaum des Lesens und Schreibens mächtig ist... Als er endlich fertig war, riß er den Zettel aus dem Block und reichte ihn Ikem wie ein unterschriebenes Todesurteil.

»Kommen Sie am Montagmorgen pünktlich um acht Uhr zur Verkehrspolizei. Wenn Sie nicht erscheinen oder zu spät kommen, müssen Sie sich vor Gericht verantworten. *Kabisa!*«

»Kann ich bitte meine Papiere wiederhaben?«

Der Polizist lachte nachsichtig über diesen Klugscheißer.

»Das Papier, das ich Ihnen gerade gegeben habe, ist bis Montag Ihr Ausweis. Sollte die Polizei Sie irgendwo nach Ihren Papieren fragen, so zeigen Sie das vor. Und wenn Sie am Montag kommen, müssen Sie es mitbringen.«

Er faltete Ikems Papiere zusammen, steckte sie mit seinem Notizblock in die Brusttasche und knöpfte mit schwungvoller Gebärde, gleich einem Richter, der seinen Hammer betätigt, die Klappe zu.

Der Zeremonienmeister kochte vor Wut und wollte erneut protestieren, doch Ikem bedeutete ihm zu schweigen, legte den Finger auf die geschlossenen Lippen und zeigte dann mit demselben Finger auf den Pistolenhalfter des Gesetzeshüters.

»Einen Mann, der seine Pflicht tut, soll man nie provozieren. Bei der Polizei kann es vorkommen, daß ein Schuß zufällig losgeht.«

»Nicht ich werde Sie umbringen, mein Freund!«

Das sagte er Ikem direkt ins Gesicht, und mit einem seltsamen Ausdruck von Hohn und Haß in den Augen bestieg der Polizist seine schwere Maschine und donnerte davon. Der Zeremonienmeister fragte Ikem:

»Hast du seine Nummer?«

»Ich fürchte, daran hab' ich gar nicht gedacht. Aber es macht ja auch nichts aus.«

»Hier ist sie.«

Und er hielt ihm eine Nummer hin, die er mit Kugelschreiber auf die linke Handfläche geschrieben hatte, und Ikem notierte sie auf der Rückseite seiner Vorladung.

Montag früh im Hauptgebäude der Verkehrspolizei. Ikem hatte beschlossen, etwas zu tun, was er selten tat – nämlich seinen Einfluß geltend zu machen. Es gab Wichtigeres, als die Zeit zu verschwenden und sich mit einem Verkehrsaufseher herumzuschlagen. Also hatte er den Chef der Verkehrspolizei vom Büro aus angerufen und einen Termin für neun Uhr dreißig vereinbart.

Ein höherer Offizier erwartete ihn im Vorzimmer des diensthabenden Unteroffiziers und führte ihn direkt in das Büro des Chefs.

»Ich habe Sie noch nicht persönlich kennengelernt, Sir«, sagte der Polizeichef und sprang aus seinem Sessel hinter dem Schreibtisch aus massivem Holz hoch. »Sehr erfreut, Sie kennenzulernen, Sir... Ich hatte einen riesigen Kerl erwartet, so groß«, und er machte Zeichen seitlich und nach oben.

»Nein, ich bin ziemlich klein. Jeder, der Lust dazu hat, kann mich ziemlich leicht verprügeln.«

»O nein. Die Feder ist mächtiger als das Schwert. Mit einem einzigen Satz aus Ihrer spitzen Feder können Sie jeden erledigen. Ha, ha, ha. Ich respektiere Ihre Feder, Sir... Was kann ich für Sie tun, Sir? Ich weiß, Sie sind ein vielbeschäftigter Mann, und ich möchte Ihre Zeit nicht unnötig in Anspruch nehmen.«

Als Ikem berichtete, was sich zugetragen hatte, konnte er sich des Eindrucks nicht erwehren, daß er so etwas wie Erleichterung sah, die sich auf dem Gesicht des Mannes breitmachte.

»Ist das alles? Deshalb hätten Sie nicht den weiten Weg hierher kommen müssen. Sie hätten mir die ganze Geschichte am Telefon erzählen können, und ich hätte den dummen Kerl angewiesen, Ihnen Ihre Papiere zurückzubringen und Ihnen außerdem noch Ihren Wagen zu waschen, ehe er wieder zurückkäme. Diese Jungs haben überhaupt keinen gesunden Menschenverstand.«

»Nun, ich nehme an, er hat nur seine Pflicht getan.«

»Welche Pflicht? So ein Unsinn! Herumzufahren und wichtige Leute aufzuschreiben.«

Er schlug mit der offenen Hand so heftig auf die Klingel, daß die Ordonnanz, die aus dem Vorzimmer hereinstürzte, verwirrt versuchte, gleichzeitig die Mütze gerade aufzusetzen, den Gürtel zuzuschnallen und auch noch zu salutieren.

»Holen Sie sofort jeden Mann, der am Samstag abend auf Streife war!«

»Entschuldigung, es war am Freitag abend«, sagte Ikem.

»Entschuldigung, Freitag! Alle sofort herkommen, außer denen, die jetzt gerade auf Streife sind... Ich muß mich wirklich noch einmal sehr für diese Belästigung entschuldigen, Mr. Osodi.«

»Ist halb so schlimm«, sagte Ikem. Er hatte einen Augenblick daran gedacht, für den Polizisten ein milderndes Wort einzulegen, doch dann erinnerte er sich dessen völlig unmöglichen Benehmens und hielt den Mund. In diesem Augenblick kamen acht äußerst besorgt aussehende Polizeibeamte hereinmarschiert. Ikem erkannte seinen Mann sofort, beschloß jedoch, daß selbst ein Kreuzen ihrer Blicke ein Zeichen der Freundschaft sein würde. Sie salutierten und standen stocksteif, nur ihre besorgten Augen bewegten sich hin und her, als hätten sie ein Eigenleben.

Der Polizeichef seinerseits starrte sie an, ohne ein Wort zu sagen. Nach seinen Maßstäben waren sie in diesem Augenblick *alle* schuldig.

»Kennt ihr diesen Herrn?«

Alle schüttelten den Kopf.

»Warum nicht? Unwissende Dummköpfe! Wer hat ihn am Freitagabend aufgeschrieben... wo war es noch mal, Mr. Osodi?«

»Vor dem Hotel Harmoney, Nordweststraße.«

Dieser Information folgte eine winzige Pause der Überraschung oder gar des Schocks, die jedoch gnädig in dem Bekenntnis des Polizisten unterging.

»Ich war es, Sir.«

»Du also! Weißt du denn nicht, wer dieser Mann ist? Wie solltest du das auch wissen können, wo du doch nie die Zeitung liest; bist du bis zur sechsten Klasse in die Schule gegangen?«

»Ja, Sir.«

»Du lügst. Außer es war eine freie Grundschule. Dieser Mann hier ist Mr. Osodi, der Chefredakteur der *National Gazette*. Jedermann im ganzen Land kennt ihn, außer dir. Deshalb trägst du deinen blöden Dummkopf spazieren und schreibst einen Mann von solchem Kaliber auf. Wenn er nun morgen seine Feder zur Hand nimmt und die Polizei fertigmacht, fangt ihr alle an zu jammern, wie ein junger Affe ohne seine Mutter... Geh und hole sofort seine Papiere, dummer Kartoffelkopf.«

Der arme Kerl konnte nicht schnell genug hinauskommen.

»Jetzt macht mal eure Ohren auf. Ihr seht diesen Mann hier, schaut ihn euch gut an. Wenn einer von euch in Zukunft unterwegs ist und sich je an seinem Wagen vergreifen sollte, der kann mit einer ordentlichen Strafe rechnen – *gbali-gbali*. Habt ihr verstanden?«

»Ja, Sir.«

»Beschränkte Polizisten seid ihr. Ihr denkt vielleicht, auf diese Weise sei ich Polizeichef geworden. Morgen haltet ihr auf der

Straße noch Seine Exzellenz an, und wenn ihr gefragt werdet, sagt ihr, ihr hättet ihn nicht gekannt. Schwachköpfe! Wegtreten!«

Wegen seines Besuches im Präsidium der Verkehrspolizei am anderen Ende der Stadt mußte Ikem seine tägliche Redaktionskonferenz zwei Stunden später abhalten. Als er sich dafür entschuldigte, gab er natürlich auch seinen Zusammenstoß mit der Polizei zum besten, was, in allen Einzelheiten erzählt, beachtlich zur Unterhaltung im Ablauf einer Routinesitzung beitrug. Die einzige Person, die auch nicht das geringste davon zum Lachen fand, war Ikems Stellvertreter, ein ernster, doch bislang äußerst kriecherischer Mann, der in den vergangenen Monaten jedoch Ikem plötzlich als viel wacher und aufmerksamer als früher aufgefallen war und seit neuestem dazu neigte, Ikem in allem offen zu widersprechen.

Als er wieder in seinem eigenen Büro war, hatte ihm sein dienstbeflissener Sekretär zweierlei auszurichten – eine Nachricht von John Kent, dem Mad Medico, der Ikem gebeten hatte, ihn zurückzurufen, und die andere von Elewa, die gesagt hatte, sie würde selbst wieder zurückrufen.

MM nahm beim ersten Klingeln den Hörer ab und kam sofort zur Sache. Er hatte sich gefragt, ob Ikem Zeit hätte, heute nachmittag auf einen schnellen Drink hereinzuschauen, um einen Freund von ihm kennenzulernen, einen Poeten und Herausgeber einer Zeitschrift in England. Ikem akzeptierte begeistert.

»Klar! Ich hab' dich ja schon so lange nicht mehr gesehen. Was hast du die ganze Zeit getrieben? Ich würde mich glücklich schätzen, einen echten Poeten und Herausgeber kennenzulernen – kann mein Glück kaum fassen! Darf ich meine Freundin mitbringen?«

»Aber ja, natürlich. Welche übrigens? Ist ja auch egal, bring mit, wen immer du magst... So gegen fünf. Bis dann also. Tschüß.«

Erstaunlich, dachte Ikem, wie kurz und geschäftsmäßig MM bei der Arbeit sein konnte. Keinerlei Anzeichen von Wahnsinn, wenn er einmal im Sessel der Krankenhausdirektion saß. Außer dem einen fast fatalen Rückfall – der »Seltsamen Angelegenheit der Graffiti«, wie Ikem es in einem berühmt geworden Leitartikel genannt hatte.

10

Ungebärdiger Sohn

Afrika, sag mir, Afrika,
bist du es also, dieser gekrümmte Rücken,
dieser Rücken, der bricht unter der Last der Erniedrigung,
dieser zitternde Rücken mit roten Striemen,
der Ja sagt zu der Peitsche unter der Sonne des Mittags?
Doch eine ernste Stimme gibt mir Antwort:
Ungebärdiger Sohn, dieser starke junge Baum,
dieser Baum dort,
in strahlender Einsamkeit inmitten von weißen und welken Blüten,
das ist Afrika, dein Afrika
von neuem austreibend, geduldig, unwiderstehlich,
und seine Früchte bekommen allmählich
den herben Geschmack der Freiheit.

David Diop, *Africa*

Sie wollten gerade auf dem Weg zu MM die Wohnung verlassen, als es an der Haustür klingelte, und zwei fremde, von einem Ohr zum andern freundlich lachende Männer vor ihm standen. Ikem blieb ungerührt im Eingang stehen, seine Besorgnis, die durchaus am Platze gewesen wäre, wurde nur durch dieses freundliche Lachen etwas zerstreut.

»Sie wünschen?«

»Wir sind einfach hergekommen, um Ihnen guten Tag zu sagen.«

»Mir? Wer sind Sie? Ich scheine mich nicht erinnern zu können...«

»Wir sind Taxifahrer.«

»Aha.«

Elewa war inzwischen zu ihm an die Tür getreten. Trotz des kalten Empfangs lachten die Besucher noch immer mutig. Sobald Elewa auftauchte, sagte einer der Besucher:

»Ah, Madam, Sie sind hier.«

»Ach, haben Sie mich nicht neulich abends von hier nach Hause gefahren?«

»Ja, das war ich, Madam. Sie erinnern sich an mich! Das ist sehr gut. Ich hätte nicht gedacht, daß Sie sich an mich erinnern könnten.«

»Und warum sind Sie jetzt wieder hierher gekommen? Ist es, weil Sie gerade entdeckt haben, daß ich Ihnen nicht genug bezahlt habe? Oder vielleicht habe ich Ihnen einen falschen Schein gegeben?«

»Nein, Madam. Wir sind nur gekommen, um diesem Herrn unsere Grüße und Wünsche zu überbringen.«

Nun konnten ihnen die normalen Höflichkeiten, die es in Bassa wegen der Häufigkeit bewaffneter Raubüberfälle so gut wie überhaupt nicht mehr gab, nicht mehr länger vorenthalten werden. Ikem und Elewa gingen in das Wohnzimmer, und die Besucher folgten ihnen.

»Madam, ich wußte nicht, daß ich Sie hier finden würde.«

»Ist dieser Mann vielleicht der Mann deiner Schwester? Warum sollte ich nicht hier sein?«

»Nein, Madam, so hab' ich das nicht gemeint.«

»Macht nichts. Ich hab' nur Spaß gemacht. Wollt ihr euch nicht setzen? Wir wollten eben ausgehen, aber setzt euch doch einen kleinen Augenblick.«

In der Zwischenzeit war Ikem klargeworden, wer einer der Besucher war – nämlich der Taxifahrer, der Elewa vor ungefähr einer Woche spät am Abend nach Hause gefahren hatte. Aber warum er jetzt mit einem anderen Mann zurückgekommen war und so überfließend freundlich lächelte wie ein Passagier der Air Kangan, der seine Bordkarte ausgehändigt bekommen hat, war ihm noch immer ein Geheimnis. Elewa drückte es ein wenig anders aus.

»Wenn ich Sie so lachen sehe wie jemand, der im Lotto gewonnen hat, sage ich mir: Wer ist das noch mal? Dann macht es in meinem Kopf *Klick*, und ich erinnere mich... Wer ist Ihr Freund?«

»Mein Freund fährt ein Taxi, wie ich auch, und er ist Mitglied des Zentralausschusses der Taxifahrergewerkschaft.«

»Herzlich willkommen.«

»Danke, Madam. Danke, Oga.«

»Und dieser mein Freund hat mir neulich gesagt, daß Sie, Sir, der Chefredakteur der *Gazette* seien. Großartig! Und ich hab' das nicht gewußt.«

»Wie solltest du das auch wissen? Liest du die Zeitung?«

»O Madam, ich versuche ein klein wenig zu lesen. Alle die Sachen, die dieser Oga schreibt, sind Spitze. Uns gefällt das sehr.«

»Erzähl mir doch von irgend etwas, das du gelesen hast.«

»Oh. Wo soll ich damit anfangen. Der Oga schreibt so viele Sachen. Aber immer schreibt er für uns kleine Leute. Ich habe nicht viel gelernt, aber eines weiß ich, dieser Oga hier kämpft für uns, nicht für sich selbst. Er ist ein großer Mann. Ihm ist niemand einfach egal. Er könnte auch in seinem schönen Haus bleiben, *oyibo chop** essen, kaltes Bier trinken, die Klimaanlage anstellen und uns vergessen. Aber das tut er nicht. Deshalb sind wir gekommen, um ihn zu grüßen.«

»Vielen herzlichen Dank«, sagte Ikem tief gerührt. »Darf ich euch etwas zu trinken anbieten?«

»Bemühen Sie sich nicht, Sir.« Sie wußten, daß er gerade weggehen wollte, und daß sie ihn nicht zu lange aufhalten durften. Und dann kam die wirkliche Geschichte ans Tageslicht. Dieser Mann war nicht nur der Fahrer, der Elewa an jenem Abend vor einer Woche nach Hause gefahren hatte. Er war durch den seltsamsten aller Zufälle der Fahrer, mit dem Ikem jenen verrückten Wettkampf um ein winziges Stückchen Straße in einem schrecklichen Verkehrschaos ausgefochten hatte. Und nun war er gekommen, hatte einen Freund mitgebracht und wollte sich entschuldigen!

»O mein Gott, Sie schulden mir keine Entschuldigung. Überhaupt keine. Ich müßte mich bei Ihnen entschuldigen, mein Freund.«

Ikem ging zu ihm hin und wollte ihm die Hand schütteln, aber der Mann bot ihm nicht eine, sondern beide Hände als Zeichen der Hochachtung an. Der Gewerkschafter tat dasselbe.

Ikem war das alles sehr peinlich, doch auf seltsame Weise empfand er auch eine Art Hochgefühl. Es war ihm unangenehm, daran erinnert zu werden, daß er sich trotz all seiner Bildung so leicht in einen vollkommen lächerlichen Streit mit einem Taxifahrer verwickeln lassen konnte. Das Hochgefühl rührte vielleicht von diesem so seltenen menschlichen, über Position und Herkunft hinwegreichenden Kontakt mit diesen beiden Menschen her, die allen Grund hatten, Haß zu empfinden, statt dessen jedoch voll Freundschaft gekommen waren; Menschen, die spontan und ohne Selbstgerechtigkeit das taten, was ihre Oberen ihnen so oft predigen, doch so selten tun.

* *oyibo:* der weiße Mann.

Es stellte sich dann heraus, daß der Fahrer des zweiten Wagens hinter Ikem der Gewerkschafter gewesen war; er war es auch, der Ikem erkannt, als dieser in den Präsidentenpalast eingebogen war, und es sofort dem anderen mitgeteilt hatte. Daraufhin hatten sie an Ort und Stelle beschlossen, Ikem einen Entschuldigungsbesuch abzustatten. Aber es hatte bis jetzt gedauert, seiner Adresse auf die Spur zu kommen, nur um nun festzustellen, daß einer von ihnen eben erst dagewesen war. Gott hat das alles so gemacht, war sein Fazit dieser Kette von Zufällen.

Der Gewerkschafter, der bislang seinem Freund nur hilfreich zur Seite gestanden hatte, ergriff nun das Wort:

»Ich möchte die Frage beantworten, die Madam meinem Freund eben gestellt hat: Was haben wir in der *Gazette* gelesen? Ich selbst könnte hundert Dinge nennen, aber dazu haben wir jetzt keine Zeit. Deshalb sag' ich jetzt nur das eine, von dem jeder Taxifahrer hier weiß. Früher, wenn wir zum zentralen Taxiparkplatz an der Slaughterhouse Road kamen, hat es dort entsetzlich nach Scheiße gestunken. Weil seit den Zeiten, ehe mein Großvater geboren wurde, das ganze Vieh, das ins Schlachthaus getrieben wird, dort zum letztenmal scheißt. Jedes einzelne. Und dieser Oga hier hat seine Feder genommnen und hat geschrieben, geschrieben, geschrieben, bis der Stadtrat vom Schlafen aufgewacht ist und mit einem Bulldozer gekommen ist, den ganzen Dreck weggeräumt und alles saubergemacht hat. Wenn man jetzt sein Taxi dort parkt, bekommt man nicht mehr Bauchschmerzen wie früher, und man muß auch seine Nase nicht mehr mit einem Tuch zudecken. Wenn man heute Akarabohnen-Kuchen ißt, und ein Stück fällt auf den Boden, kann man es ruhig aufheben und in den Mund stecken, so sauber ist der Platz jetzt. Und dieser Oga, mit dem wir jetzt in aller Ruhe hier sitzen, der hat das gemacht. Deshalb habe ich zu meinem Freund gesagt, wir müssen zu ihm hingehen und ihn grüßen. Madam, ich bitte Sie, versorgen Sie ihn sehr gut. Er ist ein ganz wichtiger Mann für unser Land.«

»Darüber brauchst du dir keine Sorgen zu machen«, sagte sein Freund. »Madam versorgt ihn sehr gut. Als ich neulich Madam hier abholte, glaube ich, hatten sie sich ein wenig gestritten...«

»Halt den Mund, wer hat dir gesagt, wir hätten uns gestritten?«

»Madam, ich brauche keinen, der mir sagt, wenn sich ein Mann und eine Frau ein wenig streiten. Wenn die Augen der Frau wie die Lichter auf einem Krankenwagen zu blitzen beginnen, dann weiß ich Bescheid. Aber an jenem Tag, als ich sauer war, weil der Oga mir mit der Taschenlampe in die Augen geleuchtet hatte, sagte mir dieselbe Madam, die so böse und beleidigt war, ich solle mich nicht aufregen, weil der Oga wohl scharfe Worte sagen könne, aber ein sehr freundlicher Mann sei. Haben Sie das nicht zu mir gesagt, als wir in jener Nacht wegfuhren?«

Elewa nickte.

»Aber warum haben Sie mir damals eigentlich nicht gleich erzählt, daß er der Chefredakteur der *Gazette* ist?«

»Warum sollte ich auch? Und wenn ich es dir erzählt hätte, was hättest du damit angefangen? Lesen alle, die in deinem Land nicht lesen und schreiben können, die Zeitung?«

»Das soll einer verstehen! Sehen Sie denn nicht, daß ich noch einen ganz großen Fehler gemacht habe, weil Sie es mir nicht gesagt haben? Denn wenn ich in jenem Stau gewußt hätte, daß ein so großer Oga vor mir fährt, hätte ich ihm dann so große Schwierigkeiten gemacht? Bin ich denn verrückt? Aber was mich wirklich ganz verwirrt gemacht hat, war das uralte Auto, das er fuhr. Noch nie in meinem Leben hab' ich ähnliches gesehen! Erstens, der Wagen ist zu alt; zweitens, er hat ihn selbst gefahren. Also, das soll einer verstehen! Wie soll ich denn wissen, daß ein so wichtiger Mann vor mir herfährt? Ich dachte eben, dieser Ich-fahr-lieber-selbst ist ein armer Verrückter, der kein Geld hat, um einen Fahrer zu bezahlen, und jedermann den Weg versperrt. Ja, das hab' ich gedacht.«

»Vergessen wir es«, sagte Ikem. »Dieser Streit auf der Straße war gar nicht so schlecht, denn er hat uns jetzt hier zu Hause zu Freunden gemacht.«

»Ja, das ist wahr, Oga. Großartig!«

Als Ikem dann an jenem Nachmittag zu Mad Medico fuhr und über den Taxifahrer und seinen Freund nachdachte, ließ ihm ein besonderer Aspekt dieses Besuches keine Ruhe: Es schien dem Taxifahrer so wichtig gewesen zu sein zu erklären, warum er eine bewunderte »Persönlichkeit« wie Ikem nicht erkannt hatte; und wie geschickt er es verstanden hatte, die Schuld für dieses Versagen dem Objekt seiner Bewunderung zuzuschieben, weil dieser nämlich einen alten zerbeulten Datsun fuhr, anstatt eines Mercedes, und dazu noch mit den eigenen Händen den Wagen steuerte, anstatt in der Ecke des Besitzers zu sitzen und gefahren zu werden. Zusätzlich also zu ihren überfließenden und vollkommen aufrichtigen Lobeshymnen war es ihnen gelungen, ihm ganz nebenbei ein paar Tiefschläge zu versetzen.

Ikem konnte nur zu gut die Wurzeln des Paradoxons verstehen, infolgedessen die Entscheidung eines Mannes, einfach und ohne Beiwerk, wie zum Beispiel ohne einen Chauffeur zu leben, ihn keineswegs als bescheidenen und beispielhaften Bürger auswies, sondern vielmehr als gemeinen Geizkragen, der einem einzigen unter Abertausenden von arbeitslosen Fahrern, die auf der Straße liegen, den Lebensunterhalt verweigerte – ein in seiner Verwirklichung so perverses Paradox, daß es den Ruf nach vollkommener Auflösung der grotesken Welt, in der es wächst und gedeiht, zu rechtfertigen scheint.

Doch wie kann man sich selbst in einer solchen Welt die sehnsüchtige Vorliebe der mit Füßen getretenen Fahrer für eine wichtige Persönlichkeit erklären, die nicht wie sie selbst in einem zerbeulten, stotternden Fahrzeug fährt, sondern anders, stilvoll mit einem Mercedes, und besser noch, mit einem anderen unterdrückten Menschen, ihnen gleich, als Chauffeur. Vielleicht würde nur eine an die Wurzel gehende Radikalkur auch diese mit Krankheit befallene Toleranz heilen können; eine an Bewunderung grenzende Toleranz von seiten der sich mühsam mit vom Sandfloh zerfressenen Füßen dahinschleppenden Unterdrückten für den Mercedes fahrenden, Privatjet fliegen, Luxusjacht segelnden Unterdrücker. Ein Daraufbestehen des Unterdrückten, daß seine Unterdrückung mit Stil vollzogen werde! Welche halbherzigen Heilungsmaßnahmen hätten auch nur die geringste Aussicht auf Erfolg? Nein, es mußte ein volles, gedrücktes, gerütteltes und überfließendes Maß sein! Außer daß sich in Diktaturen des Proletariats, in denen die Wurzeln längst ausgerissen und die Zweige abgehackt sind, unerwarteterweise eine atavistische Toleranz für stilvolles Beiwerk wie Datschas und elegante Läden, etc. etc. für die revolutionäre Elite zu halten scheint. Was deshalb in alledem zur Debatte steht, sind möglicherweise letztendlich doch nicht Systeme, sondern grundlegendes menschliches Versagen, das vielleicht nur durch ein gutes Maß an allgemeiner politischer Erfahrung behoben werden kann, Erfahrung, die sich langsam entwickelt und hartnäkkige Geduld aufbringt, wie jener junge Baum, den David Diop am Rande der urzeitlichen Wüste pflanzte, gerade ehe das Jahr der Wunder anbrach, in dem Afrika so spektakulär an einem Ausschlag unabhängiger Nationalstaaten erkrankte!

Als Ikems Gedanken endlich Worte fanden, die Elewas Meinung in dieser Angelegenheit suchten, lag ihre Antwort scharf und entschieden auf seiten der Taxifahrer und der grundsätzlichen Gegebenheiten:

»Hab' ich dir nicht schon lange gesagt, daß man sich mit dem Wagen, den du fährst, schämen muß? Heute hat er keine Batterie, morgen platzt ein Reifen. Ich hab' genug geredet und dir gesagt, wenn du das Geld nicht hergeben willst, um ein besseres Auto zu kaufen, dann nimm doch einen guten Peugeot vom Büro, wie andere das auch tun, und einen Fahrer dazu, der das Auto für dich fährt. Ist deine Arbeit denn etwas anderes als das, was die andern tun? Es ist doch dieselbe Arbeit für die Regierung, oder etwa nicht? Ich versteh' das nicht!«

II

Das Hochgefühl, das nach dem Besuch der Taxifahrer von Ikem Besitz ergriffen hatte, begleitete ihn den ganzen Nachmittag und in die Nacht hinein – eine Nacht, in der ihm Elewa, berührt von der Flamme dieses neuartigen erregenden Gefühls, die Tür zu ungeahnten Schätzen der Zärtlichkeit – außergewöhnlich selbst für sie – aufgetan hatte. Nachdem er sie nach Hause gebracht hatte, war er nun eben zurückgekehrt, kochte sich eine Tasse starken schwarzen Kaffees, um der physischen Mattigkeit, die sich in den Vorhöfen seines wachen und mit vielerlei Gedanken erfüllten Geistes breitzumachen drohte, zu wehren, setzte sich nieder und begann nachzudenken. In solchen Augenblicken nahm sein Denken die Form von starken, ja überzeichneten Bildern an.

Er sah sich als Entdecker, dem es auf einer schwierigen und anstrengenden Expedition eben gelungen ist, eine Reihe von Hindernissen beiseite zu räumen, um als Ergebnis dieser Anstrengung zu der Überzeugung zu gelangen – mehr aus Intuition vielleicht als aus Logik –, daß, obwohl das endgültige Ziel seines Suchens noch immer hinter mehr Abenteuern und Gefahren verborgen lag, die soeben aufgeklärten Rätsel eindeutig auf den nicht zu umgehenden Erfolg der Expedition hinwiesen.

Der Besuch der Taxifahrer war wahrscheinlich nicht die Ursache, sondern nur die Gelegenheit gewesen, die dieses Gefühl der Begeisterung und Erwartung hervorgerufen hatte – der Höhepunkt vielleicht von verschiedenen zusammenhängenden Ereignissen, die mit dem Geschehen vom vergangenen Freitag ihren Anfang genommen hatten. Oder hatte dieser Besuch vielleicht auch nur ein Bewußtsein wachgerufen, das weit, weit in sein Unterbewußtsein reichte, das wie ein in der trockenen Erde der regenlosen Zeit ruhendes Samenkorn auf den Zauberer mit dem grünen Finger, den ersten Regen, wartete?

In einem jeden Geschehen hatte er auf unbestimmte, doch beharrliche Weise die Notwendigkeit empfunden, hatte immer das nicht genau definierbare Verlangen verspürt, sein innerstes Wesen mit der Erde und den Menschen dieser Erde in Verbindung zu bringen. Ob dies zu verwirklichen wäre, war ihm niemals fraglich gewesen, sondern vielmehr, wie es auf integre Weise geschehen könne.

Einmal hatte er ziemlich naiv angenommen, daß ihm die sogenannten öffentlichen Angelegenheiten möglicherweise den Hebel bieten könnten, den er brauchte. Doch seine Teilhabe an diesen Angelegenheiten hatte ihm nichts als Ernüchterung gebracht und die endgültige Erkenntnis der Widersinnigkeit dieses Ausdrucks »öffentlich«, wenn dieser auf jene Angelegenheiten angewandt wird, die in den Nebel der Unwirklichkeit gehüllt über dem Leben und den Sorgen von neunzig Prozent der Bevölkerung schweben und sich immer weiter davon entfernen. Öffentliche Angelegenheiten! Sie sind nichts anderes als die geschlossenen Transaktionen der zu Politikern gewordenen Soldaten, die ihre Kohorten in der Geschäftswelt und in der Bürokratie haben. Ikem konnte nun nicht einmal mehr garantieren, daß seine eigene, begrenzte Teilhabe nicht fatale Fehler aufwies. Seine schärfsten Leitartikel, wie zum Beispiel seine Verurteilung des Sports, bei dem es um menschliches Blut geht, kurz öffentliche Hinrichtung genannt; oder seine allgemeine Unzufriedenheit mit der Regierungspolitik; seine Auseinandersetzungen und Streitigkeiten mit Chris – alles begann sich in den nebelhaften Dunstschleier von Trugbildern zu hüllen.

Natürlich, so gab er bitter zu, greifen wir stets zu der Vorsichtsmaßnahme, in allem, was wir tun, den Namen des Volkes anzurufen. Doch versichern wir uns nicht gleichzeitig des Fernbleibens des Volkes, wohl wissend, daß bei tatsächlichem Erscheinen seine unsere frommen Beschwörungen konfrontierende, abgerissene und vogelscheuchenartige Gegenwart unseren Worten, selbst angesichts eines so robusten Feingefühls wie dem unseren, einen allzu obszönen Klang verleihen würde?

Auch die Bedeutung des wesentlichen Versagens dieser Regierung wurde ihm zunehmend klarer. Es konnte nicht die massive Korruption sein, obwohl ihr Ausmaß und ihre Allgegenwart wahrhaft unerträglich sind; es konnte nicht die so erniedrigende Abhängigkeit von ausländischer Manipulation sein; es war auch nicht einmal dieser zweitklassige hinterlassene Kapitalismus, lächerlich und zum Scheitern verurteilt; noch war es das schandbare Erschießen streikender Bahnarbeiter und demonstrierender Studenten und die nachfolgende Auflösung und das Verbot unabhängiger Gewerkschaften und Genossenschaften. Es ist das Versagen der Regierenden, lebensnotwendige innere Verbindungen mit den Armen und Entrechteten dieses Landes wiederherzustellen, mit dem verwundeten Herzen, das schmerzhaft im tiefsten Inneren der

Seele dieser Nation pocht.

Naive Romantiker wollen uns glauben machen, daß sich dieses Herz vollkommener Gesundheit erfreut. Wie sollte es? Von Regimen, die Parasiten gleichen, angezapft und seines Saftes beraubt, in Unwissenheit so vieler grundlegender Dinge, obwohl es ihm an Wissen über gewisse andere Dinge nicht mangelt, doch vor allem von dieser perversen Freundlichkeit verstümmelt, die es der mit großtuerischem Gehabe ausgeübten Unterdrückung entgegenbringt! Wie sollte es sich vollkommener Gesundheit erfreuen? Unmöglich! Doch trotz seiner vielen Fehler kann man zu seinen Gunsten sagen, daß es in der Tat aufrichtige Integrität besitzt und einen unnachgiebigen Willen zur Gemeinschaft, der es möglich macht, daß Elewa auf so spontane Weise mit dem Fahrer einen so herzlichen und humorvollen Kontakt herstellen kann, was vollkommen außerhalb von Ikems Möglichkeiten liegt.

Wie also, fragte er sich, konnte auch er aus dieser Quelle der Stabilität und des sozialen Bewußtseins trinken? Nicht (was wiederum die Romantiker gerne sähen) indem er vorgab, den Armen gleich zu sein, indem er ihre zerschlissene Kleidung nachäffte und Jeans trug, die durch absichtliche und teure Verfahren alt und geflickt aussahen. Warum sollte er zu den Beleidigungen, die sie bereits zu ertragen hatten, noch weitere hinzufügen? Wie also?

Meine eigene Erfahrung, meine Bedürfnisse und mein Wissen aufgeben? Könnte ich das? Sollte ich das? Ich könnte vielleicht Bedürfnisse aufgeben, aber Erfahrung und Wissen? Wie? Außer Betrug scheint es keine Möglichkeit zu geben, so zu werden wie die Armen. Was ich weiß, weiß ich, was immer auch kommen mag, also werde ich, was immer auch kommen mag, mir selbst treu bleiben, doch mit der entschlossenen Bereitschaft zu helfen und mir helfen zu lassen. Wie jene komplexen, vielwertigen Atome in den Biochemie-Lehrbüchern habe ich Arme, die sich nach allen Seiten ausstrecken – eine helfende Hand, eine Hand, die um Hilfe ruft. Mit der einen werde ich die Erde berühren und mir die andere freihalten, um den Himmel herbeizuwinken.

Aha! Denke ich jetzt so darüber nach, könnte dies vielleicht die Erklärung dafür sein, warum die Unterdrückten mit so großer Beharrlichkeit darauf bestehen, daß der Unterdrücker seine Erscheinung nicht tarnen noch die Armen verwirren darf, indem er ihre Kleidung stiehlt, sich selbst damit verkleidet und in dieser Maskerade auftritt. Vielleicht fordert die Ur-Integrität der Erde diese Beharrlichkeit... Oder aber, wer weiß, ist der Grund dafür möglicherweise auch etwas weniger Unschuldiges (denn zur Erde gehört immer ein Teil Bauernschläue) – nämlich das Bestehen darauf, daß der Orden des Privilegs niemals deine Brust verlassen, noch dein vielfarbiger Rock jemals von deinem Rücken genommen werden darf... damit du... am Jüngsten Tage, am Tage der Abrechnung... so auffällig in Erscheinung trittst wie ein Pfau!

Aufgeregt wie ein gefangener Tiger schritt Seine Exzellenz in dem begrenzten Raum zwischen seinem Schreibtisch und der Wand am anderen Ende des Zimmers hin und her, seine Hände angespannt auf dem Rücken – rechte Faust in der linken Hand. Er bedeutete Chris, sich zu setzen, und schritt bestimmt eine ganze Minute lang weiterhin auf und ab, ehe er zu sprechen begann:

»Endlich! Aber Gott weiß, daß ich es nicht gewollt habe. Ihr seid es, meine ältesten Freunde, du und Ikem, ihr habt euch aus Gründen, die euch selbst am besten bekannt sind, geschworen, eine Kraftprobe zu erzwingen. So sei es also! Mehr kann ich dazu nicht sagen... Solange Untersuchungen über Ikems Verbindungen zu den Agitatoren aus Abazon im Gange sind, kann er nicht Chefredakteur der *Gazette* bleiben. Doch ungeachtet des Ausmaßes der Provokation muß ich ordnungs- und verfassungsgemäß vorgehen. Deshalb habe ich dich holen lassen. Ich möchte, daß du ihm als Informationsminister einen offiziellen Brief schickst, in dem du ihm seine sofortige Suspendierung vom Amt mitteilst.«

»Augenblick mal, Exzellenz. Ich verstehe überhaupt nichts. Was genau soll er denn verbrochen haben?«

»Ist das dein Ernst? Weißt du wirklich von nichts?«

»Ich fürchte, nein.«

»Nun, wir brauchen hier keine Zeit zu verschwenden und uns dabei aufhalten, wer über was Bescheid weiß... Laut Berichten des Geheimdienstes war er an der Planung des Protestmarsches zu diesem Palast hier beteiligt, den die angeblich aus Abazon stammenden Agitatoren neulich organisiert haben. Es hat sich nach sorgfältigen Untersuchungen herausgestellt, daß die meisten von ihnen arbeitslose, auf Parkplätzen herumlungernde Jugendliche waren, Drogenhändler und andere kriminelle Elemente aus dieser Stadt, aus Bassa.«

»Es tut mir leid, aber ich kann das nicht glauben.«

»In diesem Job, Chris, sind Glaubensfragen nicht mein wichtigstes Anliegen. Ich bin kein Bischof. Mein Anliegen ist die Sicherheit dieses Staates. Du solltest das wissen; du bist Informationsminister. Wie dem auch sei, du kannst versichert sein, daß unumstößliche Beweise vorliegen, daß Ikem direkt hier im Palast mit diesen Kerls Kontakt aufgenommen hat, und später fuhr er zu einem Hotel in den nördlichen Stadtteilen von Bassa, um dort mit ihnen eine geheime Versammlung abzuhalten. Nun, was sagst du dazu? Du scheinst recht skeptisch zu sein; was hast du zu sagen, wenn ich dir mitteile, daß die Geheimdienstagenten, die ihn beschattet haben, ihn wegen eines geringen Verkehrsdeliktes vor dem Hotel angehalten haben, als er wegfahren wollte? Nur um ganz klarzumachen, daß hier keine Alibis erfunden werden... Es ist doch gar nicht so übel zu wissen, nicht wahr, daß einige Regierungsorgane in diesem Land noch immer äußerst wirksam funktionieren?«

»Kann ich mit ihm sprechen?«

»Was meinst du? Hast du in letzter Zeit nicht mehr mit ihm gesprochen? Oh, ich glaube, ich verstehe, was du meinst. Er ist keineswegs verhaftet oder dergleichen. Noch nicht. Deshalb bin ich selbstverständlich der Meinung, daß du ihn aufsuchen solltest. Doch als erstes wünsche ich, daß er von seinen Pflichten entbunden und ihm der Zutritt zu den Räumen der *Gazette* strikt untersagt wird. Ist das klar?«

»Nein, das ist es nicht. Es tut mir leid, Exzellenz, aber ich werde keinen Brief schreiben, in dem ich den Chefredakteur der *National Gazette* seines Amtes enthebe, nur weil sich irgendein diensteifriger Sicherheitsoffizier eine Geschichte hat einfallen lassen...«

»Ich sehe schon, ich habe meine Worte an dich verschwendet...«

»Wenn die von der Sicherheit der Meinung sind, sie hätten etwas gegen ihn vorzubringen, dann sollen sie ihn doch selbst befragen, oder ihn entlassen, wenn sie keine Geduld für so bürokratische Nettigkeiten wie Rückfragen aufbringen können. Ich sehe überhaupt nicht ein, was ich damit zu tun haben soll.«

»Hör zu. Wie ich das Ganze sehe, wird diese Angelegenheit nicht einfach mit Supendierung wegen konspirativer Zusammenarbeit mit kriminellen Elementen zwecks Überfall auf den Präsidentenpalast enden. Das ist vielleicht nur die winzige Spitze des Eisbergs. Es gibt Hinweise darauf, daß Ikem möglicherweise mit eben diesen Leuten unter einer Decke steckte, um die Volksbefragung zur Präsidentschaft vor zwei Jahren zu sabotieren. Es stört mich übrigens keineswegs, dich wissen zu lassen, daß auch deine eigene Rolle in jenem Fiasko noch nie ganz zufriedenstellend geklärt worden ist und sehr wohl zum Gegenstand weiterer Untersuchungen werden kann.«

»Wovon um alles in der Welt reden Sie...?«

»Deshalb hoffe ich aufrichtig – und bete dafür –, daß du dir deine eigene Position... verstehst du... zum jetzigen Zeitpunkt nicht noch erschwerst. Es wäre äußerst unklug, dessen versichere ich dich. Wäre ich an deiner Stelle, würde ich wie angewiesen den Brief schreiben und die weitere Entwicklung abwarten.«

»Und wenn ich mich weigere?«

»Das würde ich nicht tun, wenn ich du wäre.«

»Nun gut, Euer Exzellenz, diesmal verweigere ich mich Ihnen. Ich werde diese Anweisung nicht ausführen, und ich biete hiermit meinen Rücktritt an.«

»Rücktritt! Ha, ha, ha, ha. Wo, denkst du eigentlich, sind wir hier? In Westminster oder in Washington D. C.? Nun komm schon! Dies hier ist eine Militärregierung in einem rückständigen westafrikanischen Staat namens Kangan...«

»Wir wären nicht so rückständig, bestünden wir nicht so beharrlich darauf...«

»Eines Tages, wenn du Boß geworden bist, wirst du Gelegenheit haben, all dies zu verändern. Doch jetzt gerade akzeptiert der Boß hier keinerlei Rücktrittsgesuche, außer natürlich, er hat sich die Mühe gemacht, selbst darum zu bitten. Ist das klar? Dies mag in deinen Ohren seltsam klingen, ich weiß, denn seither hat es dieser Boß zugelassen, daß du und andere die Entscheidungen getroffen habt. Damit ist jetzt Schluß, Chris. Ich werde das von nun an selbst tun, und ich beabsichtige, eine ganze Reihe von Entscheidungen zu treffen, ehe ich fertig bin. Hast du das verstanden? Ich wünsche unbedingt, daß der Brief vor Büroschluß heute nachmittag in Ikems Hand ist. Du kannst jetzt gehen.«

Chris ging ohne ein weiteres Wort hinaus, doch unerschüttert in seinem entschlossenen Willen zum Widerstand. Er machte sich auf den Weg zu seinem Büro in der Absicht, sofort seine pivaten Papiere und anderen Kram in seine Wohnung zu schaffen, bis er auch dort ausziehen konnte. Als er jedoch das Büro betrat, reichte ihm die aufgeregte Sekretärin das Telefon. Seine Exzellenz war am anderen Ende.

»Ja, Chris. Ich habe mir die Sache noch einmal überlegt. Ich denke, du hast ganz recht, wenn du den Brief an Ikem wegen seiner Suspendierung nicht selbst schreiben möchtest. Ich wollte dir nur die Ehre antun und den Anschein aufrechterhalten, als seiest du noch immer Herr deines Ministeriums. Wie dem auch sei. Wir werden den Brief von hier aus hinbringen. In der Zwischenzeit wird der Direktor des SUD ein wenig mit dir über eine Reihe von Gesichtspunkten plaudern, die er bezüglich des schiefgelaufenen Referendums und noch anderer Angelegenheiten entwickelt hat. Zeig dich um Gottes willen maximal kooperativ!«

Seine Exzellenz tat seiner Drohung, selbst angesichts aller Provokation verfassungsgemäß zu handeln, alle Ehre an. Der Brief an Ikem, den ein Polizeimeldefahrer persönlich bei ihm in der Wohnung abgegeben hatte, war von einem gewissen Vorsitzenden des Aufsichtsrates der »Zeitungsgesellschaft Kangan«, Herausgeberin der *National Gazette*, unterschrieben. Ein gewisser Vorsitzender, denn der besagte Aufsichtsrat und die dazugehörige Gesellschaft hatten in den vergangenen Jahren und länger schon im Sterben gelegen. Ikem hatte den angeblichen Vorsitzenden nie kennengelernt, noch hatte er, seit er den Posten des Chefredakteurs übernommen hatte, einen einzigen von ihm unterzeichneten Brief gesehen. Unglaublich!

Wie eine Trophäe brachte er den Brief mit in die Wohnung von Chris, nachdem er eine Nachricht erhalten hatte, daß Chris ihn dringend zu sehen wünsche. Beatrice war bereits da, als er ankam. Als sie ihn begrüßte, trat ein etwas ratloser Ausdruck in ihr Gesicht. Vielleicht hatte sie erwartet, er würde zornig und kampfbereit hereinkommen, statt dessen schien er seltsam gefaßt zu sein, ja sogar heiter. Sah so ein zukünftiger Märtyrer aus, der den Blick seiner Seele erfolgreich geschult hat, sich weit über das verschwommen erscheinende bevorstehende Martyrium hinaus auf die scharfumrissene Ehrenkrone zu richten? Sie sagte nichts, doch sie hatte wohl diese neue Persönlichkeit wahrgenommen, und die Wirkung, die sie bereits auf ihren Gastgeber ausübte, denn es war wahrhaft außergewöhnlich, wie sich die beiden Männer ruhig zusammensetzten und Einzelheiten ihrer jeweiligen und auch gemeinsamen mißlichen Lage austauschten, wie zwei Hypochonder, die sich in Erinnerungen an ihre so liebgewonnenen Leiden ergehen.

Ohne sich dessen bewußt zu sein, hatte Beatrice auf die Situation reagiert, indem sie die für sie so charakteristische Pose einnahm, die ihre innere Distanz zum Ausdruck brachte – aufrecht und ein wenig steif, mit fest über der Brust verschränkten Armen saß sie da. Doch statt ihre Haltung zu vervollständigen, unbeweglich ins Leere zu starren, machte sie heute Zugeständnisse an ihre nicht zu unterdrückende Anteilnahme, indem sie unablässig ihren Blick von einem Gesicht zum anderen wandern ließ, während die beiden Männer ihr erstaunliches Zwiegespräch führten. Schließlich bemerkte Chris ihr beredtes Schweigen.

»BB, du sagst gar nichts.«

»Was möchtest du denn, daß ich sage?«

»BB hat alles gesagt, was gesagt werden mußte, damals, als es nützlich gewesen wäre, darauf zu hören.«

»Aber wir waren zu beschäftigt mit unseren privaten Ablenkungsmanövern.«

»Geh nicht so hart mit uns ins Gericht; wir waren nicht die einzigen, die das getan haben. Alle Kriege, die jemals in diesem Land gekämpft wurden, waren, sind kriegerische Auseinandersetzungen, die der Ablenkung dienen. Warum also nicht die kleinen, gelegentlichen Scharmützel, die wir hin und wieder inszenierten, um nicht verrückt zu werden? Du scheinst diese Behauptung anzuzweifeln? Gut, dann nenne mir irgend etwas, das wir... diese Regierung... einer von uns in den vergangenen drei Jahren getan hat... oder auch in den vorhergegangenen neun Jahren der Zivilregierung, das kein Ablenkungsmanöver war.«

»Nun, jetzt ist es aber aus mit der Ablenkung«, sagte Beatrice.

»Wirklich? Ich bin mir da nicht so sicher. Dieser Brief hier und all das absurde Theater, das Sam seit neuestem inszeniert, um mich loszuwerden und Chris einzuschüchtern – wofür soll das gut sein? Ablenkungsmanöver sind es, ganz einfach. Selbst die Gefahren, die ich auf uns alle zukommen sehe, wenn das Spiel außer Kontrolle gerät – was hat das alles mit dem Leben und den Sorgen und der Wirklichkeit von neunundneunzig Prozent der Menschen von Kangan zu tun? Nichts, überhaupt nichts.«

»Nun, ich denke noch immer, wenn ihr beide auf mich gehört und eure Scharmützel, wie ihr es nennt, früh genug eingestellt hättet, würde er jetzt nicht versuchen, euch fallenzulassen.«

»Uns fallenlassen? Ich bin überrascht, BB. Ich wußte nicht, daß du so unglaublich optimistisch sein kannst. Uns fallenlassen? Der

Kerl will uns umbringen! Er ist verrückt, sag' ich dir. Seine Schauspielerei ist ihm endgültig in den Kopf gestiegen.«

»Ich meine aber doch, BBs Aussage kommt der Wahrheit näher. Wie immer. Ich bin ganz deiner Meinung, daß der Kerl vollkommen irregeführt ist und deshalb sehr gefährlich sein kann. Doch sein Interesse beschränkt sich im jetzigen Augenblick darauf, uns ganz kleinzumachen; Mord liegt nicht in seinem Interesse. Was er mir heute früh am Telefon sagte, scheint mir doch sehr aufschlußreich zu sein. Er gebe mir Gelegenheit, sagte er, so zu tun, den Anschein zu erwecken, als sei ich noch immer Informationsminister.«

»Hat er das gesagt? Und was soll das bedeuten?«

»Nun, *den Anschein erwecken*, so zu tun, als ob, ist für ihn etwas sehr Wichtiges. *Nicht den Anschein erwecken* ist demnach die schlimmste Schande. Und all das hat in seinem Denken mit dem fehlgeschlagenen Referendum zur Präsidentschaft auf Lebenszeit zu tun. Der Schmerz nagt noch immer. Ich glaube, ich hab' damals mit niemandem, auch mit euch nicht, darüber gesprochen – nach der Niederlage in der Volksbefragung hatte er sich bitterlich bei Professor Okong beklagt, daß ich meinen Teil als Informationsminister nicht beigetragen hätte, um den Erfolg des Unternehmens zu gewährleisten. Und daß du es ausgerechnet in jenem entscheidenden Augenblick für angebracht gehalten hättest, den Chefredakteursessel zu verlassen und deinen Jahresurlaub anzutreten.«

»Hat Professor Okong dir das erzählt?«

»Ja, aber dann hab' ich Sam selbst darauf angesprochen. Zuerst tat er so, als nehme er dies alles sehr leicht, doch ich ließ nicht lokker. Schließlich kam dann seine ganze Bitterkeit ans Licht. Er sagte, er sei zutiefst verletzt gewesen, daß wir, seine ältesten Freunde, ihn im Stich lassen konnten und es zuließen, daß das Volk ihn fallenließ. Genau das waren seine Worte.«

»Hat er das wirklich gesagt?«

»Ich erinnerte ihn dann daran, daß er ja nie wirklich Präsident auf Lebenszeit sein wollte, und das ließ ihn nun bitterböse werden. *Ja, ich wollte nicht*, sagte er, *und du weißt, daß ich es nicht wollte. Aber als die Entscheidung einmal gefallen war, lag auf euch die eindeutige Verantwortung, auf dir und Ikem, daß das Referendum ein Erfolg würde. Aber ihr habt es vorgezogen, euch dieser Verantwortung zu entziehen.* Noch nie hatte ich ihn so verbittert reden hören.«

»Und du hast Ikem nichts davon gesagt? Von mir spreche ich

ja gar nicht, wer bin ich schon. Aber Ikem? Chris, du überraschst mich immer wieder aufs neue. Gibt es denn gar nichts auf dieser Welt, das dein Herz in Unruhe versetzen kann?«

»Das war vor mehr als zwei Jahren gewesen. Damals habe ich das nicht für so wichtig gehalten. Bis du eben den Ausdruck *fallenlassen* benutzt hast, habe ich das Ganze eigentlich noch nie von dieser Seite gesehen.«

»Das spricht nicht sehr für deine Fähigkeit zu analysieren oder hinter die Kulissen zu schauen, was ich dir ja schon immer gesagt habe.«

»Bitte, Ikem, bitte – nicht schon wieder diese Routinescharmützel, noch nicht…«

»Nein, nein, BB. Es ist mir ernst. Hätte Chris mir damals von alledem berichtet, hätte ich darauf bestanden, daß wir beide an Ort und Stelle unseren Rücktritt eingereicht hätten, und wir wären heute nicht in dieser verflixten Lage. Verstehst du, was ich meine?«

»Vielleicht. Aber jene Gelegenheit haben wir verpaßt. Ich möchte jetzt gerne wissen, was Chris vorschlägt, wie man nun am besten vorgehen soll, und was er dir empfiehlt, was du tun sollst.«

»Ganz einfach. Ich werde heute abend mein Rücktrittsgesuch schreiben und es ihm morgen früh zustellen lassen. Ikem empfehle ich dringend, ganz dringend, sich eine Zeit des Schweigens aufzuerlegen, bis…«

»Quatsch, Chris, absoluter Quatsch! Das schlechteste Rezept für einen entlassenen Chefredakteur ist zu schweigen. Genau das will der Inhaber deiner Zeitung. Weil er dir massenweise Druckpapier zur Verfügung stellt, glaubt er, er besitze deine Stimme. Gefällt es ihm also, nimmt er dir das Papier weg, um dir zu zeigen, wie schweigsam du ohne seine Hilfe bist. Man darf ihn nicht gewinnen lassen.«

»Beabsichtigst du also, eine neue, eigene Zeitung aufzumachen?«

»Sag doch nicht so lächerliches Zeug. Kann man nicht schreiben, so kann man auf alle Fälle irgendwo stehen und reden. Seine Stimmbänder hat man ja nicht verloren.«

»Wo beabsichtigst du zu reden? In einer Ecke vom Gelegele-Markt?«

»O Chris!«

»Ach, vergiß es. Ich sage nur, du mußt *vorsichtig* sein! Das ist alles. Oder *Kabisa!* Obwohl er das in letzter Zeit nicht mehr benutzt.«

»Nicht mehr, seit es bis zu den Automechanikern durchgesikkert ist«, sagte Beatrice.

»Das stimmt.«

»Ikem, ich denke, Chris hat recht. Du mußt dich in den nächsten paar Wochen ganz ruhig verhalten, damit wir unsere nächsten Schritte sorgfältig planen können. Ich glaube, in dem Punkt hat Chris recht, obwohl ich meine, daß du, was die Gefahr anlangt, realistischer bist.«

»Nun, ich hatte trotz Chris' Anspielungen nicht gerade die Absicht, auf dem Gelegele-Markt Hyde Park Corner zu spielen. Doch man wird mir Fragen stellen, und ich werde, verdammt noch mal, antworten. Ich werde mich nicht in ein Loch verkriechen...«

Ein Taxi schien Schwierigkeiten mit der Polizeiwache an der Einfahrt zu haben. Chris, der von seinem Platz aus das Tor sehen konnte, stand auf, ging zur Haustür, klatschte in die Hände, um die Aufmerksamkeit des Wachtpostens auf sich zu lenken, und bedeutete ihm, den Besucher, wer immer es auch war, hereinzulassen. Doch der Taxifahrer hatte offensichtlich bereits die Geduld verloren und lud aufgebracht seinen Fahrgast an Ort und Stelle aus.

Dieser Fahrgast stellte sich als Elewa heraus. Sie bezahlte und wartete in großer Nervosität auf das Wechselgeld, was von da, wo Chris stand, deutlich erkennbar war; dann kam sie atemlos und zutiefst erregt ins Haus hereingerannt. Alle Willkommensgrüße mißachtend warf sie sich Ikem um den Hals.

»Was habe ich gehört, Ikem? Ist es wahr, daß sie dich entlassen haben?«

Ikem nickte und drückte sie an sich. Sie brach in Tränen aus, begann heftig zu weinen und sprengte damit in diesem kurzen Augenblick die Atmosphäre im Raum. Allen dreien war dieser überwältigende Gefühlsausbruch peinlich, vor allem den Männern, und jeder sagte etwas Unbeholfenes, um das Mädchen zu trösten und die ursprüngliche Ruhe wiederherzustellen.

»Nun komm schon, Elewa, ich bin nur suspendiert, nicht entlassen... Woher hast du es übrigens erfahren?«

Das half. Fast so dramatisch, wie sie angefangen hatte, hörte sie auf zu weinen. Doch als sie sprach, klang ihre Stimme gebrochen und voll Kummer.

»Alle in unserem Hof reden davon. Sogar meine Mama, die

krank ist, hat etwas davon mitgekriegt, als es in den Sechs-Uhr-Nachrichten im Radio von unserem Nachbarn kam. Aber ich bin in der Apotheke gewesen, um Medizin zu kaufen.«

»Mach dir nichts draus, meine Liebe. Du siehst, ich bin am Leben, und es geht mir gut.«

»Dafür danke ich Gott!«

»Wie geht es der Mama heute?«

»Ein kleines bißchen besser... Du hast gesagt, sie hätten dich nicht entlassen, sondern... wie heißt das?«

»Suspendiert, sie haben mich suspendiert.«

»Was ist das denn, suspendieren?... Bitte, BB, was ist suspendieren?«

»Meine Schwester, mach dir keine Sorgen... wir sind am Leben, das ist wichtiger als alles andere... Ich hab' nicht gewußt, daß es deiner Mama nicht gutgeht. Es tut mir leid. Bringst du sie nicht ins Krankenhaus?«

»Krankenhaus? Wer hat schon Geld fürs Krankenhaus? Und wenn das Geld dafür da wäre – dieses Durcheinander dort... Meine Schwester, wir kleinen Leute gehen zum Apotheker!«

Elewas scharfe Ohren hatten das Pausenzeichen des Radios, das die Nachrichten ankündigte, von irgendwo aus der Ferne gehört, wahrscheinlich aus den Bedienstetenunterkünften der Nachbarschaft, wo ein Radio zu laut angedreht war, und es war ihre Stimme, die »Nachrichten!« schrie. Chris sprang auf und rannte zum Fernsehgerät, schaltete ein und schaute gleichzeitig auf seine Uhr. Ja, Elewa hatte recht. Die Acht-Uhr-Nachrichten sollten eben beginnen. Schweigend, mit verbissenen Gesichtern, setzten sie sich und harrten dessen, was kommen würde.

Ikems Amtsenthebung war die erste Nachricht. Für den kurzen Augenblick seines Erscheinens im Rampenlicht – eine nüchterne Nachrichtenansage, ohne zusätzliches Drumherum – schlich sich ein fast belustigter Ausdruck in sein Gesicht. Dann aber schrie er plötzlich auf und sprang wie von der Tarantel gestochen auf die Beine.

»Nein, nein!« schrie er. »Das dürfen sie nicht tun! Chris, hast du das gehört? Und du sagst, ich soll mich still verhalten! Ich soll schweigen und zulassen, daß sich diese Kannibalen mit ihren schmutzigen Händen an einem heiligen Mann dieser Erde vergreifen. Schalt das verdammte Ding aus!« Er stürzte schon auf den

Fernseher zu, als ihm Chris' Stimme zu verstehen gab, er solle sich zusammennehmen, und außerdem sei dies weder sein Fernsehgerät noch sein Haus. Ikem ging zurück und ließ sich in seinen Sessel fallen, den linken Daumen zwischen den Zähnen. Dann stand er wieder auf:

»Elewa, komm, wir gehen!«

Die ganze Aufregung hervorgerufen hatte eine beiläufige Nachricht, die wegen ihrer relativen Nebensächlichkeit an den Bericht über Ikem angehängt worden war und demzufolge mit der Formulierung eingeleitet wurde: *Außerdem wurden bei einem weiteren Vorgehen der Polizei…*

Ja, bei einem weiteren Vorgehen der Polizei wurden laut diesem geschniegelten und selbstgefälligen Ansager, der nationales Leiden in sorgfältig abgemessenen Milligrammdosen austeilte, sechs Anführer aus Abazon festgenommen, die kürzlich an einem illegalen Protestmarsch zum Präsidentenpalast teilgenommen hatten, für den sie jedoch nicht die gesetzlich vorgeschriebene Genehmigung der Polizei vorweisen konnten. Und (anläßlich dieses Vorgehens) hatte das Büro des Direktors des SUD den Kriminalkorrespondenten der Fernsehgesellschaft KTV davon informiert, daß die sechs Männer, die bereits wertvolle Aussagen gemacht hätten, im Hochsicherheitsgefängnis von Bassa (BMSP) inhaftiert seien.

12

Als Ikem die beiden vorigen Male an der Universität von Bassa gesprochen hatte, war der Andrang der Menge riesengroß gewesen, doch in keiner Weise vergleichbar mit dem Ausmaß der nun stattfindenden Veranstaltung. Jeder Platz im zweitausend Menschen fassenden Auditorium Maximum war besetzt, und noch viel mehr saßen oder standen in den Gängen und drängten von den beiden Seitengängen rechts und links der Halle durch Fenster und Türen herein. Es hatte allen Anschein, daß ihn seine Suspendierung von der *National Gazette* an die Spitze der Popularitätsliste gebracht hatte, obwohl auch vorher schon seine Popularität nicht gering gewesen war. Noch bemerkenswerter als die Größe des Publikums war dessen Geduld. Die Vorlesung begann mindestens vierzig Minuten später als vorgesehen; währenddessen rannten schwitzende Funktionäre der Studentenunion unablässig aus der Halle heraus und wieder hinein und schrien gelegentlich »Eins! Eins! Eins!« in ein totes Mikrofon. Aber die Stimmung im Publikum war so gut, daß es donnernden Beifall gab, als die Anlage schließlich doch zum Leben erwachte.

Noch ein kurzes letztes Beraten der Organisatoren untereinander, und die Vorlesung schien endlich beginnen zu können. Doch nein. Zuerst die Einführung. Ein kleiner Funktionär der Studentenunion ging ans Mikrofon und stellte den Zeremonienmeister vor, einen großen, gutaussehenden Mann im weißen dreiteiligen Anzug, der seinerseits, und das sehr ausführlich, den Präsidenten der Studentenunion vorstellte, welcher wiederum mit äußerst umständlichen Worten den Versammlungsvorsitzenden einführte, der endlich Mr. Ikem Osodi begrüßte. Es erinnerte alles so sehr an den Stil der Wahlversammlungen jener Politiker in den guten alten byzantinischen Tagen, die, würden sie heute aus der Tiefe ihrer Rattenlöcher auferstehen und vorsichtig, gerade unter der Erdoberfläche Stellung beziehen, sich mit glänzenden Augen in glücklichem Gedenken den Schnurrbart streicheln würden.

Das Thema von Ikems Vorlesung hieß »Die Schildkröte und der Leopard – eine politische Meditation zum Imperativ des Kampfes«. Die Ankündigung dieses Themas wurde mit tumultartiger Zustimmung begrüßt. Ohne Zweifel hatte er den richtigen revolutionären Ton getroffen, und Ikem lächelte innerlich über den bevorstehenden *Coup d'état*, mit dem er dieses Publikum mit seinen stereotypen Begriffen von Kampf und Auseinandersetzung, und in der Tat von allem anderen auch, überrumpeln würde.

»Sehr verehrter Herr Vorsitzender...«, sagte er und tat so, als verbeuge er sich unterwürfigst vor dem Professor, der eben vom Präsidenten der Studentenunion als populärer Akademiker hoch gelobt worden war, den alle und jeder wegen seiner klaren und eindeutigen marxistischen Einstellung bewunderten und der als jüngster Professor in Kangan mit großem Können das Fach der Politischen Wissenschaften, das unter Professor Reginald Okong bourgeoise Tendenzen gezeigt, zu neuen Höhen des wissenschaftlichen Materialismus geführt habe...

»Darf ich um Ihre Nachsicht bitten, und diese Meditation – nicht Vorlesung, nebenbei bemerkt, ich kann nie ganz genug Mut aufbringen, um eine Vorlesung zu halten, ich – erlauben Sie mir, mit einer kleinen Geschichte zu beginnen.«

Und er erzählte dramatisch und emotional äußerst wirkungsvoll die Geschichte von der Schildkröte, die zum Sterben verurteilt war.

»Diese Geschichte hat mir ein alter Mann erzählt. Und jetzt, wo ich hier vor Ihnen stehe, befindet sich der alte Mann, der mir diese unglaubliche Geschichte erzählt hat, in Einzelhaft im Hochsicherheitsgefängnis von Bassa.«

Nein! Warum? Einspruch! Unmöglich! und andere Äußerungen von Zorn und Empörung flogen wie Funken durch die Luft und erfüllten das Auditorium.

»Warum? höre ich Sie fragen. Nun gut... aus dem einfachen Grunde... weil Geschichtenerzähler eine Bedrohung darstellen. Sie bedrohen alle, die sich so meisterhaft darauf verstehen, Kontrolle auszuüben, sie erschrecken jene, die sich anmaßen, die Macht über das Recht auf Freiheit des menschlichen Geistes an sich zu reißen – im Staat, in der Kirche oder Moschee, in Parteikongressen, an der Universität, oder wo auch immer. Deshalb.«

Es war eine kurze Rede – zwanzig oder fünfundzwanzig Minuten lang, das war alles. Doch sie war so hervorragend entworfen und mit so viel Autorität vorgetragen, daß sie den Charakter und die Größe eines epischen Prosagedichtes annahm. Sie war ernst, doch nicht feierlich; manchmal witzig, doch ohne in die Vertraulichkeit von scherzhaftem Geplänkel zu verfallen.

Die Zuhörer saßen oder standen schweigend und waren vollkommen hingerissen. Das unerwartete Ende wirkte wie ein Schlag und ließ sie in Protestrufe ausbrechen. Rufe wie: *Feuer! Feuer! Mehr! Mehr!* und sogar *Einspruch!* verwandelten sich bald in einen rhythmischen Sprechchor, als Ikem sich setzte.

Der Vorsitzende wandte sich zu Ikem und sagte: »Sie wollen mehr haben!«

»Ja! Mehr! Mehr! Mehr!«

»Meine Freunde, ich danke Ihnen für dieses Kompliment. Doch jemand hat es einmal so ausgedrückt: Die Pipeline ist leer!«

»Nein! Nein! Nein! Einspruch!«

»Sie haben mir jetzt geduldig zugehört. Nun möchte ich Sie hören. Dialoge sind unendlich viel interessanter als Monologe. Also schießen Sie los mit Ihren Fragen und Kommentaren, ein Schlagabtausch ist immer gut. Sie haben jetzt etwas erhalten, aber, wie es in der Bibel heißt, Geben ist besser als Nehmen. Deshalb sind jetzt ein paar Hiebe von Ihrer Seite willkommen. Aus diesem Grunde bin ich ja da.«

Und so war es denn auch: Im Verlauf der Diskussion gelang es ihm, die hautnahe, direkte Auseinandersetzung zu entfachen, die er so sehr schätzte. Seinem Naturell nach ist er nie auf der Seite des Publikums. Was immer seine Zuhörer vertreten, muß er versuchen nicht zu vertreten. Geben sie sich radikal, so gibt er sich konservativ; tragen sie Dogmen der Rechten vor, entfesselt er Revolution! Nicht daß er das jemals so geplant oder sich sorgfältig ausgedacht und zurechtgelegt hat – es scheint einfach so zu geschehen. Doch er ist sich dessen bewußt, und fragt man ihn danach, so kann er sogar, hinterher sozusagen, eine Art Erklärung dafür anbieten, nämlich, was immer man ist, genügt nie; man muß Möglichkeiten finden, etwas vom anderen zu akzeptieren – wie wenig es auch sein mag –, um selbst ganz zu werden und davor bewahrt zu bleiben, der tödlichen Sünde von Selbstgerechtigkeit und Extremismus zu verfallen.

Vor einigen Monaten hatte er sich ganz gegen seine Neigung dazu überreden lassen, bei einem der allwöchentlichen Mittagessen des Rotarierclubs von Bassa zu sprechen. Anläßlich dieser besonderen Gelegenheit hatte der Club noch mehr Grund, sich zu beglückwünschen, als sonst, denn er hatte soeben einer Tagesklinik in einem der ärmsten Bezirke von Nord-Bassa, in dem es weder Elektrizität noch fließendes Wasser gegeben hatte, einen Wassertankwagen gekauft und geschenkt. Nach dem Mittagessen lehnten sich die Gastgeber im wohligen Dunst von guten Werken, Zigarrenrauch und Likör bequem zurück, um sich anzuhören, was ihr berühmter Gast ihnen zu sagen hätte... Nun, wie üblich, vergaß dieser alles, was er ihnen hätte erzählen sollen, und stürzte sich in etwas völlig Unerwartetes. Wohltätigkeit, donnerte er, ist das Opium der Privilegierten – angefangen bei dem guten Mitmenschen, der aus Gewohnheit seine zehn Kobo aus dem Wechselgeld, das er in der Tasche trägt, dem Aussätzigen vor dem Supermarkt aus sicherer Entfernung in die Schüssel wirft, bis hin zu der Gruppe ehrbarer Bürger, wie Sie alle, die Wasser spenden, damit irgendeinem armen Lazarus in den Slums seine Spritze blitzsauber ausgekocht werden kann und der Verband, den er auf seinen Wunden trägt, hygienischer ist als alles, was er sonst noch trägt; und bis hin zu den Band Aid Stars, die so dramatisch den dunklen Weihnachtshimmel von Äthiopien erhellten. Während wir unsere guten Werke tun, dürfen wir nicht vergessen, daß die wirkliche Lösung der Probleme in der Schaffung einer Welt liegt, in der Wohltätigkeit unnötig geworden ist.

Die satte und hochtrabende Freundlichkeit seiner Gastgeber zerbrach auf der Stelle und nahm die verzerrten und spitzen Formen scharfer Aggressivität an.

Diese Welt, von der Sie sprechen, gibt es erst im Himmel, höhnte einer der Herren. Selbst im Himmel, sagte ein anderer, gibt es Rangfolgen. Erzengel stehen höher als gemeine Engel.

So schnell wie möglich wurde Ikem von zwei Beauftragten des Clubs hinausgeleitet – eine ganz normale Gepflogenheit, der jedoch bei jenem Anlaß mit so eisiger Höflichkeit nachgekommen wurde, daß es den Anschein erweckte, man weise einen ungehobelten Gast direkt vom Tisch, den er beleidigt hat, zur Tür hinaus.

Doch hier nun hatte er nicht den Rotarierclub vor sich, und der Umgang mit ihnen würde einerseits leichter sein, andererseits jedoch wahrscheinlich schwieriger.

Der erste Fragesteller war offensichtlich kein Student, sondern ein jüngerer Mitarbeiter im Lehrpersonal. Seiner Frage ging eine eigene kleine Vorlesung voraus über das erwiesene Versagen des bürgerlichen Reformismus angesichts der grundlegenden Probleme der Dritten Welt im allgemeinen und Kangans im besonderen. Zog Mr. Osodi im Blick auf das eben erwähnte Problem nicht die Notwendigkeit in Betracht, die Nation nun unter die demokratische Diktatur des Proletariats zu stellen?

»Nein, das tue ich nicht. Ich würde mich auch nicht unter die demokratische Diktatur selbst von Engeln oder Erzengeln stellen. Und was das Proletariat überhaupt anlangt – ich glaube, im Falle von Kangan wüßte ich gar nicht, wer das wäre.«

»Arbeiter und Bauern«, sagte der Vorsitzende hilfsbereit.

»Arbeiter und Bauern«, wiederholte Ikem ins Mikrofon, »hat man mir eben gesagt.«

»Und Studenten«, rief eine Stimme aus dem Publikum, was großes Gelächter hervorrief.

»Das ist fair«, sagte Ikem. »Wohltätigkeit beginnt zu Hause.« Mehr Gelächter. »Weitere Vorschläge bitte. Wir haben jetzt Bauern, Arbeiter und Studenten... ausgezeichnet! Würden die Bauern hier im Saal bitte aufstehen.«

Aus allen Ecken des Auditoriums kam brüllendes Gelächter, besonders als ein weiterer Gentleman im dreiteiligen Anzug aufstand und sich anbot.

»Nein, mein lieber Freund, Sie sind kein Bauer. Setzen Sie sich. Ich möchte einen richtigen Bauern... nun, meine Damen und Herren, es scheint in der Tat so zu sein, daß wir heute abend keine Bauern hier unter uns haben. Vielleicht wissen sie gar nicht, daß wir diese Versammlung hier abhalten... Ich hab' mir übrigens von Leuten, die an Jahreshauptversammlungen von Aktionären teilnehmen, sagen lassen, daß es sogenannte Vollmachten gibt, die man einsendet und auf denen man jemand anderes benennt, der für einen eintritt, wenn man selbst nicht anwesend sein kann. Ist irgend jemand hier, der ein solches Dokument im Auftrag der Bauern bei sich trägt? Herr Vorsitzender, wurden bei Ihnen Vollmachten abgegeben?«

Trotz der schweren Last seiner Ernsthaftigkeit fühlte sich der gelehrte Professor nun doch verpflichtet, sich an diesem recht peinlichen Spaß zu beteiligen. Er schüttelte den Kopf, nicht zu heftig, aber doch genug, um den Beifall dieser gefährlich humorvoll aufgelegten Menge zu gewinnen.

»Gut denn. Ich denke, wir sollten Bauern jetzt aus dem Spiel lassen. Sie sind nicht hier und haben niemand hergesandt, um für sie zu sprechen... Es verbleiben uns also Arbeiter und Studenten...«

»Und Marktfrauen«, warf unter erneuten Fröhlichkeitsausbrüchen der Menge eine hohe Frauenstimme ein.

»Marktfrauen, mein liebes Mädchen, sind dieselbe Kategorie

wie die Bauern. Auch sie sind hier nicht vertreten... Ich will euch ein Geheimnis verraten, von dem noch niemand etwas weiß. Meine zukünftige Schwiegermutter ist eine Marktfrau.« Lachen!

»Eine reiche *Cash-Madam*«, schlug jemand vor.

»Nein, keine *Cash-Madam*. Eine einfache Marktfrau... und Spaß beiseite, ich meine es ernst. Meine zukünftige Schwiegermutter verkauft selbstgefärbte Stoffe auf dem Gelegele-Markt. Sie ist keine *Cash-Madam*, wie ich schon gesagt habe; sie kann alle Waren, die sie besitzt, in einem einzigen Bündel auf dem Kopf tragen. Also qualifiziert sie sich zusammen mit den Bauern für einen Sitz im Proletariat. Aber sie hat mir, ihrem zukünftigen Schwiegersohn, keineswegs die Erlaubnis erteilt, bei dieser Aktionärsversammlung hier ihr Bevollmächtigter zu sein... Deshalb machen wir jetzt weiter und setzen uns mit denen auseinander, für die wir kompetent sprechen können, nämlich mit uns selbst. Arbeiter und Studenten. Nehmen wir die Arbeiter zuerst. Wer sind sie? Sind es die Arbeiter, die streiken, wenn veraltete und schändliche koloniale Privilegien wie Kredite und Zuschüsse für Kraftwagen bedroht sind? Deren Anführer keine befriedigende Auskunft über den Verbleib von Millionen geben können, die sie Monat für Monat durch die gesetzlich vom Lohn einbehaltenen Gewerkschaftsbeiträge der Arbeiter einnehmen? Die Arbeiter, die in ihren Kongressen nie Probleme wie Fehlen am Arbeitsplatz, in den Lohnlisten nicht geführte Arbeiter und skandalös niedrige Produktivität angreifen? Und vor allem Arbeiter, deren nationaler Präsident beim letztjährigen afrikanischen Kongreß darauf bestand, so lange sein Hotelzimmer nicht zu verlassen, bis der ihm zugewiesene Peugeot 504 durch einen Mercedes ersetzt werde. Sie erinnern sich an die Gründe, die er für dieses Verhalten angab? Arbeiterführer seien nicht, und das sind seine eigenen Worte, *gewöhnliches Gesindel*. Finden Sie das komisch? Ich nicht. Ich finde, es ist tragisch und leider wahr. Arbeiterführer sind in der Tat *außergewöhnliches Gesindel*. Seit einigen Jahren führe ich bekanntlich eine ständige Auseinandersetzung mit der Beamtenunion. Das ist Ihnen doch wohl bekannt?« *Ja*, brüllte die Menge lachend. »Der Grund für unsere kleine Unstimmigkeit ist die Tatsache, daß ich nicht versucht habe, mit meiner Meinung, daß sie nichts als Parasiten sind, hinter dem Berg zu halten.« Lauteres Lachen. »Diejenigen unter Ihnen, die unsere Auseinandersetzung verfolgen, erinnern sich vielleicht daran, daß sich alles im vergangenen Jahr zuspitzte, als ich am Vorabend ihres Jahreskongresses einen scharfen Leitartikel veröffentlichte.« Einige nickten zustimmend mit dem Kopf, andere erinnerten sich belustigt, hier und da wurde laut gelacht. »In ihrem Kommuniqué zum Abschluß des Kongresses nahmen sie auf gewisse bourgeoise, elitäre Auftragsschreiber bezug, die nichts mehr und nichts weniger als Mitläufer des Imperialismus seien!« Lautes Lachen. »Sie hier wußten wahrscheinlich nicht, auf wen jene anspielten, doch das war ihre Art, auf meinen Leitartikel zu antworten. Sie haben eine in der Tat seltsame Art, mit Menschen umzugehen. Ein Sprichwort sagt, daß der Erdwurm keineswegs tanze, es sei nur seine Art, so zu gehen.« Lachen.

»Die Anklage, elitär zu sein, verwundert mich stets aufs neue, denn jene, die diese Anklage erheben, halten sich mit ihrer Kritik nicht zurück, weigert man sich, ihre Art der Revolution den Massen vorzuschreiben. Ein Schriftsteller will Fragen stellen. Diese verdammten Leute wollen, daß er Antworten gibt. Nun sagen Sie mir eines, kann irgend etwas noch elitärer, auf noch *offensivere* Weise elitärer sein, als sich anzumaßen, Fragen zu beantworten, die überhaupt noch nicht gestellt wurden? Mein Gott noch mal! Gib uns die Antwort! Gib uns die Antwort! Verstehen Sie, es ist dieselbe alte Forderung, die Jesus Christus von seinen denkfaulen, weichhirnigen, brothungrigen Anhängern in Galiläa oder Gadarene oder wo immer es war, zu hören bekam.« Stürmischer Applaus und Zurufe. »Laß uns ein Wunder sehen! Laß uns ein Wunder sehen, und wir werden an dich glauben. Hör auf mit den Gleichnissen und komm zur Sache. Die Zeit drängt. Wir wollen Resultate sehen! Jetzt, jetzt!« Erneutes Lachen und noch mehr Zurufe begrüßten diese unerwartete und donquichottische Auslegung der Heiligen Schrift. »Nein, ich kann euch nicht die Antwort geben, um die ihr so bettelt. Geht nach Hause und denkt nach! Ich kann eure Lehrbuchrevolution, euer Lieblingskind, nicht zum Gesetz machen. Ich möchte statt dessen allgemeine geistige Aufklärung anstiften, indem ich die Menschen zwinge, ihre Lebensbedingungen zu überprüfen, denn, wie das Sprichwort sagt: Ein Leben, das sich keiner Prüfung unterzieht, lohnt sich nicht zu leben... Als Schriftsteller strebe ich nur danach, den Horizont dieser Selbstprüfung zu erweitern. Ich möchte sie nicht von vornherein durch eine eingängige, halbgare orthodoxe Lehre verhindern. Meine Kritiker sagen: Die Zeit reicht nicht aus für dein schönes erzieherisches Programm; die Massen sind bereit und werden im Verlauf des Kampfes aufgeklärt werden. Und sie zitieren Fanon über die Sünde des Verrats an der Revolution. Sie erkennen nicht, daß Revolutionen genausosehr von Dummheit, Inkompetenz, Ungeduld und voreiliger Aktion verraten werden wie vom Nichtstun.« Gemischter, vorsichtiger Beifall. Er machte eine Pause, als überlege er seinen nächsten Schritt.

»Ich denke, ich sollte mir die Gelegenheit, die dieses Forum bietet, nicht entgehen lassen, um Ihnen den neuen Radikalismus vorzustellen, den wir uns meiner Überzeugung nach zu eigen machen sollten.« Erwartungsvoller Beifall. »Als erstes und wichtigstes muß dieser Radikalismus weitsichtig genug sein, um über die gegenwärtige Phrasendrescherei hinauszuschauen, die unsere ganzen Probleme dem Kapitalismus und dem Imperialismus auf die Türschwelle legt... Bitte verstehen Sie mich nicht falsch. Ich leugne keineswegs, daß von außen kommende Faktoren noch immer vielen unserer Probleme zugrunde liegen. Doch ich bleibe dabei, selbst wenn Faktoren von außen *allen* unseren Problemen zugrunde lägen, müßten wir trotzdem bereit sein, aus praktischen Gründen zwischen mittelbaren und unmittelbaren Ursachen zu unterscheiden, wie uns unsere Geschichtslehrer einst sagten.« Zustimmendes, sich erinnerndes Lächeln. »Darf ich Sie darauf aufmerksam machen, daß unsere Vorfahren – übrigens dürfen Sie die niemals unterschätzen, wozu einige von Ihnen nur allzu bereit zu sein scheinen, fürchte ich. Nun, unsere Vorfahren hatten ein phantastisches Sprichwort zum Thema mittelbare und unmittelbare Ursachen: Will man dem Mord auf die Spur kommen, muß man den Schmied suchen, der das Messer geschmiedet hat.« Lautes Lachen. »Großartiges Sprichwort, nicht wahr? Doch es war nur beabsichtigt, um den Horizont unseres Denkens zu erweitern, nicht als Richtlinie für Polizisten, die an der Aufklärung eines tatsächlichen Verbrechens arbeiten.« Lachen.

»Wenn unsere dicken Beamten und die städtischen Angestellten der staatlichen Einrichtungen am 1.-Mai-Umzug teilnehmen, angetan mit lächerlich zu kleinen T-Shirts und Schuljungenmützen« – Gelächter – »ja, und sich dazu noch mit Klischees vom Kampf und der Geschichte anderer Leute brüsten, dann realisieren sie wohl kaum, daß sie im wirklichen Kontext des heutigen Afrika nicht auf der Seite der Unterdrückten, sondern des Unterdrückers stehen.« Beifall. »Denn genau jene Kameraden sind es, die durch Unproduktivität und Betrug allen voran diese Nation sabotieren und auf diese Weise gewährleisten, daß die Segnungen des modernen Lebens für immer den Träumen der echten Opfer der Ausbeutung in den Dörfern auf dem Lande unerreichbar bleiben.« Gemischte Äußerungen.

»Ich höre, daß einige von Ihnen *Einspruch!* rufen. Das gefällt mir. Lassen Sie mich das eben Gesagte begründen. Ich erhebe nie Anklagen, ohne sie zu begründen.« Einige Zurufe *Feuer!*

»O. K., ich werde losschießen! Nehmen wir die Elektrizitätsgesellschaft von Kangan als ein Beispiel von vielen. Was sehen wir? Absichtlich chaotische Gebührenerfassung und Rechnungsstellung, um massive Betrügereien zu verdecken; illegal verlegte Leitungen, die vom eigenen Personal entweder gutgeheißen oder ausgeführt werden; Diebstahl von Zählern und noch eine Unmenge anderer, kleiner und großer Verbrechen, wozu, bitte sehr, letztendlich auch die Bereitschaft gehört, die gesamte Buchhaltungs- und Rechnungsabteilung niederzubrennen, sollte jemals eine Rechnungsprüfung angesetzt werden...« Lautes Lachen. »Das ist überhaupt nicht komisch...« *Regen Sie sich nicht auf!* sagte ein junger Mann mit aufdringlicher Stimme in der ersten Reihe und machte ein böses Gesicht über seine zum Lachen aufgelegten Nachbarn. »Dies alles dem Imperialismus und internationalen Kapitalismus zur Last zu legen, wie unsere modernen Radikalen das von uns verlangen, ist meiner Meinung nach schiere Phrasendrescherei und völliger Humbug... Es ist, als nehme man jedesmal den Dorfschmied fest, wenn einer seinen Nachbarn totschlägt.« Lautes Lachen und Beifall, was sogar den ernsten jungen Mann überrumpelte. »Soll ich weitermachen? Nein! Ich werde nichts weiter sagen, als daß diese Menschen, selbst wenn man seine Phantasie sehr anstrengt, keineswegs Arbeiter sind. Es sind Parasiten. Und ich werde niemals damit einverstanden sein, meine Angelegenheiten einer demokratischen Diktatur von Parasiten zu übergeben. Niemals!... Nun, wie steht es um die Studenten? Ich sollte an dieser Stelle wirklich sehr vorsichtig sein, denn mir ist doch daran gelegen, heute abend sicher nach Hause zu kommen.« Explosives Gelächter. »Wie dem auch sei. Die Wahrheit drängt ans Licht! Ich bedaure sagen zu müssen, daß meiner bescheidenen Meinung nach die Studenten die Crème aller Parasiten sind!« Noch mehr Lachen. »Haben nicht erst neulich zivildienstleistende Studenten eine neue, von einfachen Bauern selbst erbaute Entbindungsstation dem Erdboden gleichgemacht? Warum? Sie protestierten dagegen, daß man sie auf einen abgelegenen ländlichen Posten ohne Elektrizität und fließendes Wasser geschickt hatte. Haben Sie davon nichts in den Zeitungen gelesen?« Das Lachen war plötzlich verstummt. »Kann mir vielleicht jemand einen einzigen Bereich in diesem Land aufzeigen, in dem die Studenten als Gruppe über das niedrige, sehr niedrige nationale Niveau hinausragen? Stammesdenken? Religiöser Extremismus? Selbst Wahlmanipulation? Kauft und verkauft ihr nicht auch Stimmen, schüchtert eure Gegner ein und kidnappt sie, genauso, wie früher die Politiker das auch getan haben?« Der Beifall wurde nun wieder ein wenig lebhafter, obwohl lange nicht so stürmisch wie zuvor. »Verfügen Sie, wie es auch sein sollte, über kompetenteres Wissen und größere Fähigkeiten als jene unserer Landsleute, die nicht halb soviel Glück haben wie Sie, und auf die unsere mageren, von uns verschwendeten Bildungsmittel verteilt wurden? Es hat eine Stunde gedauert, bis diese Veranstaltung hier beginnen konnte, weil ein fehlendes Mikrofon nicht aufzufinden war... Als ich hierher aufs Podium kam, explodierten auf dem ganzen Weg durch den Saal Erdnußschalen unter meinen Füßen. Wovon reden wir hier eigentlich? Entstehen hier nicht stammesorientierte Interessengruppen, die auf niedrigere Aufnahmebedingungen drängen, anstatt danach zu streben, es jedem Studenten, wo immer er auch herkommt, gleichzutun oder ihn an Leistung zu überbieten? Ja. Ihr zieht akademische Gebührenmauern vor, hinter denen ihr in eurer Mittelmäßigkeit herumtrödeln könnt, und ihr verlangt von mir das Einverständnis, mein Leben einer demokratischen Diktatur der Mittelmäßigkeit anzuvertrauen? Niemals!... Nun, mißverstehen Sie mich bitte nicht. Ich hege keineswegs den Wunsch, Ihre Rolle in dem Prozeß, der diese Nation endgültig auf den Weg zur Selbstbefreiung führt, zu bagatellisieren. Doch Sie können dieser Aufgabe nicht gerecht werden, wenn Sie sich nicht zuerst daranmachen, sich selbst zu läutern, zu befreien, Ihr Tun einer Reinigung zu unterziehen. Als erstes müssen Sie lernen, Ihre eigenen Studentenführer zu verantwortlichem Handeln anzuhalten; erst dann werden Sie die moralische Autorität gewinnen, kraft derer Sie der nationalen Führerschaft etwas zu sagen haben. Sie müssen sich die Gewohnheit aneignen, Skepsis zu zeigen und nicht jedes bißchen Aberglauben zu schlucken, das Ihnen von Zauberdoktoren und Professoren aufgetischt wird. Ich sehe zu viel Nachgeplapper, zu viel Wiederkäuen halbverdauter, radikaler Rhetorik... Wenn

Sie sich dieser Dinge entledigen, wird sich Ihr Potential, dieser Nation zu helfen und ihr die Richtung zu weisen, vervielfachen.« Riesiger Applaus. Ist das verwunderlich?

Die Fragen folgten schnell und drängend eine auf die andere. Schließlich blieb dem Vorsitzenden nichts anderes übrig, als aufzustehen und zu sagen: Genug! Es war fast Mitternacht geworden. Er dankte Mr. Osodi für eine äußerst anregende Vorlesung und ebenso anregende Antworten auf die gestellten Fragen. Er pries den Beitrag des Gastredners zum kulturellen und politischen Wachstum der Nation im Bereich von Journalismus und Literatur und gab seiner Hoffnung Ausdruck, daß, welches Mißverständnis auch immer für seine Suspendierung vom Amt verantwortlich sei, dieses in Kürze beseitigt werden könne. Beifall. Doch auf zwei Punkte wolle er doch noch, wenn auch ganz kurz, eingehen. Gedämpfter, unruhiger Protest aus dem Saal. Er versprach, kurz zu sein. In seiner Eigenschaft als Literatursoziologe werfe er die folgenden Fragen im Kontext der ideologischen Entwicklung und eindeutigen Stellungnahme eines Schriftstellers auf. Als erstes müsse er bekennen, daß er Mr. Osodis Konzeption des Kampfes zu individualistisch und abenteuerlich fände. Etwas Beifall. Zweitens müsse er ganz im allgemeinen noch einmal seinen allseits bekannten Standpunkt darlegen, daß sich nämlich Schriftsteller im Kontext der Dritten Welt nicht dabei aufhalten dürften, die sozialen Probleme zu dokumentieren, sondern sich der höheren Verantwortung zuwenden müßten, fertige Rezepte anzubieten. Beifall.

»Schriftsteller verschreiben keine Rezepte«, schrie Ikem. »Sie bereiten ihren Mitmenschen Kopfschmerzen!«

Brüllendes Gelächter.

»Nun, damit bedanken wir uns bei Mr. Osodi für einen äußerst unterhaltsamen Abend.«

13

Von den vielen Fragen, die Ikem im Verlauf seiner Vorlesung kurz oder auch ausführlich beantwortete, betraf eine ein sich ziemlich hartnäckig haltendes Gerücht, daß die Zentralbank von Kangan Pläne in Vorbereitung habe, nach denen das Bild des Präsidenten demnächst auf der Währung des Landes erscheinen sollte. Entsprach dieses Gerücht der Wahrheit, und wenn ja, was war die Meinung des verehrten Gastredners zu einer solchen Möglichkeit?

»Ja, wie jedermann, ist auch mir dieses Gerücht zu Ohren gekommen. Ob ein solcher Plan tatsächlich besteht, weiß ich nicht. Ich kann nur eines dazu sagen – ich hoffe, das Gerücht ist unbegründet. Mein Standpunkt ist ganz eindeutig, insbesondere jetzt, wo ich mir wegen meiner Position als Chefredakteur der *Gazette* keine Gedanken mehr zu machen brauche. Ich sehe das folgendermaßen: Jeder amtierende Präsident, der töricht genug ist, seinen Kopf auf eine Münze zu legen, sollte wissen, daß er damit das Volk anstachelt, diesen Kopf zu beseitigen.«

Diese Erklärung, die im Auditorium mit kräftigem Beifall bedacht wurde, sollte vom nächsten Morgen an noch viel lauter im ganzen Lande widerhallen, als nämlich die *National Gazette* drohend und in den größten Buchstaben, die es gab, mit folgender Schlagzeile aufmachte: *Ex-Chefredakteur befürwortet Königsmord!*

Eine der großen offenen Fragen der neueren Geschichte von Kangan lautet: Wie hätte Ikems Schicksal ausgesehen, wenn er diesen Auftritt in der Universität abgesagt hätte? Jene, die der Meinung sind, daß die Vorlesung der entscheidende Faktor war, unterschätzen wahrscheinlich die nie erlahmende Emsigkeit von Major Johnson (Samsonite) Ossai, dem Direktor des SUD. Denn er ging unablässig an verschiedenen Fronten vor, arbeitete sich an sie heran, wobei für ihn die größte Bedrohung aus der Richtung jenes kontroversen ausländischen Verwaltungsdirektors am Bassa Central Hospital kam, Mr. John Kent, allgemein bekannt als Mad Medico. Seit über einem Jahr nun hatte der scharfsinnige Major in weiser Voraussicht Mr. Kent sehr sorgfältig, doch diskret beschatten lassen. Und was sich für den Major aus dieser besonderen Übung ergab, war von so wesentlicher Bedeutung, daß allein diese

Erkenntnisse vollauf genügt hätten, auch wenn die Vorlesung nicht stattgefunden hätte. Die neuen Möglichkeiten, die sich durch die Vorlesung ergaben, dürfen dadurch jedoch keineswegs unterschätzt werden, denn sie machten dramatisches Zugreifen und schnellen Abschuß leicht und unumgänglich.

Mr. Kent wurde in aller Stille zum Verhör geholt, vier Tage lang geheim im BMSP in Isolationshaft gehalten, unter äußersten Sicherheitsvorkehrungen freigelassen und innerhalb von vierundzwanzig Stunden des Landes verwiesen. Eine knappe Radio- und Fernsehmeldung von seiner Ausweisung aufgrund von staatssicherheitsgefährdenden Aktivitäten, von der Direktion des Staatlichen Untersuchungsdienstes veröffentlicht, nachdem Mr. Kent bereits im Flugzeug saß, war die erste und letzte offizielle Mitteilung, die Kangan von diesem unerwarteten Geschehen erhielt. Wenige werden es auf den ersten Blick eindeutig mit der kurz zuvor bekannt gewordenen Suspendierung des Chefredakteurs der *National Gazette* in Verbindung gebracht haben, obwohl die beiden Meldungen, die so kurz hintereinander erfolgten, in vielen Köpfen den Eindruck hinterließen, daß die beklemmende Ruhe der vergangenen zwölf Monate sich möglicherweise nun doch einem schnellen Ende zuneigte.

Und dann erfolgte einige Stunden später eine weitere Meldung. Diese war vom Armeerat herausgegeben worden (niemand konnte sich erinnern, daß dieses Gremium jemals in allen vergangenen Jahren eine Verlautbarung veröffentlicht hatte) und informierte die Nation von nichts anderem, als daß in einer außergewöhnlichen Sitzung des Armeerates Major Johnson Ossai, Direktor des Staatlichen Untersuchungsdienstes, zum Oberst befördert wurde. Ende der Sondermeldung.

Er hält sich allerdings an sein Versprechen, die Dinge verfassungsgemäß abzuwickeln, dachte Chris, als er diese letzte Verlautbarung hörte.

Schön und gut, wenn Beatrice sich über seine morgendliche Gepflogenheit informatorischen Fremdgehens lustig machte, doch bis jetzt hatte ihm noch niemand bessere Möglichkeiten aufgezeigt, wie in Erfahrung zu bringen wäre, nicht was in der Welt vor sich ging – das hatte schon immer warten können –, sondern hier im Lande, in Kangan. Anstatt deshalb den BBC wie üblich um sieben zu hören, stand er am nächsten Morgen früher auf und stellte die Sechs-Uhr-Nachrichten an. Und siehe da, Mr. Kents Ausweisung aus dem westafrikanischen Staat Kangan war, wenn auch äußerst knapp in den Einzelheiten, Weltnachricht geworden.

Mit einem Ohr an dem kleinen Transistorradio wählte er Ikems Nummer. Es war ihm nicht gelungen, ihn gestern abend zu erreichen, als die Nachricht über MM zuerst bekannt geworden war. Der Hausboy, der am Telefon war, sagte, er sei am Nachmittag mit »diesem Mädchen« ausgegangen... Und nun klingelte das Telefon unablässig, und keiner ging dran. Ikem war berüchtigter Spätaufsteher und haßte es geradezu, am frühen Morgen gestört zu werden, doch Chris dachte, unter den gegenwärtigen Umständen könnte er zumindest ans Telefon gehen... Nein. Nun gut.

Dann versuchte er es bei Beatrice. Sie antwortete zuerst ganz verschlafen, doch als sie hörte, um was es ging, war sie sofort hellwach.

»Versuch den BBC reinzukriegen. Wahrscheinlich bringen sie einen ausführlichen Bericht in den Afrikanachrichten im Anschluß an die allgemeinen Nachrichten aus aller Welt.«

»Aber wie krieg' ich den BBC? Du weißt doch, ich habe ihn noch nie finden können. Ich krieg' immer nur diese schreckliche Sendung in seltsamem Englisch von der Stimme Amerikas. Ich glaube, mein Radio ist vom CIA gemacht worden.«

Eine kleine Weile später rief sie zurück, sie klang vollkommen entmutigt und hatte nur vom erneuten Fehlschlagen ihrer Versuche zu berichten.

»Das macht doch nichts, Liebling. Komm gleich zu mir rüber. Es ist mir gelungen, die Nachricht über MM auf Band aufzunehmen. In der Zwischenheit versuche ich, Ikem zu erreichen. Seine Fähigkeit, auch in Gewitterstürmen zu schlafen, beginnt mich zu irritieren... Bis gleich.«

Als Beatrice gegen Viertel vor acht zu ihm kam, war Chris bereits von anderer Seite alarmiert worden und hatte verzweifelt in ganz Bassa herumtelefoniert, jedoch ohne Erfolg. Sobald er ihren Wagen vorfahren hörte, eilte er hinaus. »Ikem ist nicht in seiner Wohnung, obwohl er gestern abend dort zu Bett gegangen war...«

»Vielleicht ist er früh aufgestanden und weggegangen.«

»Sein Wagen steht in der Garage und... wir müssen hin und es uns selbst anschauen. Kannst du fahren?«

»Sicher.« Sie bemerkte, daß er zitterte.

Die Haustür war verschlossen, deshalb gingen sie zur Rückseite des Hauses und betraten die Wohnung durch den Kücheneingang, für den der Hausboy einen Schlüssel hatte. Die Wohnung war ein Bild der Verwüstung. Bücher, Papiere und Kleidungsstücke lagen überall verstreut im Wohnzimmer und in den Schlafzimmern auf dem Fußboden. Ein Wecker lag in den Scherben seines zerbrochenen Glases neben dem Bett.

Der Hausboy wiederholte, was er Chris vor kurzem bereits am Telefon gesagt hatte, als es an der Tür klopfte und eine Frau zögernd eintrat, ein Mann folgte ihr. Es waren Ikems Nachbarn aus der angrenzenden Wohnung. Der Mann, ein Beamter, erkannte den Informationsminister sofort.

»Guten Morgen, Sir«, sagte er. Den Minister hier vorzufinden schien seine Stimmung etwas zu heben und vertrieb ein wenig die düstere Zurückhaltung, mit der er eingetreten war. »Agnes, das ist der Informationsminister, Mr. Oriko. Sir – meine Frau.«

»Guten Morgen, Sir«, sagte Agnes, die Frau, und wurde zusehends munterer.

»Danke. Haben Sie Ihren Nachbarn seit gestern abend gesehen?«

Der Mann warf einen fragenden Blick auf Beatrice, auf die übrigen Zimmer und auf die offene Tür.

»Außer uns ist niemand hier. Sie wissen, wer ich bin. Dies hier ist Beatrice Okoh, stellvertretende Staatssekretärin im Finanzministerium. Wir sind weder von der Polizei noch von der Sicherheit. Nur Freunde von Mr. Osodi. Haben Sie irgend etwas gesehen?«

»Sehr erfreut, Sie kennenzulernen, Madam... Ich schlief tief und fest, als Agnes mich weckte und sagte, draußen seien zwei Jeeps...«

»Armeejeeps?«

»Ich ging ans Fenster, um nachzusehen, und sie hatte recht. Im Hof standen zwei Jeeps, und in der Zwischenzeit hatten die Männer angefangen, mit lauten Schlägen an die Haustür von unserem Nachbarn zu klopfen. Dann, nach einer Weile, hörten wir, daß die Tür geöffnet wurde.«

»Haben sie sich identifiziert? Haben sie gesagt, wer sie sind?«

»Ich glaube, sie sagten, sie kämen vom Staatlichen Untersuchungsdienst.«

»Ja, genau das haben sie gesagt. Und wir hörten ihn sagen, daß er kommen würde, ehe er die Tür öffnete.«

»Ja?«

»Wir waren nicht ganz sicher, ob es wirklich Soldaten waren. Sie wissen doch, daß bewaffnete Einbrecher manchmal vorgeben, sie seien Soldaten. Deshalb hatten wir Angst, hinauszugehen.«

»Das ist verständlich. Um welche Uhrzeit war das alles?«

»Es war genau um Viertel nach eins. Und gegen halb drei gingen sie wieder. Sie kamen mit unserem Nachbarn heraus.«

»Wie viele waren es?«

»Oh, viele. Einige gingen rein, und andere blieben draußen. Mein Mann meinte, es müßten an die zehn gewesen sein, aber ich habe sie nicht gezählt.«

»Haben Sie die Fahrzeugnummern gesehen und aufgeschrieben?«

»Ich habe es versucht, aber sie hatten unter der Schirmakazie geparkt, und das Sicherheitslicht, das die ganze Nacht über brennt, ist nicht hell genug, daß ich die Nummern hätte sehen können.«

»Wurde er sehr grob behandelt? Sie können ruhig offen reden, Sie brauchen keine Angst zu haben.«

»Vielleicht drinnen. Aber draußen lief alles ganz ruhig ab.«

»Also gab es keine Handgreiflichkeiten oder daß sie ihn grob herumgestoßen hätten oder ähnliches... draußen?«

»Nein. Ich habe nichts dergleichen gesehen.«

»Aber die Hände unseres Nachbarn waren in Handschellen«, sagte die Frau, »und sein Gesicht...«

»Wir konnten wirklich nicht sehr viel sehen, Sir. Und wie ich Ihnen schon gesagt habe, war es viel zu dunkel...«

»Sein Gesicht?« fragte Chris und wandte sich direkt an die Frau.

»Wir konnten nicht genau sehen, ob sein Gesicht nicht geschwollen war es war zu dunkel. Deshalb wissen wir nicht, ob es die Dunkelheit war, oder ob sein Gesicht wirklich verschwollen war.«

»Ich danke Ihnen sehr. Sie haben uns die erste verläßliche Information gegeben. Sie müssen sich keine Sorgen machen. Wir werden Ihren Namen nirgendwo erwähnen.«

»Vielen Dank, Sir; vielen Dank, Madam. Um unser Land ist es sehr, sehr schlecht bestellt. Nur Gott kann uns noch retten.«

Als Chris am Tag zuvor gegen sechs Uhr abends durch den Anruf eines Freundes zum ersten Mal von MMs Ausweisung gehört hatte, hatte er versucht, mit Ikem zu sprechen, aber er war offensichtlich mit Elewa ausgegangen gewesen. Am Morgen der Königsmord-Geschichte hatte er also zum letzten Mal mit Ikem gesprochen. So gut er konnte, hatte er versucht, seiner Irritation Herr zu werden, und wollte von Ikem genau wissen, was dieser bei der Vorlesung gesagt hatte. Als Antwort auf seine Frage war er durchaus auf eine Explosion am anderen Ende der Leitung gefaßt gewesen, doch zu seiner großen Freude schien Ikem ziemlich außer sich darüber zu sein, daß, was immer er gesagt hatte, auf so abscheuliche Weise verdreht worden war; er war dabei, einen scharfen Brief an den Chefredakteur zu schreiben, und hatte sogar von eventuellem gerichtlichem Vorgehen gesprochen.

Als Chris nun völlig handlungsunfähig inmitten der verwüsteten Wohnung stand, schien sein Denkvermögen ausgeschaltet zu sein, eingesperrt in den kahlen Korridor der Untätigkeit, wo es, von Panik erfaßt, von einer geschlossenen Tür zur nächsten flatterte.

»Ich frage mich, ob er den Brief abgeschickt hat.«

»Welchen Brief?«

»An den Chefredakteur der *Gazette*. Es ist ganz wichtig, daß sie seine Entgegnung und Richtigstellung drucken.«

»Und du denkst, das werden die tun? Mit diesem ekelhaften Kerl, der sich jetzt die Finger leckt. Du kannst ihn ja auf alle Fälle anrufen und ihn fragen, warum sie den Brief noch nicht gebracht haben. Er hat dir doch sonst immer aus der Hand gefressen.«

»Wir müssen Elewa finden. Wer weiß, vielleicht hat es schon am Nachmittag irgendwelche Anzeichen gegeben, daß etwas dergleichen möglicherweise geschehen könnte.«

»Wie meinst du?«

»Ich weiß auch nicht. Aber sie war bis sechs Uhr hier.«

»Die Männer kamen nachts um eins. Aber ich meine auch, daß wir es Elewa auf alle Fälle sagen müssen. Weißt du zufällig, wo sie wohnt? Nein? Ich auch nicht. Vielleicht weiß es der Hausboy.«

»Ja, das ist eine gute Idee.«

Der Hausboy wußte weder, wo sie wohnte, noch, wo sie arbeitete.

»Überlegen wir doch mal. Ich meine, sie hat mir erzählt, daß sie in einem indischen oder vielleicht auch in einem libanesischen Laden als Verkäuferin arbeitet. Ich glaube, es ist ein Textilgeschäft. Aber welcher Laden das nun ist… Wir könnten bei allen, die in den Gelben Seiten stehen, nachfragen… Aber Elewa und wie weiter? Das wissen wir auch nicht, oder? Ach, ich bin sicher, sie wird es auf die eine oder andere Weise erfahren und hierhin zurückkommen.«

Sie verließen die Wohnung, damit Beatrice zur Arbeit gehen konnte. Chris gab ihr den guten Rat, von ihrem Büro aus nichts weiter in der Sache zu unternehmen, sondern alles ihm zu überlassen.

Er verbrachte den gesamten Vormittag am Telefon. Die geistige Lähmung, die die Verwüstung in Ikems Wohnung bei ihm ausgelöst hatte, war nun vollkommen verschwunden. In dem Maße, wie er einen Schritt nach dem anderen unternahm, wurde ihm zunehmend deutlicher, was er zu tun hatte. Major Ossai war nicht zu sprechen, und auch sonst konnte ihm niemand im Büro des SUD-Direktors mit den Informationen, die er wünschte, dienen.

Die Chefsekretärin des Präsidenten wollte ihn nicht weiterverbinden, sondern versprach, ihn zurückzurufen, sobald der Präsident Zeit hätte, mit ihm zu sprechen. Um was es ginge? Oh, aber das ist nicht Angelegenheit des Präsidenten. Darüber müssen Sie mit dem Direktor des SUD sprechen.

Dann rief er den Generalstaatsanwalt an, der ihm sagte, er wisse von überhaupt nichts.

»Aber Sie müßten doch von Amts wegen informiert sein?«

»Nun, ja und nein. Wenn es sich um eine reine Angelegenheit der Staatssicherheit handelt, könnte das sehr heikel werden… Natürlich werde ich letztlich alles erfahren, verstehen Sie…«

Professor Okong hatte von nichts gehört, und dem Oberstaatssekretär hatte eben in diesem Augenblick der Generalstaatsanwalt Bescheid gesagt.

Nun ja! Es hatte keinen Sinn, den Lebenden unter den Toten zu suchen! Also änderte er seine Taktik. Es war eindeutig, daß Major Samsonite Ossai und sein Boß das Ganze im stillen abzumachen gedachten. Deshalb mußte er darauf hinarbeiten, daß Ikems Verschwinden ganz groß an die Öffentlichkeit gelangte. Er wußte, daß er mit einer Reihe der Vertreter ausländischer Nachrichtenagenturen in Bassa rechnen konnte, mit ihrer Presse und ihrem Radio. An der Heimatfront gab es keine vergleichbare Möglichkeit, auf die er sich hätte verlassen können, doch es gab das enorme Potential jenes riesigen Netzwerkes, das im Volksmund Gerüchteküche heißt, das ihm zur Verfügung stand – der Schrecken aller Tyrannen und zweifelhaften Krämer, die an höchster Stelle sitzen. Ehe es Abend wurde, schienen beide Systeme, das ausländische und das lokale, im Interesse des verschwundenen Mannes auf vollen Touren zu laufen.

Und dann brachte das Radio um achtzehn Uhr eine erneute Sondermeldung des Staatlichen Untersuchungsdienstes:

In Ausübung seiner Pflicht, die Freiheit und Sicherheit des Staates und damit eines jeden gesetzesliebenden Bürgers von Kangan zu schützen, hat der Staatliche Untersuchungsdienst eine Verschwörung unpatriotischer Elemente in Kangan aufgedeckt, die in gemeinsamer Aktion mit gewissen ausländischen Abenteurern beabsichtigten, die rechtmäßige Regierung dieses Landes zu destabilisieren.

Der führende Kopf hinter dieser heimtückischen Verschwörung war Mr. Ikem Osodi, bis vor kurzem Chefredakteur der regierungseigenen *National Gazette*.

Von höchsten Sicherheitsbeamten geleitete Untersuchungen haben Mr. Osodis aktive Beteiligung in drei verschiedenen Bereichen der Verschwörung erwiesen:

1. Er war die Schlüsselverbindung zwischen den Akteuren in Kangan und ihren ausländischen Kollaborateuren.
2. Er war der Achsnagel zwischen den Aufrührern in Bassa und einer Gruppe unzufriedener und unpatriotischer Häuptlinge in der Provinz Abazon.
3. Unter dem Deckmantel einer öffentlichen Vorlesung an der Universität von Bassa am 26. September unterstützte Mr. Osodi die Ziele der Verschwörer, indem er die Studenten der Universität zu Unzufriedenheit und Rebellion gegen die Regierung und gegen die Person und das Leben Seiner Exzellenz des Präsidenten sowie gegen den Frieden und die Sicherheit des Staates aufwiegelte.

In den frühen Morgenstunden nahmen Sicherheitsbeamte Mr. Osodi in seiner Dienstwohnung, 202 Kingsway Road, im Beamtenwohnviertel fest und brachten ihn in einem Militärfahrzeug zum Verhör in das Hauptquartier des Staatlichen Untersuchungsdienstes. Auf der Fahrt jedoch bemächtigte er sich der Schußwaffe eines seiner Begleiter. Im Verlauf des darauffolgenden Handgemenges zwischen Osodi und seinen Bewachern in dem fahrenden Fahrzeug wurde Mr. Osodi durch einen Schuß auf verhängnisvolle Weise verletzt.

Seine Exzellenz hat bereits hochrangige Persönlichkeiten unter Leitung des Generalstabschefs, Generalmajor Ahmed Lango, mit der Untersuchung des Unfalls beauftragt mit der Anweisung, die Untersuchungen umgehend zu beginnen und inner-

halb von vierzehn Tagen einen Bericht vorzulegen.
In der Zwischenzeit sind weitere Nachforschungen im Hinblick auf die Aufdeckung aller Bereiche der Verschwörung im Gange. Das Ziel dieser Bemühungen ist es auch, eine oder mehrere weitere Personen, ungeachtet ihrer Position, zur Rechenschaft zu ziehen, die an dieser verräterischen Verschwörung beteiligt sind und versuchen, unser großes und geliebtes Land von seinem eingeschlagenen Weg zu friedlichem Fortschritt abzubringen und es in erneutes Blutvergießen und in die Anarchie zu stürzen. Lang lebe Seine Exzellenz der Präsident! Lang lebe die Republik Kangan!
Diese Erklärung wurde von Oberst Johnson Ossai, dem Direktor des Staatlichen Untersuchungsdienstes, unterzeichnet.
Ende der Sondermeldung.
Radio Kangan wird diese Erklärung um neunzehn Uhr wiederholen.

Während er nervös auf Beatrice wartete, warf Chris ein paar Dinge in eine Reisetasche. Als sie vorfuhr, ging er mit der Tasche hinaus, schloß die Haustür ab und verließ sein Haus – wie es sich herausstellen sollte, für immer.

Die Entscheidung, wegzugehen, hatte zuerst wenig mit der Angst um seine eigene Sicherheit zu tun, obwohl dieser Faktor mit jedem Tag, der vorüberging, eine größere Rolle spielen sollte. Doch in diesem Augenblick war nichts anderes in seinem Denken als die überwältigende Frage, die sich gleich herauskristallisiert hatte, als die Meldung noch lief, wie diese abscheuliche Lüge widerlegt werden könne. Nicht morgen, da könnte es bereits zu spät sein, sondern jetzt!

Sobald er seinen ersten Unterschlupf erreicht hatte, griff er zum Telefon und arrangierte mit zwei ausländischen Korrespondenten, sich um acht Uhr an jenem Abend mit ihm zu treffen. Dann ging er in das Hinterzimmer, wo man ihm ein Campingbett und einen Tisch zum Schreiben bereitgestellt hatte, und begann seine eigene Stellungnahme zu entwerfen und niederzuschreiben. Seltsam, wie sein Denkapparat klar und effizient funktionierte – nicht die kleinste Einzelheit schien ihm zu entgehen. Einige Minuten, nachdem er zu arbeiten begonnen hatte, erschien er wieder in dem Wohnzimmer, wo sein Gastgeber und Beatrice saßen und telefonierten, und sagte, sie müßten sich versichern, daß alle, mit denen sie sprachen, verstanden hätten, daß Ikem nicht nur verwundet, sondern tot sei. Er war überzeugt davon, daß die Verfasser jener Erklärung der Regierung absichtlich eine Formulierung gewählt hatten, die von der Allgemeinheit mißverstanden wurde, um damit die Schockwirkung dieser Nachricht zu dämpfen und ihr volles Ausmaß nur schubweise zu enthüllen. Beatrice schien diese Theorie ein wenig weit hergeholt, beschloß aber, den Punkt nicht weiter zu erörtern.

Als sie an jenem Abend kurz nach elf Uhr nach Hause kam, war Elewa in der Wohnung und wartete verwirrt und beunruhigt auf sie. Den ganzen Tag über war es Beatrice nicht gelungen, sie zu erreichen. Und genau wie Chris es vorhergesehen hatte, hatte sie die Meldung vollkommen mißverstanden! Einen kurzen Augenblick lang spielte Beatrice mit dem Gedanken, sie bis zum nächsten Morgen in ihrer Unwissenheit zu belassen. Doch sofort wurde ihr klar, wenn sie das täte, so täte sie es nicht unbedingt aus Fürsorglichkeit für Elewa, sondern wahrscheinlich viel mehr aus der feigen Furcht heraus, ganz alleine mit einer so schrecklichen Aufgabe betraut zu sein. Und dieser Gedanke half ihr, sich zu entscheiden. Von nun an würde die Zukunft, von der sie ahnte, wie erbarmungslos sie sich ihnen zeigen würde, von Menschen wie Elewa und ihr unmenschlichen Mut erfordern und nicht Zimperlichkeit.

Doch wie eigenartig reagiert der Mensch, wenn das tiefste Gefühl angesprochen ist – Elewa erwies sich als die Stärkere von beiden! Ein durchdringender Schrei, der in Beatrice Kopf wie ein Salut für einen gefallenen Kameraden widerhallte, und Elewa setzte sich, gefaßt und schweigend. Nun war es Beatrices selbst, die den lindernden Tränen ihren Lauf ließ, die sie den ganzen Abend über zurückgehalten hatte, während sie fieberhaft von Chris' geheimer Kommandozentrale aus Telefongespräche geführt hatte.

Am späten Nachmittag des darauffolgenden Tages wurde es eindeutig klar, daß der Staatliche Untersuchungsdienst begonnen hatte, Chris zu suchen. Eine von Chris in weiser Voraussicht getroffene Maßnahme war gewesen, Beatrice zu bitten, in ihre Wohnung zurückzukehren und wie gewöhnlich am Morgen zur Arbeit zu gehen. Bis sie weiteres von ihm hörte, sollte sie nicht versuchen, ihn zu sehen. Kurz vor Büroschluß bat ihre Sekretärin sie, einen Anruf vom Direktor des Staatlichen Untersuchungsdienstes entgegenzunehmen. Absichtlich langsam griff sie zum Hörer, was ihr

Zeit gab, ihre Stimme zu kontrollieren und sich zu fassen. Als sie dann sprach, klang ihre Stimme kühl und gleichgültig, aber nicht feindselig.

»Hier spricht Oberst Johnson Ossai.«

»Ja, was kann ich für Sie tun, Oberst?«

»Nun... ich habe hier eine sehr wichtige Botschaft für Minister Oriko von Seiner Exzellenz... Ich habe schon mehrere Male versucht, ihn im Ministerium zu erreichen, doch er war nie da. Ich habe auch bei ihm zu Hause angerufen, aber da antwortet niemand. Vielleicht... wissen Sie... hm... wo er sich aufhält? Es ist...«

»Nein, ich weiß nicht, wo er ist.«

»Ach, dann tut es mir leid, daß ich Sie gestört habe.«

»Bitte sehr, Oberst. Auf Wiedersehen.«

In der Zwischenzeit hatte Chris zusätzlich zu den ausländischen Korrespondenten noch äußerst nützliche Kontakte mit anderen Meinungsmachern hergestellt. Ganz besonders hatte ihn sein Zusammentreffen mit dem Vorsitzenden der Studentenunion der Universität Bassa ermutigt. Aus Sicherheitsgründen hatte er ihn nicht in sein Versteck kommen lassen, sondern sie hatten einen Treffpunkt in einer anderen Ecke des Beamtenviertels ausgemacht. Doch wie es sich herausstellte, erwies sich diese Vorsichtsmaßnahme als ganz unnötig. Die barbarische Königsmordgeschichte der *National Gazette* hatte die Studentenunion so erbost, daß die Studenten die Nummern dieser Ausgabe bei den Zeitungsverkäufern beschlagnahmt und sie öffentlich mitten auf dem Platz verbrannt hatten. Die Union hatte außerdem einen ausführlichen und wütenden Brief an den Chefredakteur geschrieben, in dem sie eine Entschuldigung für die Beleidigung der Studenten und ihres Gastredners forderten.

Chris reichte ihm eine Kopie der Stellungnahme, die er vorbereitet hatte, und beobachtete ihn, während er sie las. Es dauerte nicht lange, bis das Papier in seinen Händen zu zittern begann. Als er es ihm zurückreichte, fuhr er sich mit dem Handrücken über die Augen. Er versuchte zu sprechen, doch ein heftiges Auf und Ab seines Adamsapfels schien die Worte zu blockieren.

»Davon brauche ich eine Kopie«, brachte er schließlich heraus. »Darf ich es kopieren und Ihnen zurückbringen?«

»Diese Kopie gehört Ihnen«, sagte Chris und gab ihm das Blatt zurück, »wenn Sie es brauchen können.«

»Vielen Dank, Sir. Wir werden heute abend zweitausend Kopien machen, damit es jeder Student morgen früh als erstes in der Hand hat. Diese Regierung hat nun Selbstmord begangen.«

»Nun, junger Mann«, sagte Chris, stand auf und reichte ihm die Hand zum Abschied, »ich hoffe, Sie haben recht. Ich hoffe es von ganzem Herzen. Doch wir dürfen uns nicht zu sehr darauf verlassen, daß die Niederträchtigkeit uns so bereitwillig diesen Gefallen tut... Ich bin froh, daß wir diese Gelegenheit zu einem Gespräch hatten.«

»Vielen Dank, Sir. Sie können sich auf uns verlassen.«

»Dieses Land verläßt sich auf Sie. Seien Sie jetzt vorsichtig, wenn Sie hinausgehen.«

Chris' letzte Besucher an jenem Abend waren die beiden Taxifahrer. Elewa hatte den ganzen Vormittag und die Hälfte des Nachmittags damit verbracht, einen von ihnen ausfindig zu machen und zu arrangieren, daß sie Chris am selben Treffpunkt aufsuchten.

Am dritten Tag brachte der BBC, der bereits die Nachricht von Ikems Tod verbreitet hatte, ein Interview seines Korrespondenten in Bassa mit Chris, der als eine der Schlüsselfiguren der Regierung von Kangan bezeichnet wurde, und als Freund des vielgeachteten und bewunderten Schriftstellers Ikem Osodi, dessen angeblicher Tod im Polizeigewahrsam die Militärregierung dieses geplagten westafrikanischen Staates in eine tiefe Krise gestürzt habe. Mit sehr bewegter, aber fester Stimme und ohne falsche Beitöne hatte Chris den offiziellen Bericht über Ikems Tod als »offenkundig falsch« bezeichnet. Wie konnte er dessen so sicher sein? Weil Ikem in Handschellen aus seiner Wohnung weggebracht worden war und sich deshalb niemals einer Schußwaffe seiner Häscher hätte bemächtigen können. Sie sagen also damit, daß er ermordet wurde? Ich sage, daß nicht der geringste Zweifel daran besteht, daß Ikem Osodi brutal und kaltblütig von den Sicherheitsbeamten dieser Regierung ermordet wurde.

Der Korrespondent wurde am nächsten Tag des Landes verwiesen. Doch die Studentenunion hatte inzwischen die Geschichte aufgegriffen und forderte eine juristische Untersuchung, die sofortige Entlassung von Oberst Ossai und seine strafrechtliche Verfolgung wegen Mordes.

Zwei Jeeps mit Bereitschaftspolizei, die geschickt worden waren, um den Vorsitzenden und den Sekretär der Studentenunion festzunehmen, verpatzten ihren Einsatz – die jungen Männer entwischten ihnen. Als wäre dieses Spiel noch nicht gefährlich genug, begannen andere Studenten, sie als hirnlose Trottel zu verhöhnen. Doch sich über die Bereitschaftspolizei von Kangan lustig zu machen ist schlimmer, als einen hungrigen Wolfshund zu reizen. Sie wurden wild. Doch aus Gründen, die sich niemand erklären konnte, griffen sie nicht zu den Schußwaffen. Vielleicht hatte das blutige Ende eines ähnlichen Überfalls vor zwei Jahren doch wider alles Erwarten seine Spuren hinterlassen... Vielleicht wird in tausend Zeitaltern gottähnlicher Geduld selbst dieser Felsen der Rücksichtslosigkeit vom steten Tropfen, der vom Dach fällt, ausgehöhlt werden! Mit Schlagstöcken und Nilpferdpeitschen fielen sie damals über ihre fliehenden Opfer her und jagten sie durch die Hörsäle, die Bibliothek, die Kapelle, bis in die Schlafsäle. Im Wohnheim der Studentinnen, in das einige der Angreifer im blinden Zufall der heißen Hatz eingedrungen waren, fanden sie sich schließlich alle ein und ergingen sich in entsetzlichen Racheorgien, wobei sie den uralten Kampf der Geschlechter mit dem modernen Kampf der Klassen vermischten.

Als später die Krankenwagen heranheulten, um die Verwundeten einzusammeln und ins Krankenhaus zu bringen, brachte das Radio eine Meldung, nach der die Universität auf unbestimmte Zeit geschlossen wurde und alle Studenten bis achtzehn Uhr am selben Abend das Universitätsgelände verlassen haben mußten.

Der britische Hohe Kommissar in Bassa sprach im Außenministerium vor, um sich über die Ausweisung zweier britischer Staatsangehöriger zu beschweren, doch anstatt seinen Protest vorbringen zu können, hatte man ihm schon vorab einen Brief gezeigt, der angeblich vom Sicherheitsdienst abgefangen worden war, und ihm geraten, in seinen Amtssitz zurückzukehren und abzuwarten, bis man ihn ins Ministerium rufe.

Der Brief, ein blauer Luftpostbrief, war an Mr. John Kent adressiert und mit Dick unterschrieben. Ein Teil des Briefes, der mit Rotstift am Rand angestrichen war, lautete folgendermaßen:

> Besonders erfreulich war, jenen Dichter kennenzulernen, der, soweit ich mich entsinne, Chefredakteur der Regierungszeitung ist. Hervorragender Mann. Mit der Vorstellung, die man von afrikanischen Diktaturen hat, war es recht überraschend, die Möglichkeit zu haben, dabeizusitzen und zuzuhören, wie ganz

lässig Dinge, auf die Hochverrat steht beredet und der örtliche Diktator als komischer Narr abgehandelt wurde! Und dazu noch von einem so prominenten Mitglied seiner eigenen Regierung. Für die Chefredakteure der *Times* und des *Guardian* wären gelegentliche Ferien in Bassa nicht schlecht! Ich schreibe einen kurzen Artikel für den *Telegraph*.

Chris konnte sich nicht mehr frei von einem Versteck zum andern bewegen, weil in der Zwischenzeit eine große Anzahl mit Armee und Polizei bemannter Straßensperren überall in der Stadt aus dem Boden geschossen war. Beatrice, die bei einer Erkundungsfahrt an seiner verlassenen Dienstwohnung vorüberfuhr, sah in der Einfahrt einen Jeep und mehrere Männer der Anti-Terror-Einheit stehen. Sie fuhr weiter zur Stadtmitte, ließ ihren Wagen auf dem Parkplatz gegenüber der katholischen Kathedrale und telefonierte von einer öffentlichen Telefonzelle aus.

Sie ging früh zu Bett an jenem Abend, doch fiel sie immer nur für kurze Zeit in unruhigen Schlaf, um bald darauf wieder wach zu werden. Als sie das dritte oder vierte Mal aufgewacht war, meinte sie, Geräusche aus dem anderen Schlafzimmer gehört zu haben. Sie stand auf und ging auf Zehenspitzen hinüber; von der Tür aus sah sie sofort in dem schwachen Licht, das von der Sicherheitsbeleuchtung draußen hereindrang, wer auf dem Bett saß.

»Elewa!« sagte sie und knipste das Licht an. »Du darfst so nicht weitermachen.«

Beatrice hatte beschlossen, sie ein paar Tage lang bei sich zu umsorgen, hatte ihren Schreibtisch an die Wand gerückt und ein Bett für sie bereitgemacht. An jenem Abend hatten sie ein langes Gespräch geführt, sie hatte ihr fünf Milligramm Valium gegeben, und als sie selbst zu Bett ging, war Elewa eingeschlafen gewesen. Und nun saß sie hier auf der Bettkante, ihr Gesicht ein Spiegel der Verwüstung. Ihr abwesender Blick erschreckte Beatrice, und sie bekam Angst. Es war nicht nur Trauer. Es war mehr. Etwas von einem verängstigten Kind war jetzt ganz stark gegenwärtig – Verwirrung, Alarm, Panik.

»So geht es nicht weiter. Wenn du dich nicht selbst aus all diesem Elend retten willst, dann mußt du wenigstens das Baby in deinem Bauch retten. Hörst du, was ich sage? Ich hab' dir doch gesagt, daß jetzt keine Zeit zum Weinen ist. Was vorbei ist, ist vorbei. Das einzige, was wir jetzt noch tun können, ist stark sein. Wenn der

Kampf dann beginnt, können wir richtig kämpfen. Komm, wisch dir die Augen ab, laß dich trösten – Gott ist bei uns!«

Elewa fing laut an zu weinen. Beatrice setzte sich neben sie und drückte sie mit einem Arm sanft an sich, so daß Elewas Kopf auf ihrer Brust lag, mit der anderen Hand klopfte sie ihr beruhigend und in einschläferndem Rhythmus auf die Schulter. Als sie ruhiger geworden war, löste sie sie langsam aus ihren Armen und legte sie sanft aufs Kissen zurück. Sie ging zur Wand, löschte das Licht und setzte sich wieder zu ihr aufs Bett.

»Leg dich her zu mir«, sagte Elewa mit von Tränen reingewaschener Stimme. Beatrice gab ihrem Wunsch nach und legte sich schweigend neben sie auf den Rücken. Nach einer Weile drehte sie sich auf die Seite und bettete Elewas Kopf zärtlich in ihren Arm. Dann begann sie wieder, ihr gleichmäßig auf die Schultern zu klopfen. Die Türen der Erinnerung taten sich auf, und sie sah sich selbst als Kind, wie sie ihre einzige Puppe, die sie jemals besessen hatte, mit rhythmischem, sanftem Klopfen in den Schlaf wiegte. Es war ein hölzernes Ding gewesen, mit unterentwickelten Händen, einem unbeweglichen, geraden Körper und dem stilisierten Gesicht der Maske, die dem Geist der Jungfrauen gehörte. Die verschwenderische Fülle von Elewas wohlproportioniertem Busen hob und senkte sich unregelmäßig, noch verkrampft, wie bei einem Kind, das lange geweint hat. Schließlich aber bemerkte Beatrice an ihren tiefen Atemzügen, daß sie nun doch endlich eingeschlafen war; gelegentlich schreckte sie aus heftigen Alpträumen auf, die sie barmherzigerweise jedoch nicht aufweckten. Sie brauchte den Schlaf, das arme Kind. Bald war auch sie selbst eingeschlummert.

Zuerst die in der vagen Unbestimmtheit schwebender Träume wahrgenommenen Autoscheinwerfer und dann das harte Knirschen von Autoreifen auf den kleinen Kieselsteinen der Auffahrt. Sie sprang auf. Durch die Belüftungsklappen sah sie drei Jeeps, unverwechselbar in der Nacht mit ihren unheimlichen, schlitzförmigen und nahe beieinander stehenden Scheinwerferaugen. Ihr Herz klopfte wild, als sie in ihr Schlafzimmer rannte, ein Paar feste Jeans aus dem Schrank riß, hineinfuhr, den Reißverschluß hochzog und den Gürtel zuschnallte. Dann suchte sie noch eine Jeans heraus. Elewa stand neben ihr.

»Schnell, zieh sie dir an!«

In aller Eile griff sie noch nach zwei Morgenmänteln...

Schwere Schläge an der Haustür...

»Miß Okoh, hier ist die Staatssicherheit. Öffnen Sie sofort!«

Sie zog ihren Morgenmantel über, half Elewa in den anderen und bedeutete ihr mit Hand- und Kopfbewegungen, in das andere Schlafzimmer zurückzugehen.

»Miß Okoh. Wir warnen Sie zum letzten Mal. Öffnen Sie sofort die Tür, hier ist die Staatssicherheit!«

»Ich komme.«

»Beeilen Sie sich!«

Sie nahm den Schlüsselbund von der Ablage und begann die Ketten der Eisengitter aufzuschließen, doch ihre Hände zitterten so sehr, daß es ihr nicht gelang, den Schlüssel ins Schlüsselloch zu stecken. Elewa riß ihr die Schlüssel aus der Hand, öffnete das Vorhängeschloß und nahm die Kette von dem schweren Gitter. Dann nahm Beatrice, die durch den Schock dieses entschlossenen Handelns ihre Ruhe wiedergefunden hatte, die Schlüssel wieder an sich, flüsterte Elewa, die den Befehl jedoch ignorierte, zu »Geh rein!« und drehte den Schlüssel in der Metalltür mit der Drahtglasscheibe. Sie wurde ihr von außen aus der Hand gerissen und flog auf. Ein riesiger Soldat drängte herein und stieß die beiden Frauen rechts und links mit einer so heftigen Schwimmbewegung zur Seite, daß Elewa, so zierlich wie ein Schilfrohr, zu Boden stürzte.

»Langsam, Sergeant!« Diese Ermahnung kam von einem Offizier, der auf etwas weniger dramatische Weise die Wohnung betrat. Drei andere folgten ihm, während die übrigen an der Tür stehen blieben.

»Miß Okoh?«

»Ja.«

»Es tut mir leid, Sie zu dieser Stunde zu stören. Doch ich habe Anweisung, Ihre Wohnung zu durchsuchen. Kann ich anfangen?«

»Suchen Sie etwas Besonderes?«

»Was soll diese blöde Fragerei?«

»O. K., Sergeant. Hier rede ich. Halten Sie den Mund!«

»Nun ja, Miß Okoh, es sind da gewisse Dinge, die wir suchen, doch im allgemeinen entspricht es nicht unseren Gepflogenheiten, uns zuerst darüber zu unterhalten. Übrigens empfehle ich, daß jeder, der außer Ihnen noch in der Wohnung ist, sich sofort zeigt. Alle Ausgänge sind bewacht, und auf jeden, der zu fliehen versucht, wird geschossen. Ist das klar? Nun werden wir anfangen.« Mit den schweigenden Bewegungen eines Frontkommandeurs verteilte er seine Männer auf die verschiedenen Räume. Dann machte er die Runde und überwachte ihr Vorgehen. Beatrice folgte ihm in diskretem Abstand.

Der Sergeant mit den blutunterlaufenen Augen, der den Auftrag erhalten hatte, Beatrices Schlafzimmer zu durchsuchen, tat dies, wie vom Teufel besessen. Er hatte alle Bettücher aus dem Bett gerissen, sie auf den Boden geworfen und trat darauf herum, während er wie verrückt von einem Objekt zum andern stürzte. Ein Glück, daß Beatrice nie gelernt hatte, Koffer, Schubfächer und so weiter abzuschließen. Also gab es nichts aufzubrechen, woran die Wut des Sergeanten sich hätte auslassen können. Er warf nur Kleidungsstücke überall herum. Der Offizier kam herein und forderte ihn erneut auf, sich zurückzuhalten; dann hob er selbst die Bettücher vom Boden auf und warf sie aufs Bett zurück. Als ihm der Hauptmann den Rücken zukehrte, sah Beatrice, wie es in den Augen des Sergeanten blitzte – ein Blick voll tiefster Verachtung und abgrundtiefem Haß.

»Miß Okoh, entschuldigen Sie, wenn ich frage, aber wer ist diese junge Dame?«

»Es ist Elewa... meine Freundin.«

»Ihre *Freundin?* Interessant. Was macht sie?«

»Was meinen Sie?«

»Ich meine, ist sie irgendwo beschäftigt?«

»Ja. Sie ist Verkäuferin in einem libanesischen Geschäft.«

»Wohnt sie immer bei Ihnen?«

»Nein, sie ist nur auf Besuch hier.«

»Ach so.«

Während man so über sie verhandelte, wie Verkäufer und Käufer auf dem Markt über ein dummes Tier verhandeln, das zum Verkauf gebracht wird, schossen Elewas Blicke wie Pfeile vom einen zum andern. Ihr Kummer war für den Augenblick von diesen seltsamen Ereignissen, die sich hier abspielten, ersetzt worden. In ihren zu großen Jeans und dem Morgenmantel darüber sah sie fast komisch aus. Sie ging nicht mit Beatrice und dem Offizier umher, sondern hatte auf einem Eßzimmerstuhl in dem an das Wohnzimmer angrenzenden Raum Stellung bezogen.

Beatrice, die sich wegen des Sturzes Sorgen machte, fragte sie, sooft sie durchs Wohnzimmer kam, wie es ihr gehe. Alles in Ordnung, antwortete sie jedesmal. Vielleicht war es das Valium, das sie so außergewöhnlich ruhig gemacht hatte. In Elewas Zimmer durchsuchte der dort zugeteilte Soldat Papiere und Bücher auf dem

Schreibtisch, als Beatrice im Gefolge des Offiziers wieder hereinkam.

»Suchen Sie auch Bücher?«

»Alles«, antwortete der Offizier für den Soldaten. »Mein Volk hat ein Sprichwort, das mein Vater oft benutzt hat. Ein Mann, dessen Pferd verlorengegangen ist, wird überall nach ihm suchen, selbst unter dem Dach.«

Nahezu eine Stunde lang suchte er überall nach dem verlorengegangenen Pferd, entschuldigte sich dann bei Beatrice für die gestörte Nachtruhe, grüßte und ging. Sollte es tatsächlich im Sicherheitsdienst, ja, in der gesamten Armee und Polizei von Kangan doch noch, wenn auch nur einen einzigen anständigen jungen Mann geben? Oder war es das Höchstmaß des Bösen schlechthin gewesen – das lächelnde Gesicht Mephistos im trügerischen Mönchsgewand? Das Schlimmste anzunehmen war bei weitem das Sicherste.

14

Als sie sich schlaftrunken anzog, um ins Büro zu gehen, klingelte das Telefon im Schlafzimmer. Erschrocken nahm sie beim zweiten Läuten den Hörer ab. Eine Stimme sagte: »Miß Okoh?«

»Ja. Wer ist da?« Ihr Herz klopfte wie verrückt, und der Telefonhörer in ihrer bebenden Hand schlug gegen ihr Ohr. Schweigen am anderen Ende. War er weg? Dann:

»Egal wer. Ich weiß, wo das Pferd ist. Aber ich möchte es nicht finden. Bringen Sie es woanders unter. Vor heute abend.« Er hatte aufgelegt.

Oder war er unterbrochen worden? Sie stand wie erstarrt, durch den Hörer am Ohr fühlte sie noch immer das Zittern ihrer Hand. Hoffte sie, die Stimme würde zurückkehren? Waren sie abgehört worden? Langsam legte sie auf und sank mit bleierner Müdigkeit auf ihr ungemachtes Bett.

Ihn woanders unterbringen? War es eine Falle? Um ihn auf die von Soldaten wimmelnden Straßen hinauszulocken? Wer war dieser Mann eigentlich? Könnte es doch sein, daß er es aufrichtig meinte? Wen, um Gottes willen, könnte sie um Rat fragen? Tränen der Einsamkeit stiegen ihr in die Augen. Sie stand auf, wischte sie ab, putzte sich die Nase und ging auf Zehenspitzen in Elewas Zimmer. Sie schlief wunderbar ruhig, wie ein kleines Kind – in einem Traum schwebend, in dem die schlimme Nachricht noch nicht bekannt geworden war, wo das hier Geschehene noch nicht geschehen war. Leise ging sie wieder hinaus, ließ sie zurück, um so viel Kraft wie nur irgend möglich aus der kurzen Gnadenfrist ihrer Träume zu schöpfen. Sie nahm ihre Handtasche und machte sich alleine auf die Suche nach einem sicheren Telefon.

Später im Büro war sie den ganzen Tag über unruhig, fragte sich, ob einer von den Dutzenden von Zwischenfällen, die das »woanders unterbringen« vereiteln könnten, möglicherweise eingetreten war, und welcher. Nur ein einziger würde genügen. Dasselbe sagte man von Gewehrschüssen... Das schlimmste war, so untätig herumsitzen zu müssen, blöde Briefe zu unterschreiben und nicht zu wissen, was eigentlich los war. Sollte sie ein schnelles Gespräch von einem anderen Büro aus riskieren, um einfach, ohne ein Wort zu sagen, zu erfahren, ob man seinen Gastgeber, der schon zur Arbeit gefahren war, als sie die Botschaft übermittelte, erreicht hatte und er zurückgekommen war, um die nächste Unterbringung zu arrangieren? Und immer wieder – dieser Offizier, war er aufrichtig? Gab es überhaupt noch Aufrichtigkeit in diesen haifischverseuchten Gewässern? Was für ein Spiel spielte er also? O mein Gott! Warum konnte sie nicht einfach in eines der Büros am anderen Ende des Ganges schlüpfen, die Nummer wählen und hören, wer antwortete? Aber Chris würde wütend sein; er hatte so sehr darauf bestanden, daß sie nicht mit ihm in Verbindung treten dürfe... Und wenn sie einfach die Nummer wählte und nichts sagte, könnte das am anderen Ende eine Panik auslösen und zu einem falschen Schritt führen... O mein Gott!

Wie ein aus dem Käfig freigelassener Vogel verließ sie ihr Büro um Punkt halb vier. (Chris hatte auch darauf bestanden, daß sie um seinetwillen das Büro nicht vor Büroschluß verlassen dürfe, denn sie würde sonst die Aufmerksamkeit auf sich lenken. Verdammte Gründlichkeit!) Sie ging nicht direkt nach Hause, sondern angeblich einkaufen. Doch vom überfüllten Parkplatz aus suchte sie keineswegs die Geschäfte auf. Der muntere Schritt, der sie beflügelte, als sie zum Parkplatz zurückkam, sprach Bände. Sie beschloß, sich einen Flakon Blue Grass zu leisten, und betrat einen der Läden. Statt eines Fläschchens kaufte sie zwei – eines für Elewa. Dann holte sie noch ein Brot und ein paar andere Lebensmittel und machte sich beschwingt auf den Heimweg. Auf dem Parkplatz legte sie ihre Tasche mit den Einkäufen auf der Wagenhaube ab und öffnete den Reißverschluß der Handtasche, um den Schlüssel herauszuholen. Sie durchsuchte die eine Innentasche und dann die andere. Ihr strapaziertes Herz begann wieder zu klopfen. Sie sagte sich, sie müsse jetzt ruhig bleiben, tief einatmen und die Tasche noch einmal gründlich durchsuchen. Das tat sie denn auch und leerte sogar den ganzen Inhalt der Tasche auf die Wagenhaube. Aber der kleine Schlüsselbund war nicht da. Sie eilte, rannte fast die ganzen hundert Meter bis zu der öffentlichen Telefonzelle. Ein Mann telefonierte. Sie klopfte an die Glastür und versuchte sie aufzuschieben. Der Mann unterbrach seine Unterhaltung und protestierte laut.

»Es tut mir leid, ich suche meine Autoschlüssel.«

»Hier sind keine Autoschlüssel«, sagte der Mann verärgert, zog ihr die Tür aus der Hand, schloß sie fest und nahm seine Unterhaltung wieder auf, nicht ohne vorher einen langen Zischlaut von sich zu geben – länger als es Männer normalerweise schaffen. Nachdem sie mit wachsender Hoffnungslosigkeit ihre Schritte durch die verschiedenen Läden, in den Läden und an die Kassen zurückverfolgt hatte, wo sie ihr Portemonnaie aus der Handtasche geholt und bezahlt hatte, kehrte sie niedergeschlagen zu ihrem Wagen zurück. Alle, besonders die Mädchen in der Parfümerieabteilung, erinnerten sich an sie, aber nicht an ihren Schlüsselbund.

Sie war müde, unsäglich müde. Die übliche bedrückende Tyrannei der Sonne hatte sich plötzlich in ein besonders rachsüchtiges Verhalten ihr gegenüber verwandelt, als Vergeltungsmaßnahme vielleicht für die nervöse Energie, die sie soeben statt der von oben verordneten schläfrigen Mattigkeit an den Tag gelegt hatte. Ringsumher auf dem Parkplatz sah sie vage und wie im Zeitlupentempo Hunderte, die klüger waren als sie, die gehorchten und denen es wohlerging.

Aus keinem besonderen Grund drehte sie sich um und warf einen Blick ins Wageninnere, und dort sah sie ihre Schlüssel in der Zündung stecken. Sie war außer sich vor Freude. Nun konnte sie nach Hause gehen, und selbst wenn sie den Ersatzschlüssel nicht finden sollte – wovor sie sich sehr fürchtete, seit sie begonnen hatte, über Strategien nachzudenken –, könnte sie einen Mechaniker holen, selbst einen Autodieb, der das Türschloß aufbrechen oder mit dem Fenster etwas machen konnte, und sie würde wieder fahren können.

Lächelnd machte sie sich auf die Suche nach einem Taxi. War es, daß sie einfach wegen der wiedergefundenen Schlüssel glücklich war, oder war es etwas Tieferes, eine Reaktion, hervorgerufen durch die Krise, in der sie und ihre Freunde wie in einem Netz gefangen saßen? Was immer es war, sie begann eine Unterhaltung mit dem Taxifahrer und erfuhr sehr bald Dinge, von denen sie nichts wußte – von Ikems Tod, von dem verschwundenen Informationsminister und von der für den nächsten Tag geplanten Versammlung der Taxifahrergewerkschaft, um »ihre Nase in diese unglaubliche Geschichte von Ikem Osodis Tod zu stecken«.

»Wenn Sie irgendwo hin müssen, dann müssen Sie heute gehen. Morgen fährt kein Taxi.«

Als sie an ihrer Wohnung ankamen, waren Beatrice und der Taxifahrer so gut Freund geworden, daß er sich kein bißchen beschwerte, weil er warten mußte, während Beatrice geraume Zeit nach ihrem Ersatzschlüssel suchte. Das Bier, das sie ihm anbot, um ihm die Zeit auf angenehmere Weise zu vertreiben, legte er unter das Armaturenbrett, bis er Pause habe. Er versprach, die leere Flasche morgen auf seinem Weg zu der Versammlung zurückzubringen.

»Diese Mühe brauchen Sie sich wegen der Flasche nicht zu machen«, sagte Beatrice.

»Warum soll ich mir nicht die Mühe machen? Bin ich denn ein Affe, von dem es heißt, es sei leicht, ihm Wasser zu geben, aber wie kriegt man den Becher zurück?«

Beatrice lachte laut, als sie wieder einstieg, um auf den Parkplatz zurückzufahren. Selbst der Urheber des Witzes mußte über seinen eigenen Witz lachen.

Wie versprochen, war Chris' letztes Versteck um Mitternacht durchsucht worden. Beatrice war ziemlich früh aufgestanden, doch sie mußte warten, bis genug Verkehr auf den Straßen war, ehe sie sich hinauswagen konnte, um dort anzurufen. Die Unterhaltung war kurz, ohne Einzelheiten und ohne Namen zu nennen.

»Besuch gehabt?«

»Ja, sie kamen um zwölf.«

»Probleme?«

»Bis jetzt keine.«

»Bis jetzt?«

»Nun, eigentlich keine. Überhaupt keine.«

»Gott sei Dank.«

Klick!

Sie kehrte zurück, und wie sie es manchmal tat, betrat sie die Wohnung leise durch den Kücheneingang. Elewa saß am Tisch und tunkte trockenes Brot in einen Becher mit Ovomaltine, während Agatha am Türrahmen zwischen der Küche und dem Eßzimmer lehnte und ihr zuschaute.

»Was schaust du sie so an? Und was für ein Frühstück ist das? Keine Eier... keine Margarine...«

»Aber sie hat nicht nach Eiern und nicht nach Margarine gefragt.«

»Sie hat dir nichts angeboten?«

»Das macht doch nichts, BB. Dies hier genügt mir.«

»Agatha, du bist sehr dumm und sehr böse... geh mir aus dem Weg!«

Sie drängte an ihr vorbei in die Küche, nahm drei Eier, schlug sie auf und bereitete ein Omelett. Während sie wartete, bis es fertig war, holte sie die Frühstückssachen aus dem Kühlschrank – Margarine, Orangenmarmelade, Honig, Orangensaft, Milch. Dann setzte sie sich zu Elewa und bestand darauf, daß sie von dem Ei aß und den frischen Orangensaft trank. Beatrice bediente sie, wie es sich gehörte, nicht nur, weil Elewa wegen ihres Leids ein Anrecht darauf hatte, sondern Beatrices Fürsorglichkeit sollte eine deutlich vernehmbare scharfe Rüge für Agatha sein, die nicht einmal versucht hatte, ihren Groll darüber zu verbergen, daß sie jemanden bedienen sollte, der, der Verachtung in ihren Augen und der geringschätzigen Art, wie sie die Lippen zusammenkniff nach zu urteilen, selbst nichts Besseres war als eine Hausangestellte.

Nach dem ersten Aufwallen ihres Zorns entdeckte Beatrice, daß sie zum ersten Mal für dieses arme, verdrehte, vertrocknete und frömmelnde Mädchen etwas empfand, was ihr bis jetzt noch nie in den Sinn gekommen war für sie zu empfinden – nämlich Mitleid. Ja, sie dachte, ihre Agatha hatte Mitleid verdient; dieses Mädchen, die jeden Samstag vom Morgengrauen bis zum Sonnenuntergang für die Rettung ihrer Seele tanzte und davon träumte, die Traktate verteilte (einmal, als Beatrice gerade aus dem Zimmer gegangen war, hatte sie sich sogar an Chris rangemacht und ihm eins gegeben). Ja, diese Agatha, die so freigiebig mit Traktaten war, die vom errettenden Blut Jesu geradezu troffen, und die doch selbst keinen einzigen Tropfen Nächstenliebe in ihrem eigenen kraftlosen Blut hatte.

Als Beatrice ihren Kaffee trank, an einem Stück Brot knabberte und ein wenig Omelett aß, nur um Elewa Gesellschaft zu leisten und aufzupassen, daß sie etwas Nahrhaftes und das für ihren Zustand Notwendige zu sich nahm, fragte sie sich, warum sich Agatha wohl so gemein Elewa gegenüber benahm.

Natürlich war es ein hartes Brot, Hausmädchen zu sein. Beatrice wußte das. Sie hatte dieses Problem, weiß Gott, nie heruntergespielt oder bewußt auf jemand herabgeschaut, der in einem Haushalt arbeitete. Denn sie war sensibel und intelligent genug, um die Zusammenhänge verstehen zu können, und ihre geisteswissenschaftliche Bildung konnte die Wahrnehmung dessen, was so augenscheinlich war, nur noch verschärft haben: Im absurden Glücksspiel, das den nachkolonialen Gesellschaften Afrikas ihr Geschick zuteilte, konnte es ohne weiteres geschehen, daß von zwei Menschen, die den Tag als sich vollkommen gleichende Zwillinge begannen, sich der eine am Abend als Präsident wiederfindet, der den Menschen auf den Kopf scheißt, und der andere als Arbeiter, der des Nachts die Scheißkübel der Menschen auf dem Kopf wegträgt und ausleert. Wie sollte also eine junge Frau wie Beatrice, die intelligent war, mitfühlend, sich unserer Situation bewußt war, auf eine andere, die weniger Glück als sie gehabt hatte, herabschauen und mehr darin sehen als eben genau das – blindes Glück?

Doch das war bei weitem nicht alles. Es mußte noch etwas anderes sein. Da war Elewa. Hatte sie nicht bei der großen, launenhaften Verlosung ebenso wenig Glück gehabt wie Agatha? Eine kaum gebildete Verkäuferin in einem Laden, der einem Libanesen gehörte; ihr Zuhause in einem einzigen Zimmer, das sie mit ihrer Mutter, die einen Kleinhandel betrieb, tief in den Slums von Bassa teilte. Warum war sie nicht bitter geworden? Warum strahlte sie Warme, Selbstachtung und Vertrauen aus, fühlte man sich zu ihr hingezogen? Warum schien es so selbstverständlich zu sein, sie in dem anderen Schlafzimmer unterzubringen, und nicht wie Agatha in den Bedienstetenunterkünften? Sie war Ikems Freundin, das stimmte. Aber war das alles? Und wie kam es überhaupt, daß Ikems Wahl unter all den Millionen, die genauso wenig Glück gehabt hatten, ausgerechnet auf sie gefallen und sie seine Freundin geworden war? Es war etwas in ihr, das sich selbst durch das glücklose Los, das sie gezogen hatte, nicht verdrängen ließ. Dieses Etwas, durch das Ikem sich zu ihr hingezogen gefühlt hatte und für das man ihr dankbar sein mußte.

Ikem! O ja, Ikem. Provokativer, nervenzermürbender, liebenswerter Ikem! Er war es, er mußte die Ursache für diese ungewöhnlichen Gedanken sein! Sie rief sich seinen letzten Besuch in ihrer Wohnung ins Gedächtnis zurück. Obwohl sie ihn danach noch ein paarmal gesehen hatte –, das letztemal erst vor ein paar Tagen bei Chris, als sie alle zusammen am Fernsehen die Nachricht seiner Suspendierung gesehen hatten – so war dieser letzte Besuch in der Wohnung hier mit seinem Tod immer mehr hervorgetreten, hatte ihre Gedanken, die ihn umkreisten, beherrscht und frühere, ja sogar spätere Erinnerungen entschlossen in den Hintergrund gedrängt.

Vielleicht war es das starke geistige Licht jenes aufkommenden Bewußtseins, das Elewa, die, wie es sich herausstellte, ein lebendiges Stückchen von ihm in sich trug, diese neue Leuchtkraft gab, die sie auszustrahlen schien, und die nicht nur der Abglanz einfacher Trauer war, der man in Kangan überall zu jeder Stunde begegnen konnte, sondern eine Berührung – deutlich, fast gottähnlich, die es vermochte, ein Mädchen, das kaum Schulbildung genossen hatte, jedoch freundlich und sehr attraktiv war, in ein verehrungswürdiges Wesen zu verwandeln.

Doch noch bemerkenswerter schien ihr, wie dieses Bewußtsein nun, da ihr Ärger abflaute, auf die verachtete Agatha übergriff, die sich bis jetzt durch ihr vertrocknetes, frömmelndes, wiedergeborenes Gehabe absichtlich und halsstarrig der Reichweite von Beatrices Sympathie entzogen hatte; ja, ausgerechnet auf sie, und dabei ein neues Bild von ihr auf den Bildschirm von Beatrices Denken warf; im Hintergrund die Stimme des Sprechers, der sagte: *Nun liegt es an euch Frauen, uns zu sagen, was getan werden muß. Und ganz bestimmt ist Agatha eine von euch.*

Weißt du was? Vielleicht könnte man sogar sagen, daß Agatha, weil sie so eindeutig, auf so unerfreuliche Weise und so eigensinnig mit ihrem Schicksal haderte, durch ihre unerbittliche Weigerung, sich versöhnlich stimmen zu lassen, der Sache vielleicht einen wertvolleren Dienst erweist als Elewa mit ihrem stillen Hinnehmen; wertvoll, um die Erinnerung an die Unterdrückung intakt zu halten, auf Hochglanz poliert sozusagen und einsatzbereit. Was hältst du davon?

Agatha hatte sich angewöhnt, stundenlang zu weinen, wann immer Beatrice auch nur den leisesten Tadel ausgesprochen hatte, und Beatrice hatte sich angewöhnt, sie dabei vollkommen zu ignorieren. Doch heute, nachdem sie das benutzte Geschirr in die Spüle gestellt hatte, wandte sich Beatrice nach Agatha um, die mit in den Händen vergrabenem Gesicht am Küchentisch saß, und legte ihr die Hand auf die bebende Schulter. Sie hob sofort den Kopf und starrte ihre Herrin ungläubig an.

»Es tut mir leid, Agatha.«

Die Ungläubigkeit wurde zuerst zum Schock, und dann drang durch den Nebel ihrer Tränen die Sonne des Lächelns.

Die Stimme war mitteilsam geworden, geradezu maßlos in ihrer Mitteilsamkeit. Zwei Anrufe an einem Tag! Am Morgen rief er an, um ihr sein volles Lob über die Unterbringung des Pferdes andernorts auszusprechen; doch befände sich das Pferd noch immer in Bassa, müsse er ihr eindrücklich nahelegen, daß die Stadt keine sichere Umgebung für es sei. Sie täte gut daran, sich ziemlich bald einen Überlandausritt zu überlegen.

»Was mich anlangt, brauchen Sie sich keine Sorgen zu machen; ich kann versprechen, ein Pferd nie aufzufinden. Es sind die anderen, die tüchtiger sind als ich, wenn es um das Auffinden von Pferden geht.«

Vollkommen verwirrt am Ende dieser wunderlichen Mischung aus launigen Bemerkungen und tödlichem Ernst, ertappte sich Beatrice plötzlich dabei, wie sie sagte: »Meinen Sie es aufrichtig?«, was in ihren Ohren fast so seltsam klang wie die Unterhaltung, die Anlaß dazu gegeben hatte. Er gab keine Antwort. Vielleicht hatte er den Hörer bereits vom Ohr genommen und ihre Frage nicht gehört. Oder aber er hatte sie gehört, wünschte jedoch nicht, sich in die verwundbare Lage zu versetzen, befragt zu werden. War dem so, dann war es nur fair. Man sollte einem geschenkten Gaul nicht ins Maul schauen. Sie hatte den Mann nicht als Privatdetekiv engagiert, deshalb hatte er jedes Recht, die Bedingungen für seine freiwillig bereitgestellte Hilfe festzulegen.

Hilfe, hatte sie gesagt? Sie nahm also bereits an, er sei auf ihrer Seite, nahm ihn schon als Selbstverständlichkeit hin. So früh am Tage. Vorsicht, Beatrice, Vorsicht! Wie hieß das Sprichwort? Bringe den Tag nicht in Verruf, der noch eine Stunde Licht in den Händen hält.

Am Abend rief er wieder an, um die Frage zu beantworten.

»Sie fragten, ob ich aufrichtig sei. Wenn Sie damit meinen, ob ich reite oder ob ich Polo spiele, so ist die Antwort ein nachdrückliches Nein. Aber wenn Sie meinen, ob ich Pferde mag, ja. Ich bin ein Pferdeliebhaber.« Klick!

Also hatte er es doch gehört. Aber er hatte die Zeit gebraucht, einen ganzen Tag, um sich eine kluge Antwort auszudenken. Nun ja. Sie konnte sich wirklich nicht beklagen ... obwohl sie zugegebenermaßen ein wenig über den sportlichen Ton besorgt war, der sich in seine Art zu reden geschlichen hatte. Doch auch hier wiederum, warum nicht? Warum sollte sich dieser unkonventionelle Wohltäter an ihrem eigenen bedrückenden Bewußtsein vom Ernst der Lage messen lassen? Hatte sie vergessen, daß er, obwohl er ihr bei einem Anlaß freundlich begegnet war, noch immer ein Henker im Dienst war? Und was war natürlicher für einen Mann seines Berufes, als einen etwas unorthodoxen Humor an den Tag zu legen – Galgenhumor!

Zwei andere Ereignisse jenes Tages verstärkten Beatrices Sorge. Die *National Gazette* hatte am Morgen eine seltsame Geschichte gebracht: Der Informationsminister, Mr. Christopher Oriko, der in der vergangenen Woche weder in seinem Büro noch in seiner Dienstwohnung gesehen worden war, habe nach unbestätigten Berichten in einem Flugzeug einer ausländischen Fluggesellschaft das Land mit dem Ziel London verlassen; er habe einen falschen Bart getragen und sei als Priester verkleidet gewesen.

Was hatten sie damit wieder im Sinn? War dies ein Tarnmanöver, hinter dem sie hofften, ihr zweites Opfer weniger blutrünstig als das erste zu beseitigen? Und dann um sechs Uhr kam eine Polizeimeldung, daß Mr. Christopher Oriko, Informationsminister, von Sicherheitsbeamten im Zusammenhang mit der Verschwörung zum Sturz der Regierung gesucht werde; jedermann, der Informationen über seinen Aufenthaltsort besitze, sei aufgefordert, diese der nächsten Polizeidienststelle mitzuteilen; die Bürger wurden gewarnt, daß es ebenso schwerwiegend sei, Informationen über einen Verschwörer zu verschweigen, wie es zu versäumen, eine Verschwörung anzuzeigen oder selbst an einer Verschwörung beteiligt zu sein. Auf jeden dieser Fälle stehe die Todesstrafe.

Diese Meldung war für Beatrice keineswegs überraschend gekommen. Trotzdem stockte ihr fast das Blut in den Adern, auch ohne den verhängnisvollen Stich der Todesnadel, als sie diese idiotischen Anschuldigungen hörte, die vor dem Hintergrund eines äußerst unvorteilhaften Porträts von Chris verlesen wurden, das man weiß Gott wo ausgegraben hatte und das sie aus dem Bildschirm heraus anstarrte.

Sie und Elewa blieben nach der Meldung in nachdenklichem Schweigen sitzen. Agatha, die es anscheinend in der Küche mit angehört hatte und an die Tür gekommen war, lehnte schweigend im Türrahmen. Dann klingelte das Telefon, als sei es bestellt, das Schweigen zu durchbrechen. Elewa setzte sich hocherhobenen Hauptes auf, wie ein Reh, das Gefahr wittert, dessen gespitzte Ohren auf das bestätigende Geräusch warten. Doch es kam kein heimliches Rascheln und keine blitzende Bewegung. Beatrices veränderter Gesichtsausdruck, der Tonfall und die Worte ihrer Hälfte der Unterhaltung hatten die Atmosphäre des Grauens vertrieben, die in letzter Zeit Telefongespräche umgeben hatte. Der Gegenstand des Gesprächs war tatsächlich die Meldung gewesen, doch wer immer es war, mit dem Beatrice sprach, schien nur freundliche Anteilnahme zum Ausdruck zu bringen. Während sie sprach, hatten Elewa und Agatha die Angelegenheit auf ihre Weise leise miteinander diskutiert.

»Madam, Sie dürfen sich gar keine Sorgen machen. Auch wenn sie von hier bis Jericho suchen, sie werden ihn nicht finden. Gottes Macht ist groß!«

»Amen«, erwiderte Elewa. »So sei es!«

15

In der Zwischenzeit hatte Chris von den begrenzten Räumen seines Verstecks aus ein Netz raffinierter Aktivitäten gesponnen. Hätte Beatrice in diesen wenigen Tagen seiner raschen Metamorphose, in der er eine neue Karriere als prämierte Beute begann, direkteren Zugang zu ihm gehabt, hätte sie vielleicht gelernt, von dem seltsamen Benehmen seines Jägers weniger überrascht zu sein, denn selbst auf dieser Höllenfahrt seiner Flucht hatte sich Chris Spielraum gelassen, um das Drama der Jagd noch zu steigern. Durch diesen scheinbaren Luxus gestaltete sich seine bedrängte Lage nicht nur erfreulicher, sondern es ging gelegentlich so weit, daß er sich der Illusion hingab, Jäger zu sein und nicht der Gejagte; daß er zur Spinne geworden war, die ein kompliziertes Netzwerk von Schlingen ausgelegt hatte, und nicht mehr die vom Schicksal verurteilte Fliege, die in Bahnen scheinbarer Freiheit ihre Kreise zieht, Bahnen, die jedoch unmerklich enger werden und im fatalen Zusammenstoß enden. War dies ein notwendiger Teil der Psychologie der Verfolgung, daß sie ihre eigene Absicht Lügen straft, ganz zu schweigen von der Zwangslage des Opfers, und den Anschein von sportlichem Verhalten und fairem Spiel erweckt?

Chris' neues Netzwerk war an der Unterstützung von Freunden festgemacht, die ihn in Gastzimmern und Bedienstetenunterkünften beherbergt und ihn bei einer Gelegenheit sogar durch ein loses Brett in die dampfende Hitze und Dunkelheit über der Zimmerdecke geschoben hatten. Dieses Versteckspiel gab allen Beteiligten das hübsche, verschwörerische Gefühl, Teil eines zugegebenermaßen riskanten, jedoch bei weitem noch nicht bedrohlichen Unternehmens zu sein. Nachdem die Polizeimeldung jedoch deutlich genug zum Ausdruck gebracht hatte, daß auf allem, auch auf diesem Spiel, die Todesstrafe stand, hatten Chris und sein derzeitiger Gastgeber ein ernstes Gespräch miteinander und kamen zu dem Schluß, daß es nicht auszuschließen sei, daß der eine oder andere von denen, die bis jetzt mitgespielt hatten, durch diese Wende der Ereignisse Angst bekäme und stillschweigend, um sich seinen eigenen Frieden zu erkaufen, Informationen über Chris weitergeben könnte. Und so wurde die Notwendigkeit, Bassa endgültig zu verlassen, plötzlich ganz dringend. Doch in Anbetracht der kurzen

Zeit, die ihm zur Verfügung stand, würde dieser Ortswechsel sehr riskant sein, und es gab keine Möglichkeit, ihn in einem einzigen Schritt durchzuführen. Also wurde arrangiert, daß er und sein Adjutant, Emmanuel, als ersten und vorläufigen Schritt das Beamtenwohnviertel verlassen und sich unter der Leitung von Braimoh, dem Taxifahrer, in die Slums der nördlichen Stadtteile begeben sollten. Emmanuel Obete war der Präsident der Studentenunion, der nach ein paar Besuchen eines Nachmittags seine Tasche mitgebracht hatte und einfach dageblieben war.

»Warum bist du zu mir gekommen?« fragte ihn Chris, nicht gleich am ersten Tag, auch nicht am zweiten, sondern am dritten Morgen, als sie zusammen mit ihrem Gastgeber ein schnelles, aus gebratenen Bananen und Maisbrei bestehendes Frühstück aßen.

»Um mich zu schützen«, sagte Emmanuel, der eine neue Seite seines Wesens, den Clown, offenbarte. Chris und sein Gastgeber schauten sich an und lachten.

»Gibt es bei euch ein Sprichwort von einem Mann, der nach etwas sucht, und zwar in der Tasche von jemand, der auch etwas sucht?«

Jetzt mußte Emmanuel lachen und sagte nein, das gebe es nicht... Aber Moment mal... es gebe etwas Ähnliches von einem, der ein neues Loch gräbt, um ein altes mit dem Sand auffüllen zu können.

»Da steckt noch etwas anderes dahinter«, sagte Chris zu seinem Freund. Und er belästigte den jungen Mann nicht mehr mit seiner Frage, warum er gekommen war.

Emmanuel war auch einer, der vor der Polizei auf der Flucht war. Doch da er in der Einschätzung der Polizei nur von mittlerer Bedeutung war, wurde er nicht als VIP behandelt, dessen Schnellfoto im Fernsehen erschien. Ein aufsässiger Funktionär der Studentenunion war nichts Neues für die Polizei von Kangan, und sie würden nicht viel Aufhebens um ihn machen.

»Jetzt möchte ich Ihnen den wirklichen Grund meines Kommens sagen«, sagte Emmanuel etwas später am Tag.

»Aha«, sagte Chris. »Der Grund, den du mir heute morgen genannt hast, hat mir vollauf genügt. Was ist es diesmal?«

»Nun, diesmal ist es, weil die Sicherheitsleute so blöd sind, daß sie überall nach mir suchen werden, nur nicht da, wo Sie sind.«

»Hier unterschätzt du wieder einmal den Sicherheitsdienst. Das ist äußerst gefährlich. Es ist besser, den Feind zu überschätzen, als ihn zu unterschätzen. O. K., nimm die Sache mit der verhängnisvollen Schußverletzung. Jeder, der sich so etwas ausdenkt, kann nicht gerade dumm sein.«

»Ich glaube nicht, Sir, daß sie sich das ausgedacht haben. Reiner Zufall, das ist alles.«

Emmanuels geringe Einschätzung von Armee und Polizei wurde nur noch von seiner düsteren Beurteilung der Journalisten in Kangan übertroffen. Von beiden gab er den Sicherheitsbeamten noch ein kleines Plus. Und zu seinem Glück kam ihm die unglaubliche Leichtigkeit, mit der er die Geschichte von Chris' Flucht nach London in die *Gazette* gebracht hatte, als unbestreitbarer Beweis sehr gelegen. Er, Chris und ihr Gastgeber lachten unbändig, als die Nachricht erschienen war, und Chris mußte als früherer Chefredakteur der *Gazette* beschämt zugeben, daß diese Angelegenheit den Berufsstand der Journalisten in Kangan in der Tat in einem sehr ärmlichen Licht erscheinen ließ.

»Als Sie oder Ikem Chefredakteur waren, wäre das natürlich nie passiert«, sagte Emmanuel in einem Ton, der einer gewissen spitzbübischen Zweideutigkeit nicht ganz entbehrte.

»Danke, Emmanuel. Welches Kompliment!«

»Nein, ich meine es wirklich, Sir.« Und diesmal schien dem auch so zu sein.

Doch Chris bereitete es gewisse Schwierigkeiten, sich nicht mehr weiter mit der Sache zu beschäftigen. Noch lange, nachdem sich die allgemeine Heiterkeit über Emmanuels brillanten Erfolg gelegt hatte, sagte er sich immer wieder: »Ein einziger Anruf! Von einem verantwortlichen Zollbeamten, der aus offensichtlichen Gründen seine Identität lieber nicht preisgeben wollte! Unglaublich!«

Chris' Verkleidung für den ersten Sprung nach draußen war keineswegs so einfallsreich wie Emmanuels Priesterrock. Er trug Braimohs Arbeitskleidung und eine passende Kopfbedeckung dazu, außerdem ein paar Rußflecken im Gesicht und an Hals und Armen, um seine für die neue Kleidung oder für seinen angeblichen Beruf als Einzelhändler für kleine Autoersatzteile zu gepflegt schimmernde Haut etwas zu dämpfen. Der einwöchige Bart, den er sich für alle Fälle hatte stehen lassen, wurde als nicht zu erfolgreich verworfen, besonders als sein Gastgeber halb im Spaß meinte, der Bart des Ehrwürdigen Vaters in Emmanuels doch recht erfolgreicher Geschichte könne möglicherweise nach sich ziehen, daß sich die Aufmerksamkeit der Polizei in den nächsten Tagen instinktiv auf das Kinn der Männer richte.

Als Braimoh kam, um Chris für die kritische Reise in den Norden der Stadt abzuholen, saßen bereits zwei Passagiere auf dem Rücksitz seines alten Taxis. Er schätzte, daß sie acht oder neun Sicherheitsstraßensperren zu passieren hätten. Chris begrüßte die beiden Fremden hinten und setzte sich vorne neben den Fahrer. Ehe sie wegfuhren, suchte Braimoh in dem unordentlichen Kram im Handschuhfach herum und brachte schließlich drei Kolanüsse ans Tageslicht, die er Chris anbot.

»Die müssen Sie essen, wenn wir fahren. Alle, die sehen, wie Sie die Nüsse knacken, werden sagen, der arme Mann hat nie ein Frühstück bekommen.«

Die beiden Männer lachten ziemlich laut über diese Bemerkung, und Chris, der nicht ganz sicher war, ob diese Männer immer soviel lachten oder ob sich Böses hinter ihrem Lachen verbarg, warf einen fragenden Blick auf Braimoh, als er das Geschenk entgegennahm.

»Die beiden sind Freunde. Keine Sorge.«

Chris nahm die angebotenen Kolanüsse entgegen und bedankte sich bei Braimoh. Dann reichte er den beiden Männern als Friedenszeichen sozusagen eine der Nüsse nach hinten und schob die anderen in die Hosentasche. Da er gesehen hatte, wo sie hergekommen waren, würde er sie zuerst waschen müssen.

Emmanuel kam kurz herausgerannt, um sich schnell zu verabschieden, und verschwand dann wieder in den Bedienstetenunterkünften hinter dem Haus. Es war vereinbart worden, daß er getrennt reisen würde, um dann später wieder mit Chris zusammenzutreffen. Ohne Schwierigkeiten passierten sie die drei ersten Straßensperren. Die Soldaten und Polizisten sahen müde aus und winkten ziemlich unaufmerksam die Wagen durch. Chris war sich fast sicher, daß Emmanuels Geschichte in der *Gazette* mehr als nur am Rande dafür verantwortlich sein mußte, die Gesetzeshüter so unachtsam werden zu lassen. Was für ein prima Kerl war doch dieser Emmanuel! Warum haben wir solche jungen Männer bislang nie gefördert? Nun, um ganz ehrlich zu sein, haben wir nicht einmal gewußt, daß es sie überhaupt gab! Wir? Wer sind wir? Die Dreieinigkeit, die sich einbildete, ganz Kangan gehöre ihr? – so hatte BB es einmal auf recht unfreundliche Weise ausgedrückt. Drei grüne Flaschen. Eine ist versehentlich zu Fall gekommen, eine ist am Umkippen. Sie schwankt und kippt, klirr! Dann wird das Wir zum Ich, wird zum königlichen Wir.

In der großen Kurve kurz vor der Three-Cowrie-Brücke wurde der Verkehr langsamer. Ohne Zweifel eine weitere Straßensperre. Blöde Kerls, diese Polizisten, wählten die Auffahrt zu einer Brücke, um den Verkehr anzuhalten! Endlich war Braimoh um die Kurve und stand auch schon direkt vor der Sperre! Dies war kein gewöhnlicher Kontrollpunkt, sondern eine kombinierte Großaktion von Polizei und Armee. Zwei Militärjeeps und drei Polizeipatrouillenwagen mit blinkenden Lichtern standen am Straßenrand. Weiter vorn wurden die Passagiere zum Aussteigen aufgefordert.

Braimoh geriet in Panik und setzte zu einer Kehrtwendung an, was angesichts der zur Verfolgungsjagd bereitstehenden blinkenden Patrouillenwagen ein schwerer Fehler war! Der Mann hinter Chris schrie Braimoh an, in der Reihe zu bleiben, und dieser gehorchte prompt. Doch sein unüberlegtes Handeln schien bereits bemerkt worden zu sein.

»Oga, schnell raus! Wir gehen zu Fuß!«

Wie ein Blitz war Chris aus dem Wagen und mit ihm der Mann, der gesprochen hatte. Glücklicherweise war der Wagen am Straßenrand zum Halten gekommen.

»Schnell, gehen wir!«

Als sie mit forschem Schritt vom Wagen weg auf die Brücke zugingen, kam der Soldat, der Braimohs verdächtiges Manöver gesehen zu haben schien, sofort auf sie zu. Chris beobachtete ihn aus dem Augenwinkel, bis sie auf gleicher Höhe waren. Der Soldat blieb stehen.

»He, stehenbleiben!« schrie er. Chris und sein Begleiter blieben auf dem Gehweg stehen und wandten sich dem Soldaten auf der Straße zu. Sein Gesicht war durch drei tiefe Narben auf beiden Gesichtshälften gekennzeichnet. Als er den Befehl brüllte, hatte er seine automatische Waffe von der Schulter genommen. Die Breite eines Autos trennte ihn von Chris und seinem Begleiter.

»Wo wollt ihr hin?«

»Wir gehen zum Three-Cowrie-Markt.«

»Was hast du in der Tasche? Bring sie hierher!«

Chris' Begleiter trat zwischen zwei Wagen hindurch auf die Straße hinunter und öffnete seine schmutzige Einkaufstasche, damit der Soldat sie inspizieren konnte.

»Du dort, komm hier herunter. Wie heißt du?«

»Sebastian«, erwiderte Chris, wobei ihm eine schnelle Inspiration den Namen seines Hausangestellten eingab.

»Sebastian wer?«

Er wußte es nicht. Doch glücklicherweise wurde ihm schnell genug klar, daß das nichts ausmachte.

»Sebastian Ojo.«

»Wo arbeitest du?«

»Er verkauft Autoersatzteile.«

»Hab' ich dich gefragt? Oder bist du vielleicht sein Sprachrohr?«

»Ich verkaufe Autoersatzteile«, sagte Chris.

»Wie kommt es dann, daß du zu Fuß gehst, wo du doch Autoersatzteile verkaufst?«

»Der Motor in seinem Auto ist kaputt.«

»Halt den Mund, Großmaul! Ich hab' nicht dich gefragt!«

Doch er hatte die glühendheißen Flammen bereits von Chris abgelenkt und ihn ein wenig aufatmen lassen, gerade als es ihm ein bißchen schwach und zittrig in den Knien werden wollte. Chris' rechte Hand, die ihm schwer und untätig an der Seite hing, wurde lebendig, fand ihren Weg in die Hosentasche, spürte dort eine der Kolanüsse und förderte sie zutage. Bei ihrem Anblick leuchteten die Augen des Soldaten auf. Chris brach die Nuß auf und gab ihm die größere Hälfte, die andere steckte er sich selbst in den Mund. Der Soldat nahm die Gabe begierig entgegen und kaute laut und schmatzend.

»Danke, Bruder«, sagte er, heftete seinen Blick auf Chris und kniff die Augen zu, möglicherweise in dem Bemühen, sich zu erinnern. »Nur ein armer Mann merkt, wenn sein Bruder seit dem frühen Morgen nichts mehr gegessen hat. Die großen Herren, die den armen Mann in die Sonne stellen, denken an so was nicht. Warum nicht? Weil ihr eigener Bauch voll ist mit Cornflakes und Milch und Omelett.« Er musterte Chris von neuem und tippte sich dann an die Stirn. »Ich glaube, ich hab' dich schon mal irgendwo gesehen.«

»Hast du vielleicht schon mal was bei ihm im Laden eingekauft, um dein Motorrad zu reparieren?« sagte Chris' Begleiter.

»Welches Motorrad? Hab' ich dir gesagt, ich hätte ein Motorrad?«

»Ach, mach dir nichts draus. Kein Zustand dauert ewig. Eines

Tages wirst du eines haben. Glaubst du denn, wenn ich so rede, ich hätte ein Motorrad? Ich hab' nicht mal ein gewöhnliches Fahrrad. Aber ich glaube ganz fest daran, daß ich eines Tages auf ein Fahrrad springen werde, und dann auf ein Motorrad, und schließlich werde ich in einem Auto landen! Dann kommt einer und hält mir die Tür auf und sagt *Yes Sir*! Und ich trage meinen Bauch vor mir her wie eine Frau, die gerade schwanger geworden ist, setze mich hinten in die Ecke des Besitzers, stecke eine Zigarette in den Mund anstatt der Kolanuß und sage zum Fahrer *Los, abfahren*! Ich glaube da ganz fest daran. Du mußt auch fest daran glauben. Dann wird alles gut werden.«

Der Soldat trug ein sehnsüchtiges Lächeln zur Schau, das sich auf seinem entstellten Gesicht seltsam ausnahm.

Gelassen wanderten sie über die Brücke und warteten darauf, bis Braimoh und sein Begleiter ihre eigene Tortur durchgestanden hatten. Chris war nun wieder ganz obenauf, so sehr, daß sein Gang geradezu etwas Beschwingtes an sich hatte. Er ging sogar so weit, daß er seinem Begleiter vorschlug, von nun an die Straßensperren zu Fuß zu passieren, das hätte die besten Chancen.

»Werden Sie dann auch nicht wieder vergessen, wo Sie arbeiten?« fragte sein Begleiter neckend. »Als Sie dem Soldaten nicht gleich antworteten, hat mich echt die Angst gepackt, und ich begann zu beten, mach bitte, daß sich dieser Mann nicht als Informationsminister vorstellt!«

»Ich, Informationsminister? Wo denkst du hin! Ich hab' einen ganz, ganz kleinen Handel mit Autoersatzteilen – original und aus Taiwan.«

»Ja! So müssen Sie reden. Kein unsicheres Gerede mit Zitterstimme! Aber sehen Sie, Oga, es ist nicht schwer, den großen und wichtigen Mann zu spielen, aber ein armer Mann sein, das ist keine kleine Sache. Das ist echt schwer. Stimmt das nicht?«

»Ja, so sehe ich das auch. Vor dem heutigen Tag hab ich nicht gewußt, daß man, um als kleiner Mann zu gelten, ein besonderes College besuchen muß!«

Dies nun gefiel seinem Begleiter, und er lachte lange und laut. »Das ist wahr, was Sie da sagen, Oga. Ein besonderes College. Elementarschule des Armen Mannes!«

Fröhlich marschierten sie weiter und beredeten leise miteinander ihr soeben erfolgreich überstandenes Unternehmen. Chris fragte sich, warum sie der Soldat überhaupt angehalten hatte.

Hatte er doch bemerkt, wie sie aus dem Taxi ausgestiegen waren?

»Überhaupt nicht!« sagte sein Freund. »Soll ich Ihnen sagen, warum er uns angehalten hat? Weil Sie so ängstlich gegangen sind, als fürchteten Sie, eine Ameise auf der Straße zu zertreten. Und gleichzeitig haben Sie den Mann aus den Augenwinkeln heraus beobachtet. Das nächste Mal müssen Sie mit festem Schritt und mit mutigem Gesicht auftreten, als wollten Sie sagen, Ihr Vater sei der Besitzer der Hauptstraße.«

»Danke«, sagte Chris. »Das muß ich mir merken... Es ist gewiß keine kleine Sache, als kleiner Mann aufzutreten.«

16

Die Reise in den Norden begann fünf Tage später. Die Wahl war ganz natürlich auf Abazon als Zufluchtsort gefallen. Auf rein gefühlsmäßiger Ebene sprach dafür, daß es Ikems Heimatprovinz war, die, obwohl er in den vergangenen Jahren selten viel Zeit dort verbracht hatte, trotzdem auf seltsam paradoxe Weise die ferne Stütze seiner größten Inspiration geblieben war, so daß nun, da er tot war, die Reise dorthin für Chris und Emmanuel zu einer Art Pilgerreise wurde.

Außerdem war Abazon eine Provinz, die dem Regime auf unspezifische und verallgemeinernde Weise Ablehnung zeigte. Man konnte sie in der Tat als natürliches Guerillaland bezeichnen, selbstverständlich nicht im wörtlichen Sinn mit geplantem, bewaffneten Kampf, was zum jetzigen Zeitpunkt noch extrem weit hergeholt wäre, sondern im Sinne der begrenzten, doch wesentlichen Bedeutung einer Gegend, in der, um den Slogan auf einem Werbeplakat für die Beamtenlaufbahn zu benutzen, »man darauf zählen konnte, daß Geheimnisse auch geheim blieben«.

Und zu guter Letzt stammte, wie es sich herausstellte, Braimohs Frau Aina aus dem südlichen Abazon, und Braimoh hatte sich bereit erklärt, den vornehmen Flüchtling persönlich zu begleiten und ihn seinen Schwiegerleuten zur sicheren Bewahrung zu übergeben.

Alle diese Vorzüge von Abazon mußten natürlich vor dem Hintergrund des einen beachtlichen Nachteils gesehen werden, daß es nämlich eine Gegend war, in der das Regime möglicherweise mit einem offenen Auge schlief – besonders seit Ikems Tod und dem häßlichen Ausbruch einer erneuten Krise aufgrund der Weigerung der Regierung, seiner Verwandtschaft den Leichnam zur Beerdigung freizugeben, und dies unter dem provokativen Vorwand, daß die Untersuchungen der Umstände, die zu seinem Tod geführt hatten, noch nicht abgeschlossen seien!

Die Nacht vor Antritt der Reise war recht außergewöhnlich gewesen. Auf eigenen Wunsch war Beatrice von Braimoh im Taxi eines Freundes auf weiten Umwegen hergebracht worden, um Chris Lebewohl zu sagen. Aus diesem Anlaß trug sie längst weggelegte, aus einem großen roten Segeltuchsack gefischte Kleidungsstücke. In diesem Sack sammelte sie alles mögliche, bis der Mann von der

Heilsarmee kam und es abholte. Elewa war mit ihr gekommen. Es sollte ein kurzer Besuch sein, anschließend würden die beiden jungen Frauen wieder ein anderes Taxi nehmen, zur nur wenige Kilometer entfernt liegenden Wohnung von Elewas Mutter fahren und dort die Nacht verbringen. Eine Rückkehr spät in der Nacht zu Beatrices Wohnung im Beamtenviertel, was möglicherweise unnötige Aufmerksamkeit erregen würde, sollte vermieden werden.

Doch die Anstrengung und die verwirrenden Ereignisse der vergangenen Tage und Nächte, die Beatrice mit solcher Unerschrokkenheit und ganz allein durchgestanden hatte, schienen bei diesem quälenden Wiedersehen plötzlich mit unerträglicher Schwere auf ihren Schultern zu lasten. Warum sollte sie die Rolle der unglücklichen Geliebten in einem billigen, sentimentalen Film spielen, die wie verrückt aus dem Fenster eines rasenden Zuges ihrem jungen Mann winkt, der am Fenster eines anderen, auf den gegenüberliegenden Gleisen in die entgegengesetzte Richtung fahrenden Zuges steht und auf einen dunklen Tunnel zufährt? Und so lehnte sie sich mit verzweifelter Entschlossenheit auf, mit einer Entschlossenheit, die in der machtvollen Vorahnung begründet war, daß sie und Chris am heutigen Abend an einem Kreuzweg angelangt waren; hatten sie diesen durchschritten, so würde ein neuer, unvorhersehbarer und noch nie dagewesener Tag anbrechen; ein Tag, dessen Waren für den Markt, die sie in dem langen Korb auf ihrem Kopf trug, ihr bis zum letzten Augenblick, wenn sie an den Toren der Morgendämmerung anlangte, verborgen bleiben würden.

Und so geschah es, daß Beatrice, außergewöhnlich schüchtern, wie man sie sonst nicht kannte, beschloß, sich an dem dünnen Faden, der sie mit den Tagen verband, die sie einstmals gekannt hatte, festzuhalten und die seidenen Fäden der Stunden und Minuten dieser letzten vertrauten Nacht ins Unendliche zu spinnen.

»Ich werde bis morgen früh hierbleiben«, erklärte sie aus dieser felsenfesten Entschlossenheit heraus, gerade als Braimoh zum zweiten Mal einen Blick durch die Tür warf, um Anweisungen wegen eines Taxis entgegenzunehmen. Blicke wurden rundherum ausgetauscht, doch keiner wagte Einspruch zu erheben. Ganz im Gegenteil – in aller Eile wurden aufgrund von Beatrices distanziert wirkender, doch in ihrer Entschlossenheit drängenden Haltung neue Vorkehrungen in Angriff genommen, diskutiert und beschlossen. Währenddessen saß sie mit über der Brust verschränkten Armen da, unbeweglich wie eine Gottheit in ihrem Heiligtum, und hielt den Blick unverwandt ins Leere gerichtet.

Wie aus weiter Ferne nahm sie die Diskussion und was schließlich beschlossen wurde, wahr: Elewa würde Emmanuel in dem Taxi mit zu ihrer Mutter nehmen; Braimoh würde die fünf Kinder zum Schlafen im Haus eines Nachbarn unterbringen...

»O nein, nein, nein!« sagte Chris plötzlich wie vom Traum erwacht und stampfte heftig mit dem Fuß auf den mit Linoleum ausgelegten Boden. Aller Augen wandten sich ihm zu, doch er schüttelte nur immer wieder den Kopf, ehe er mit großer Entschlossenheit erklärte, daß die Kinder nicht ausquartiert werden dürften. Folgender Gedankengang etwa hatte diese Reaktion bei ihm ausgelöst: Ich bin hierhergekommen und habe es versäumt, Braimoh und seine Frau Aina davon abzuhalten, um meinetwillen ihr Ehebett aufzugeben und jede Nacht zum Schlafen weiß Gott wohin zu gehen. Nun werden, verdammt noch mal, ihre fünf Kinder nicht auch noch wegen Beatrice von ihrer Schlafstätte auf dem Fußboden verbannt werden.

Aufgeregt flüsternd beugte er sich über sie und erklärte ihr seine Überlegungen. Ohne einen Augenblick zu zögern reagierte sie darauf – ihr ganzes Sein und alle ihre Gedanken waren so vollkommen auf Chris' Metamorphose von körperloser Stimme zurück in ein Wesen von Fleisch und Blut konzentriert gewesen, daß sie sich keinerlei Raum gestattet hatte, um über Dinge wie Betten und Fußböden nachzudenken, auf wessen Kosten dies alles ginge und wie hoch die Kosten seien. Nun aber setzte sie sich ebenso entschlossen wie Chris für die Kinder ein. Aufrichtig bestrebt wiedergutzumachen, sagte sie weiter, was sie anlange, so benötige sie für die Nacht nichts anderes als den Stuhl, auf dem sie jetzt saß.

Später dann mußte Chris sie mehrere Male rufen, ehe sie sich entschloß, von jenem Stuhl aufzustehen, über die schlafenden Kinder zu steigen, ihr Kopftuch an einen Nagel in der Wand zu hängen und zu dem Bett hinüberzugehen. Sie schämte sich noch immer wegen ihrer Gedankenlosigkeit. Doch woher hätte sie wissen sollen, daß sie, während sie einfach dem Impuls gehorchte, diese eine Nacht vor einer Reise ins Unbekannte in Chris' Nähe zu bleiben, auf selbstsüchtige Weise eine arme Familie vor die Tür setzte? Warum hatte ihr das niemand gesagt? Oder hätte sie, wie es im Volksmund hieß, einfach an ihrem Finger riechen und wissen müssen? Und wer überhaupt hätte ihr Bescheid sagen sollen? Braimoh etwa? Verstehen Sie, Miss, meine Frau und ich verbringen die

Nacht auf dem Fußboden eines Nachbarn, und unsere fünf Kinder schlafen hier auf dem Boden, deshalb können Sie nicht hierbleiben. Oder Chris? Ja, Chris, der Informationsmann hätte sie informieren sollen, nicht *hinterher*, sondern *vorher*. Doch woher hätte selbst er von dem Impuls wissen sollen, der in ihr brodelte und dann in ihrem Entschluß wie ein Vulkan aus ihr herausbrach? Der Fehler lag also bei ihr. Obwohl sie nicht bewußt darüber nachgedacht hatte, mußte sie wohl in irgendeinem unaufmerksamen Bereich ihres Denkens von der Annahme ausgegangen sein, daß die eine oder andere von all den Türen in dem langen, übelriechenden Gang, der sich durch den Bauch dieses luftlosen Mietshauses zog, in noch andere von Braimoh und seiner Familie bewohnte Räume führen würde. Warum hatte sie das eigentlich angenommen? Jedermann wußte doch, daß die großen Familien der Armen in den Städten in einem einzigen fensterlosen Zimmer wohnen mußten. Hatte sie denn in dem Glauben gelebt, daß diese Information für sie im Bereich des Hörensagens verbleiben würde, daß es niemals sie treffen würde, dieser Situation anhand einer wirklichen Familie zu begegnen und die mageren Annehmlichkeiten sogar eine ganze Nacht lang mit ihnen zu teilen?

Chris rief wieder nach ihr. Er hatte sich bereits auf das Bett hinter den beiden großen Vorhängen aus billigem Baumwollstoff gelegt, die an einem Seil befestigt waren, das sich von einer Wand zur anderen spannte, in der Mitte jedoch durchsackte, so daß man den Wunsch verspürte, das Seil fester um den Nagel zu wickeln, an dem es befestigt war.

Sie suchte sich sorgsam ihren Weg durch das Gewirr junger schlafender Körper auf Strohmatten am Fußboden und erreichte schließlich das Bett. In ihrer Tasche hatte sie einen Schlafanzug mitgebracht, doch die Tasche war ungeöffnet neben dem Stuhl stehengeblieben. Nun saß sie auf der Bettkante, zog ihre Bluse aus und warf sie über das durchhängende Vorhangseil. Dann löste sie ihr Hüfttuch, band es lose über der Brust wieder zusammen und legte sich neben Chris.

Ihre Liebe in jener Nacht konnte sich wegen mancherlei Einschränkungen nicht so recht entfalten. Zumindest zwei der Kinder auf dem Fußboden vor dem Baumwollvorhang – ein Junge und ein Mädchen – würden leicht über genug Straßenweisheit verfügen und wissen, ob etwas hinter dem Vorhang vor sich ging und was. Außerdem war da noch das bei der leisesten Bewegung in vielfachen Tonlagen knarrende Bett.

Das Zimmer hatte eine einzige Tür. Sie führte auf den langen Mittelgang und war von innen verriegelt. Direkt über dem Bett gab es noch eine winzige Luke mit einer Holzklappe, die auf einen riesigen stehenden Abwasserkanal hinausging. Also mußte die Luke die ganze Zeit geschlossen bleiben, um den Gestank und die Stechmücken draußen zu halten.

Doch genug von beidem fand seinen Weg herein. Sobald die einsame Glühbirne im Zimmer ausgeschaltet war, begannen die Mükken ihren Singsang, was immer schlimmer war als das Stechen und, wie einige meinen, noch schlimmer als die Bisse der Wanzen, die alsbald den Stechmücken folgten und ihren nächtlichen Angriff auf diese glatthäutigen Eindringlinge aus dem Beamtenviertel bis zum Morgengrauen nicht abbrachen. Kein Wunder, daß Chris so abgezehrt und erschöpft aussieht, dachte Beatrice.

Doch obwohl diese besonderen Ablenkungen den Riten dieser Nacht auf ihre Art übel mitgespielt haben mochten, den Riten in dieser letzten Nacht eines langen Dramas, das mehr als diese beiden Überlebenden in einem Spiel von Liebe und Freundschaft, Verrat und Tod zusammengeführt hatte, so war da noch etwas Tieferes als die Belästigung durch Hitze und Ungeziefer, das die Hand der Zurückhaltung auf die Schultern der Hauptzelebrantin legte.

Chris hatte vom ersten Augenblick, als sie am Abend das Zimmer betreten hatte, bemerkt, daß sie eine mächtige Aura jener anderen Beatrice umgab, die er in ehrfürchtigem Scherz stets als göttinnengleich bezeichnet hatte. Und als er im Bett lag und sie rief, sich zu ihm zu legen, sie beobachtete, wie sie sich in der durchsichtigen Dunkelheit des Zimmers schließlich von ihrem Stuhl erhob, war er hingerissen von ihren würdevollen, geradezu stilisierten Bewegungen, die denen der Maske des Geistes der Jungfrauen glichen, wenn dieser die Arena betrat – aufrecht, hoch erhaben, mit großem Kopfputz, noch nicht entweiht vom Tanz.

Sie wies ihn nicht zurück. Aber sie bot ihm auch nicht mehr als die obligatorischen Erfordernisse ihres Rituals. Er verstand vollkommen und bemühte sich bald darum, ihrer beider Gedanken mit Geschichten aus der Kindheit abzulenken. Die Stechmücke, die Chris wiederholt, jedoch erfolglos mit einem alten Hemd, das er zu genau diesem Zweck mit ins Bett gebracht hatte, zu erlegen versuchte, sirrte aus Rache für die Beleidigung, daß ihr Vorhaben erneut vereitelt worden war.

»Welche Entschuldigung hat die Wanze dafür vorzubringen, daß sie beißt, ohne vorher zu singen?« fragte Beatrice.

»Von ihr heißt es, daß der Mensch einmal versucht habe, sie und ihre frischgeschlüpfte Brut mit einem Kessel voll kochenden Wassers umzubringen. Ihre Kleinen waren drauf und dran den Kampf aufzugeben, doch sie sagte zu ihnen: Gebt nicht auf, was heiß ist, wird einmal kalt werden.«

»Und so haben sie überlebt, um uns heute nacht zu beißen.«

»Genau.«

»Ich frage mich, was sie ihnen nach einer guten Dosis Insektenspray sagen würde?« Was sie wiederum veranlaßte, Chris zu fragen, warum er nicht daran gedacht habe, sich, seit er hierhergekommen war, eine Dose FLIT zu kaufen.

»Am ersten Abend hab' ich tatsächlich daran gedacht, aber am nächsten Morgen entschloß ich mich dagegen.«

»Wie bitte?«

»Verstehst du, Emmanuel hat mich darauf hingewiesen, daß Insektenspray ein Mittel ist, das sich unser Gastgeber nicht leisten kann, und daß es deshalb besser wäre, ihn nicht durch das Mitbringen einer Dose zu beleidigen. Ich war überwältigt von dieser Argumentation, und er gab mir das Geld zurück, das ich ihm gegeben hatte, um an der Tankstelle eine Dose einzukaufen.«

Beatrice schwieg. Dann sagte sie: »Was für ein Kerl, diese Emmanuel! Aber ich bin sehr froh, daß ich nicht fünf Nächte hier verbringen muß.«

Ihre leise Unterhaltung wurde plötzlich von größeren Unruhen auf dem Fußboden unterbrochen. Es schien, daß eines der Kinder seinen Bruder naßgemacht hatte. Der Protest, zuerst schläfrig vorgebracht, verschärfte sich zusehends und wurde zur eindeutigen, hellwachen Beschuldigung und allgemeinem Aufruhr; jemand begann zu weinen und nach der Mutter zu rufen. Klick! machte der Schalter, und die einzelne, nackte, von der Mitte der Zimmerdecke hängende Glühbirne überflutete das Zimmer mit Licht. Chris und Beatrice verhielten sich ganz still und schwiegen wie zwei Mäuse, die weit weg von ihrem Loch aufgeschreckt wurden und hinter Gegenständen in einem überfüllten Raum Zuflucht suchten.

»Pst!« Entweder hatte der älteste der drei Jungen oder die größere der beiden Mädchen die Sache in die Hand genommen. Es herrschte wieder Ruhe. Wahrscheinlich verständigten sie sich mit

Händen und Blicken, zeigten zweifellos auf das Bett mit seinen vornehmen Gästen. Der Schalter machte wieder Klick, und die Dunkelheit kehrte zurück, für kurze Zeit noch von leisem Flüstern unterbrochen; dann war alles still.

Chris und seine beiden Begleiter hatten eine gute Entscheidung getroffen, als sie beschlossen, mit dem Bus anstatt mit Braimohs Taxi in den Norden zu reisen, denn ein Bus zog unbedingt weit weniger die Aufmerksamkeit auf sich als ein Taxi, selbst wenn es ein so betagtes Gefährt war wie Braimohs.

Der Bus, für den sie sich entschieden hatten, gehörte zu einer neuen Generation von Transportmitteln, die selbst den des Lesens und Schreibens Unkundigen unter der Bezeichnung *Luxusklasse* bekannt waren; so benannt, weil sie aus der Fabrikproduktion stammten und mit gepolsterten Sitzen ausgestattet waren. Chris war noch nie in einem *Luxusklasse* gefahren. Seine letzte Begegnung mit Bussen in Kangan lag viele Jahre zurück, in der Zeit, ehe er zum Studium nach England gegangen war. In jenen Tagen waren Busse noch die rohe Handarbeit von mutigen und einfallsreichen Schweißern, Schlossern und Autospenglern gewesen, die jedes Blech, das ihnen unter die Hände kam, zu einem Behälter auf Rädern zurechtklopften und dann einen Schildermaler beauftragten, das Ganze über und über mit dem Wort BUS in verschnörkelten Lettern zu bemalen.

Ehe er einstieg, umrundete Chris den *Luxusklasse* und musterte das Fahrzeug von allen Seiten, als wolle er es möglicherweise kaufen. Er empfand seltsamen Stolz angesichts der Verwandlung, die jedoch die ursprüngliche Erscheinungsform nicht ganz aufgegeben hatte. Die verschnörkelten Schriftzüge waren vom Wohlstand praktisch unangetastet geblieben. Vielleicht arbeiteten dieselben Schildermaler aus seinen früheren Tagen noch immer, oder, was wahrscheinlicher war, sie hatten Generationen von Lehrlingen in ihrer seltsamen Schreibkunst unterwiesen. Und es wäre durchaus denkbar, daß der einfallsreiche Schlosser und Schweißer, der am Straßenrand gearbeitet und die ersten Busse geschaffen hatte, heute Verwaltungsdirektor des Transportunternehmens ist, das eine Flotte von *Luxusklassen* sein eigen nennt! Wenn es schon am oberen Ende keinen Fortschritt in den Angelegenheiten der Nation gegeben hatte, so doch eindeutig am unteren Ende, wenngleich ohne offizielle Richtungsweisung und deshalb nur halb wahrgenommen.

Seit langem schon hatten die Schildermaler ihren Auftrag, einfach das kurze Wort BUS zu übertragen, auf die Übertragung kunstvollerer Botschaften erweitert, ganz in der Tradition jenes unbekannten Mönches vielleicht, der ernsthaft und unablässig bei Kerzenlicht arbeitete und wie schon unzählige Male zuvor das Vaterunser abschrieb und der dann, von einem noch nie dagewesenen Impuls der Verehrung ergriffen, plötzlich beschloß, das Gebet mit einer neuen, phantastischen Formulierung seiner eigenen Erfindung abzuschließen: *Denn dein ist das Reich, und die Kraft, und die Herrlichkeit in Ewigkeit, Amen!*

Die Schildermaler von Kangan arbeiteten nicht in der dunklen und heiligen Abgeschiedenheit von Klosterzellen, sondern unter dem feurigen Auge der Sonne auf den jedermann zugänglichen Marktplätzen. Und doch, den Mönchen darin nicht unähnlich, suchten sie danach, in ihrer Arbeit die Vergangenheit einzufangen und Zukünftiges zu erfinden. In roten, weißen und gelben Buchstaben standen auf dem blauen Rumpf von *Luxusklasse* drei verschiedene Botschaften geschrieben – eine hinten, eine andere auf jeweils beiden Seiten und die dritte und vielleicht wichtigste, als Flagge sozusagen, über der Windschutzscheibe.

Chris, der nun völlig mit seinen neuen Lebensbedingungen als erstaunt beobachtender Neuling im Leben von Kangan ausgesöhnt war, merkte sich diese Inschriften.

Die Botschaft auf der Rückseite des Busses, geschrieben in der einheimischen Sprache von Bassa, außerordentlich knapp und präzise und deshalb schwer, wenn nicht unmöglich zu übersetzen, lautete einfach: *Ife onye metalu* – Die Taten, die ein Mensch begeht. Auf den Seiten erschienen die Inschriften in Englisch: *Bus aller Heiligen*, und vorn, auch in Englisch, verkündete die Inschrift schließlich (oder vielleicht war es auch die ursprüngliche Inschrift gewesen!): *Engel des Erbarmens.*

Chris belegte einen Fensterplatz in der Mitte; Braimoh hatte sich bereits einen Platz ganz vorn gesichert, gleich hinter dem Fahrer, während sich Emmanuel im hinteren Teil des Busses auf einem Platz am Gang mit einem äußerst attraktiven Mädchen, das neben ihm saß, zu unterhalten suchte. Etwas früher am Fahrkartenschalter hatte die beeindruckende Schönheit des Mädchens selbst bei Chris einen nachhaltigen Eindruck hinterlassen.

Diese drei Botschaften nun lagen ihm unablässig in den Ohren und hielten seine Gedanken beschäftigt. Als Gegenmittel gegen die Angst kamen sie vielleicht gerade gelegen. Nach der Fast-Katastrophe an der Three-Cowrie-Brücke war er überzeugt davon, daß sein Gesicht in Augenblicken großen inneren Drucks ein vielleicht zu offener Spiegel seiner Gedanken war, und er hatte begonnen, sich etwas anzueignen, von dem er sich erhoffte, daß es in Zukunft als entspannte Haltung in Erscheinung treten und ihm bessere Dienste leisten würde.

Doch es war eine Sache, Atemübungen und andere Formen der Entspannungstherapie vor einem Spiel einzuüben, und eine ganz andere, tatsächlich entspannt aussehen zu können, wenn jetzt zum Beispiel eine Gruppe gefährlicher Sicherheitsleute den Bus besteigen würde. Um eine ihm vor kurzem erteilte weise Ermahnung zu interpretieren – wie sollte er es schaffen, in einer solchen Notlage der Welt gegenüber den Eindruck zu erwecken, daß dieser ungewohnte Bus, in dem er jetzt nervös saß, tatsächlich das Eigentum seines Vaters war?

Paradoxerweise könnte Braimoh, der nichts Nennenswertes auf dieser Welt besaß, einfach durch die Art und Weise, wie er dort vorne Platz genommen hatte, durchaus als der wahre Sohn des Besitzers des *Engels des Erbarmens*, alias *Allerheiligen*, alias *Ife onye metalu* gelten.

Als Chris einen Blick nach hinten warf, sah er Emmanuel, der auch nichts besaß, zumindest im Augenblick nicht, ebenfalls in ziemlicher Gelassenheit dasitzen – nicht ganz so gelassen wie Braimoh natürlich, doch weitaus mehr als »Ihr ergebener« der, vergeßt es nicht, einer von dem Dreiergespann ist, dem ganz Kangan gehört! Er lächelte bitter. Dieses Mädchen Beatrice mußt du ganz schön im Auge behalten!

Hätte er jetzt ein Buch gehabt, so hätte er vielleicht seine Gedanken darin begraben und dem Verrat eines schwatzhaften Gesichts entkommen können. Doch ein Mann, der, um der Aufmerksamkeit anderer zu entgehen, in einem Bus von Kangan ein Buch liest, müßte ein Verrückter sein. Der einzige Lesestoff, den er in seiner Tasche hatte, waren ein paar nicht signierte und harmlose Gedichte, die er aus den zerstreuten Papieren in Ikems Haus gerettet hatte.

Also fielen ihm jene Dekorationen und Verschönerungen auf dem *Luxusklasse* ein und beschäftigten seine Gedanken. Die christliche und quasi-christliche Schreibkunst stellte kein Problem dar und enthielt nichts Bedrohliches. Doch mit jenem dritten Spruch verhielt es sich ganz anders: *Ife onye metalu* – eine in ihrem Mangel an Beweiskraft unklare und bedrohliche Erklärung. Die Taten, die ein Mensch begeht... folgen ihm? Fordern ihren Tribut? War das alles? Nein, das war nur ein Teil davon, dachte Chris, der weitaus harmlosere Teil. Das wirkliche Gewicht dieser rätselhaften Schrift schien das Ganze umzukehren. Was immer es auch sei, das einen Menschen verfolgt, wie immer das Schicksal aussehen mag, das sich an ihm rächt – es kann nur das sein, was dieser Mensch auf die eine oder andere Weise, wenn nicht in diesem, so doch in einem vorigen Leben begangen hat. Das war's! Diese drei Worte also, im Gewand einer archaischen Sprache und verborgen am hinteren Ende des Busses, erweisen sich als erste Strophe eines eindringlichen heidnischen Wechselgesangs, der eine primitive und tödliche Erklärung des Leidens darbietet. Der Schuldige leidet; der Leidende ist schuldig. Und was die Rechtschaffenen anlangt, jene, deren Finger immer gerade sind (zu denen zweifelsohne der Besitzer der *Luxusklasse* gehört), *ihnen* wird es immer gutgehen!

Nach einer Denkpause begann Chris zu lächeln – nicht über die unerhörte Theologie, der er eben die Maske entrissen hatte, sondern über die nüchterne Vorsicht des Besitzers der *Luxusklasse*, der die Geistesgegenwart besessen hatte, seinen wertvollen Besitz mit einer schutzbringenden Versicherung aus jedem ihm bekannten Glauben zu umgeben; sollte die eine nicht zünden, würde die nächste anspringen. Er war noch einen Schritt weitergegangen als der Pessimist, der seine Hose mit einem Gürtel wie auch mit einem Paar Hosenträger festhält – er tat noch einen extra Gürtel dazu, der rundherum freizügig mit kleinen, in Leder gefaßten Amuletten besetzt war!

17
Die Große Straße in den Norden

Die Sorte von Menschen – ansässige Bourgeoisie und ausländische Diplomaten –, die sich bei Cocktailparties an einen heranmachen und einen davon informieren, daß Bassa keineswegs Kangan sei, sind genau jene, die sich unablässig so aufführen, als sei Bassa tatsächlich Kangan. Warum? Weil sie, wie alle anderen guten Menschen auch, noch nie mit dem Bus Bassa verlassen haben und auf der Großen Straße in den Norden gereist sind. Hätten sie es auch nur ein einziges Mal getan, so hätten sie ihren eigenen Worten Glauben geschenkt und zu schwafeln aufgehört! Doch sie bringen stets die Entschuldigung vor, diese Reise sei zu gefährlich, zu heiß und vor allem für vielbeschäftigte Leute wie sie zu lang.

In dem Maße nun, wie die überwältigende Kraft dieser einfachen, stets beiseite geschobenen Realität jeden von Chris' fünf oder auch sechs Sinnen traf, mit derselben Wucht, wie Insektenschwärme nach dem ersten Regen Straßenlampen geradezu bombardieren, drang das sich daraus ergebende Wissen durch jede Pore seiner Haut bis ins tiefste Innere seines Seins und setzte die bereits begonnene Verwandlung des Mannes, der er war, fort.

Was würde geschehen, fragte er sich, wenn sich das Glücksrad wieder drehen und ihn den häufig besuchten Aufenthaltsorten seines vorigen Lebens zurückgeben würde – den Cocktailrunden, jenen hohlen Ritualen, die er, um fair zu sein, stets wegen ihrer vollkommenen Leere verabscheut hatte, und vielleicht noch mehr, weil sie ihm rein physisches Unbehagen bereiteten. Da er etwas schwerhörig war, zwangen ihm die hundert oder mehr zu einem allgemeinen Dröhnen verstärkten Unterhaltungen eine Hörblokkade auf, und es blieb ihm nichts anderes zu tun übrig, als ziellos von einem Paar sich bewegender Lippen zum anderen zu wandern, nichts hörend, nur idiotisch lächelnd. Was würde er tun – Gott bewahre ihn davor –, sollte er sich in jener Folterkammer wiederfinden? Er würde um den Mut beten, jedem Lippenpaar und jeder Zahnreihe, ehe er weiterging zu sagen: »Ja, wissen Sie denn, daß es tatsächlich stimmt, obwohl Sie es selbst eben gesagt haben?« Und vielleicht würde er für seinen Mut mit dem seltenen Vergnügen belohnt werden mit anzusehen – da er ja nicht hören konnte –, wie ein müßiger Idiot nach dem anderen einige wenige friedliche Augenblicke lang in vollkommener Verblüffung die Klappe hielt, denn möglicherweise hatten ihre sich automatisch bewegenden Lippen nur gefragt: »*Na, wie geht's?*« Beatrice hatte natürlich vollkommen recht mit ihrem Entschluß, nie zu Cocktailparties zu gehen; doch dann war Beatrice auch nie das Mißgeschick widerfahren, Informationsminister zu sein. Nein, Bassa war ganz gewiß nicht Kangan. Von seinem autoritativen Fensterplatz im *Luxusklasse* aus konnte Chris sich dafür verbürgen!

Die undurchdringlichen Regenwälder des Südens, in denen sich selbst eine große Autostraße wie ein sich hindurchschlängelnder Wildwechsel ausnahm, begannen zu weichen und zuerst nur äußerst zögernd, doch zu gegebener Zeit etwas bereitwilliger, weniger großartigen Gewächsen Platz zu machen, und noch ein paar hundert Kilometer weiter nördlich, sogar einer offenen Parklandschaft mit weiten grasbedeckten Ebenen und niederen, verkrüppelten Bäumen. Die Stimmung des Reisenden hob sich in dem Maße, wie die Wälder lichter wurden, was dem Auge die berauschende Freiheit einräumte, den Blick umherwandern zu lassen und das Panorama großer Weiten aufzunehmen, die sich bis an einen Horizont erstreckten, wo vor dem Hintergrund eines klaren Himmels winzige Bäume auf fernen Hügeln Miniaturen von japanischen Gärten entstehen ließen.

Selbst der Asphalt, auf dem *Luxusklasse* nach Norden eilte, wußte seine eigene Geschichte von zwei verschiedenen Welten zu erzählen. Zuerst dick aufgetragen und weich wie ein Kissen, verschlechterte er sich zusehends, bis er schließlich dünner, schwarzer Farbe glich, die mit geizigen Pinselstrichen auf den Lateritboden aufgetragen worden war. Der Belag war hier und da aufgebrochen und zeigte mehr und mehr von dem rotbraunen Untergrund, was den schönen, eleganten *Luxusklasse* zwang, von einer Seite zur anderen zu kurven, um den tiefsten Furchen und Schlaglöchern auszuweichen, doch Chris hieß diese Enttäuschung, die ihn um seine Bequemlichkeit brachte, als segensreich willkommen, denn sie legte der rücksichtslosen Fahrweise des *Luxusklasse* Schranken auf; dieser nämlich benahm sich wie ein böser Drache der Landstraße, war mit arroganter Unbekümmertheit auf die Sicherheit seiner Fahrgäste bedacht und drückte jedes kleinere Fahrzeug, dem er begegnete, einfach zur Seite, als seien Verkehrsregeln allein eine Frage der Fahrzeuggröße. Aufgebrochene Straßen und holpriges Reisen hatten auch ihren Nutzen, dachte Chris.

Die Verbesserung seiner Stimmungslage, die es ihm ermöglicht hatte, sich allerlei visuellen und intellektuellen Vorstellungen hinzugeben, hatte er einer wichtigen und erfreulichen Tatsache zu verdanken. Nachdem *Luxusklasse* die Metropole Bassa hinter sich gelassen hatte und in den Tunnel der Wälder eingetaucht war, der schließlich in das offene Land hinausführte, war, was die Straßenkontrollen anging, eine dramatische Wende zum Besseren eingetreten. Eine Zeitlang noch traten sie in regelmäßigen Entfernungsabschnitten voneinander auf, waren auch alle in etwa gleicher Stärke bemannt, doch der Zweck ihres Daseins hatte sich gewandelt. Sie nahmen kaum Notiz von den Fahrgästen, sondern konzentrierten sich darauf, von den Busfahrern Wegzoll zu fordern und zu erhalten. Selbst als in einem Fall ein besonders grimmig aussehender Polizist alle Passagiere zum Aussteigen aufforderte, erwies sich dieses schließlich als nichts anderes als eine kluge List, um dem Fahrer einen noch höheren Zoll abzuverlangen; und die wenigen Fahrgäste, die tatsächlich ausgestiegen waren und zu denen auch Braimoh gehörte, wurden lächelnd aufgefordert, ihre Plätze wieder einzunehmen. Es war also nicht nur der Zauber der Landschaft – obwohl dieser seinen Teil dazu beitrug –, der es Chris' seit Tagen unter drangvollem Zwang stehenden Gedanken ermöglichte, hinauszuschweifen über diese weite grasbedeckte Landschaft, mit ihren Ebenen, Tälern und Hügeln, die bilderbuchähnlich mit kleinen Bäumen jeder erdenklichen Form und jeder Schattierung von Grün besetzt waren. Diese Flucht vor der Gefahr nahm Farben und Konturen eines Picknicks an!

In dem Maße, wie man langsam aus dem Regenland in das Land der Dürre vordrang, paßten sich die Städte und Dörfer an der Großen Straße in den Norden auf angemessene Weise der allgemeinen Herabstufung in der Größe der Baulichkeiten an. Die massiven Gebäude der Neureichen unten an der Küste machten den weniger eindrucksvollen, doch noch immer mit Blechdächern und zementierten Wänden versehenen Häusern Platz, genau so, wie die riesigen Wälder mit ihren Iroko-, Mahagoni- und anderen großen Hartholzbäumen den blütentragenden Bäumen, wie zum Beispiel dem Flammenbaum, Platz gemacht hatten.

Während der Bus in dem Versuch, die scharfen Ränder des ausgewaschenen Asphalts zu umgehen, von einer Seite der Straße auf die andere schwankte, bemerkte Chris, daß dieselben Blechdächer nun mehr und mehr auf den Schultern von Lehmwänden ruhten, die mit Zement verputzt waren. Doch zur gegebenen Zeit war auch dieser Vorwand fallengelassen worden, und die Wände zeigten offen ihr wahres Gesicht aus rötlicher Erde. Der hierarchisch gegliederte Vorbeimarsch menschlicher Behausungen hielt an, bis die bescheidenen Milizen runder, strohgedeckter Hütten langsam vor Chris' Beobachtungsstand vorüberzogen.

Polizei- und Armeekontrollpunkte tauchten auf und verschwanden wieder in ziemlich regelmäßigen Abständen und hatten *ihren* Vorwand fallenlassen, den Bus von der vorderen Tür aus zu inspizieren. Ganz offen nahmen sie nun das Geld von den Busfahrern entgegen, auf beiden Seiten schien Einvernehmen zu herrschen. Doch hinterher versäumten es der Fahrer und sein Beifahrer nie, über die Soldaten zu schimpfen und zu fluchen.

»Mögen doch die Haare deiner Mutter Feuer fangen«, betete der Fahrer einmal, sobald er aus der Reichweite eines Polizisten war, mit dem er offensichtlich einige anfängliche Probleme gehabt hatte.

Der Bus war nun seit etwas mehr als fünf Stunden unterwegs und machte jetzt in der staubigen und geschäftigen Stadt Agbata mit ihrem berühmten Markt halt – eine für diesen Teil des Landes große und aktive Stadt. Es war der Hauptversorgungsplatz an der Großen Straße in den Norden und von erfahrenen Reisenden auf dieser Strecke äußerst geschätzt. Die Passagiere waren froh, der trägen, abgestandenen Hitze in dem Bus zu entkommen, hinaus, in die trockenen Hitzewellen der frischen Luft. Als sie ausstiegen, schüttelten sie die Schmerzen aus den verkrampften Beingelenken, suchten, wo sie in diesem ungeschützten, sandigen Gelände ein privates Örtchen finden könnten, um sich zu erleichtern. Die Besitzer der Eßbuden und Speisehäuser hatten laufend Kämpfe mit jeder neu ankommenden Busladung auszutragen, besonders mit den Frauen, die mit scharfem Blick ihre Hinterhöfe anpeilten, trotz zahlreicher Aufschriften in kühnen Lettern: HIER NICHT URINIEREN. Die meisten der Männer, ermutigt von der Tradition und häufigen Reisen, wanderten nicht so lange umher wie ein Huhn, das nach einem Ort sucht, wo es sein Ei legen kann, sondern suchten sich einfach einen geparkten Lastwagen aus, stellten sich nahe genug an einen der Reifen und erleichterten sich.

Das nächste Anliegen, etwas zu essen, war leichter erfüllbar.

Dutzende von kleinen Hütten mit großartigen Namen warben mit farbenfrohen Schildern, die durch verbale Aufforderungen verstärkt wurden, um den Besuch der Reisenden: *Hier Ziegenfleisch! Hier Egusi-Suppe! Hier Buschfleisch! Wünschen Sie Reis, kommen sie hierher! Leckere, leckere gestampfte Yams!*

Das Wort *ordentlich*, auf vielfache Weise buchstabiert, kam in den meisten Aufschriften vor. Chris und seine Begleiter entschieden sich für *Sehr ordenliches Restorant*, aus keinem anderen Grund, als dem, weil es eine verhältnismäßig saubere gelbe Eingangstür hatte. Im Bus hatten sich die drei aus Vorsicht so verhalten, als seien sie sich vollkommen fremd. Doch ungefähr die letzten einhundertfünzig Kilometer hatten gezeigt, daß ein solches Maß an Vorsicht nicht notwendig war. Und deshalb saßen sie nun mutig an einem Tisch beisammen und hatten sich Essen bestellt; Reis für Chris, gebratene Yams und Ziegenfleischeintopf für Emmanuel und *garri* mit Buschfleisch für Braimoh.

Sie redeten noch immer nicht viel miteinander, und man hätte sie leicht für drei Reisende halten können, die sich vielleicht flüchtig kannten oder sogar erst im Verlauf der Reise Bekanntschaft geschlossen hatten.

Die Bedienung brachte ihnen eine Plastikschüssel voll Wasser, damit sie ihre Hände waschen konnten, und eine Untertasse mit festgebackenem Waschpulver. Es war offensichtlich, daß das Wasser seit langem nicht mehr gewechselt worden war, und ein fettiger Rand aus Palmöl direkt über dem schmutzigen Wasser zierte die Schüssel.

Chris, dem das Wasser zuerst angeboten wurde, schaute instinktiv auf seine Hände und dann auf das Wasser und schüttelte den Kopf. Emmanuel lehnte ebenfalls ab. Braimoh, der Mutigste der Gruppe, bat die junge Frau, das Wasser zu wechseln, was sofort die Besitzerin mit den lächelnden Augen auf den Plan rief, die aus der Ferne das Geschehen überwacht hatte.

»Das Wasser wechseln?« lachte sie. »Ihr Leute aus dem Süden! Wißt ihr, wieviel wir jetzt für einen Kanister Wasser bezahlen? Ein Manilla fünfzig.«

»Und heute sind die Tankwagen überhaupt nicht gekommen«, warf die Bedienung ein, die noch immer ihre Schüssel mit schmutzigem Wasser in der Hand hielt.

»Nein«, sagte ihre Chefin. »Die Tankwagen sind nicht gekommen. Die Leute, die ihr dort drüben seht, verkaufen das Wasser von gestern zu zwei Manilla.« Sie zeigte durchs Fenster auf einen Mann, der eine dicke Stange wie eine Wippe über die Schultern gelegt trug, an deren Enden jeweils ein voller Sechzehn-Liter-Kanister hing. Zwei oder drei andere taten es ihm gleich und trugen vorsichtig und mit äußerstem Geschick ihre schwere und unberechenbare Last durch die Menge.

Einige Kilometer nördlich von Agbata kamen sie an eine ziemlich lange Brücke, die über ein vollkommen ausgetrocknetes Flußbett führte; auf der anderen Seite ein riesiges Schild, auf dem zu lesen stand: WILLKOMMEN IN SÜD-ABAZON. Es war erstaunlich, dachte Chris, wie die Grenzen von einzelnen Provinzen, die doch nach allem, was man weiß, vor fünfzig oder mehr Jahren ziemlich willkürlich von den Engländern festgelegt worden waren, bisweilen so vollkommen mit der Realität übereinstimmten. Jenseits jenes ausgetrockneten Flußbettes gab es kaum auch nur die Spanne von einem Meter als Übergang – man fuhr unmittelbar ins Buschland hinein, das zwei regenlose Jahre praktisch in Wüste verwandelt hatten.

Der in den Bus hereinströmende Luftzug schien direkt aus einem Hochofen zu kommen, das einzige Grün waren nun die phantastisch mit Stacheln bestückten Kakteen, die ein paar desolat beisammen stehenden Hütten als Schutz dienten, und gelegentlich in den staubigen Feldern ein dickbäuchiger Baobab-Baum, so seltsam in seiner Erscheinungsform, daß man leicht der Geschichte Glauben schenken konnte, die besagt, daß Elefanten auf Wassersuche – als sie noch diese Gegenden durchwanderten – mit ihren Stoßzähnen die rauhe Rinde des Baumes aufbrachen, um den Saft herauszusaugen, den der Baum in Regenjahren im Inneren seines monumentalen Stammes gesammelt hatte.

Beim plötzlichen Anblick eines riesigen Aufgebots von Polizei und Armee an der Provinzgrenze, das größer war als alles, was ihnen seit dem Verlassen von Bassa begegnet war, überfiel Chris noch einmal heftigste Angst. Doch sie nahmen keinerlei Notiz von den Fahrgästen und hielten auch den Fahrer nicht auf, der ausgestiegen und über die Straße zu einem von ihnen hingegangen war. Als er zurückkehrte und seinen Platz am Steuer wieder einnahm, winkte er ihnen, was Chris eine sehr freundliche Geste der Verabschiedung schien. Doch kaum hatte er die Straßensperre hinter sich gelassen, beschwerte er sich lauthals und ohne Zurückhaltung über ihre Habgier und rief schließlich den Fluch des Feuers auf sie herab, daß es das Haar ihrer Mütter in Brand setze.

Sicherheitskräfte! Wen oder was sicherten sie? Vielleicht waren sie dort stationiert, um die hungrige Wüste davon abzuhalten, mit ihrer Bettelschale die sicheren Grenzen des Südens zu überschreiten.

Als der Bus immer tiefer in die brennende, zur Wüste gewordene Einsamkeit eintauchte, griff Chris in seine Tasche und zog Ikems unsigniertes Gedicht »Die Feuersäule – Ein Hymnus an die Sonne« heraus und begann, es langsam mit neuen Augen zu lesen, sprach die Worte nach, wie der erstaunt lernende Schüler einer Alphabetisierungsklasse. Vielleicht waren es die Termitenhügel in der verbrannten Landschaft, die ihn darauf brachten, die ihm anhand von Einzelheiten, wie er es noch nie erlebt hatte, enthüllten, daß das Auge des Dichters sich mit brennender Genauigkeit nicht auf Phantasiegebilde, sondern auf Tatsachen gerichtet hatte. Und sich vorzustellen, daß dies noch nicht das richtige Abazon war – das wirkliche Zentrum der Katastrophe mußte mindestens noch eine Tagesreise weiter entfernt liegen! Der Staub war zu Asche geworden. Ein Mann auf einem Esel wurde vom Bus überholt, sein Gesicht das wahrhafte Abbild eines im Harmattan Verstorbenen.

> ...und nun waren die Zeiten aus der Legende wiedergekehrt. Vielleicht nicht ganz so schlimm wie damals, noch nicht. Aber diesmal könnte es leicht schlimmer ausgehen. Warum? Weil sich heute keiner aufmachen und, hilflose Angehörige in der wilden Savanne zurücklassend, im Sternenlicht südwärts wandern, heimlich in einem winzigen Dorf ankommen, seine Einwohner überfallen, sie erschlagen, ihr Land in Besitz nehmen und sagen kann: Das habe ich getan, weil mir der Tod aus den Augen starrt.
>
> Deshalb entsandten sie statt dessen eine Abordnung von Ältesten zu der Regierung, die heute die Yamswurzel in Händen hält, und das Messer dazu, um von ihr Hilfe zu erbitten.

Nach dem Halt in Agbata gab es zahlreiche leere Plätze im Bus. Braimoh kam weiter nach hinten und setzte sich auf den Platz direkt vor Chris, dem sich bereits Emmanuel zugesellt hatte, da das Mädchen weggegangen war, weil sie neben einer jungen Krankenschwester sitzen wollte.

»Junge Männer sind heute nicht mehr, was sie einmal waren«,

sagte Chris.

»Hast du dir tatsächlich dieses Mädchen durch die Finger schlüpfen lassen, und dazu noch auf einer Busreise?«

»Ich hab' mir größte Mühe gegeben, doch sie wollte nicht anbeißen. Und ich verüble es ihr auch nicht, bei meinem heruntergekommenen Aussehen in diesen Lumpen.« Mit der linken Hand deutete er mit spöttischer Verachtung auf seine Person und die schlechtsitzenden Kleidungsstücke aus einem Second-hand-Laden, die er trug. »Was für ein Landstreicher! Und dazu noch das schreckliche Pidgin, das ich sprechen mußte. Ihr hättet mich hören sollen!«

»Armer Kerl«, sagte Chris mit einem Funkeln in den Augen. »Es tut mir aufrichtig leid, daß ich dir all diese Unannehmlichkeiten bereite!«

»Ich muß zugeben, daß ich an einem Punkt so frustriert war, daß ich sie fragte, ob sie schon mal was von dem Präsidenten der Studentenunion gehört habe, der angeblich auf der Flucht sei.«

»*Was* hast du?«

»Nein, ich hab' nicht, aber fast. Es ist nicht leicht, so ein Mädchen zu verlieren.«

»Und dazu noch unter falschen Voraussetzungen!«

»Stellt euch das vor!«

»Es tut mir wirklich aufrichtig leid.«

»Überhaupt ist sie die schüchternste Person, die ich in meinem ganzen Leben kennengelernt habe. Ich glaube nicht, daß nur meine Kleider schuld daran waren.«

»Das hätte ich auch nie vermutet. Deine Sterling-Qualität schimmert durch jeden alten Lappen hindurch.«

»Danke! Die eigentliche Schwierigkeit lag darin, sie überhaupt dazu zu bewegen, den Mund aufzumachen. Sie sprach in der Geschwindigkeit von einem Wort pro Stunde. Und es war entweder *ja* oder *nein*.«

»Wie hast du dann herausbekommen, daß sie Krankenschwesternschülerin ist?«

»Es war ein regelrechtes Tauziehen.«

»Wie heißt sie?«

»Adamma. Ihr Vater ist Zollbeamter ganz weit im Norden.«

»Eine ganze Menge Information, die du aus ja und nein zusammengesetzt hast.«

Sie lachten und schwiegen dann alle wie auf ein Zeichen hin. Unabhängig voneinander waren sie alle zum selben Schluß gekommen, daß sie nämlich, obwohl bis jetzt alles ziemlich gut gelaufen war, ihr Glück nicht mit zu viel Reden und Lachen erzwingen dürften. Während des sich aus diesen Gedanken ergebenden nachdenklichen Schweigens war sich Chris, der in die leere Landschaft hinausschaute, der Termitenhügel bewußt geworden.

Als er das Prosagedicht durchgelesen und den Schluß ein zweites Mal überflogen hatte, sagte er leise zu Emmanuel: »Das mußt du lesen«, und reichte ihm den Zettel.

Braimoh war es dann, der ihre Aufmerksamkeit auf eine große Menschenmenge lenkte, die sich ungefährt fünfhundert Meter vor ihnen auf der Straße angesammelt hatte. Fast gleichzeitig schienen alle im Bus dieses in der flachen, baumlosen Landschaft so außergewöhnliche Schauspiel bemerkt zu haben. Viele der Fahrgäste hatten sich halb aus den Sitzen erhoben, um den seltsamen Auflauf besser sehen zu können. Was es wohl sein mochte? Ein Kontrollpunkt? Der Fahrer ging vom Gas und fuhr vorsichtig weiter. Als die Szene näher rückte, begannen einige Uniformen aus dem staubigen Dunst aufzutauchen. Einige Wagen und Lastwagen standen auf dieser Seite der Straße, und ein Bus auf der Reise nach Süden und auch noch andere Fahrzeuge wurden langsam jenseits der Straße sichtbar.

Die Menschen in normaler Kleidung übertrafen in der Zahl weit die Uniformierten – wahrscheinlich Reisende, deren Reise unterbrochen worden war, und auch ausgezehrte Bauern der Gegend, die es aus ihrem dürren Dasein in einigen wenigen, in der Landschaft verstreut liegenden Ansiedlungen runder Hütten angezogen hatte.

Der Bus setzte seine Fahrt in Richtung dieses rätselhaften Geheimnisses fort, doch er kroch nur noch vorsichtig. Ein Unfall? Nein! In den tänzelnden Bewegungen der Menschen war etwas auszumachen, das nicht auf Leid oder Zorn schließen ließ, sondern auf eine seltsame Fröhlichkeit. Und nun herrschte kein Zweifel mehr. In fast jeder Hand waren Bierflaschen zu erkennen, und das Tanzen – denn für das, was hier vor sich ging, schien es keine bessere Bezeichnung zu geben – wurde vom Zurückwerfen der Köpfe begleitet, wobei der Inhalt ganzer Flaschen direkt in den Schlund geschüttet wurde, ohne mit den Lippen in Berührung zu kommen.

Der Bus hielt am Straßenrand. Ein Teil der Menge draußen rannte auf ihn zu wie ein beschwipstes Empfangskomitee. Doch das Anhalten des Busses und die plötzliche Explosion des Wortes COUP! das wie eine Handgranate von draußen hereingeworfen wurde, geschah gleichzeitig. Die Reisenden verließen den Bus, als sei er ein brennendes Schiff. Der Fahrer, keineswegs wie ein guter und ehrenhafter Kapitän, schob alle beiseite, um als erster hinauszukommen.

Chris stürzte sich in die Menge und suchte nach jemand, der ihm möglicherweise etwas Zusammenhängendes sagen könnte. Schließlich machte er den Polizeisergeant aus und zog ihn in seiner atemlosen Wißbegier ziemlich brüsk zur Seite. Der Kerl tat ihm gern den Gefallen, eine Flasche in der rechten und sein Mark IV-Gewehr in der linken Hand.

»Das Radio dort hat es gesagt«, begann er. *Dort* war ein unansehnlicher Unterstand aus Pappe und Blech zusammengestückelt, um der Besatzung des Kontrollpunktes gelegentliche Erleichterung vor den Angriffen der Sonne zu bieten und vielleicht auch ein wenig Ungestörtheit, um mit den Autofahrern schwierige Schmiergeldgeschäfte auszuhandeln. Ein Radio dort drinnen hatte offensichtlich die Nachricht verbreitet.

»Zur selben Zeit also wie die Nachrichten kam dieser volle Bierwagen. Also haben wir gesagt, den hat Gott geschickt. Der Fahrer sagte, das Bier gehöre nicht ihm, es sei für die Regierung. Also haben wir gesagt: Sehr gut. Jetzt ist die Regierung umgefallen, wer wird dann das Bier trinken? Wir stehen hier in der Sonne und haben nicht einmal Wasser zu trinken, deshalb hat uns Gott ein wenig Bier geschickt, daß wir unsere eigene Cocktailparty machen können.«

Sein Lachen war recht ansteckend, und das kleine Publikum, das sich schnell um den Geschichtenerzähler versammelt hatte, nickte zustimmend, sie schütteten ihr Bier hinunter und stimmten in das Lachen ein. Selbst Chris mußte lachen, doch nicht, weil ihn das alles wirklich belustigte, sondern sein Lachen war eher als Anreiz gedacht, um noch mehr Informationen herauszuholen.

»Wo ist das Radio?« fragte er und nahm an, daß wahrscheinlich Militärmusik gesendet würde, unterbrochen von laufenden weiteren Meldungen.

»Sie haben es gestohlen. Als wir auf der Straße waren und getrunken haben, ist ein Dieb hineingegangen und hat das Radio weggetragen. Dieses Land ist ja soo voll von Dieben. Aber warum gerade bei mir stehlen? Kennen die mich denn überhaupt nicht?

Ehe irgendein Fahrzeug heute von hier wegfährt, werde ich alle sehr, sehr gründlich durchsuchen, und der dumme Verbrecher, der mein Radio hat – seine Seele soll im Frieden ruhen, mit dem Präsidenten!«

»Haben sie im Radio was über den Präsidenten gesagt?«

Der Sergeant schaute ihn mißtrauisch an. »Warum machst du dieses Kreuzverhör? Was geht dich armen Mann der Präsident an, he? Ich sag', was geht den Geier der Barbier an?« Er genoß eindeutig die Aufmerksamkeit, die man ihm schenkte. »Auf alle Fälle ist der Präsident verschwunden, und sie können ihn nicht wiederfinden. Sie sagen, unbekannte Personen seien in den Palast gekommen und hätten ihn gekidnappt. Deshalb müssen wir an diesem Check-Point jeden, der durchkommt, genau beobachten!« Er lachte schallend und riß seine bereitwilligen Zuhörer mit. »Unser Land ist verrückt! So was hab' ich noch nie erlebt! Ein leibhaftiger Präsident, der verlorengeht! Wie die alte Frau, die ins Dorf kommt und sagt, ihre Ziege sei verlorengegangen! Dieses Afrika ist verrückt!«

»Habt ihr Soldaten nicht den Weißen Mann rausgeschmissen?« fragte jemand. »Ja, ja, der Weiße Mann ist gegangen und hat alles dem Präsidenten übergeben. Und nun ist der im Busch verlorengegangen. Was tun wir jetzt?«

»Wir machen einen neuen Präsidenten. Das ist nicht schwer«, sagte ein Dritter.

»Nicht schwer, eh? Am nächsten Tag sagen sie dir, dein neuer Präsident sei auf eine Palme geklettert und könne nicht mehr herunter«, sagte der zweite Mann und erntete riesiges Gelächter. Er war offensichtlich ein Spaßmacher von Format und wußte es.

»Also, was machen wir jetzt?«

»Sammelt von allen Leuten, Männern, Frauen, Kindern und selbst den Ungeborenen zwanzig Manilla ein, bringt sie mir, und ich nehme das Geld nach England und verhandle dort mit dem IWF, damit der Weiße Mann nach Kangan zurückkehrt.«

Chris löste sich aus dieser verrückten Gruppe und ging auf die Suche nach Emmanuel.

»Kannst du dir einen Reim auf dies alles machen?« fragte er, als er ihn schließlich gefunden hatte.

»Noch nicht, Sir. Außer daß es zu stimmen scheint, daß Seine Exzellenz gestern abend gekidnappt wurde und der Generalstabschef geschworen hat, er werde ihn wiederfinden, inzwischen jedoch die Zügel der Regierung in die Hand genommen hat.«

»Wir müssen nach Bassa zurück. Sofort. Wo ist Braimoh? Hol unsere Sachen aus dem Bus.« Sein leidenschaftlicher Ernst war eine Rüge für Emmanuels kleinmütigen Sarkasmus, und er ging ziemlich ernüchtert weg, um seinen Auftrag auszuführen.

Chris stürzte sich an anderer Stelle erneut in das Menschengewühl, das sich zusehends in betrunkenes Chaos verwandelte. Die Flaschen wurden, nachdem sie geleert waren, und gelegentlich auch schon vorher, auf der Straße zerschmettert, und weit mehr als nur ein paar wenige unbeschuhte Füße hatten zu bluten begonnen. Jeder vielversprechende Informant, den er ansprach, war zu betrunken, und darüber hinaus verärgert, weil er ihnen nüchtern Fragen stellte, was in den Augen seiner Opfer fast einer Belästigung gleichkam.

»Hol dir einen Drink«, sagte jemand und sprach wie einer, der vor seinem gegenwärtigen Zustand daran gewöhnt gewesen war, Autorität auszuüben.

»Ich hab' schon ein Bier gehabt, mehrere«, sagte Chris und klang, ohne es zu beabsichtigen, ziemlich überheblich.

»Wenn du soviel getrunken hast... wie ich getrunken habe... warum stehst du dann so gerade vor mir? Oder sind es vielleicht meine Augen?« Der Mann wackelte mit dem Kopf wie ein Verrückter mit weißer Haut, obwohl er glänzend schwarz war wie Ebenholz.

»Ich stehe gar nicht gerade«, sagte Chris und war auf unerklärliche Weise von diesem sich höchst differenziert äußernden Betrunkenen fasziniert.

»Nein, es sind nicht meine Augen... Du stehst nicht... Ich meine, du stehst tatsächlich so gerade vor mir wie ein Fahnenmast. Verstehst du? Ergibt sich also folgendes schwierige Problem: Wenn du sagst, du hast genauso viel Bier getrunken wie ich, warum stehst du dann gerade? Oder sagen wir es mal so – wir beide haben das gleiche mit Palmöl gekochte Essen gegessen, wie kommt es dann, daß einer von uns, zum Beispiel du, schwarze Kacke produziert? Das möchte ich wirklich wissen, Mister! Zwei Leute haben Palmölsuppe gegessen...«

»O. K., darüber unterhalten wir uns später.«

»Später? Warum? Aufschub ist die Lust des Faulen.« Hick! »Das hat der Direktor unserer Schule immer gesagt.« Hick! »Er liebte große Worte; und noch etwas anderes liebte er, das kann ich dir sagen... seinen Stock...«

»Vielen Dank! Bis später«, sagte Chris und riß sich von ihm los.

Die verzweifelten Schreie des Mädchens übertönten den dichten, sich weithin ausbreitenden Lärm der Straßenparty. Der Polizeisergeant hatte sie gepackt und schleppte sie in Richtung einer kleinen Ansammlung runder Hütten nicht weit von der Straße, umgeben, wie es in der Gegend üblich war, mit einem Zaun häßlich stacheliger Kakteen. Er zerrte sie an den Handgelenken hinter sich her, das Gewehr über die Schulter gehängt. Einige der Reisenden, meistens die Frauen, protestierten ängstlich, doch der überwiegende Teil der Männer hatte seinen Spaß daran.

In ihrer Verzweiflung warf sie sich auf den Boden und blieb sitzen. Doch der Sergeant war nicht willens aufzugeben. Er zog sie auf ihrem vormals hübschen blauen Kleid über verdorrte Unkrautbüschel und gefährliches zerbrochenes Glas.

Chris sprang dazwischen, packte den Mann am Arm und befahl ihm, das Mädchen sofort loszulassen. Und als genüge dies noch nicht, setzte er hinzu: »Ich werde dem Generalinspekteur der Polizei darüber Bericht erstatten.«

»Wo willst du mich verpetzen? Du spinnst wohl! Bist du nicht der, der mich nach dem Präsidenten ausgefragt hat? Wenn du nicht sofort von hier verschwindest, werde ich deinen Kopf in die Luft fliegen lassen wie die Mauern von Jericho! Verrückter Kerl!«

»Du bist verrückt«, sagte Chris. »Ein Polizeibeamter, der einen Lastwagen voll Bier stiehlt und dazu noch ein Schulmädchen vergewaltigt! Du bist eine Schande für die Polizeitruppe!«

Der andere sagte nichts mehr. Er nahm das Gewehr von der Schulter, legte an und kniff die Augen zusammen, während sich ringsumher aufgeregte Stimmen erhoben; die einen drängten Chris, das Weite zu suchen, die anderen den Polizisten, das Gewehr wegzutun. Aber Chris blieb fest und schaute dem Mann unverwandt ins Gesicht, als wolle er ihm sagen: »Untersteh dich zu schießen!« Doch dieser schoß, direkt in die ihm dargebotene Brust.

»Mein Freund, ist dir klar, daß du eben den Informationsminister erschossen hast?« fragte ein auf den Beinen unsicherer Mann, der wie ein Albino, den die Sonne blendet, unablässig den Kopf schüttelte.

Emmanuel und Braimoh kamen mit dem Gepäck, das sie aus dem Bus geholt hatten, am Ort des Geschehens an, gerade als Chris in einer grotesken Geste wie bittend in die Knie sank, dann umkippte und schließlich auf den Rücken zu liegen kam. Emmanuel stürzte sich über ihn, kniete an seiner Seite, während das Mädchen auf der anderen Seite kniete und sich mit dem Hemd des verwundeten Mannes zu schaffen machte, um ein großes Loch zu stopfen, aus dem in hohem Bogen das Blut spritzte.

»Bitte, Sir, sterben Sie nicht!« schrie Emmanuel, und Tränen strömten ihm übers Gesicht. Chris schüttelte den Kopf und schien dann alle Kraft zu sammeln, um den Todesschmerz auf seinem verzerrten Gesicht mit dem Lächeln der untergehenden Sonne zu verdrängen. Durch das Lächeln hindurch murmelte er Worte, die sich anhörten wie *Die letzte Grim*... Heftiges Husten erstickte den Rest. Ein Zittern ging durch seinen Körper, dann lag er still.

Der Sergeant hatte sein Gewehr hingeworfen und war in die Wildnis des Buschlandes hinausgeflohen. Braimoh war ihm an den Hütten vorbei nachgerannt und hatte ihn ungefähr hundert Meter weiter zu Boden geworfen. Sie rangen miteinander, daß hohe Staubwolken aufflogen. Doch Braimoh war ihm weder in Größe, Kraft noch Verzweiflung gewachsen. Die Menge an der Straße beobachtete, wie er wieder hochkam und diesmal unbehelligt seine Flucht in einen blutroten Sonnenuntergang hinein fortsetzte.

18

Beatrice hatte, einer plötzlichen Eingebung folgend, beschlossen, in ihrer Wohnung eine Namensfeier für Elewas kleines Mädchen abzuhalten. Es sollte keine traditionelle Feier werden, das lag nicht in ihrer Absicht. Außer einer Namensgebung beabsichtigte sie überhaupt nichts zu feiern. So wie die Dinge lagen, schien es ihr unwahrscheinlich, daß sie irgend etwas, das auch nur im entferntesten einer Feier glich, auf lange, lange Zeit hinaus würde ertragen können.

Doch ein Baby mußte einen Namen haben, und es schien nichts Besonderes dagegen einzuwenden zu sein, ihm diesen in Gesellschaft einiger Freunde zu geben, oder am siebenten Markttag nach seiner Geburt, wie es die Tradition verlangte. Alles andere jedoch würde zeitweilig außer Kraft treten, denn dieses Baby war in Not und Entbehrung hineingeboren worden – wie die meisten Kinder natürlich; doch anders als die meisten war es nicht einmal mit einem unheilbar optimistischen Beschützer gesegnet, der es am Tag seiner Namensfeier in den Armen halten und es *Die-in-der-Fülle-wandelt* oder *Die-zum-Essen-kommt* oder so ähnlich nennen würde, um es dann unbekümmert seiner Mutter wieder zu übergeben, damit es seinen elenden, notvollen Weg durchs Leben antrete – eine Parodie seines eigenen Namens. Nein, dieses Baby würde nicht auf weiche Kissen gebettet sein, sicher geschützt vor den täglichen Bissen der kleinen Ameisen auf dem Lehmboden. Schon jetzt mußte es ohne eine Notwendigkeit auskommen, die selbst die Ärmsten für sich in Anspruch nehmen dürfen – einen Vater (sogar ein armer Schlucker als Vater hätte genügt), der es auf den Armen halten und ihm an diesem achtundzwanzigsten Tag seines Lebens seinen Namen geben würde.

Beatrice hatte dieselbe Handvoll Freunde eingeladen, die wie Versprengte einer aufgelösten Armee zusammengehalten hatten und bei ihr geblieben waren. Daß es ihr überhaupt gelang, diese Beziehungen aufrechtzuerhalten, zeigte, in welchem Maße sie begonnen hatte, sich zu verändern – selbst schon vor den gewaltsamen Ereignissen der unmittelbaren Vergangenheit; daß sie es nahezu stillschweigend tat, war ein beredter Tribut an die Kraft der verlorenen Sache.

In früheren Zeiten wäre ihre Reaktion auf Chris' Tod gewesen, sich vollkommen in sich selbst zurückzuziehen, den Tieren der Wildnis gleich, die sich zum Sterben eine dunkle, einsame Stelle des Waldes aussuchen, voll Mißtrauen den Trost ihrer Freunde ablehnend. Doch die Wochen der bösen Vorzeichen, die die blutigen Ereignisse des Novembers ankündigten, hatten sie bereits einen Verteidigungspakt mit einem kleinen Häufchen ihr nahezu fremder Menschen schließen lassen, einen Pakt, der sich stärker als familiäre Bindungen oder einfache Freundschaften erweisen sollte. Wie die Blutsfreundschaft früherer Zeiten war auch diese mit Blut besiegelt, doch dieses Blut floß nicht sicher und unberührt in seinen Adern, sondern war leichtfertig vergossen und entweiht worden.

Trotz ihrer Zähigkeit war es Beatrice im ersten Schock des Verlustes viel schlechter ergangen als Elewa. Wochenlang lag sie in völliger Verzweiflung darnieder. Doch eines Morgens erhob sie sich und nahm Abschied von den Gedanken, die sie quälten. Es war der Morgen, an dem Elewa fast eine Fehlgeburt erlitten hätte. Von jenem Tag an, bis zum Tag ihrer Entbindung, widmete sie sich dem Wohlergehen der jungen Frau. Als sie während jener Wochen zum ersten Mal wieder versuchte, Kontakt mit der Verwüstung in ihrem Herzen aufzunehmen, entdeckte sie erstaunt, daß sie bereits nicht mehr so schwach auf den Beinen stand und daß ihr Kopf klarer war.

Mit immer weniger Angst und Zagen war sie jetzt auch in der Lage, gewisse Aspekte des vergangenen Alptraums noch einmal zu durchleben und sogar ihre Gefühle, Reaktionen und Gedanken zu beurteilen. Hatte sie zum Beispiel recht getan, die besondere Einladung des neuen Staatsoberhauptes, der ein Staatsbegräbnis für Chris angeordnet hatte, abzulehnen? Verletzte sie ihre Pflicht, sein Andenken zu wahren, mehr, wenn sie wegblieb, als daß sie es ehrte, indem sie seinen Feinden gegenüber ihr Mißtrauen zeigte? Vierundzwanzig Stunden nach dem Staatsstreich, ehe die Nachricht von Chris' Tod sie erreicht hatte, hatte sie mit tiefem Abscheu mitangesehen, wie ein weinerlicher Generalmajor Ahmed Lango plötzlich auftauchte und der Nation gelobte, »die Urheber dieses gemeinen Verbrechens schnellstens zur Rechenschaft zu ziehen«. Selbst die leichtgläubigen Menschen von Kangan, berühmt für ihre Straßentänze nach jedem Regierungswechsel, fragten sich, wo sich dieser loyale Offizier wohl versteckt gehalten hatte in den ersten vierundzwanzig Stunden, nachdem sein Kommandeur von »unbekannten Personen« aus dem Palast entführt, gefoltert, durch den Kopf geschossen und im Busch unter einem Fuß Erde verscharrt worden war. Doch als es soweit war, daß Kangan diese Fragen stellte, hatte die Nachricht von Chris' Ermordung Beatrice erreicht, und ihre Verbindung zu allem anderen war abgerissen.

Hauptmann Abdul Medani hatte ihr die Nachricht gebracht. Er war in einem Taxi gekommen und trug Zivil. Doch sein Gesicht hatte sich ihr während der Wochen, in denen er die geheimnisvolle Stimme gespielt hatte, so tief eingeprägt, daß sie trotz seiner Kleidung und der Sonnenbrille sofort den Offizier erkannte, der die Durchsuchung ihrer Wohnung geleitet hatte. Und sie hatte seinen Gesichtsausdruck zu deuten gewußt und das verhängnisvolle Unglück entziffert, ehe er überhaupt den Mund aufgetan hatte. Er sagte, er wolle sich nur vergewissern, daß sie es nicht aus dem Radio erfuhr, und ging dann gleich wieder weg. Eine Stunde darauf kam es in der nationalen Nachrichtensendung. Später an jenem Abend waren Emmanuel und Braimoh zurückgekehrt.

In den darauffolgenden Wochen und Monaten war ihre Wohnung für Emmanuel, Braimoh und das Mädchen Adamma ein richtiges Zuhause geworden. Auch der Hauptmann war recht häufig dort anzutreffen. Bisweilen, besonders an den Wochenenden, waren sie alle beisammen und diskutierten die sich ständig vertiefende Krise im Land. Zuerst hörte Beatrice die Stimmen und die in ihrer Gegenwart geführten Streitgespräche so, als spiele sich das alles in einem Nebenzimmer hinter verschlossenen Türen ab. Doch langsam begann sie einzelne Worte aus den gedämpften Geräuschen wahrzunehmen, dann Bruchstücke von Sätzen und schließlich sogar einen gelegentlichen Scherz, der ihrem langsam auftauenden Gesicht eine leise Bewegung, ein schwaches Lächeln entlockte.

Die Tür hatte sich allmählich aufgetan, und die Worte und bruchstückhaften Sätze verbanden sich zu lebhaften Unterhaltungen, ja Diskussionen, meistens zwischen Emmanuel und Abdul. Doch obwohl Beatrice zu hören schien, was gesagt wurde, so nahm sie doch an dem Gedankenaustausch nicht aktiv teil. Noch immer versuchte sie, mit äußerster Sorgfalt ihre eigenen Gedanken auf Umwegen daran vorbeizuführen. Doch trotz alledem waren Zusammenstöße nicht zu vermeiden, und es konnte nicht ausbleiben, daß diese hin und wieder, wenn auch in noch so geringem Maße, das Tempo und die Richtung ihres eigenen schweigenden

Tuns veränderten.

»... kannst du mir erklären, auf welche Weise dieses letzte Blutvergießen Kangan auf seinem historischen Marsch, wie du es nennst, geholfen haben soll? Das Blut Seiner Ehemaligen Exzellenz und das Blut seiner Opfer – wenn sie wirklich seine Opfer waren...«

Wenn sie wirklich *seine* Opfer waren, wiederholte Beatrice für sich. Genau der Gedanke, der auch bei ihr bereits aufgetaucht war, nur in einem anderen Gewand! Die Erklärung der Tragödie von Chris und Ikem als die Folge kleinlicher Intrigen oder eines persönlichen Unfalls war in ihrem ruhelosen Denken langsam in den Hintergrund getreten und hatte der im Ganzen erschreckenderen, doch plausibleren Theorie eines vorherbestimmten Geschehens Platz gemacht. Die Vorstellung von Chris, dem, wie anderen Fremden vor ihm, auf der Großen Straße in den Norden zufällig der Tod begegnet war, oder von Ikem, als eines frühen Opfers eines sich in zunehmendem Maße zum Polizeistaat entwickelnden Regimes, befriedigte sie nicht mehr. Waren sie in Wirklichkeit nicht auf ihrem Weg verfolgte Reisende gewesen, deren Reise von Anfang bis Ende, sorgfältig und im voraus von einer verfremdeten Geschichte programmiert worden war? Stimmte das? Wie viele Reisende, deren Schicksal längst besiegelt war, waren dann im Aufbruch begriffen oder bereits unterwegs, die Gesichter hell von den illusionsreichen Erwartungen einer zollfreien Reise und glücklichen Ankunft?

An jenem Tag brach sie ihr langes Schweigen und fragte die beiden jungen Männer: »Was muß ein Volk tun, um seine verbitterte Geschichte zu besänftigen?«

Das Lächeln, das die Gesichter in jenem Raum erhellte, besonders die der beiden unermüdlichen Diskutierer, die mitten im Satz gestoppt worden waren, galt nicht jener schwerwiegenden Frage und dem aus der bodenlosen Tiefe der Trauer emporsteigenden Echo, das sie nach sich zog – es war vielmehr das Ende eines Exils, das die Gesichter wahrnahmen, die Rückgabe des Worts an eine zweifelnde Priesterin, die der Allmächtige eine Zeitlang mit Stummheit geschlagen hatte, weil sie sich angemaßt hatte, seiner Allmacht Grenzen zu setzen. Es war durchaus nicht so, daß Beatrice vor jenem Tag gar nichts geredet hätte. Sie hatte die anderen begrüßt und ihnen sogar gelegentlich Gastfreundschaft und Unterkunft angeboten. Selbstverständlich hatte sie eine Woche nach

Chris' Beerdigung ihre Arbeit im Büro wieder aufgenommen, und zu Hause hatte sie in Gesellschaft von Agatha und Elewa ihrem Haushalt vorgestanden. Doch in alledem hatte sie nur Worte benutzt, die nicht drohten über ihre Gedanken herzufallen und sie in die profane Welt der Öffentlichkeit zu zerren. In langsamen Schritten nur wurde sie zugänglicher, Anstoß gab meistens die eine oder andere geringfügige Krise innerhalb ihrer kleinen Gemeinschaft.

Abdul hatte ihr anvertraut, daß er beauftragt worden war (oder sich selbst beauftragt hatte – welches von beiden war nicht allzu deutlich erkennbar), über sie und ihre Freunde zu wachen. Sie hatte gelächelt und ihm viel Glück für die Aufgabe gewünscht. Wochen später beschloß sie aus Fairness Emmanuel gegenüber, diesen davon zu unterrichten. Er war wütend.

»Der Kerl ist ein Spitzel. Wie können wir bloß so naiv sein?«

»Wir? Du bist zu sehr Gentleman, Emmanuel. Ich sehe, daß die Wochen mit Chris, in denen ihr eng miteinander gelebt und Verschwörung ausgeheckt habt, ihre Spuren hinterlassen haben. Nein, nein – ich bin nicht naiv; der Mann ist ehrlich.«

»Woher willst du das wissen?«

»Weibliche Intuition, wenn du so willst.«

»Seit wann?«

»Was soll das heißen, seit wann? Fragst du mich, seit wann ich Frau bin...? Und eben hab' ich dich noch einen Gentleman genannt.«

Noch geraume Zeit danach hatte Emmanuel seinen Groll gezeigt und demonstrativ geschwiegen, wann immer Abdul in der Nähe gewesen war. Ohne weiter einzugreifen, hatte Beatrice die beiden beobachtet. Schließlich war es Neugier gewesen, die Emmanuels Schweigen ein Ende gesetzt hatte, und zwar als es um die Gerüchte ging, die über Oberst Johnson Ossai im Umlauf waren.

»Stimmt es wirklich, daß er verschwunden ist?« hatte Emmanuel entgegen seiner eigenen Absicht gefragt. Abdul hatte einfach genickt, ohne sich herabzulassen, *seinerseits* den Mund zu öffnen. Emmanuels Mißtrauen war ihm bewußt geworden, und er hatte, wie Beatrice fand, äußerst elegant darauf reagiert – hatte Emmanuel und sein Verhalten einfach ignoriert.

»Aber wie kann der leibhaftige Chef des Staatlichen Sicherheitsdienstes einfach verschwinden? Einfach so?«

»Ich glaube, du hattest Bassa bereits verlassen, als der Chef des

Staates höchstpersönlich verschwand.« Dann setzte er sich zurecht, als spräche er zu Beatrice und den anderen. »Ich kann euch über ein paar Tatsachen, die sich bis jetzt herausgestellt haben, informieren. Oberst Ossai war zuletzt gesehen worden, wie er die Räume des Staatsoberhauptes betrat, und seitdem nicht mehr. Erinnert ihr euch an Idi Amin? Nun, laut unbestätigten Meldungen pflegte dieser seine Rivalen im Kampf um Frauen zu erdrosseln und zu köpfen; die Köpfe bewahrte er als eine Art Trophäe im Kühlschrank auf. So vielleicht ließe sich Ossai irgendwo in einem Kühlschrank finden.«

»Du scheinst nicht sehr besorgt um deinen Chef zu sein«, sagte Beatrice. »Das ist ja fürchterlich.«

»Wenn ich dir auch nur die Hälfte von dem erzählte, was ich von Ossai weiß, wärest du auch nicht allzu besorgt.«

»Was ist das doch für ein Leben!« sagte Emmanuel.

»Wie dem auch sei – Soldat sein ist nicht gerade ein Beruf für empfindsame Herzen. Als erstes lernen wir: Soldat komm, Soldat geh!«

Doch all das lag bereits Wochen und Monate hinter ihnen – Wochen und Monate der langsamen Vorbereitung auf den heutigen Ausflug ins Ritual.

Als Elewa an Beatrice herantrat und ihr ins Ohr flüsterte, was ihrer plötzlichen Vermutung nach der wahrscheinliche Grund dafür war, daß ihre Mutter noch immer nicht hier war, beschloß Beatrice, daß sie selbst dem Kind seinen Namen geben würde, und zwar jetzt gleich. Sie rief die kleine Gesellschaft zusammen und machte sich daran, eine rituelle Handlung zu improvisieren.

Sie hob das winzige Bündel aus dem Bettchen, wandte sich Elewa zu und sagte: »Gib diesem Kind seinen Namen.«

»Nein, du mußt ihm den Namen geben.«

»O. K. Du hast uns vor einem falschen Schritt bewahrt. Danke. Ich fange noch einmal an... Es war einmal ein Prophet im Alten Testament, der seinem Sohn den Namen *Die-Übriggebliebenen-werden-wiederkehren* gab. Sie müssen damals in Zeiten wie den unsrigen gelebt haben. Doch wir haben dafür ein anderes Bild; wir haben unsere eigenen Zeichen für die Hoffnung, die aus nie versiegender Quelle fließt. Wir werden dieses Kind AMAECHINA nennen: *Möge-der-Pfad-niemals-enden*. Kurz, Ama.«

»Aber das ist ein Jungenname.«

»Das macht nichts.«

»Mädchen hören auch darauf.«

»Es ist ein sehr schöner Name. Der Pfad von Ikem.«

»Ja, das ist richtig. Möge er niemals enden, nie zuwachsen.«

»So ist es recht!«

»Möge er immer hell sein! Der leuchtende Pfad von Ikem.«

»Das ist ein wunderbarer Name.«

»Ein sehr schöner Name.«

»In unserer traditionellen Gesellschaft«, sprach Beatrice weiter, »gab der Vater dem Kind seinen Namen. Aber der Mann, der es heute hätte tun sollen, ist nicht da... Hör auf zu schnupfen, Elewa! Der Mann ist nicht hier, obwohl ich weiß, daß er jetzt um uns ist und uns mit diesem Lächeln eines kleinen Jungen, das ihm eigen war, zuschaut. Ich habe ihn immer geneckt, und deshalb necke ich ihn auch jetzt. Was weiß ein Mann schon von einem Kind, und dazu maßt er sich noch an, ihm den Namen zu geben...«

»Nichts, außer daß ihm seine Frau gesagt hat, er sei der Vater«, sagte Abdul, was großes Gelächter hervorrief.

»Das ist wahr, Bruder«, sagte Braimoh. »Die Frau kommt und sagt dem Mann, daß es sein Kind sei. Dann wird der Mann stolz wie ein Pfau und gibt damit an. Wir nehmen doch unser Vater-Sein gar nicht ernst – *yéyé*-Väter sind wir!«

»Genau so ist es. Ich meine, unsere Tradition macht an dieser Stelle einen Fehler. Es ist wirklich am sichersten, die Mutter zu fragen, wer ihr Kind ist, was es ihr bedeutet und wie es heißen soll. Deshalb müßte eigentlich Elewa jetzt Ama in den Armen halten und uns sagen, was sie ihr bedeutet. Wie es war, von diesem wunderbaren Mann, Ikem, geliebt zu werden. Aber seht doch, Elewa ist zu schüchtern!«

»Ich bin überhaupt nicht schüchtern«, erwiderte Elewa, und ihre Augen lächelten und hielten gleichzeitig die Tränen zurück, wie heller Sonnenschein, der durch dünnen Nieselregen dringt. »Ich bin nicht schüchtern, aber ich bin nicht so gebildet und habe nichts aus Büchern gelernt.«

»Aber dies hier hat nichts mit Bücherwissen zu tun, meine Schwester!«

»Du hast vielleicht nichts aus Büchern gelernt, aber, mein liebes Mädchen, du weißt viele Dinge, die klüger sind als alles, was in den Büchern steht.«

»Da hast du aber ganz gewiß recht«, sagte Emmanuel.

»Das ist auch meine Meinung«, sagte Hauptmann Medani.

»Ein wahres Wort ist das«, sagte Braimoh.

»Allerdings!« sagte Aina.

»Wir alle«, fuhr Beatrice fort, »haben *schlimme, schlimme* Zeiten gesehen. Aber du, Elewa, hast, um dem Leid zu trotzen, etwas so Wunderbares wie dieses Baby produziert; etwas Lebendiges, das strampelt.«

»Das ist wahr. Sehr wahr«, sagte der Hauptmann.

»Aber Gedanken, die lebendig sind...« begann Emmanuel zögernd.

»Gedanken können nicht außerhalb von Menschen leben«, sagte Beatrice ziemlich bestimmt und schnitt ihm das Wort ab. Er gehorchte einen Augenblick lang, kratzte sich am Kopf und redete dann trotzdem weiter:

»Das kann ich nicht akzeptieren. Die Gedanken und Ideen von Ikem, die er in einer einzigen Vorlesung vorgetragen hat, haben mein ganzes Leben verändert. Aus einem Papagei ist ein Mann geworden.«

»Wirklich?«

»Ja, wirklich. Und das gilt auch für das Leben einiger meiner Freunde. Es war nicht Ikem, der Mann, der mich verändert hat. Ich kannte ihn kaum. Es waren seine zu Papier gebrachten Gedanken. Einer ganz besonders: Wir können möglicherweise akzeptieren, daß unser Handeln eingeschränkt wird, doch niemals, unter gar keinen Umständen, dürfen wir akzeptieren, daß unserem Denken Schranken gesetzt werden.«

»O. K.«, sagte Beatrice und beugte sich dieser überlegenen, nicht aufzuhaltenden Leidenschaft. »Auch ich habe empfunden, was du eben gesagt hast, obwohl ich Ikem auch als Mann gekannt habe. Du hast gewonnen! Menschen *und* Ideen also. Trinken wir auf beide.«

Agatha brachte ein Tablett mit Getränken herein und begann ganz unvermittelt eines der Lieder ihrer Sekte zu singen – eine Gunst, mit der sie dieses Haus noch nie beehrt hatte. Emmanuel nahm ihr das Tablett ab und stellte es auf den Tisch in der Mitte. Adamma holte Gläser und begann einzuschenken. Agathas inzwischen von der Last befreiten Hände fanden eine passendere Beschäftigung und klatschten die Begleitung zu ihrem Lied; ihre Hüften wiegten sich in langsamem Tanz.

Jehova läßt sich von keinem täuschen,
Jehova ist groß, wer vermag ihn zu verführen?
Segnet Jehova uns, wer wird es wagen, einen Fluch auszusprechen?
Jehova-jireh! Laßt uns seinen Namen preisen!

Aina stand auf, band ihr Hüfttuch fester und gesellte sich zu Agatha in ihrem heiligen verführerischen Tanz.

»Aber ist Aina denn nicht Muslimin?« wandte sich Beatrice flüsternd an Elewa.

»Doch, und wie, sie ist ganz richtige Muslimin!« antwortete Elewa, schaute etwas verwundert drein und überlegte sich, was diese Frage sollte. Dann plötzlich schien sie das Problem der Fragestellerin entdeckt zu haben. »Heißt es, daß Muslime nicht tanzen dürfen, wenn Christen singen?« fragte sie zurück.

»Nein, *das* hab' ich nicht gemeint«, erwiderte Beatrice mit Nachdruck. Doch zu sich selbst sagte sie: »Nun, wenn eine Tochter Allahs mit der Tochter seines Rivalen tanzen kann, was sollte dann die Priesterin des Unbekannten Gottes davon abhalten, auch ein Bein zu schwingen?« Sie lächelte in sich hinein, und schon bewegte sie den Kopf rhythmisch von einer Seite zur anderen anstelle ihrer Hände, die noch immer versuchten, Ama in den Schlaf zu wiegen.

Nachdem das ansteckende kleine Lied fünf- oder sechsmal gesungen worden war, rief Braimoh: »Hipp! Hipp! Hipp!«, und die ökumenische Verschwisterung wurde mit einem lustigen »Hurra!« und viel Gelächter besiegelt.

In jenem Augenblick fuhr draußen ein Taxi vor, dem Elewas Mutter und Onkel entstiegen. Beatrice und Elewa wandten sich spontan einander zu – die eine sagte: » Du hattest recht«, und die andere gleichzeitig: »Hab' ich dir's nicht gesagt?«

Beatrice kannte Elewas Onkel aufgrund seines anstößigen Rufes, dem er jetzt mit aller Entschlossenheit gerecht zu werden beabsichtigte. Kaum daß er saß, hatte sich sein Blick unverwandt auf das Tablett mit den Drinks geheftet, und wie die eingefangene Luftblase in der Wasserwaage eines Maurers tanzte sein Adamsapfel ruhelos auf und nieder.

»Elewa, willst du der Mama und deinem Onkel nicht einen Drink anbieten?«

Mama nahm eine Flasche Mineralwasser, doch der Onkel lehnte

das ihm angebotene Bier ab und verlangte statt dessen »Snaps«. Als man ihm zu verstehen gab, daß kein Schnaps im Hause sei, sagte er nichts als: »Ah?« – eine knappe, doch beredte Art zu verstehen zu geben: Was ist das für eine Namensfeier ohne Schnaps?

Beatrice stand auf, legte das Baby ins Bettchen, ging zur Anrichte und kam gleich darauf mit einer Flasche White Horse Whisky zurück. Elewas Onkel akzeptierte den Ersatz recht bereitwillig. In schneller Folge kippte er hintereinander zwei Gläschen hinunter, dabei warf er den Kopf nach hinten und blies, ehe er schluckte, die Backen wie einen Blasebalg auf. Dann setzte er das kleine Glas ab und bat um eine Flasche Bier.

Mit einem Seitenblick auf den Halbbruder ihres verstorbenen Mannes sagte Elewas Mutter: »Ich glaube, es ist besser, wir fangen jetzt mit der Arbeit an, wegen der wir hergekommen sind. Ich will nicht, daß jemand mein Enkelkind fallen läßt.«

»Niemand wird jemand fallen lassen«, erwiderte der Onkel und hob mit leicht zittriger Hand sein Bierglas an die Lippen... »Trinken macht einen Mann nicht schwach. Es macht ihn stark, daß er noch besser zugreifen kann«, fügte er hinzu, nachdem er das halbe Glas hinuntergeschüttet hatte... »doch da sich meine Frau hier Sorgen macht, wollen wir tun, was sie sagt. Ein weiser Mann tut, was seine Frau sagt, und findet Stücke mit geräuchertem Fisch in der Suppe. Ein Narr widerspricht seiner Frau und muß sich mit Cocoyams zufriedengeben.«

Abdul saß mit zur Seite geneigtem Kopf und hörte auf Emmanuel, der ihm übersetzte, was die alten Leute sagten. Nun wandten sich aller Augen Beatrice zu. Sie hatte das Baby wieder auf den Arm genommen, doch anstatt es dem alten Mann zu reichen, der sein Glas abgestellt hatte, um das Baby in Empfang zu nehmen, sagte sie:

»Dieses Kind hat bereits seinen Namen erhalten. Es heißt Amaechina.«

Die alten Leute waren sichtlich vor den Kopf gestoßen. Der Mann erholte sich zuerst und fragte: »Wer hat ihm den Namen gegeben?«

»Wir alle hier«, sagte Beatrice.

»Ihr alle hier«, erwiderte der alte Mann. »Ihr alle seid sein Vater?«

»Ja, und seine Mutter.«

Zu aller Überraschung brach er in lautes Lachen aus und steckte mit seiner Fröhlichkeit alle an. Außer Elewas Mutter.

»Ihr jungen Leute«, sagte der alte Mann, »ihr bringt es fertig, gleichzeitig schwanger zu sein und ein Baby zu stillen... Gebt mir noch ein bißchen von diesem heißen Drink.«

Schnell brachte ihm Elewa die Whiskyflasche und das kleine Glas zurück.

»Was für ein munterer alter Kerl,« sagte Abdul.

»Du kennst ihn überhaupt noch nicht. Warte nur noch ein Weilchen ab.«

Elewas arme Mutter fühlte sich alleingelassen mit der Last und dem Ärger über die aus den Fugen geratene Sitte, und die Last wurde auch nicht leichter, da sie niemanden hatte, auf den sie ihren Ärger abladen konnte. Schließlich machte sie eine Kehrtwendung und häufte alles auf den Kopf des opportunistischen alten Mannes – er war ein Medizinmann, den man für Geld und anderes herbestellt hatte, damit er böse Geister verjage, und nun jagten die bösen Geister ihn.

»Du wirst mir meine Flasche Schnaps und mein Huhn zurückgeben«, sagte sie zu jedermanns Überraschung zu ihm. Sein Gesicht umwölkte sich einen ganz kurzen Augenblick lang, um sich dann wieder aufzuhellen.

»Was das anlangt«, sagte er, »so gilt: Was vor dem Maskentanz ins Freie gebracht wird, darf man nicht wieder mit ins Haus nehmen. Essen geht nur in eine Richtung – abwärts. Wenn es heraufkommt, weiß man, daß der Mann in Nöten ist.«

»Du wirst mir meinen Schnaps und mein Huhn zurückgeben«, wiederholte sie eigensinnig.

»Hör zu, meine Frau, was ich dir zu sagen habe. Ich will dir einen Rat geben. Du bist verärgert, und ich verüble dir das auch nicht. Doch welchen Sinn hat es, wenn du mit mir schimpfst, wie das Huhn mit dem Topf, wo doch sein wirklicher Feind weder der Kochtopf ist noch das Feuer, auf dem es kocht, sondern das Messer. Du mußt dich mit diesen jungen Leuten auseinandersetzen. Halte deine Tochter und ihre Freunde dazu an, dir eine Flasche Schnaps und dein Huhn zurückzugeben. Doch was das Opfer anlangt, das vor dem Maskentanz dargebracht wurde, das ist mit dem Maskentanz in seinem Ameisenloch verschwunden.« Er verfiel wieder in einen regelrechten Lachkrampf und kratzte sich am Bauch, den er wie ein sich auflösendes Bündel zwischen den Händen hielt. Alle lachten wieder mit ihm, außer Elewas Mutter. Er hörte unvermittelt auf und wandte sich den anderen zu:

»Ich will euch was sagen. Als meine Frau hier zu mir kam und sagte: Unsere Tochter hat ein Kind, und ich möchte, daß du kommst und ihm einen Namen gibst, sagte ich mir, etwas stimmt hier nicht, etwas fehlt. Ehe wir *waa* hörten, als der Palmzweig herunterkrachte und in den Busch fiel, haben wir nicht das *kpom* gehört, das uns wissen ließ, daß der Palmzweig geschlagen wurde. Ich habe nichts von einem Brautpreis gehört, und du sprichst davon, ich soll einem Kind den Namen geben. Aber ich habe meiner Frau nicht widersprochen, denn ich möchte gerne Fisch in meiner Suppe... Wißt ihr, warum ich so lache? Ich lache, weil die Welt in euch jungen Leuten den rechten Gegenspieler gefunden hat. Ja! Ihr habt die Welt zurechtgerückt, dahin, wo sie hingehört... Meine Frau hier hat sich den Kopf zerbrochen, woher sie Kolanüsse, Alligator-pfeffer, Honig und *Bitterleaf* nehmen soll...«

»Und Schnaps und Hühnchen.«

»Ja, das auch. Und während sie sich den Kopf zerbricht, kommt ihr hier in diesem Haus – einem Haus, wie es die Weißen haben – zusammen und gebt dem Mädchen einen Jungennamen... So muß man mit dieser Welt umgehen... Sollte einer sich einfallen lassen, daß ich einen Streit anfangen werde, weil jemand die Arbeit getan hat, die ich hätte tun sollen, so kennt derjenige mich schlecht. Ich streite mich nur, wenn jemand anderes das ißt, was mir zusteht. Deshalb werde ich nicht streiten, sondern werde mich vielmehr bedanken. Ich sage, wer immer das *Foo-Foo* gegessen hat, der soll auch die Soße noch essen. Ein Kind hat einen Namen bekommen. Was hofft man denn unten in der Soßenschüssel zu finden, wenn nicht Fisch? Wo immer das Kind schläft, soll es am Morgen wieder erwachen. Das ist mein Gebet... Meine Frau, wo ist die Kolanuß? Ich werde sie doch noch brechen!«

Alle klatschten und begrüßten die plötzliche Entscheidung dieses seltsamen Mannes, die vielleicht das Wort Gebet in ihm ausgelöst hatte. Elewas Mutter konnte nicht mehr länger gegen den mächtigen Strom zugunsten des alten Mannes anschwimmen. Sie öffnete ihre Tasche und gab ihm eine Kolanuß.

»Elewa, geh und wasche die Nuß und lege sie auf einen Teller. Dann bringst du mir Wasser zum Händewaschen.«

Elewa und Agatha gingen in die Küche und taten, was sie der alte Mann geheißen hatte. Nachdem er sich die Hände gewaschen und sie mit Bedacht an einer strahlend weißen Serviette abgetrocknet hatte, die in äußerstem Kontrast zu seinem eigenen schmutz- und schweißgetränkten Hemd stand, das einmal aus weißem Spitzenstoff gewesen war, nahm er eine feierliche Haltung ein, ergriff die Kolanuß mit den Fingerspitzen der rechten Hand, hielt sie mit der Handfläche nach oben in die Höhe und bot sie dem Allmächtigen an.

»Beschützer der Welt! Herr über unzählige Namen! Die Kirchenleute nennen Dich Drei-in-einem. Das ist ein guter Name. Doch er geizt mit Ehrerbietung, und dem Lobpreis wird nicht Genüge getan. Vierhundert-in-einem wäre unserer Meinung nach angemessener. Doch wir streiten uns weder mit Kirchenleuten noch mit denen von der Moschee. Ihre Absichten sind gut, ihre Gedanken auf dem rechten Weg. Nur, der Hand gelingt es nicht immer, so gerade zu werfen, wie das Auge sieht. Wir ehren einen Mann, wenn er ein Huhn schlachtet, damit seine Hand, wenn sie morgen erstarkt ist, eine Ziege schlachten wird...

Was uns hier zusammengeführt hat, ist das Kind, das kleine Mädchen, das du uns gesandt hast. Möge ihr Weg geradeaus gehen...«

»Isé!« erwiderten alle.

»Möge sie die Fülle des Lebens haben und möge ihre Mutter die Fülle des Lebens haben.«

»Isé!«

»Möge das, was ihrem Vater widerfuhr, nicht noch einmal geschehen.«

»Isé!«

»Als ich fragte, wer ihr den Namen gab, sagten sie: Wir alle. Möge dieses Kind unser aller Tochter sein!«

»Isé!«

»Mögen wir alle die Fülle des Lebens haben.«

»Isé!«

»Mögen diese jungen Menschen hier dieses Kind und alle anderen Kinder nicht vergessen, wenn sie die Pläne für ihre Welt machen.«

»Isé!«

»Mögen sie auch an nutzlose alte Menschen wie mich und Elewas Mutter denken, wenn sie ihre Pläne machen.«

»Isé!«

»In Kangan haben wir zuviel Not gesehen, seit der Weiße Mann gegangen ist, weil jene, die Pläne machen, nur für sich selbst und ihre eigenen Familien planen.«

»Isé!«

Abdul nickte energisch, den Kopf zur Seite gewandt, da ihm Emmanuel laufend die Übersetzung alles Gesagten ins Ohr flüsterte.

»Ich meine, es gibt zuviel Streit in Kangan, zu viele müssen sterben. Aber Streit beginnt immer erst dann, wenn einer mit dem Finger auf den anderen zeigt. Beabsichtigt einer, dafür zu sorgen, daß es keinen Streit mehr gibt, so muß er zuerst das provokative Verhalten derer verbieten, die mit dem Finger auf die anderen zeigen.«

»Isé! Isé!«

Abdul, dem das Kolanuß-Ritual ziemlich fremd war, ließ sich von seiner Begeisterung so hinreißen, daß er die von der Tradition gesetzten Grenzen der gemeinsam gesprochenen Zustimmung durchbrach und in seinem Überschwang in die Hände klatschte.

»Ich habe bis heute noch nie ein Haus wie dieses betreten. Möge es nicht das letzte Mal gewesen sein.«

»Isé!«

»Sie sind jederzeit herzlich willkommen hier«, fügte Beatrice hinzu, wie Abdul die Grenzen des Rituals durchbrechend.

»Verfolgt uns etwas, so werden wir ihm entkommen; verfolgen wir etwas, so werden wir es fangen.«

»Isé!«

»Solange das, was wir verfolgen, nicht einem anderen gehört.«

»Isé!«

»Mögen alle das Leben haben!«

»Isé!«

»Es lebe Bassa!«

»Isé!«

»Es lebe Kangan!«

»Isé!«

Nachdem Elewas Mutter und der Onkel in dem alten Taxi mit Braimoh und Aina nach Hause gefahren waren, saßen sie im ruhigen und enspannten Abglanz der rituellen Intensität des Tages noch beisammen. Doch der Tag erwies sich als außergewöhnlich in seiner lebensspendenden Kraft, und es dauerte nicht lange, bis sich unter seiner sich weit und ruhig dehnenden Oberfläche unbemerkt Wogen der Leidenschaft bereitmachten.

Es begann mit den leise ans Ufer plätschernden Wellen des

Rückblickens auf den noch nicht zu Ende gegangenen Tag. Eindeutig zu erkennen war, daß Emmanuel durchaus mit sich selbst zufrieden war und daher beschloß, jemand anderen, nämlich Beatrice, zu der, wie er es nannte, Evolution des doppelköpfigen Toasts auf Menschen und Ideen zu beglückwünschen. Sie wiederum war die Persönlichkeit, deren Führerschaft durch ihr sensibles Einfühlungsvermögen in die besonderen Bedürfnisse ihrer Freunde mehr und mehr deutlich geworden war.

»Ich muß sagen, mir gefiel dein beherztes Eintreten für das freie Denken.«

»Wird hier ein Klub für gegenseitige Bewunderung gegründet?« fiel Abdul ein.

»Und Eifersucht führt nirgendwo hin«, setzte Beatrice hinzu.

»Doch rückblickend glaube ich«, fuhr Emmanuel fort und ignorierte den Köder des scherzhaft hingeworfenen Geplänkels, »daß du mir etwas sehr Wesentliches beigebracht hast, als du darauf bestanden hast, daß der Mensch als Träger des Gedankens wichtig ist. Erinnerst du dich an den Tag, an dem du mir gesagt hast, daß Chris einen Gentleman aus mir gemacht habe?«

»Das hab' ich doch nur im Spaß gesagt.«

»Späße sind etwas Ernstes«, sagte Abdul scherzend.

»Ja, das stimmt… An jenem Tag und auch heute wieder hast du mir bewußt gemacht, wieviel ich Chris verdanke. Ich verstehe nicht ganz, warum ich bis jetzt noch nie weiter darüber nachgedacht habe, doch das Größte, was er mich lehrte, war sein Sterben, wie er starb.«

Die fröhliche Stimmung erstarb im Fluge, legte ihre Schwingen an und fiel wie ein Stein zur Erde; die nebenbei geführten Unterhaltungen versiegten.

»Ich kniete an seiner Seite auf der Straße und weinte hilflos. Sie«, er zeigte mit dem Kopf auf Adamma, »versuchte zu helfen. Dann sagte ich etwas Idiotisches wie *Sterben Sie nicht, verlassen Sie uns bitte nicht*. Und dann seine Anstrengung – ich kann es nicht beschreiben, es war fast greifbar – den Schmerz aus seinem Gesicht zu verbannen, ein Lächeln heraufzubeschwören und etwas Lustiges zu sagen. Es klang wie *Die letzte Grim*…«

Beatrice fuhr auf.

»Ja, ich erinnere mich«, sagte die stille Adamma. »Die letzte Grüne… Aber er hat nicht zu Ende gesprochen.«

Beatrice stürzte in ihr Schlafzimmer, Elewa folgte ihr. Solange sie weg waren, sagte keiner ein Wort. Nach ein paar Minuten kam Elewa zurück.

»Ist es schlimm?« fragte Abdul schnell, ehe alle anderen sich erkundigen konnten.

»Es ist alles in Ordnung. Ein wenig weinen ist nicht schlimm. BB ist nicht wie ich. Ich weine jeden Tag wie ein Baby, das keine Mutter mehr hat.«

»Madam ist zu stark«, sagte Agatha. »So stark zu sein ist nicht gut für eine Frau.«

»Es ist für niemanden gut; ob es eine Frau ist oder ein Mann, das ist egal«, sagte Elewa. »Es ist gut, wenn man weinen kann... Ich hab' versucht aufzuhören, ich hab's lange versucht – aber dann hab' ich nein gesagt, laß es sein, wie es ist.«

»Warum sitzt ihr alle im Dunkeln?« sagte sie und knipste das Licht an, als sie fast eine halbe Stunde später wieder das Wohnzimmer betrat. Ihre Stimme strahlte große Ruhe aus, als sie sprach. Sie hatte sich das Gesicht ein wenig zurechtgemacht und versuchte sogar zu lächeln, als sie sich setzte. Dann sagte sie:

»Es tut mir sehr leid.«

»Nein, mir tut es leid, daß ich heute darüber gesprochen habe. Ich wollte nicht...«

»Nein, nein, nein, Emmanuel. Ich bin so froh, daß du darüber gesprochen hast. Wirklich, du weißt gar nicht, wie dankbar ich bin. Ich sage euch nur eines – ich bin jetzt viel glücklicher, so viel glücklicher, als ich seit jenem Tag gewesen bin.« Sie schwieg. Vielleicht konnte sie trotz ihrer neugewonnenen Fassung nicht mehr weitersprechen.

Um die schmerzende Leere zu füllen oder vielleicht auch, weil er der steigenden Strömung, die ihn ergriff, bereits machtlos gegenüberstand, begann Emmanuel von neuem:

»Verstehst du, ich bin erst zweimal dabeigewesen, als jemand starb.«

»Willst du wohl dieses nutzlose Gerede jetzt in deiner Tasche behalten«, befahl im Elewa. »Warum mußt du es ihr so schwermachen? Oder hast du noch immer nicht genug davon?«

»Laß den jungen Mann in Ruhe. Emmanuel, bitte sprich weiter.«

»Das erste Mal, als ich dabei war, war es mein Vater. Und dann Chris. Ohne Chris hätte ich niemals erfahren, daß es möglich ist, in Würde zu sterben.«

»Und dein Vater ist nicht in Würde gestorben?« fragte Abdul.

»Nein. Obwohl er im Vergleich zu Chris ein alter Mann war, hatte er nicht gelernt zu sterben. Er war böse mit den Menschen, die bei ihm waren; er weinte sogar. Er hatte Angst, fürchtete sich vor dem Tod. Er war von einem Arzt zum anderen gerannt, und als er mit allen fertig war, lief er in die Gebetshäuser. Er hatte Prostatakrebs. Tag für Tag überfiel uns aus dem Nichts irgendein Geier mit der Geschichte von einem Propheten oder einer Prophetin in einem weit entlegenen Dorf, und mein Vater pflegte meine arme Mutter am nächsten Morgen dorthin zu schleppen. Es war eine unglaubliche Erleichterung, als er starb – ich schäme mich, das zuzugeben... Und dann war da Chris, ein junger Mann, dessen ganzes Leben noch vor ihm lag, und doch konnte er dem Tod ins Auge sehen und lächeln und etwas Lustiges sagen. Es war einfach unglaublich...«

»Du weißt nicht, warum ich eben so geweint habe... Jene Bemerkung war eine verschlüsselte Botschaft an mich, an uns alle«, sagte Beatrice zu jedermanns Überraschung. »Übrigens hat es Adamma besser verstanden. Was er zu sagen versuchte war, *Die letzte Grüne*. Es war ein Witz zwischen uns beiden gewesen. Die letzte grüne Flasche. Ein schrecklicher, bitterer Witz. Er lachte über sich selbst. Das war die Größe, die sie beide besaßen. Chris und Ikem. Sie konnten über sich selbst lachen und taten es auch sehr oft. Anders als die pompösen Esel, die jetzt an der Macht sind.«

»Das kann man wohl sagen!« sagte Emmanuel.

»Wißt ihr, warum ich geweint habe? Chris hatte eben erst begonnen, die Lektion jenes bitteren Witzes zu verstehen. Die Flaschen hängen dort an der Wand an einem Faden, so dünn wie ein Haar; trotzdem schauen sie aufgeblasen und voll Wichtigtuerei auf die Welt herab. Chris sandte uns eine Botschaft, er wollte uns warnen. Diese Welt gehört den Menschen dieser Welt, nicht einer kleinen Gruppe, wie begabt diese auch sein mag...«

»Und besonders absurd, wenn sie nicht begabt sind«, sagte Abdul.

»Es ist dieselbe Botschaft, die uns Elewas Onkel heute nachmittag auf seiner Trommel mitzuteilen versuchte, oder nicht? Auf seiner eigenen, verrückten Trommel natürlich. Trotz seiner großen Begabung hatte Chris eben erst begonnen, auf unbestimmte Weise Menschen wie diesen alten Mann wahrzunehmen. Erinnert ihr euch, was er heute nachmittag gebetet hat? Er war noch nie in einem Haus wie diesem, dem Haus eines weißen Mannes gewesen, möge es nicht das letzte Mal gewesen sein.«

»Und wir haben *Isé!* gesagt«, sagte Abdul.

»Das haben wir. Das war ein Versprechen. Und es muß glaubwürdiger sein als manche Versprechungen, die wir in letzter Zeit gehört haben.«

»Isé!«

Nun endlich schienen die erstaunlichen und heftigen Gemütsbewegungen jenes außergewöhnlichen Tages zur Ruhe gekommen zu sein. So vollkommen, wie die Dunkelheit die Welt draußen umhüllt hatte, so vollkommen war das Schweigen, das auf sie alle herabgesunken war. Ama, von Beatrice liebevoll Vielfraß genannt, weil sie aus der Flasche, wie auch an Elewas Brust, die wie eine köstliche reife Papayafrucht am Baume hing, getrunken hatte, schlief nun friedlich in ihrem Bettchen.

Niemand sprach, niemand rührte sich. Niemand suchte den Blick des anderen. Beatrice saß aufrecht, die Arme über der Brust verschränkt...

Dann endlich, wie von einer langen Gedankenreise eben erst zurückgekehrt, einen wertvollen Schatz in den Augen tragend, murmelte sie – für Freunde, die sie willkommen hießen? oder nur einfach für sich selbst? *Wunderbar!* und ein zweites Mal noch leiser: *Wunderbar!*

Alle hatten sich ihr zugewandt. Sie allein schaute noch auf etwas in der Ferne – auf noch jemand vielleicht, den anderen unsichtbar, anwesend jedoch, an den ihre leise und feierliche Anrede gerichtet war?

Die Veränderung, die über sie kam, war plötzlich und unerwartet. Ein tiefes Atemholen, das im ganzen Zimmer zu hören war, und das Dahinschmelzen der Statue gaben Kunde von ihrer Rückkehr...

»Ich kann dir nicht genug danken, Emmanuel, daß du dabeiwarst und mir die Botschaft zurückgebracht hast. Und natürlich dir auch, Adamma.« Sie lächelte beiden zu und bemühte sich, Fassung zu bewahren. »Wahrheit ist Schönheit, nicht wahr? Muß es wohl sein, damit jemand, der unter solchen Schmerzen stirbt, noch... noch lächeln kann. Er erkennt alles und es ist... wie soll ich sagen?... es ist wie unerträgliche, ja *unerträgliche* Schönheit. Das ist es! Wie in Kunenes Gedicht vom großen König Shaka, auf den die Speere seiner Angreifer von allen Seiten eindrangen. Doch wir erfahren, wie er in jenem Augenblick die Wahrheit erkannte und mit einem Lächeln auf den Lippen starb... O mein Chris!«

Tränen rannen ihr übers Gesicht, doch sie bemühte sich nicht, sie abzuwischen...

»BB, was soll das nun wieder?« protestierte Elewa und bezeugte mit geöffneten Händen den himmlischen Mächten ihre Unschuld. »Selbst *ich* weine nicht so! Du wirst uns doch jetzt keine Schwierigkeiten machen wollen? Ich bitte dich!«

Louis Begley
- Lügen in Zeiten des Krieges. Roman. Übersetzt von Christa Krüger. st 2546. 223 Seiten
- Mistlers Abschied. Roman. Übersetzt von Christa Krüger. st 3113. 284 Seiten
- Schmidt. Roman. Übersetzt von Christa Krüger. st 3000. 320 Seiten

Walter Benjamin. Illuminationen. Ausgewählte Schriften. Herausgegeben von Siegfried Unseld. st 345. 417 Seiten

Thomas Bernhard
- Auslöschung. Ein Zerfall. st 1563. 651 Seiten
- Ein Lesebuch. Herausgegeben von Raimund Fellinger. st 2158. 365 Seiten

Peter Bichsel
- Kindergeschichten. st 2642. 84 Seiten
- Cherubin Hammer und Cherubin Hammer. st 3165. 112 Seiten

Volker Braun
- Hinze-Kunze-Roman. st 3194. 240 Seiten
- Trotzdestonichts oder Der Wendehals. st 3180. 160 Seiten

Bertolt Brecht
- Dreigroschenroman. st 1846. 392 Seiten
- Gedichte über die Liebe. Ausgewählt von Werner Hecht. st 1001. 240 Seiten

Hermann Broch. Kommentierte Werkausgabe. Herausgegeben von Paul Michael Lützeler. Sechs Bände in Kassette
- Band 1: Die Schlafwandler. Eine Romantrilogie. st 2363. 760 Seiten
- Band 2: Die Unbekannte Größe. Roman. st 2364. 258 Seiten

NF 265/2/9.00

- Band 3: Die Verzauberung. Roman. st 2365. 416 Seiten
- Band 4: Der Tod des Vergil. Roman. st 2366. 522 Seiten
- Band 5: Die Schuldlosen. Roman in elf Erzählungen. st 2367. 352 Seiten
- Band 6: Novellen, Prosa, Fragmente. st 2368. 358 Seiten

Antonia S. Byatt. Besessen. Roman. Übersetzt von Melanie Walz. st 2376. 632 Seiten

Guillermo Cabrera Infante. Drei traurige Tiger. Roman. Übersetzt von Wilfried Böhringer. st 2846. 541 Seiten

Truman Capote. Die Grasharfe. Roman. Übersetzt von Annemarie Seidel und Friedrich Podszus. st 3135. 208 Seiten

Alejo Carpentier. Le Sacre du printemps. Roman. Übersetzt von Anneliese Botond. st 2480. 682 Seiten

Paul Celan. Gesammelte Werke in sieben Bänden. Sieben Bände in Kassette. st 3202-st 3208. 3380 Seiten

Julio Cortázar. Die Erzählungen. Übersetzt von Fritz Rudolf Fries. Mit einem Vorwort von Mario Vargas Llosa. Vier Bände in Kassette
- Band 1: Die Nacht auf dem Rücken. Mit einem Vorwort von Mario Vargas Llosa. st 2916. 291 Seiten
- Band 2: Südliche Autobahn. st 2917. 350 Seiten
- Band 3: Beleuchtungswechsel. st 2918. 280 Seiten
- Band 4: Ende der Etappe. st 2919. 330 Seiten

György Dalos. Die Beschneidung. Eine Geschichte. Übersetzt von György Dalos und Elsbeth Zylla. st 2166. 199 Seiten

Marguerite Duras. Der Liebhaber. Übersetzt von Ilma Rakusa. st 1629. 194 Seiten

NF 265/3/9.00

Hans Magnus Enzensberger
- Ach Europa! Wahrnehmungen aus sieben Ländern. Mit einem Epilog aus dem Jahre 2006. st 1690. 501 Seiten
- Der Fliegende Robert. Gedichte, Szenen, Essays. st 1962. 350 Seiten

Marieluise Fleißer. Gesammelte Werke in vier Bänden. Herausgegeben von Günther Rühle. st 2274-2277. 1760 Seiten

Max Frisch
- Homo faber. Ein Bericht. st 354. 203 Seiten
- Mein Name sei Gantenbein. Roman. st 286. 288 Seiten
- Stiller. Roman. st 105. 438 Seiten
- Tagebuch 1946-1949. st 1148. 400 Seiten
- Tagebuch 1966-1971. st 256. 432 Seiten

Norbert Gstrein. Der Kommerzialrat. Bericht. st 2718. 148 Seiten

Peter Handke
- Kindergeschichte. st 1071. 105 Seiten
- Mein Jahr in der Niemandsbucht. Ein Märchen aus den neuen Zeiten. st 3084. 632 Seiten
- Wunschloses Unglück. Erzählung. st 146. 105 Seiten

Hermann Hesse
- Das Glasperlenspiel. Versuch einer Lebensbeschreibung des Magister Ludi Josef Knecht samt Knechts hinterlassenen Schriften. st 2572. 616 Seiten
- Siddhartha. Eine indische Dichtung. st 182. 136 Seiten
- Unterm Rad. Erzählung. st 52. 166 Seiten

Wolfgang Hildesheimer. Marbot. Eine Biographie. Mit zahlreichen Abbildungen. st 1009. 327 Seiten

NF 265/4/9.00

NF 265/5/9.00

Wolfgang Koeppen
- Tauben im Gras. Roman. st 601. 210 Seiten
- Der Tod in Rom. Roman. st 241. 187 Seiten
- Das Treibhaus. Roman. st 78. 190 Seiten

Else Lasker-Schüler. Gedichte 1902-1943. st 2790. 439 Seiten

Stanisław Lem. Sterntagebücher. Mit Zeichnungen des Autors. Übersetzt von Caesar Rymarowicz. st 459. 478 Seiten

Hermann Lenz. Vergangene Gegenwart. Die Eugen-Rapp-Romane. Neun Bände in Kassette. 3000 Seiten

H. P. Lovecraft. Cthulhu. Geistergeschichten. Übersetzt von H. C. Artmann. Vorwort von Giorgio Manganelli. Ph.B. 19. st 29. 239 Seiten

Hans Mayer. Außenseiter. st 736. 511 Seiten

Robert Menasse »Trilogie der Entgeisterung«. Fünf Bände in Kassette
- Die Welt scheint unverbesserlich. st 2776. 365 Seiten
- Selige Zeiten, brüchige Welt. st 2312. 374 Seiten
- Phänomenologie der Entgeisterung. st 2389. 86 Seiten
- Sinnliche Gewißheit. st 2688. 329 Seiten
- Schubumkehr. st 2694. 180 Seiten

Eduardo Mendoza. Die Stadt der Wunder. Roman. Übersetzt von Peter Schwaar. st 2142. 503 Seiten

Adolf Muschg. Der Rote Ritter. Eine Geschichte von Parzivâl. st 2581. 1089 Seiten

NF 265/6/9.00

Cees Nooteboom
- Allerseelen. Übersetzt von Helga van Beuningen. st 3163. 440 Seiten
- Die folgende Geschichte. Übersetzt von Helga van Beuningen. st 2500. 148 Seiten
- Rituale. Roman. Übersetzt von Hans Herrfurth. st 2446. 231 Seiten

Flann O'Brien. Der dritte Polizist. Roman. Übersetzt von Harry Rowohlt. st 1810. 260 Seiten

Juan Carlos Onetti. Das kurze Leben. Roman. Übersetzt von Curt Meyer-Clason. Mit einem Nachwort von Durs Grünbein. st 3017. 380 Seiten

Amos Oz. Der dritte Zustand. Roman. Übersetzt von Ruth Achlama. st 2331. 366 Seiten

Ulrich Plenzdorf. Die neuen Leiden des jungen W. 148 Seiten. Englisch Broschur

Marcel Proust. In Swanns Welt. Auf der Suche nach der verlorenen Zeit. Übersetzt von Eva Rechel-Mertens. st 2671. 564 Seiten

Luise F. Pusch. Die Frau ist nicht der Rede wert. Aufsätze, Reden und Glossen. st 2921. 199 Seiten

João Ubaldo Ribeiro. Brasilien, Brasilien. Roman. Übersetzt von Curt Meyer-Clason und Jacob Deutsch. st 1835. 731 Seiten

Ralf Rothmann
- Flieh, mein Freund! Roman. st 3112. 278 Seiten
- Stier. Roman. st 2255. 372 Seiten

NF 265/7/9.00

Robert Schindel. Gebürtig. Roman. st 2273. 359 Seiten

Jorge Semprun. Was für ein schöner Sonntag! Übersetzt von Johannes Piron. st 972. 395 Seiten

Arnold Stadler. Mein Hund, meine Sau, mein Leben. Roman. Mit einem Nachwort von Martin Walser. st 2575. 164 Seiten

Galsan Tschinag. Der blaue Himmel. Roman. st 2720. 178 Seiten

Mario Vargas Llosa. Tante Julia und der Kunstschreiber. Roman. Übersetzt von Heidrun Adler. st 1520. 392 Seiten

Martin Walser
- Ein fliehendes Pferd. Novelle. st 600. 151 Seiten
- Halbzeit. Roman. st 2657. 778 Seiten
- Ein springender Brunnen. Roman. st 3100. 416 Seiten

Robert Walser
- Der Gehülfe. Roman. st 1110. 316 Seiten
- Geschwister Tanner. Roman. st 1109. 381 Seiten
- Jakob von Gunten. Ein Tagebuch. st 1111. 184 Seiten

Ernst Weiß
- Der arme Verschwender. st 3004. 498 Seiten
- Der Augenzeuge. Roman. st 3122. 302 Seiten

NF 265/8/9.00

Hans-Ulrich Treichel
im Suhrkamp Verlag

Der einzige Gast. Gedichte. es 1904. 71 Seiten

Der Entwurf des Autors. Frankfurter Poetik-Vorlesungen. es 2193. 128 Seiten

Heimatkunde oder Alles ist heiter und edel. Besichtigungen. st 3111. 132 Seiten

Der irdische Amor. Roman. 255 Seiten. Gebunden. (Juli 2002)

Liebe Not. Gedichte. es 1373. 79 Seiten

Seit Tagen kein Wunder. Gedichte. es 1373. 79 Seiten

Tristanakkord. Roman. 240 Seiten. Gebunden

Der Verlorene. Erzählung. st 3061 und gebunden.176 Seiten.

Von Leib und Seele. Berichte. 86 Seiten. Englische Broschur

Über die Schrift hinaus. Essays zur Literatur. es 2144. 240 Seiten

»Hans-Ulrich Treichel beobachtet klug und scharf, und er kann ganz locker und unverkrampft erzählen: Amüsant zu lesen, vielleicht mehr komisch als traurig und gerade deshalb oft erschütternd.« *Verena Auffermann, Süddeutsche Zeitung*

NF 310/1/6.02